# 古典文獻研究輯刊

## 十 編

潘美月・杜潔祥 主編

## 第 **14** 冊

### 馮夢龍編作《三言》的社會經濟基礎

黃 明 芳 著

### 《水滸後傳》研究

趙 淑 美 著

國家圖書館出版品預行編目資料

馮夢龍編作《三言》的社會經濟基礎　黃明芳　著／《水滸後傳》
研究　趙淑美　著 — 初版 — 台北縣永和市：花木蘭文化出版
社，2010〔民99〕
目 4+154 面 + 目 2+118 面；19×26 公分
（古典文獻研究輯刊 十編；第 14 冊）
ISBN：978-986-254-152-4（精裝）
1. 章回小說　2. 研究考訂
857.41　　　　　　　　　　　　　　　　　　99001986

ISBN - 978-986-254-152-4

9 789862 541524

古典文獻研究輯刊
十　編　第十四冊　　　　　　　ISBN：

馮夢龍編作《三言》的社會經濟基礎
《水滸後傳》研究

作　　者　黃明芳／趙淑美
主　　編　潘美月　杜潔祥
總 編 輯　杜潔祥
企劃出版　北京大學文化資源研究中心
出　　版　花木蘭文化出版社
發 行 所　花木蘭文化出版社
發 行 人　高小娟
聯絡地址　台北縣永和市中正路五九五號七樓之三
　　　　　電話：02-2923-1455／傳真：02-2923-1452
網　　址　http://www.huamulan.tw 信箱 sut81518@ms59.hinet.net
印　　刷　普羅文化出版廣告事業
初　　版　2010 年 3 月
定　　價　十編 20 冊（精裝）新台幣 31,000 元

# 馮夢龍編作《三言》的社會經濟基礎

黃明芳　著

作者簡介

黃明芳，中山大學中文碩士。台北海洋技術學院專任講師。

## 提　要

　　整個文學作品的創作與鑑賞的過程是由作者、作品和讀者之間相互組成。以馮夢龍而言，學者多著重對三言之研究，雖然已有學者對生平做一些探討，但是對於馮夢龍所處時代背景和地理環境與他所以從事通俗文學的搜輯和編撰間的關係還是著墨太少，故本篇論文由了解馮夢龍的出身、經濟和教育背景、生活方式、活動地點、社會地位與在社會中的各種關係入手。

　　本篇論文主要由三個部分組成：

　　第一章馮夢龍的生平與三言編作，由分析馮夢龍的生平資料入手，藉以獲知馮夢龍一生主要活動地為蘇州，而所與交往者亦以蘇州文人居多，因而以蘇州府為中心展開討論。嘗試尋求可能影響其編作三言的因素。後文即從兩個方面著手：一為所處的文化環境，一為區域的社會經濟條件。

　　第二章馮夢龍與蘇州文風的關係，由觀察蘇州文人的生活言行之表現入手，試圖了解蘇州文風的內涵。進而觀察蘇州整個大環境所蘊釀出的文化氛圍是否對馮夢龍產生影響。

　　第三章馮夢龍編三言與明季的社會經濟，欲探討蘇州一地文化事業興盛的外在基礎──經濟繁榮。因為經濟繁榮帶動文化事業的發展，亦促使文學形式產生變化。在經濟不虞匱乏後，為滿足人民精神娛樂之需求，加上印刷事業之發展，書價因而低廉，使市場需求激增，書坊有利可圖，於是結合文士大量編輯刊刻。馮夢龍即從事這樣的工作。

　　擬話本之產生是有一定的條件：包括文人參與、民眾需求、印刷事業發展與書賈們刊刻出版。由馮夢龍的例子來看，適可為這些條件的結合做一例證。

# 目次

# 緒　論

　　整個文學作品的創作與鑑賞的過程是由作者、作品和讀者之間的相互組成。以馮夢龍與其編作的作品而言，學者多著重對《三言》的研究，〔註1〕多從解析作品入手，有的學者則從序文探討馮夢龍個人的小說見解、文學觀念。此外，亦有將研究焦點置於馮夢龍的其他著作，〔註2〕雖然已有學者開始對其生平作一些探討，〔註3〕但是對於馮夢龍所處的時代背景和地理環境與他所以

〔註1〕柳之青曾對《三言》的研究概況作了一番敘述，許多學者從各種角度對《三言》進行研究分析，或研究作品所反映的思想，或研究作品故事題材的源流，或研究作品對後世文學的影響，或研究作品的時代背景、寫作年代，或研究作品的藝術技巧和語言特色，甚或藉助《三言》研究宋明社會狀況。見柳之青，《三言人物研究》，國立臺灣師範大學國文研究所碩士論文，民國80年。

〔註2〕如張仁淑：《馮夢龍雙雄記研究》，政大中文所碩士論文，民國78年。鹿憶鹿：《馮夢龍所輯民歌研究》，東吳中文所碩士論文，民國74年。

〔註3〕如日本學者鹽谷溫於1924年發表〈關於明代小說三言〉的講演，（見《中國文學研究譯叢》，中北書局1930年版），考出馮夢龍生於萬曆二年（西元1574年），並簡介其生平，與著錄馮夢龍著作二十八種。如容肇祖首先對馮夢龍之生平與著作進行全面研究，先後撰寫了〈明馮夢龍的生平及其著述〉（《嶺南學報》2卷2期，1932年），〈明馮夢龍的生平及其著述續考〉（《嶺南學報》2卷3期，1932年），詳細考訂了馮夢龍的生卒年、籍貫、作品及出版時間，並列出比較詳細的作品篇章目錄。陸樹崙在容作的基礎上，撰寫了以考證馮夢龍生平和著作見長的專著《馮夢龍研究》（復旦大學出版社，1987年版），搜集了大量資料，對馮夢龍的名號、籍貫、生卒年、家世、仕途、結社等逐一進行考證。而汪正末〈馮夢龍詩輯〉（《天地》6期，1944年3月）、范煙橋〈馮夢龍的《春秋衡庫》及其遺文遺詩〉（《江海學刊》，1962年第9期）、錢南揚〈馮夢龍《墨憨齋詞譜》輯佚〉（《中華文史論叢》2期，1962年11月）、伏琛〈馮夢龍的紳志略及其他〉（《江海學刊》，1963年第1期）、謝巍〈馮夢龍著述考補〉（《文獻》第14輯，1982年12月）、〈《馮夢龍著述考補》訂補〉（《文獻》，1985年第2期）、高洪鈞的〈《馮夢龍著述考》補遺〉（《津圖學刊》，1985

從事通俗文學的搜輯和編撰間的關係還是著墨很少，故本篇論文並不從分析《三言》本身入手，而是嘗試了解社會與作品之間的關係。由了解馮夢龍的出身、經濟和教育的背景、生活方式、活動的地點、社會地位與在社會中的各種關係入手。

馮夢龍生於明神宗萬曆二年（西元 1574）的蘇州府，在《蘇州府志》卷八十一〈人物・吳縣〉中，有這樣一段記載：「馮夢龍，字猶龍，才情跌宕，詩文麗藻，尤明經學。崇禎時，以貢選壽寧知縣。」從如此簡短的文字，實在無法對馮夢龍有深入的了解，值得思考的是「明經學」的馮夢龍爲何會走上搜集、整理通俗文學的工作？是否受到什麼影響？馮夢龍畢生從事通俗文學的搜集整理，共有四十多種作品，包括長篇演義、短篇小說、戲劇傳奇、民歌小調等，幾乎涵括當時通俗文學的一切領域。雖然馮夢龍的著作如此之多，並非都能得到相對的回應，〔註4〕但是《三言》在當時即已受到相當的注意，且造成了相當的影響。

搜索馮夢龍的傳記資料，可以發現與他往來的友人多以蘇州文人爲主，或是與蘇州文人密切來往者。所以蘇州一地的文化、經濟、社會的各種因素都可能對馮夢龍從事《三言》之編作產生影響。此文欲釐清當時蘇州的社會狀態與馮夢龍從事編撰《三言》的文學現象間的問題，尤其著重當時的文化環境及地域性的文化事業的經濟需求。

本文之研究材料係以《蘇州府志》、《明史》爲主，兼及相關史料，如方志、《明會典》、《明會要》，及時人或後人的記載，來對馮夢龍一生主要的活動地——蘇州，從文風及社會經濟等各方面，做一普遍的觀察。

---

年第 1 期）、易名〈關於《馮夢龍著述考補》——《馮夢龍著述考補》補正〉（《文獻》，1985 年第 2 期）、魏同賢〈馮夢龍生平著述及其時代特點〉（《中華文史論叢》，1986 年第 2 期）、傅承洲〈馮夢龍著作編年與考證〉（《煙臺大學學報》，1989 年第 1 期）則是對馮夢龍之著作進行研究。而馮夢龍的社籍，亦是研究馮夢龍生平的一個爭論焦點，如胡士瑩《話本小說概論》、謬詠禾〈馮夢龍和三言〉、陸樹崙《馮夢龍研究》、胡萬川〈馮夢龍與復社人物〉（《中國古典小說專集》一）、王凌〈也考馮夢龍的"社籍"〉（《畸人、情種、七品官——馮夢龍探幽》）、金德門〈馮夢龍社籍考〉（《中華文史論叢》，1985 年第 1 期）、姚政〈馮夢龍與復社名單〉（《中華文史論叢》，1987 年第 1 期）、胡小偉〈馮夢龍與東林復社〉（《文學遺產》，1989 年第 3 期），對於馮夢龍是否加入過復社，均提出自己的看法。

〔註 4〕 鈕琇《觚賸續編》卷二〈人觚〉有「英豪舉動」條，記馮夢龍曾因編輯《山歌》而遭致訐，只得向熊廷弼求援一事。

　　本篇論文嘗試以不同角度來討論一個文學現象之所以產生的外在基礎。注意文學作品與社會經濟之關係，試圖以具體事實來論證社會、經濟等條件之變化，亦為推動文學作品產生的重要因素之一。因此，在處理資料及寫作論文時所秉持的原則是：設法還原出當時蘇州的面貌，儘量讓資料來說話，不作過多而空泛的推論。

　　本篇論文首要處理的問題是：馮夢龍編撰《三言》所受的區域特性的影響，對了解整個馮夢龍文學成就的意義是什麼？接著欲作一普遍的觀察，探討話本發展所受到的地域因素影響。並以蘇州為討論中心，來探討某些文學形式發展所受到的社會因素的影響，是否與文風以及區域的社會經濟條件有關。反應出文學發展與社會條件間的關係。因為文化發展與文人活動（文化現象與文人背景）都是社會現象的一部分，其意義不僅是了解某一個人在文學上的意義，而是了解一個文體發展的意義。

　　影響一個人產生某些行為的原因，應有文化薰陶（尤以孩提時代特別容易接受）、個人之遭遇及社會經濟背景等三項條件，而馮夢龍生平的資料尚不足以說明其孩提時代所受到的影響，所以由觀察他生活環境的周圍文化之組成形式著手。此時蘇州文風的特色便成為討論之重心，而萬曆時期及以前的蘇州文風更是主要的觀察對象。

　　社會經濟條件對於文風的形成而言，只是必要條件而非充分條件，不一定會形成某種文風。文風之形成尚與文人本身的思想、觀念及行為有關，而文人本身的思想、觀念及行為與社會、政治條件係呈多線互動的情形。蘇州的經濟繁榮與文化發展是有互動關係，經濟繁榮促進文化發展。

　　因為馮夢龍的觀念、心態的形成與改變，有賴於文化背景及社會背景二項條件，故分就此二項討論之。因此，本篇論文主要分由三個部份來做處理：

　　首先由分析馮夢龍的生平資料入手，藉以獲知馮夢龍一生主要的活動地點為蘇州，而所與交往的友人亦以蘇州文人居多，因此以蘇州府為中心展開討論，嘗試尋求出可能影響他編作《三言》的重要因素。在本篇論文中，則從兩個方面著手，一為所處的文化環境，一為區域的社會經濟條件。

　　其次，嘗試了解蘇州的文化環境。蘇州乃馮夢龍主要的活動地點，而蘇州整個大環境蘊釀出特殊的文化氛圍，是否影響長期浸染其中的馮夢龍，使他產生編作《三言》的動機呢？首先必須了解蘇州文風的內涵。精英文化常是社會新風尚的創造者，而蘇州文人不僅在文學、藝術上有著獨特的表現，

且其文學觀念實爲生活觀念之延伸及擴展，由文人各種活動的進行，可對蘇州文風有著較清楚的認識。因爲蘇州文風的共同蘊釀者爲生活在此地的所有文人（包括仕宦及寓居於蘇州的文人），故由觀察蘇州文人的言行表現入手，試圖對蘇州文風做一全盤的了解。另一方面，蘇州不僅產生過及聚集過許多「文采風流」的文人，更有許多愛好文藝的庶民，他們對於文學、藝術有著較高的欣賞能力，張岱（西元 1597～1685）曾說：「使非蘇州，焉討識者」（《陶庵夢憶》卷五〈虎邱中秋夜〉條），這些條件共同形成蘇州文風的特色。

在對蘇州文風有了了解後，進而探討馮夢龍所受蘇州文風的影響。因爲要了解馮夢龍，除了從生平著手外，蘇州文風也是重要的關鍵，可藉由蘇州文風凸顯馮夢龍作品的特色。

再次，探討蘇州一地文化事業興盛的外在基礎——經濟繁榮。因爲經濟繁榮帶動文化事業的發展，亦促使文學形式產生變化。

雖然許多記載均顯示蘇州一帶賦稅相當沈重，但「畢竟吳中百貨所聚，其工商賈之利又居農之什七，故雖賦重不見民貧」，由於經濟繁榮，庶民在不虞匱乏後，漸漸有能力去要求可供滿足精神要求的娛樂。

另一方面也由於印刷事業的發展（前提是印刷技術的進步及書籍成本低廉等因素），使得書籍的價格低廉，一般人便可以買得起。市場的需求量激增，是書籍得以大量刊刻的基本條件，在有利可圖的情形下，書商們競相刊刻。由於，原來說話藝人之底本過於樸拙粗糙，需要經由具有高度文化素養的文人加以潤飾，馮夢龍即扮演這樣的角色，他將宋元的舊話本經過加工處理，使得原來是「口頭敘述」的「聽覺」娛樂的說話藝術，逐漸演變爲「案頭閱讀」的「視覺」娛樂的話本寫作。

# 第一章　馮夢龍的生平與《三言》編作

　　馮夢龍，字猶龍，一字子猶，一字耳猶，別署曰龍子猶。所居曰墨憨齋，因以爲號。又署墨憨子，墨憨主人，墨憨齋主人等。此外所用化名甚多，如茂苑野史氏、綠天館主人、隴西君、隴西可一居士、隴西居士、可一居士、可一主人、豫章無礙居士、可觀道人小雅氏、七樂生、香月居顧曲散人、古吳詞奴、姑蘇詞奴、江南詹詹外史氏、平平閣主人等。〔註1〕

　　關於馮夢龍的籍貫，歷來說法不一，或說是吳縣人，〔註2〕或說是長洲縣人。〔註3〕馮夢龍著述每自署「吳邑」、「古吳」、「吳門」、「姑蘇」、「吳國」、「東吳」等郡望。世多以爲馮夢龍爲吳縣人。然馮夢龍實乃蘇州府長洲縣人。對於馮夢龍里籍的確認，有助於澄清《三言》是否爲馮夢龍所纂輯。〔註4〕故首

〔註1〕馮夢龍這些字號的考訂見胡萬川，《馮夢龍生平及其對小說之貢獻》，頁4～7。

〔註2〕《蘇州府志》卷一三六〈藝文一〉、卷八十一〈人物八〉、《福寧府志》卷十五〈秩官〉、福建《壽寧縣志》卷四〈官守·宦績〉、《四庫總目提要》卷三十〈經部春秋類存目一〉、呂天成《曲品》、王國維《曲錄》卷四〈傳奇部上〉（頁222）、吳梅《顧曲塵談》（第四章談曲，頁177）諸書，都說馮夢龍爲吳縣人。

〔註3〕清朱彝尊《明詩綜》卷七十一、清黃文暘《曲海總目提要》卷九〈新灌園〉條、清黃虞稷《千頃堂書目》卷二十八，均以馮氏爲長洲人。

〔註4〕因爲部份學者對於《三言》的作者仍有疑惑。或根據綠天館主人的〈古今小說序〉和無礙居士的〈警世通言序〉，認爲《三言》的纂輯者「茂苑野史氏」應是馮夢龍，因爲馮夢龍是長洲縣人，而長洲縣別稱「茂苑」，馮夢龍編《古今小選》，託名爲「茂苑野史」，歷來學者如鹽谷溫等皆引據文獻，說明了「茂苑」爲長洲之異稱，陸樹崙更注意到無礙居士〈警世通言序〉稱茂苑野史爲「隴西茂苑野史」。陸樹崙以爲「隴西」是表明茂苑野史的族望，而非茂苑野史的籍貫。認爲「姑蘇」、「古吳」、「東吳」、「吳國」、「吳趨」、「吳門」是吳郡通稱，既非吳縣專稱，亦非長洲專稱，僅憑馮夢龍以此爲籍貫，無從明斷馮夢龍爲吳縣人，抑

要工作便是要確認馮夢龍的里籍。

馮夢龍《麟經指月》參閱姓氏後署：「兄夢桂若木、弟夢熊非熊、男焴贊明父識」。徐沁《明畫錄》卷八錄有馮夢桂的小傳：「馮夢桂，字丹芬，長洲人，善畫」。陳濟生《天啓崇禎兩朝遺詩》卷八，錄有馮夢熊詩，題署「長洲馮夢熊」。馮夢龍的兄弟的籍貫，均明標爲「長洲」，因此，馮夢龍爲長洲人，當無疑問。董斯張《吹景集》卷五〈記葑門語〉這樣記載：「予入吳，飲馮若木齋頭。酒次，語若木曰：兄所居葑門，今俗僞爲傳音，何也？若木曰：葑即〈谷風〉葑菲之葑。」馮夢龍〈曲律序〉下署：「天啓乙丑春二月既望，古吳後學馮夢龍題于葑溪之不改樂庵」。葑門、葑溪位于蘇州府城東南隅。唐長洲縣未置以前屬吳縣轄。唐萬歲通天元年長洲縣置，劃爲長洲縣治。陸樹崙據此，論證馮夢龍是長洲人，而且是住在葑門附近。〔註5〕

另外，馮夢龍自撰的《壽寧待志》卷下〈官司〉中關於歷任知縣的記載：

> 馮夢龍，直隸蘇州府吳縣籍長洲縣人。

馬幼垣認爲馮夢龍以長洲人自居，卻在吳縣報戶籍，故從法律觀點來看，則只有定他爲吳縣人。〔註6〕高洪鈞以爲：馮夢龍在自己的籍貫前另冠以"吳縣籍"三字，乃是取長洲古屬吳縣或本吳縣地的意思。而根據《蘇州府志》卷二〈疆域・建置沿革〉的記載，可知吳縣和長洲縣在明朝時同屬蘇州府，長洲本自吳縣分出，二縣縣治同在蘇州府城，吳縣居西，長洲居東。如果他就是吳縣人，就無須在一些著作中，自署爲「古吳馮夢龍纂」，也不會在「吳縣籍下」復加「長洲縣」。〔註7〕所以馮夢龍是長洲人，應可成定論。

馮夢龍的著作相當豐富，而他的許多別號，只見署於他編訂的小說、戲曲和民歌小曲，不見署於他的經史著作。爲什麼馮夢龍在編著這些作品時，很少用本名？傳聞其《掛技兒》和《葉子新斗譜》刊布後，「浮薄子弟，靡然傾動，至有覆家破產者，其父兄群起訐之，事不可解，適熊公在告，夢龍泛舟西江求解於熊」，賴熊廷弼爲其解難。〔註8〕因此，馮夢龍在書中隱姓埋名

---

長洲人。陸樹崙的觀點見《馮夢龍研究》，頁3。一丁先生認爲馮夢龍爲吳縣人，茂苑野史不可能是馮夢龍的別號，所以懷疑三言不是馮夢龍所纂輯的，陸樹崙已舉出論證對此加以批駁，見〈關於三言的纂輯者〉，《馮夢龍散論》，頁1。（一丁先生的論點，見《《三言》作者的疑問》，新民晚刊，1956年10月8日。）

〔註5〕陸樹崙，《馮夢龍研究》，頁3～4。
〔註6〕馬幼垣：〈馮夢龍與《壽寧待志》〉，《小說戲曲研究》第九集。
〔註7〕高洪鈞：〈馮夢龍生平拾遺〉，《天津師大學報》，1984年第一期。
〔註8〕鈕琇《觚賸續編》卷二〈人觚〉，有「英豪舉動」條記馮氏向熊廷弼求解事。

是可以理解的。在明代通俗文學的創作中，作者故意隱姓埋名、運用別號的現象十分普遍。〔註9〕甚至於在爲這些作品中作序、跋、題辭時，落款也用別號來署名。有的刊刻者亦用別號。這種現象，側面地說明了當時文人對於戲曲、小說和小曲仍持輕視的態度，認爲這些作品不登大雅之堂，這些作品甚至遭到官方的查禁和銷毀，使通俗文學的編撰者不便署其本名。

　　馮夢龍所編纂的著作中，較爲著名者有「《三言》」。即空觀主人〈拍案驚奇序〉稱：

> 獨龍子猶氏所輯喻世等書，頗有雅道，時著良規。一破今時陋習，
> 而宋元舊本蒐括殆盡。

已經明白說出「三言」爲馮夢龍所編輯，又姑蘇笑花主人於崇禎年間爲抱甕老人選輯的《今古奇觀》所作的序言亦稱：

> 墨憨齋增補平妖，窮工極變，不失本末，其技在水滸、三國之間。
> 至所纂喻世、警世、醒世三言，極摹人情世態之岐，備寫悲歡離合
> 之致，可謂欽異拔新、洞心誡目。

而馮夢龍自己在《新列國志》梓行附記中亦明確說過：

> 墨憨齋向纂《新平妖傳》及明言、通言、恆言諸刻。

因此，《三言》可確信爲馮夢龍所編纂。從生平資料來看，馮夢龍的家世、個性和交游，對他編纂《三言》是有若干間接影響的。

## 第一節　家世與個性

　　馮夢龍生於明神宗萬曆二年（西元1574），〔註10〕卒於清順治三年（西元1646）。〔註11〕《蘇州府志》卷八十一〈人物志〉稱他：

---

〔註9〕 孫京榮以爲從這些別號，可以間接地感受到作者當時的思想態度。見〈關于明清通俗小說作者別號問題〉，《西北師大學報》（社科版），1991年第二期。

〔註10〕 胡萬川據錢謙益《初學集》卷二十下，東山詩集有〈馮氏二丈猶龍七十壽詩〉，此詩作於癸未年，即崇禎十六年（西元1643），依此上推，斷定馮夢龍生於萬曆二年（西元1574）。見胡萬川《馮夢龍生平及其對小說之貢獻》，頁7。陸樹崙《馮夢龍研究》（頁5~6）亦主此說，並另舉出馮夢龍《中興偉略》小引證成其說。王重民〈馮夢龍之生卒年〉（《中華文史論叢》，1985年第1期）則認爲馮夢龍生於萬曆三年（西元1575）。

〔註11〕 據〈南詞新譜凡例續〉，可知「甲申冬杪」，馮夢龍送安撫祁公，「越春初」（即乙酉），馮夢龍爲苕溪、武林遊，而「丙戌夏」，沈自晉已聞馮氏逝世之消息，故可知馮夢龍應是於乙酉春後至丙戌夏間去世。陸樹崙與王重民皆主馮夢龍

才情跌宕，詩文麗藻，尤明經學。以貢選壽寧知縣。

馮夢龍究竟出身於什麼樣的家庭呢？由《麟經指月》參閱姓氏後署：「兄夢桂若木、弟夢熊非熊、男焴贊明父識」，知馮夢龍有一兄一弟和一子。兄名夢桂，字丹芬，是畫家；〔註12〕弟名夢熊，字杜陵，號非熊，是太學生和詩人。〔註13〕三人號稱「吳下三馮」，是當時文壇上有名的人物。其子名焴，字贊明，有文采，頗知音律，與吳江沈姓有過往來，在《南詞新譜》的「參閱姓氏」中列有其名。〔註14〕

據馮夢龍〈《後俟編》跋〉云：

孝子以道王先生，與先君子交甚厚。蓋自先生父少參公，即折行交先君子云。余舞勺時，數數見先生杖履相過；每去，則先君子必提耳命曰：「此孝子王先生，聖賢中人也，小子勉之。」〔註15〕

可知馮夢龍父親與當時蘇州名儒王仁孝來往密切，而且反復教育馮夢龍兄弟學習王仁孝。又馮家與嘉定仕宦世家侯家有通家之誼。而馮氏的著作《醒世恆言》序末，有一圖章，文曰：「理學名家」。他的表舅毛玉亭亦曾任刺史。〔註16〕故馮夢龍雖非出身顯赫家族，但可以推知因為受家庭教育的影響，終其一生奔走

---

辛於順治三年（西元 1646）。

〔註12〕徐沁《明畫錄》卷八：「馮夢桂，字丹芬，長洲人，善畫」。楊曉東〈馮夢龍交游探微〉（載《文學遺產》，1989 年第 5 期）一文考知馮夢桂與董斯張相知，並曾為其訂定《廣博物志》，兩人曾有大量詩文倡和之作留世，董氏稱馮夢桂是：「筆談無俗調，慷慨或情癡」。

〔註13〕陸樹崙據《天啟崇禎兩朝遺詩》得知，馮夢熊號師之，太學生。見《馮夢龍研究》，頁 10。但原書僅錄馮夢熊詩十首，並未載有馮夢熊的小傳，不知陸樹崙所言何據。而楊曉東〈馮夢龍身世新探〉（載《文史雜志》，1993 年第 2 期）稱馮夢熊：「為人率略似狂，癖狹似狷，譚諧舞笑，動與俗殊。時有所激昂訨譏，皆傅會書史，以發其侘傺無聊不平之氣。自予輩交知十數子，臨觴接席，非君不歡……。」雖不知據何徵引。但似可據此略窺馮夢熊的性格。又據《麟經指月》言：「余受《春秋》於兄，而同困者也，聞其言而共憫焉」，可知馮夢熊在科舉功名上亦是不甚得志。

〔註14〕見沈自晉〈南詞新譜凡例續〉。

〔註15〕陸樹崙據文震孟〈王仁孝傳〉及彭定求〈重刻王仁孝先生俟後編小序〉，得知王仁孝，長洲人，名敬臣，字以道，號仁孝，學者稱少湖先生。是陽湖參知王庭之子，以孝子而成大儒，世占吳中儒籍。見《馮夢龍研究》，頁 9。此處所引之跋係轉引自高洪鈞《馮夢龍集》，頁 244～245。

〔註16〕馮夢龍〈承天寺代化大悲象疏〉言：「余表舅氏刺史玉亭毛公迎住承天寺方丈」。收入高洪鈞輯《馮夢龍集》，頁 227。毛玉亭事蹟另可參明文秉《姑蘇名賢續紀》〈莒州知州玉亭毛公〉。

於仕宦之路。

　　從所著的《麟經指月》中，可以知道，馮夢龍從小頗讀經籍，〔註17〕故《蘇州府志》稱其「尤明經學」。他在青壯年時，就像所有讀書人一樣應舉趕考，希望藉科舉求得功名。他對《春秋》用力之深，他的弟弟馮夢熊自稱受《春秋》于兄，曾詳細敘述馮夢龍攻讀《春秋》的情形：

　　　　余兄猶龍初治《春秋》，胸中武庫不減征南，居恆研精覃思。曰：吾
　　　　志在《春秋》。牆壁戶牖，皆置刀筆者積二十餘年而始愜。其解粘釋
　　　　縛，則老吏破案，老僧破律；其劈肌分理，則析骨還父，析肉還母；
　　　　其宛折肖傳，字句間傳神寫照，則如以燈取影，旁見側出，橫斜平
　　　　直，各得自然。

　　馮夢龍因為治《春秋》，深知寄事言理之法，因此認為「雖稗官野史，莫非療俗之聖藥」（〈太平廣記鈔小引〉）。為日後編纂《古今譚概》、《廣笑府》、《情史》提供了條件。他認為從《春秋》至稗史皆是寄事言理，故當他不得志於科場時，轉而從事編纂稗史的工作。

　　清褚人穫《堅瓠集》記有馮猶龍的一些逸事，〔註18〕雖然不一定盡屬事實，卻可以約略見出其疏狂的個性。這種性格源於晚明時代放誕風氣及其個人遭遇。湯顯祖稱李贄為「畸人」。〔註19〕而馮夢龍的朋友亦稱他為「畸人」、「狂士」，所以馮夢龍逝世時，他的朋友王挺曾作挽詩：

　　　　學道毋太拘，自古稱狂士。風雲絕等夷，東南有馮子。上下數千年，
　　　　瀾翻廿一史。修詞逼元人，紀事窮纖委。笑罵成文章，燁然散霞綺。
　　　　放浪忘形骸，筋詠托心裡。石上聽新歌，當隄候月起。逍遙豔冶場，
　　　　游戲煙花裡。本以娛老年，豈為有生累。予愛先生狂，先生忘予卑，
　　　　從此時過從，扣門輒倒履。興會逾艾齡，神觀宜久視。去年戒行役，
　　　　訂晤在鴛水。及泛西子湖，先生又行矣。石梁天姥間，于焉恣游履。
　　　　忽忽念故國，匍匐千餘里，感憤填心胸，浩然返太始。〔註20〕

---

〔註17〕馮夢龍在《麟經指月》發凡中曾說：「不佞童年受經，逢人問道，四方之秘莢，
　　　　盡得疏觀。」
〔註18〕參見《堅瓠集》首集卷三〈改蘇詩〉條、七集卷四〈嘲妓〉條、九集卷四〈馮
　　　　猶龍抑少年〉條、十集卷四〈葉子〉條、卷四〈十鬮子語〉條，續集卷二〈西
　　　　樓記〉條。
〔註19〕原見《玉茗堂集》〈尺牘一〉：「有李百泉先生者，見其《焚書》，畸人也。」此
　　　　轉引自王凌《畸人、情種、七品官──馮夢龍探幽》，〈馮夢龍與李贄〉，頁62。
〔註20〕馮夢龍在乙酉游苕溪、武林前，曾與王挺訂約於西游相晤。此詩寫於清順治

在王挺的眼中，馮夢龍是一個「放浪忘形骸」、「逍遙豔冶場，游戲煙花裡」的「狂」人。而董斯張曾說：「虎阜之陽，雀市之側，其中有畸士焉。」〔註21〕馮夢龍也自稱「海內畸士」、「馮子名夢龍，字猶龍，東吳之畸人也。」（〈智囊自序〉）什麼是「畸人」呢？馮夢龍把人分為「至人」、「下愚」、「常人」、「畸人」四種：

> 至人無夢，其情忘，其魂寂；下愚亦無夢，其情蠢，其魂枯；常人多夢，其情雜，其魂蕩；畸人異夢，其情專，其魂清。（《情史》卷九〈情幻類〉李月華條後的「情史氏曰」）

「畸人」的特點是「異夢」、「情專」、「魂清」，馮夢龍曾自言：

> 余少負情痴，遇朋儕必傾赤相與，吉凶同患。聞有人奇窮奇枉，雖不相識，求為之地，或力所不及，則嗟嘆累日，中夜展轉不能寐。
>
> 見一有情人，輒欲下拜。或無情者，惡言相忤，必委曲以情導之，萬萬不從乃已。（〈情史序〉）

自言「少負情痴」，見有情人，「輒欲下拜」；見無情者，「必委曲以情導之」，意欲天下人都與他一樣有情。由此說明他是一個感情豐富的人。因此，他會有以「情」作為評價文學作品的標準的想法。

馮夢龍年青時曾徵逐歡場，《太霞新奏》及《吳騷合編》所收馮氏散曲，多有與友輩涉足青樓之作。又曾編輯《山歌》。在編刊《山歌》前，其《掛技兒》已先行世。〔註22〕寄情酒色的生活，使馮夢龍熟悉青樓女子的辛酸和無奈，更了解市井小民的痛苦和悲哀，這也許是他願意為廣大群眾代言的原因之一。〔註23〕

## 第二節　交　游

搜索馮夢龍的傳記資料，可以發現除了去麻城講學和赴丹徒、壽寧仕宦外，大多數時間裡，他的活動地點都在蘇州府，而與他往來的友人亦以蘇州

---

三年。原見於陳瑚輯《離憂集》卷上〈減庵〉。此轉引自高洪的《馮夢龍集》，頁6。
〔註21〕董斯張〈宛轉歌敘〉，轉引自陸樹崙《馮夢龍散論》，〈關於《三言》的纂輯者〉，頁4。
〔註22〕〈山歌序〉云：「山歌……其功於掛技兒等，故錄掛技詞而次及山歌。」
〔註23〕鹿憶鹿，《馮夢龍所輯民歌研究》，頁31。

府人爲主，如袁韞玉、許自昌、毛允燧、沈璟、沈自晉、沈自繼、沈自南、文從簡、文震孟、毛晉等人，或者是與蘇州有相當淵源，如范文若、王驥德、祁彪佳、熊廷弼、鍾惺等人，多與蘇州文人有密切的往來。馮夢龍曾有麻城之行，是否因此而受有其他地域人士之影響？是否可以從馮夢龍的交游中，推求出一些影響馮夢龍志趣或思想的因素？

## 一、馮夢龍的社友

　　文人結社往來，在明代尤其是中期以後，相當盛行。馮夢龍曾有多次的結社活動，且爲相當活躍之人物，而其社友多爲當時知名文士。結社活動對馮夢龍的思想、品德、愛好和學識，頗有影響。〔註 24〕從這些社友身上可以看到馮夢龍的思想、志趣。關於馮夢龍與朋友結社往來，有以下幾處記載：

1. 文從簡（西元 1574～1648）作的《馮猶龍》詩中提及：「一時名士推盟主，千古風流引後生」。〔註 25〕

2. 馮夢龍《麟經指月》發凡：「頃歲讀書楚黃，與同社諸兄弟掩關畢業。……同社批點，並列之。」

3. 毛瑩（西元 1594～　？）〈馮夢龍先生席上同楚中耿孝廉夜話〉一詩，〔註 26〕言：「千里雲停懷舊社，一時星聚結新知。」

4. 崇禎七年（西元 1634），馮夢龍在《智囊補》自序中提及：「書成，值余將赴閩中，而社友德仲氏以送余故，同至松陵，德仲先行，余指月、衡庫諸書，蓋嗜痂之尤者。因述是語爲敘而畀之。吳門馮夢龍題於松陵之舟中。」〔註 27〕

5. 董斯張〈怨離詞評〉云：「子猶自失慧卿，遂絕青樓之好。有〈怨離〉詩三十首，同社和者甚多。總名《鬱陶集》。」

6. 梅之熉〈古今譚概序〉下署：「古亭社弟梅之熉惠連述。」

7. 馮夢龍七十歲（西元 1642）時，錢謙益（西元 1582～1664）曾作詩以

---

〔註 24〕陸樹崙，《馮夢龍研究》，頁 63。

〔註 25〕文從簡，字彥可，長洲（蘇州府長洲縣）人。此詩收入陳濟生輯《天啓崇禎兩朝遺詩》卷八〈文彥可詩〉。

〔註 26〕毛瑩，字湛光，吳江（蘇州府吳江縣）人。此詩原見毛瑩《晚宣樓集》卷五，此則轉引自高洪鈞輯《馮夢龍集》，頁 3。

〔註 27〕張我城（德仲），長洲人。崇禎七年（西元 1634），馮夢龍以歲貢選授福建壽寧知縣，將赴任，張我城送行，至松陵，即松陵舟中爲《智囊補》序。

賀。據其詩中自注可知，錢謙益與文震孟（西元 1574～1636）〔註 28〕、
姚希孟（西元 1579～1636）〔註 29〕與馮夢龍爲同社社友。〔註 30〕
由此推測馮夢龍可能參加過一些「社」：〔註 31〕

## （一）韻　社

青年時期，馮夢龍與董斯張等組織過韻社，〔註 32〕開展寫詩等活動。〔註 33〕
馮夢龍與侯慧卿分離後，爲侯慧卿寫了〈怨離詞〉三十首，收入於《太霞新奏》，
後有董斯張（即靜嘯齋）評云：

> 子猶自失慧卿，遂絕青樓之好。有〈怨離詩〉三十首，同社和者甚
> 多。總名《鬱陶集》。如此曲直是至情迫出，絕無一相思套語，至今
> 讀之，猶可令人下淚。（《太霞新奏》卷七）

可知馮夢龍與董斯張爲同社社友。他們「結社聯吟，力扶詩教」，「商榷著作」，
揣摩文章。〔註 34〕

梅之煃〔註 35〕爲《古今譚概》作序，自稱「古亭社弟」，稱贊馮夢龍的作

---

〔註 28〕文震孟，字文起，長洲（蘇州府長洲縣）人，文徵明之曾孫。其生平傳記見
《明史》卷二五一。

〔註 29〕姚希孟字孟長，長洲人。文震孟爲其舅，其生平傳記見《明史》卷二一六。

〔註 30〕錢謙益字受之，常熟（蘇州府常熟縣）人。是《麟經指月》的參閱者。在他
的《初學集》卷二十下錄有〈馮二丈猶龍七十壽詩〉，並詩中自注：「馮爲同
社長兄，文閣學、姚宮詹皆社中人也。」

〔註 31〕胡萬川之〈馮夢龍與復社人物〉（《中國古典小說研究專集》1，1989 年 8 月，
頁 123～136），是一篇極成功的馮氏交游考，雖然與馮夢龍來往的朋友大多在
復社榜上，但沒有文獻可以證明馮夢龍是復社的成員。而金德門〈馮夢龍社
籍考〉（《中華文史論叢》，1985 年第 1 期）、姚政〈馮夢龍與韻社成員名單〉
（《中華文史論叢》，1987 年第 1 期）均以爲馮夢龍並非復社成員，而是韻社
的一分子。

〔註 32〕據王凌推斷，馮夢龍與侯慧卿分離，在三十五歲以前，故韻社的成立，應在
馮之青年時期。參見王凌，《畸人、情種、七品官 —— 馮夢龍探幽》，〈馮夢
龍與侯慧卿〉，頁 26。

〔註 33〕王凌認爲這個「韻社」除了寫詩外，似還包括寫散曲以及搜集、擬作民歌等。
見王凌，《畸人、情種、七品官 —— 馮夢龍探幽》，〈也考馮夢龍的“社”
籍〉，頁 75。

〔註 34〕見《湖州府志》卷七十五〈人物傳·文學二〉。

〔註 35〕梅之煃，字惠連，梅國楨之子，梅之煥的從弟。《黃州府志》卷二十五〈隱
逸〉云：「博涉群書，頡頏海內名宿。明末亂起，棄陰襲，散家財，歸隱囊
山爲僧，別號橋木，以著述自娛，祀鄉賢案。之煃常與三吳復社諸子主盟文
壇，馳聲海內。國變後，北行上書，請葬莊帝烈，歸隱囊山，地極幽僻。晚
且祝髮，披緇，糲衣糲食，以終其身。」著有《春秋因是》、《萍廬史論》等

品是「羅古今于掌上，寄春秋于舌端」。《古今譚概》於萬曆庚申（西元 1620）
改題《古今笑》出版時，有「韻社第五人」作序，序中稱「推社長子猶爲笑
宗焉。子猶固博物者，至稗編叢說，瀏覽無不遍，凡揮塵而譚，雜以近聞，
諸兄弟輒放聲狂笑。」似乎馮夢龍在中年時期又參加過另一個「韻社」。這個
韻社是否就是與董斯張等組成的韻社呢？尚無法作出定論。可以推測得知的
是，不同時期的馮夢龍有著不同的言行表現：青年時的馮夢龍，與社友流連
茶樓酒館；中年時的馮夢龍，則與社友縱情地談古論今。

### （二）文　社〔註36〕

馮夢龍曾與梅之煥（西元 1575～1641）〔註37〕、陳無異等人結成研讀《春
秋》的文社，馮夢龍在《麟經指月》發凡中說：

> 不佞童年受經，逢人問道，四方之秘笈，盡得疏觀，廿載之苦心，
> 亦多研悟，纂而成書，頗爲同人許可。頃歲讀書楚黃，與同社諸兄
> 弟，掩關卒業，益加詳定，撥新汰舊，摘要芟煩，傳無微而不彰，
> 題雖擇而不漏，非敢僭居造後學之功，庶凡不愧成先進之德耳云。

可知該社的主要活動是研讀《春秋》。這個文社成員，或是已中舉或正爲
科舉而攻讀的知識分了。〔註38〕如：錢謙益、文震孟、姚希孟、陳無異、梅
之煥等人。以文震孟而言，弱冠即以春秋舉於鄉。

由于成員、活動內容、結社宗旨不同，此社與上述韻社應屬于兩種性質
不同的社。由以上的資料可知馮夢龍應不僅參加過一個社，且結社的時間、
性質及參加者均不盡相同。是否可以從試著分析馮夢龍同社好友的特點而對
馮夢龍有一番了解。

---

書。

〔註36〕 陸樹崙以爲在萬曆三十二年至三十七年（西元 1604～1609）間，馮夢龍曾與
文震孟、姚希孟、錢謙益等七人組織文社。見山東大學文史哲研究所主編：《中
國歷代著名文學家評傳》第四卷，頁 449。據眉史氏《復社紀略》卷之一稱：
「令甲以科目取人，而制義始重。士既重于其事，咸思厚自濯磨，以求付功
令。因共尊師取友，互相砥礪。多者數十人，少者數人，謂文社。即此以文
會友，以友輔仁之遺則也。好修之士，以是學問之地，馳騖之徒，亦以是爲
功名之門。所從來舊矣。」故「文社」應爲當時文人結社社名之通稱。

〔註37〕 梅之煥，字彬父，號長公，別號信天，麻城人。萬曆三十二年（西元 1604）舉
進士，爲官清正，不畏權勢。侍郎梅國楨從子。其生平傳記可參見《明史》卷
二四八《梅之煥傳》。梅之煥曾先後爲馮夢龍的《麟經指月》和《智囊補》作序。

〔註38〕 王凌，《畸人、情種、七百官 —— 馮夢龍探幽》，〈也考馮夢龍的"社"籍〉，
頁 78。

1. 董斯張

董斯張（西元1587～1628）出身官宦世家，「獨行孤嘯」，「于生計最拙，獨耽于書」，在科舉上不得志，以廩貢生終其一生，卻有不少著述。〔註39〕《明詩綜》卷六十五、《明詞綜》卷五、《明詩紀事》庚籤卷八、《天啓崇禎兩朝遺詩》卷八均選錄了他的作品。董斯張一些擬作民歌和散曲，都被馮夢龍收入了自己編纂的《挂枝兒》、《太霞新奏》書中，並加評語。如馮夢龍《挂枝兒》卷三收錄〈噴嚏〉一首，馮夢龍評曰：

> 此篇乃董遐周所作。遐周曠世才人，亦千古情人，詩賦文詞，靡所不工，其才語不能測之也，而其情則津津筆舌下矣。

二人不僅均爲有「情」之人，且同樣重視民歌俗曲。馮夢龍曾因目見董斯張與心中「念之不釋」的歌妓薛生相見時「握手唏嘘之狀」，而爲之作南呂曲〈爲董遐周贈薛彥升〉。董斯張與馮夢龍由於志趣相同，交往頻仍，〔註40〕二人的經歷亦頗有類似之處。不僅多次評論馮夢龍所寫的散曲，還爲《宛轉歌》寫序，並代爲梓行，亦是《麟經指月》的參閱者，卷六的校訂者。馮夢龍亦曾爲董斯張的《廣博物志》作過校訂。馮夢龍之室名「墨憨齋」，他的一些著作常題作「墨憨齋主人撰」，董張斯亦有室名「靜嘯齋」，他的大部分著作亦是以此題識的。〔註41〕

2. 梅之熉

梅之熉從來沒有中過科舉。《麻城縣志》卷九〈耆舊・名賢〉稱其：「持

〔註39〕《南潯鎮志》卷十二言及董氏一門三代四進士，「豪富冠東南」。周慶遠《南潯志》裡曾對董斯張作了一番介紹：「董斯張，原名嗣暲，字然明，號遐周，又號借庵。道醇第六子，廩貢生。清羸善病，獨行孤嘯，自號瘦居士。于生計最拙，獨耽于書，手錄不下百帙，泛覽百家，旁通二氏。生平契厚，皆海內名士，如吳郡范長倩，雲間董元宰，同郡潘昭辰、韓求仲、凌茗柯、沈千秋諸公，日與往還，商榷著述。而篤好論詩，與曹能始、吳北海、王亦房、韓人谷、范東孫、吳凝夫、孫孟樸，結社聯吟，力扶詩教。留心吳興掌故，一爲《藝文補》，一爲《備志》。伏床喀血，獨兀兀點筆。」此轉引自陸樹崙，《馮夢龍研究》，頁65～66。另據錢謙益《列朝詩集小傳》丁集下之記載，可知董斯張尚撰有《廣博物志》四十卷。

〔註40〕明末清初的陳濟生所輯《天啓崇禎兩朝遺詩》卷八，收有董斯張〈偕馮猶龍登吳山〉詩，又《太霞新奏》卷七收錄〈爲董遐周贈薛彥升〉之序言：「苕溪董遐周來遊吳下」，可知董斯張曾至吳訪馮夢龍。

〔註41〕至今傳世的神魔小說《西游補》，題作「靜嘯齋主人著」，有些學者如高洪鈞以爲當爲董斯張所作。

身方正，勵學湛深，博極群書，工制舉藝。」初，「棄文武蔭襲，繼以武蔭久曠，例應降奪」，方「俯就襲職」。〔註42〕梅之熉久不襲職，原是想從科甲出身，雖所作之時文為人所肯定，但卻屢試不第。

梅之熉與董斯張皆是世家子弟，都受過傳統教育，董斯張以歲貢終，梅之熉則襲父蔭。他們和馮夢龍一樣既參加韻社，又參加研讀《春秋》的文社，他們有某些相似點，雖接受傳統教育的薰陶，卻因對現實不滿，而表現出狂蕩不羈的舉動。梅之熉之困頓遭遇與對現實不滿的心情與馮夢龍是一樣的。所以他們會為了考中科舉而組織研讀《春秋》的文社，也會因為了科舉失意，「抑鬱無聊」，而組織可以「放聲狂笑」的韻社。

梅之熉撰有《春秋因是》三十卷，《四庫全書總目提要》將之列入〈經部‧春秋類〉的存目，認為此書反映明季時文之弊。他和馮夢龍一樣，雖曾研治《春秋》而有撰述，卻僅是為應科舉之需。

## 二、戲曲、小說上的同好

在《太霞新奏》中，馮夢龍曾提及與同鄉前輩張鳳翼（西元 1527～1613）〔註43〕、梁辰魚（約西元 1521～1594）〔註44〕交往，從中獲得教益。

袁韞玉（西元 1599～1674），名晉，字令昭，吳縣（蘇州府吳縣）人。袁韞玉《西樓記》完成，曾「就正於馮夢龍」，馮夢龍為之批點，〔註45〕並增《錯夢》一齣。〔註46〕馮夢龍《萬事足》係袁樂句。《南詞新譜》中收有「袁韞玉鵲鸘裘」，稱「所著有劍嘯閣傳奇五種」。

〔註42〕《麻城縣志》前編卷八〈選舉‧梅國楨〉稱：「以監軍都御史平哱寇廕錦衣衛百戶，子之熉未襲，遇國變而止。」
〔註43〕張鳳翼，字伯起，撰有《紅拂記》。
〔註44〕梁辰魚，字伯龍，昆山人，撰有《浣紗記》。
〔註45〕陸樹崙：《馮夢龍研究》，頁 22 記載：日本狩野直憙藏有馮夢龍評點的《西樓記》。
〔註46〕《漁磯漫抄》中記載了這件事：「袁韞玉《西樓記》初成，往就正于馮夢龍。龍覽畢，置案頭，不置可否，袁惘然不測所以而別。馮方絕糧，室人以告。馮曰：『無憂，袁大今夕饋我百金矣！』乃戒閽人弗閉門，袁相公饋銀來，必在更餘，可徑引至書室也，室人皆以為誕。袁歸，踟躇至夜，忽呼燈持百就馮。及至，見門尚洞開，問其故，曰：『主方秉燭在書室相待也。』驚趨而入。馮曰：『吾固料子必至也。詞曲俱佳，尚少一齣，今已為增入矣，乃《錯夢》也。』袁大勝折服。是記大行，《錯夢》尤膾炙人口。」原見雷曉峰《漁磯漫鈔》卷十，並見楊恩壽《詞餘叢話》卷三。此則轉引自路工〈馮夢龍及其對民間文學的貢獻〉，《訪書見聞錄》。

許自昌，字玄祐，吳縣人。楊定見攜李贄評點的《忠義水滸傳》至吳，袁無涯與馮夢龍共同修改時，許自昌曾提供了一些有關《水滸傳》的雜志、遺事。許自昌撰有《水滸記》、《報主記》、《靈犀珮》、《弄珠樓》（《曲錄》卷四〈傳奇部上〉）。

沈璟（西元 153〜1610），〔註47〕字伯瑛，號詞隱，吳江（蘇州府吳江縣）人。馮夢龍於曲學素師事之，少時所作《雙雄記》傳奇，曾就正於沈，沈璟亦曾將丹頭秘訣傾懷相授，〔註48〕所以祁彪佳說他「確守詞隱家法」。沈璟對馮夢龍是非常稱贊的。

沈自晉（西元 1580〜1660），字伯明，吳江人，馮夢龍作《雙雄記》，沈曾為之校訂。沈自晉《南詞新譜》書後所附沈自友之〈鞠通生小傳〉云：「一時名手如范、如卜、如袁、如馮，互相推服，卜袁為作傳奇序，馮所選《太霞新奏》推為壓卷。」〔註 49〕馮夢龍晚年曾再三敦促沈編修曲譜；易簀時曾有遺書致沈，並將《墨憨詞譜》的未完稿相授，囑沈卒業。沈曾謹遵遺托，並作「和馮子猶辭世詩二律」。〔註50〕在《南詞新譜》中收有馮夢龍的《新灌園記》及墨憨齋散曲。

沈自繼（西元 1591〜1641），字君善，吳江人。馮夢龍在乙酉游雪川歸，曾造沈的書齋，促沈繼修曲譜。〔註51〕

沈自南（西元 1613〜？），字留侯，吳江人。馮夢龍在乙酉游雪川歸，與沈自繼聚首修譜，就在沈的留侯齋。〔註52〕

范文若（西元 1587〜1634），字香令，松江（南直隸松江府）人。當馮夢

---

〔註47〕據凌敬言，〈詞隱先生年譜及其著述〉一文所考，沈璟卒於萬曆三十八年。見《燕大文學年報》第五期。

〔註48〕馮夢龍為王驥德《曲律》作敘，言：「余早歲曾以雙雄戲筆，售知於詞隱先生，先生丹頭秘訣，傾壞相授。」

〔註49〕范指范文若，卜指卜世臣，袁指袁于令，馮指馮夢龍。范、袁等人，在前後文已有論及，於此，對卜世臣略作說：卜世臣，號大荒逋客，秀水人，生卒年均不詳。磊落不諧俗，日閉戶著書，其他事跡無可考。善作曲，師法沈璟。據《曲錄》卷四〈傳奇部上〉得知著有傳奇《冬青記》與《乞麾記》各一本。據《嘉興府志》得知著有《樂府指南》、《卮言》、《多識編》及《山木合譜》。又《曲品》中亦有關於卜世臣的記載。

〔註50〕見沈自晉〈南詞新譜凡例續〉，《南詞新譜》（善本戲曲叢刊第三輯）。

〔註51〕見沈自南〈南九宮新譜序〉。

〔註52〕見沈自南〈南九宮新譜序〉，沈自南事蹟另可參見《今世說》卷三〈錢牧齋〉條。

龍與沈自繼重定九宮曲譜時，「香令先生秘帙來正宮商」，﹝註53﹞而《南詞新譜》中收有范香令的《夢花酣》，言「所著博山堂傳奇若干」。

祁彪佳（西元 1602～1645），﹝註54﹞字虎子，山陰（浙江紹興府山陰縣）人。首次撫吳時（崇禎四年），曾囑馮夢龍遍索吳江沈姓的作品。﹝註55﹞甲申冬，馮夢龍送祁彪佳歸里時，曾贈以家刻。﹝註56﹞

俞琬綸（西元 1578～1618），﹝註57﹞字君宣，號豔明。長洲人。萬曆四十一年（西元 1613）進士，同年任浙江衢州府西安知縣。馮夢龍評選之散曲集《太霞新奏》卷十，收有俞君宣〈二郎神・傅靈修五調〉，後附按語：「君宣資近于詞，下筆靈秀，頗似湯臨川，但于此道中聞見未廣耳。《自娛集》所刻，多出韻落調。偶獲全璧，亦異事也。」卷十二則有龍子猶〈步步嬌・別思〉，標明：「改俞君宣。」〈尾聲〉後有按語云：「君宣料，子猶調，合之雙美。」俞琬綸《自娛集》卷八〈打棗竿小引〉言：

> 街頭歌頭耳，何煩手爲編輯，更付善梓，若欲不朽者，可謂童痴。吾亦素作此興，嘗爲琵琶婦陸蘭卿集二百餘首，間用改竄。不謂猶龍已早爲之，掌錄甚富，點綴甚工。而蘭卿所得者，可廢去已。蓋吾與猶龍，俱有童痴，更多情種，情多而寡緣，無日無牢愁，東風吹夢，歌眼泣衣，吾兩人大略相類。此歌大半牢愁語，聊以是爲估

---

﹝註53﹞ 見沈自南〈南九宮新譜序〉。

﹝註54﹞ 徐朔方以爲馮夢龍早年劇作《雙雄記》，約作於萬曆三十六年（西元 1608），是由時任長洲縣知縣祁承㸙的授意，以當地曾發生的惡叔爭產，侄兒被陷害的一件冤案爲題，再加上自己友人和一個妓女的故事。見徐朔方：〈馮夢龍年譜引論〉，《浙江學刊》，1992 年第六期，頁 147～151。不知此說何據，但若爲事實，則馮夢龍與祁彪佳相識，則爲理所當然，因祁彪佳爲祁承㸙之子。

﹝註55﹞ 見沈自晉〈南詞全譜凡例續〉言：「祁公前來巡按時，托子猶索先詞隱傳奇，及余拙刻，并吾家諸弟姪筆諸詞殆盡，嚮以知音，特善子猶，是日送及平川而別」。

﹝註56﹞ 原見祁彪佳《甲申日曆》，此則轉引自陸樹崙《馮夢龍研究》，頁 73。

﹝註57﹞ 馬泰來在美國國會圖書檢讀明人別集時，看到俞琬綸的《自娛集》十卷萬曆原刊本。卷八有〈打棗竿小引〉，得知俞琬綸乃爲馮夢龍所編民歌集撰寫者。又據《自娛集》中有文震孟戊午（西元 1618）中秋序，有「後死者之任」語，可見俞卒于萬曆四十六年（西元 1618）病歸不久。又據姚希孟〈祭俞西安君宣文〉，知俞卒年僅四十一。推斷俞應是萬曆六年（西元 1578）生。見馬泰來，〈研究馮夢龍編纂民歌的新史料——俞琬綸的《打棗竿小引》〉，《中華文史論叢》，1986 年第一輯，頁 269～270。俞琬綸事蹟可參見明文秉《姑蘇名賢續記》〈西安縣知縣君宣俞公〉。

客樂。每一宛唱，便如歸風信鴿。平時闊絕者，怳然面對。天下多
情，寧獨吾兩人乎。如以春蛙秋蟬聽之，而笑爲蛬鄙，笑者則蛬鄙
矣。歌不足傳，以情傳。巴歌、櫂歌、踏歌、白苧歌、吳歈歌，或
入琴箋，或供詩料，至今有其名，是豈在歌也。〔註58〕

俞琬綸與馮夢龍「俱有童痴」，「更多情種」，二人頗爲相似，在對於民歌
收集上，二人均竭盡心力。馬泰來以爲馮俞皆性情中人，宜其爲友。〔註59〕

馮夢龍與曾爲王驥德《曲律》作序，自稱後學。〔註60〕又說：「余早歲曾
以《雙雄》戲筆，售知于詞隱先生。先生丹頭秘訣，傾懷相授，而更諄諄爲
余言王君伯良也，先生所修《南九宮譜》，一意津梁後學；而伯良《曲律》一
書，近鐫于毛允遂氏，法尤密，論尤苛，……洵矣攻詞之針砭，幾于按曲之
申、韓。」

沈德符（西元 1578～1642），字景倩，秀水（浙江嘉興府秀水縣）人，在
其所撰《萬曆野獲編》卷二十五附「金瓶梅」條記載：「袁中郎觴政以《金瓶
梅》配《水滸傳》爲外典，予恨未得見。丙午，遇中郎京邸，問曾有全帙否？
曰，第睹數卷，甚奇快，今惟麻城劉涎白承禧家有全本，蓋從其妻家徐文貞
錄得者。又三年，小修上公車，已攜有其書，因與借鈔挈歸。吳友馮猶龍見
驚喜，慫恿書坊以重價購刻。」可知當馮夢龍得知沈德符有鈔本《金瓶梅》（約
在萬曆三十七年），〔註61〕曾慫恿書坊重價購刻，但沈德符未允。

蔣之翹，秀水（浙江嘉興）人，甲申後，隱於世。馮夢龍〈智囊補自敘〉
云：

---

〔註58〕轉引自馬泰來，〈研究馮夢龍編纂民歌的新史料 —— 俞琬綸的《打棗竿小
引》〉。
〔註59〕馬泰來據康熙《江南通志》卷四十三〈人物〉：「風流文采，掩映一時。但放誕
不能居官，臺憲劾之，云：聊有晉人風味，絕無漢官威儀。琬綸笑曰：云"絕
無"可稱知己，云"聊有"不無遺憾。著書自娛，臨池最勝。」康熙《衢州府
志》卷三〈循吏〉則稱其：「政清事簡，在任二年，恤民造士，罔不真切。以
病歸，行李蕭然。及卒，貧不能舉喪，猶待婺舟贈賻。」得知俞琬綸與馮夢龍
之性情與爲人有相近之處，所以馬泰來有此看法。見〈研究馮夢龍編纂民歌的
新史料 —— 俞琬綸的《打棗竿小引》〉。但據查《江南通志》，在卷一六五〈人
物志・文苑〉中有俞琬綸小傳，卻不見此段引文，不知馬泰來據何摘引。
〔註60〕序言：「天啓乙丑春二月既望，古吳後學馮夢龍題于萑溪之不改樂庵。」
〔註61〕馬泰來以爲馮夢龍和枕德符相晤，可能晚至萬曆四十一年（西元 1613）。參看
馬泰來：〈諸城丘家與《金瓶梅》〉，《中華文史論叢》，1984 年第三輯，頁 204
～205。

憶丙戌歲，余坐蔣氏三徑齋小樓，近兩月，輯成《智囊》二十七卷。
學者以爲蔣氏即指蔣之翹。〔註62〕馮夢龍纂集《智囊》時，之所以能在二個月內完成，資料的充足供應應是首要條件。而蔣之翹雖出身寒素，卻好搜羅書籍，庋藏頗富，嘗校刊《楚辭》、《晉書》、《韓柳文集》，又輯《檇李詩乘》十四卷。「晚年無子，書佚，無存者」。〔註63〕

李贄去世後，門人楊定見（字鳳里，麻城人）將李贄評點的《忠義水滸全傳》「攜至吳中，吳士人袁無涯、馮猶龍等酷嗜李氏之學，奉爲蓍蔡，見而愛之，相與校對再三，刪削訛謬……精書妙刻，費凡不貲。開卷琅然，心目沁然，則此刻也。」當馮夢龍與袁無涯共同修改時，許自昌（吳縣人）曾供給了一些有關《水滸傳》的《雜志》、《遺事》。楊定見何以認識馮夢龍呢？因爲此時麻城人陳無異爲吳縣縣令，〔註64〕楊定見先在陳無異處結織了袁無涯，〔註65〕而由陳無異及袁無涯轉薦楊定見認識馮夢龍。

## 三、出版家

袁無涯是蘇州出版家，曾與馮夢龍共同修改李贄評點的《忠義水滸傳》。馮夢龍在《太霞新奏》中〈送友訪妓〉一曲序中說：「王生冬名姝也，與余友無涯一見成契，將有久要」，而「冬迫于家累，比再訪，已鬻爲越中蘇小矣」。馮夢龍爲袁無涯對名妓王生冬之深情感動，寫了這首〈送友訪妓〉贈袁無涯以示支持。

毛允燧字以遂，吳江（蘇江府吳江縣）人。明代馳名吳中的松陵八駿之一。馮夢龍〈曲律序〉云：「吾史願得工詩人者，補二律，以備三章。則請謀之允燧氏。」王驥德《曲律》卷四〈雜論第三十九下〉亦言：「小曲《挂枝兒》即《打棗竿》，是北人長技，南人每不能及。昨毛允遂貽我吳中新刻一帙，……」。可知毛允燧曾爲馮夢龍刊刻《挂枝兒》。

---

〔註62〕參見朱澤吉：〈馮夢龍師友錄〉，《河北師院學報》（哲社報）1988年第一期及陸樹崙：《馮夢龍研究》，頁77。

〔註63〕蔣之翹事跡可見《明詩綜》卷八十一上、《小腆紀傳》卷五十八、《明詩紀事》辛集卷三十一。

〔註64〕陳以聞，字無異，麻城人。萬曆三十五年（西元1607）進士，當年秋任吳縣令，次年二月履任，《蘇州府志》卷七十一〈名宦四〉有傳。梅之煥〈麟經指月序〉云：「吾友陳無異令吳，獨津津推轂馮生猶龍也。」

〔註65〕王凌據楊定見《袁無涯刊李贄評忠義水滸全傳》小引而知。見《畸人、情種、七品官——馮夢龍探幽》，頁33。

毛晉，字子晉，常熟（蘇州府常熟縣）人。毛晉和友人詩中，有和馮夢龍《冬日湖村即事》詩一首。

## 四、其　他

萬曆三十九年（西元 1609），熊廷弼〔註66〕「當督學江南時，試卷皆親自批閱」，「凡有雋才宿學，甄拔無遺。吾吳馮夢龍，亦其門下士也。」曾識拔馮夢龍與侯峒曾。當馮夢龍因刊布《挂枝兒》遭人攻訐，向熊廷弼求解時，熊廷弼不僅飛書當道，爲之排解，並提出「海內盛傳馮生掛枝兒曲，曾攜一二冊以惠老夫乎？」〔註67〕

侯岐曾兄弟三人，嘉定人。清人顧沅所輯《吳郡文編》收有馮夢龍撰〈侯雍膽《西堂初稿》序〉：

> 往予與三膽讀書西堂也，蓋《韡韡編》初行後，云豫膽及梁膽俱弱冠，如渠亭、仙從二人。或指曰：此子房、此子淵。而雍膽則雪跨霜懸，總角片語，奪盡前輩名家扇篝，雖予當年劍氣弓聲，不敢略割韓彭右地，實有孫伯符英雄忌人之顧，非徒以暮出端門，蒼滿洛陽，發燕公年位可致之嘆也。而荏苒至今，尚與予困諸生間。一旦盡刻其平生之課，而以初稿屬弁曰：「西堂一會，儼然未散也」。因憶西堂讀書，暍城名士，卷帙過從，固無虛日。即黃門先生猶未謁選，時共臥起一室。而多友女廉，以膽尊宿，往來痛飲，掀髯論文，捋鬚爲壽，據鞍顧盼，迄今雄之。西堂蓋極一時父子兄弟朋友文章之樂。

「三膽」是指嘉定侯氏三兄弟：峒曾（西元 1591～1645）字豫膽、岷曾（西元？～1647）字梁膽、岐曾字雍膽。時稱「江東三鳳」。〔註68〕「黃門先生」是三膽的父親侯震暘（西元 1569～1627，字起東，號吳觀）。「女廉」是指徐友廉（一作汝廉，號允祿）。〔註69〕萬曆三十八年（西元 1610）前後，馮

---

〔註66〕熊廷弼字芝岡，江夏（湖廣武昌府江夏縣）人。
〔註67〕鈕琇《觚賸續編》卷二〈人觚・英豪舉動〉。
〔註68〕侯峒曾之子侯元暘撰《侯忠節公年譜》言：「（萬曆）三十三年乙巳（西元 1605）府君年十五。冬，與仲父、叔父同應童子科。……既試于有司，文采殊眾，當事者莊之曰：江東三鳳。」轉引自高洪鈞〈馮夢龍《西堂初稿序》考〉，《天津師大學報》，1987 年第三期。
〔註69〕侯峒曾之子侯元暘撰《侯忠節公年譜》言：「太常公有莫逆友曰女廉徐先生允祿，博學負奇氣，爲一時賢豪所宗。府君兄弟每出入，必與徐先生俱，以此益交于四方名士，四方名士于府君兄弟，亦惟恐不得當也。」轉引自高洪鈞

夢龍讀書嘉定侯氏西堂，與侯氏三贍及「嘐城名士」，「卷帙過從，固無虛日」。
萬曆四十年（西元 1612），熊公廷弼爲督學御史，峒曾「試名在第二」。〔註70〕
而岷曾早逝，馮夢熊有〈哭通家侯仲子文中茂才〉詩（收入陳濟生《天啓崇
禎兩朝遺詩》卷八〈馮杜陵詩〉），言馮、侯兩家是通家，故兩家的關係應相
當密切。

　　王挺（西元 1619～1677），是畫家王時敏之子，明中書舍人。嘗使兩浙，
不宿官舍，不飲公宴，復命之日。陳情乞養。入清，杜門著書。有司欲舉賢
才，不就，著有《太倉文獻志》、《減庵文稿》、《不盲集》等。其祖王衡字辰
玉，即馮夢龍《新平妖傳》序中所說之王緱山先生。〔註71〕

　　鍾惺（西元 1574～1625）字伯敬，竟陵（湖廣竟陵）人，所編的《盤古
志傳》等書，均系馮夢龍爲之鑒定的。〔註72〕

　　丘長孺，字坦之，〔註73〕「楚麻城世家子」，李贄（西元 1527～1602）寓
居麻城龍潭湖時，與他成爲好友，曾寫詩贈丘長孺生日。丘長孺是馮夢龍旅
寓麻城時的好友，亦曾屢游吳下。在《情史》卷六情愛類中記錄了丘長孺的
愛情故事，後有「子猶氏」云：

> 余昔年游楚，與劉金吾、丘長孺俱有交。劉浮慕愛豪華，然中懷麟
> 介，使人不測。長孺文試不偶，乃拔筆爲游擊將軍。然雅歌賦詩，
> 實未能執殳前驅也，身軀偉峰，袁中郎呼爲「丘胖」，而恂恂雅飾，
> 如文弱書生，是宜爲青樓所歸矣。〔註74〕

丘長孺和袁宏道的交往極爲密切，在袁宏道全集中，有許多與丘長孺往來的
書信與詩文。袁宏道曾爲丘長孺的詩集《北游稿》作序。

　　麻城之行（約在西元 1612 年前往），〔註75〕對馮夢龍所產生的影響是透
過在麻城結交的這些朋友，更進一步接觸李贄的思想。長期居住在家鄉蘇州

---

〈馮夢龍《西堂初稿序》考〉，《天津師大學報》，1987 年第三期。

〔註70〕見侯峒曾之子侯元，所撰《侯忠節公年譜》，轉引自高洪鈞〈馮夢龍《西堂初
　　　　稿序》考〉。

〔註71〕此據高洪鈞言，見《馮夢龍集》，頁 6。

〔註72〕陸樹崙：《馮夢龍研究》，頁 78。

〔註73〕陸樹崙《馮夢龍研究》則作「丘坦：字長孺……」。

〔註74〕明馮夢龍，《情史》，頁 201。

〔註75〕《古今譚概・卷八不韻部》宣水條後注：「余寓麻城時，或呼『金華酒』爲『金
　　　　酒』，余笑曰：然則貴縣之狗，亦當呼『麻狗』矣。坐客有臉麻者相視一笑。」
　　　　可知馮夢龍曾有麻城之行。

的馮夢龍，為什麼會去麻城呢？據泰昌元年（西元 1620）九月，馮夢龍的友
人梅之煥為馮夢龍的經學著作《麟經指月》所作之序〔註76〕可知，是陳無異
及王大可〔註77〕向麻城人推薦馮夢龍去講學。而由「田公子」（田生芝）邀請
馮夢龍去講學。

　　馮夢龍在麻城結交了許多朋友，如梅之煥〔註78〕、梅之焜、丘長孺等人，
同袁宏道兄弟亦有往來，〔註79〕這些人對李贄皆相當崇拜，他們應是馮夢龍
接觸李贄思想的橋梁。此外，因為此時距離李贄去世的時間不久，〔註80〕而
朝廷的政令又已有所鬆動，〔註81〕馮夢龍在麻城，應該很容易看到李贄的著
作，使馮夢龍得以私淑李氏之學。〔註82〕

---

〔註76〕序言：「及吾友陳無異令吳，獨津津推轂馮生猶龍也。王大可歸，亦為余言吳
　　　　三馮，仲其最著云。余附驥者久之。無何，而馮生赴田公子約，惠來敝邑，
　　　　敝邑之治春秋者，連連反問渡于馮生；指月一編發傳得未曾有。余于是蓋重
　　　　馮生，而信二君子為知言知人也。」

〔註77〕王奇，字大可，麻城人，先後在江西遂昌、廣東海南等地任職，曾到過蘇州。
　　　　梅之煥〈麟經指月序〉云：「王大可自吳歸，亦為余言：吳下三馮，仲其取著
　　　　云。」

〔註78〕梅國楨、梅之煥都與李贄有交，梅之煥曾受過李贄稱讚。

〔註79〕除上引《情史》中提及袁中郎呼丘長孺為「丘胖」，袁中郎並曾肯定丘長孺的
　　　　詩「古質蒼莽，氣韻沈雄，真是作者」（〈丘長孺〉），可見二人頗為相投。沈
　　　　德符在《萬曆野獲編》卷二十提及自己與馮夢龍、袁中郎、袁小修間關於《金
　　　　瓶梅》的軼事。又袁小修《珂雪齋集》〈壽華南居士序〉云：「余少時游武昌，
　　　　與西陵丘長孺……等，結文酒之歡。」可知馮夢龍與丘長孺、袁中郎、袁小
　　　　修等人應有交往。

〔註80〕萬曆十二年（西元 1584），李贄由湖北黃安移居麻城，次年定居在麻城龍潭湖
　　　　上的芝佛院，并在此完成《初潭集》、《焚書》、《藏書》等著作。麻城是李贄
　　　　晚年主要生活地點，李贄在麻城講學時，「一境如狂」。馮夢龍至麻城時（西
　　　　元 1612），距離李贄去世的時間（西元 1602）不久，應相當容易接觸到李贄
　　　　的思想。

〔註81〕馮夢龍赴麻城時，政府對李贄著作出版的不再那麼嚴密。錢希言《戲瑕》（《戲
　　　　瑕》一書係西元 1613 年出版）卷三「贋籍」條說：「比來盛溫陵李贄書」，又
　　　　說：「數年前，溫陵事敗，當路命毀其集，吳中鋟藏書版并廢」，「近年始復大
　　　　行」。

〔註82〕對此，學者多徵引許自昌《樗齋漫錄》卷六的文字：「吳士人……馮猶龍等，
　　　　酷嗜李氏之學，奉為蓍蔡。」而小野四平曾指出原書並無此段文字。（參見小
　　　　野四平著，魏仲佑譯，〈關於馮夢龍〉，《中國古典小說研究專集5》，頁220，
　　　　註32）所以，陳萬益先生主張對許自昌之說暫且存疑（陳萬益，〈馮夢龍「情
　　　　教說」試論〉，《漢學研究》六卷六期，民國77年6月，頁298，註2）。但是
　　　　馮氏之著作確實引用不少李氏評語，故其間仍有思想承繼的關係。

　　馮夢龍在赴麻城期間編纂的《古今譚概》一書，多次引用李贄《初潭集》中的資料和批語，并尊他爲「卓老」、「李卓老」，也是一證。而馮夢龍也與受李贄影響的袁宏道等人一樣重視小說、戲曲等通俗文學。不同的是，馮夢龍除了有自己的小說理論外，更實際從事通俗文學的編纂工作。

## 第三節　文學活動與文學觀念

### 一、馮夢龍的文學活動

　　馮夢龍文學活動的領域相當廣闊，有創作、也有更定、編選，也有注釋，涉及的範圍有：時尚小曲、通俗小說、戲劇、散曲、詩文〔註83〕、經史、雜記、曲譜、笑話、酒令、牌經等。但馮夢龍似乎並不以詩名。徐𤊹（西元1570～1642）《紅雨樓書目》中《明詩選》部分收錄明代詩人三百人，並沒有馮夢龍，而錢謙益《列朝詩集》中也沒有收錄馮夢龍的作品，但二人均與馮夢龍相熟，〔註84〕若馮夢龍的詩作有相當水準，不可能不予收入。朱彝尊（西元1629～1709）《明詩綜》卷七十一收有馮夢龍〈冬日湖邸即事〉，在〈詩話〉中，則批評道：

> 明府善爲啓顏之辭，間入打油之調，雖不得爲詩家，然亦文苑之滑
> 稽也。

朱彝尊稱馮夢龍爲「文苑之滑稽」，可見朱彝尊對馮夢龍的定位，並未將他視爲是一位詩人，除了詩作水準不高的因素外，或許馮夢龍全力從事通俗書籍的編作，亦是原因之一。

　　王凌認爲三十五歲（萬曆三十七年，西元1609）之前是馮夢龍創作的準備時期，〔註85〕從萬曆三十八年至崇禎二年（西元1610～1629），是馮夢龍的創作

---

〔註83〕馮夢龍的詩文集《七樂齋稿》至今尚未發現。鍾惺《明詩歸》卷七，收有馮
　　　　夢龍五言詩〈催科〉、〈春日往府〉兩首。又顧沅（西元1796～185）所編輯的
　　　　《吳郡文編》收了馮夢龍十四篇文章，這些文章都是天啓六年以後、崇禎三
　　　　年以前所寫的。從這十四篇文章的內容來看，除了〈侯雍瞻西堂初稿序〉是
　　　　爲朋友寫的外，其餘十三篇都是應酬文章。
〔註84〕前文已提及錢謙益與馮夢龍往來的情形。據王凌之說，馮夢龍在壽寧任職時，
　　　　著有詩集《游閩吟草》一卷，請徐𤊹作序，徐𤊹爲之作〈壽寧馮父母詩序〉。
〔註85〕此時的文學活動有：
　　　　1. 搜集整理民歌等民間口頭創作。
　　　　2. 與董遐周等人組織韻社，進行寫詩等活動。

高峰期。在這二十年間，馮夢龍編纂的作品陸續問世，據王凌之說略有六端：

1. 出版過去搜集整理的民歌集《挂枝兒》和《山歌》，時間約在萬曆三十七年（西元 1609）左右。

2. 整理、出版筆記小說，如《笑府》、《古今譚概》、《情史》（均在萬曆四十八年，即西元 1620 年前出版）和《智囊》〔註86〕、《太平廣記錄》。〔註 87〕這些故事的來源是「史書所載，采之不盡，稗官所述，閱之不盡，客座所聞，錄之不盡」（《古今譚概》卷三十六〈雜志部〉），為三言的編輯提供了豐富素材。

3. 編纂話本小說：光宗泰昌元年（西元 1620），增補羅貫中《三遂平妖傳》，將原書二十回擴展為四十回，亦於是年完成。〔註89〕天啓年間，《喻世明言》、《警世通言》、《醒世恆言》三本短篇通俗小說集先後編纂、刊刻完成。〔註90〕崇禎初年出版《魏忠賢小說斥奸書》。

4. 編輯出版散曲集：天啓七年（西元 1627）出版《太霞新奏》。〔註 91〕之前，其散曲專集《宛轉歌》（出版時間未詳）已有刊本。〔註92〕《墨憨齋新詞譜》規模亦已粗定。〔註93〕

---

3. 創作傳記文學，如〈張潤傳〉、〈愛生傳〉、〈萬生傳〉等。

4. 寫作散曲，集名《宛轉歌》，這本散曲集尚未發現，但有二十餘首收錄於《太霞新奏》中。

5. 創作傳奇《雙雄記》。

〔註86〕據馮夢龍《智囊補》自序，可知《智囊》係於丙寅年輯成。「丙寅」為天啓六年（西元 1626）。崇禎七年（西元 1634），馮夢龍以歲貢選授福建壽寧縣知縣，同年輯成《智囊補》二十八卷。

〔註87〕天啓六年九月，馮夢龍所編《太平廣記錄》八十卷亦行世。

〔註89〕日本文庫藏有該書泰昌元年刻本。

〔註90〕天啓元年（西元 1621）出版《喻世明言》、天啓四年（西元 1624）出版《警世通言》（《警世通言》書前有天啓四年序一篇）、天啓七年（西元 1627）出版《醒世恆言》（《醒世恆言》有天啓丁卯序）。

〔註91〕任二北《散曲之研究》（收錄於《元曲研究》乙編〈二、書錄〉，另見任二北所編《散曲叢刊》，名為《散曲概論》）稱《太霞新奏》十四卷，「天啓丁卯刊」，天啓丁卯即天啓七年（西元 1627）。

〔註92〕胡萬川據《太霞新奏》卷十收馮氏〈閨怨〉，跋云：「此係墨憨齋刪本，與舊刻本宛轉歌不同。」卷十一收馮氏〈代妓贈友〉，跋云：「宛轉歌原註云」，而推知宛轉歌於《太霞新奏》之前即已刻成。

〔註93〕馮夢龍之《墨憨齋新譜》並未完卷，故其遺囑以《墨憨齋新訂詞譜》托沈自晉完成。但《太霞新奏》卷二收沈伯英〈恨情〉，跋有註云：「詳見〈墨憨齋新譜〉」，又卷五收馮氏〈送友〉，〈訪伎〉之跋亦云：「參《墨憨齋新譜》定名」，

5. 改編戲曲傳奇：如崇禎元年（西元 1628）改編楚黃梅孝巳的《灑雪堂》，而《墨憨齋定本傳奇》中大部分作品都在此時完成。

6. 出版指導科舉的書籍：萬曆四十八年（西元 1620），馮夢龍所編《麟經指月》刻成。天啟五年（西元 1625）出版《春秋衡庫》。〔註94〕

## 二、馮夢龍的文學觀念

在馮夢龍早年的文學活動中，受詞學大家沈璟的影響很大，曾以《雙雄記》傳奇見知於沈璟，〔註95〕沈自晉作《望湖亭》傳奇，〔註96〕第一齣〈臨江仙〉詞云：

> 詞隱登壇標赤幟，休將玉茗稱尊，鬱藍繼有槲園人，方諸能作律，
> 龍子在多閭，香令風絕調，慢亭彩筆生春，大荒巧構更超群，鯫生
> 何所似，顰笑得其神。

這是略評吳江派的重要成員。「龍子」即言馮夢龍，即此可知馮氏在當時已被目為吳江派大家。呂天成（約西元 1573～1620 年在世，浙江餘姚人）《曲品》卷上將之列入「上之下」，卷下錄有「馮耳猶所著傳奇一本」，即《雙雄記》言：「聞姑蘇有此事，此記似為其人泄憤耳。事雖卑瑣，而能格守詞隱先生功令，亦持教之傑也。」張琦（楚叔）《衡曲麈談》亦言：「近之佳音，如龍子猶、王伯良、卜大諸君，皆生動圓轉，領異取新，脈接全筌，聲傳之籍。」〔註97〕

據馮夢熊〈麟經指月序〉和李叔元〈麟經指月序〉，馮夢龍在二十歲左右成諸生。但自此後，科舉始終失意，促使他出入青樓酒館，放蕩不羈，過著「逍遙豔冶場，遊戲煙花裡」的生活。馮夢龍這種一面讀書應考，一面又出入青樓的生活，是當時一部分讀書人的風氣。多次應考不中的馮夢龍，內心鬱抑，也促使他到歌場酒樓去尋求寄託。較長時間在茶樓酒肆中活動，使他得以接近社會下階層人民，幫助他了解他們的生活和需要，對於他編寫通俗小說、收集民間山歌，有極大的助益。

---

胡萬川以此認為在《太霞新奏》書出前，《墨憨齋新詞譜》規模當已粗定。

〔註94〕 參見王凌，《畸人・情種・七品官 ── 馮夢龍探幽》，〈"畸人"馮夢龍的創作高峰期 ── 馮夢龍生平和思想探幽之四〉，頁 41～42。

〔註95〕 王驥德《曲律》有馮序云：「余早歲曾以雙雄戲筆售知於詞隱先生，先生丹頭秘訣，傾囊相授。」

〔註96〕 望湖亭收錄玉夏齋傳奇一種中，清初刊本，故宮藏。

〔註97〕 轉引自鹿憶鹿：《馮夢龍所輯民歌研究》，頁 40。

　　當馮夢龍在進行通俗文學的搜尋整理時，是以「情」來衡量品評文學的。「情教觀」是馮夢龍編作通俗文學的思想基礎。〔註98〕鄙視並否定虛僞的文學，所以特別注意一個「眞」字，如《山歌序》言：「借男女之眞情，發名教之僞藥」，曾自言：「子猶諸曲，絕無文采，然有一字過人，曰眞」（《太霞新奏》〈有懷〉評）馮夢龍「情眞說」的內容是什麼？又在馮夢龍的文學活動中起著什麼作用？必須從探討「情眞說」的本源著手。大部分學者認爲馮夢龍的「情眞說」係直接承繼李贄的「童心說」而來。〔註99〕馮夢龍的「情眞說」是反對假道學，是主張以情感人，認爲要能抒發人的眞性情，才是好作品。在署名詹詹外史的〈情史敘〉中表達了他的「情眞」的理論，認爲「六經皆以情教化也」，只有以情施教，才能「無情化有，私情化公，庶鄉國天下藹然以情相與，于澆俗冀有更焉。」（〈情史序〉）認爲「情」是維繫社會的最重要力量，只有「情」才能使風俗淳厚。在署名龍子猶的〈情史敘〉中更強調自己的有情：「嘗戲言：我死後不能忘情世人，必當作佛度世，其佛號當云『多歡如來』」，他即是以此觀點從事通俗文學的編纂工作。

　　馮夢龍認爲詩歌應發於作者的眞心，表達人的眞情。要能表達人的眞性情，才是好作品。認爲如果詩、詞、曲等不足以表達人之性情時，則必爲流行民間的小曲所取代，所以編纂了《挂枝兒》和《山歌》。他搜集、整理和刊行《挂枝兒》及《山歌》，希望改變文壇中充斥假詩假文的風氣。〔註99〕對民歌表示重視者，有袁宏道、王驥德等人，但實際從事編纂的，只有馮夢龍一人。馮夢龍對現實的不滿及諧謔的性格，則表現於所編纂的《廣笑府》、《笑府》、《古今譚概》。

　　馮夢龍編作範圍雖廣泛各個領域，小說則爲其中之較爲重要者。馮夢龍從事小說編纂工作時，頗受其學問背景之影響，仍然秉持儒家的倫理、教化思想，但以眞情貫於其中，使教化不致流化於虛僞、虛文。因爲小說之所以能發揮教化社會的功效，在於「情教」，〔註100〕馮夢龍對小說的看法是：

　　　　大抵唐人選言，入於文心；宋人通俗，諧於里耳。天下之文心少而

〔註98〕方勝：〈論馮夢龍的情教觀〉，《文學遺產》，1985 年第四期。

〔註99〕如郭曉飛：〈漫論馮夢龍的文學觀〉，《江西大學學報》（社科版）1982 年第三期。

〔註99〕徐渭、湯顯祖、李贄、袁宏道等人，都曾提出「文學要眞」的主張，而他們所提出的眞，多是要求「出自童心」、「獨抒性靈」，要求說出心裡的話，抒發眞實感情，重點在於反對模擬，馮夢龍則更進而要求反對虛僞的詩文。

〔註100〕潘世秀：〈論馮夢龍的小說理論〉，《文學遺產》，1986 年第六期。

里耳多，則小說之資於選言者少，而資於通俗者多。試今説話人當
場描寫，可喜可愕，可悲可涕，可歌可舞，再欲捉刀，再欲下拜，
再欲決腔，再欲捐金。怯者勇，淫者貞，薄者敦，頑鈍者汗下，雖
日誦《孝經》、《論語》，其感人未必如是之捷且深也。噫！不通俗而
能之乎？（《喻世明言》序）

表明馮夢龍對小說的地位和作用的看法。將小說提升至與《孝經》、《論語》相
等的地位。認爲小說的感人程度比《孝經》、《論語》還要迅速和深入，同時認
爲由於小說采用了通俗的語言形式，所以能「諧於里耳」，並能廣泛地傳播，對
社會大眾起了相當大的影響。小說更透過通俗明曉的語言、生動的形象描繪，
對讀者產生強烈的感染力，而達到「教化」的作用。小說若不通俗，就無法充
分發揮教化作用。小說之所以要求「諧里耳」，是因爲要適應群眾的審美趣味和
閱讀要求，因此他選擇的小說故事是「人情世態之歧」和「悲歡離合之致」，是
「欽異拔新，洞心誠目」的事件，利用這些事件，去闡揚倫理觀念。又認爲：

六經國史之外，凡著述皆小說也。而尚理或病於艱深，修辭或傷於
藻繪，則不足以觸里耳而振恆心，此醒世恆言四十種，所以繼明言、
通言而刻也。……崇儒之代，不廢二教，亦謂導愚通俗，或有藉焉，
以二教爲儒之輔可也，以明言、通言、恆言爲六經國史之輔，不亦
可乎？（〈醒世恆言序〉）

他編作小說的目的是要通過這些小說來勸諭、警戒和喚醒世人。以爲小說可
以成爲「六經國史之輔」，〔註101〕寓教化勸俗於其中，有影響人們思想和行爲
的力量。因爲好的小說可以產生「怯者勇、淫者貞、薄者敦、頑鈍者汗下」
的作用。明確地指出小說的社會教育作用，甚至認爲小說的教育作用遠在《論
語》、《孝經》之上。他之所以把自己所編的三部小說，題名爲《喻世明言》、
《警世通言》、《醒世恆言》，意思是「明者，取其可以道愚也。通者，取其可
以適俗也。恆則習之而不厭，傳之而可久。三刻殊名，其義一耳。」馮夢龍
認爲小說在闡發道理時，要避免艱深晦澀，修飾詞句不要過份雕琢辭藻，一
定要淺近明白，使一般人民很容易接受。他結合了自己的編纂目的以及對《三

---

〔註101〕在〈古今小說序〉言：「史統散而小說興，始乎周季，盛于唐，而寖淫于宋。
韓非、列禦寇諸人，小說之祖也。」已經注意到小說興起與史學的關係，
并尊韓非、列禦寇爲小說之祖。又言：「暨施羅兩公，鼓吹胡元，而三國志、
水滸、平妖諸傳，遂成巨觀。」強調作者對小說發展、繁榮所具有的作用。

言》名稱的解釋，再一次強調小說的「教化作用」和「通俗性」。

　　無論是小說或戲曲，基本上，馮夢龍都抱持著相同的觀念。對於戲曲，馮夢龍又提出一些看法，他認為戲曲不僅供案頭閱讀，也需要演出相結合，戲曲要能「當場敷演」。而在〈墨憨齋新曲十種序〉又提到：

　　　　自余加改竄而忠孝志節種種具備，庶幾有關風化而奇可傳矣。若夫
　　　　律必叶，韻必嚴，此填詞家法，即世俗論議不及，余寧奉之惟謹。

積極要求傳奇須「有關風化」，須協律合韻，謹守所謂「填詞家法」。在改編陸無雙、欽虹江兩家的《酒家傭》的序言裡說：

　　　　傳奇之衰鉞，何異春秋筆哉？世人勿但以故事閱傳奇，直把做一具
　　　　青銅，朝多照自家面孔可矣。

還是強調戲曲的教化作用，並認為戲曲作品應如春秋之筆般，對事件做出正確的評價，相同於他對小說的基本觀點。

　　而據沈自晉在〈南詞新譜凡例讀〉所言：「子猶嘗語予云，人言香令詞佳，我不耐看，傳奇曲，只明白曉暢，說卻事情出，便夠，何必雕鏤如是。」雖然沈自晉不贊同馮夢龍之說法，但據此可知，馮夢龍對於傳奇亦是主張要「明白曉暢」，以求能廣泛為人所接受。馮夢龍已經注意到，要使小說、戲曲等發揮教化作用，進而產生影響，必須能為大眾所能接受，所以「通俗化」是相當重要的條件。郭曉飛以為所謂「通俗」，實際上包括形式和內容兩個方面，即在語言形式上不用古奧的文言而用淺顯的白話，在內容上則描寫為民眾所熟悉、喜聞樂見的真實生活和所嚮往的美好未來。〔註102〕

　　馮夢龍的編著所以這麼多，除了個人因素外，也是受著外在條件的影響。當時的蘇州，不僅是江南一帶的文化中心，隨著識字人口比率的提高，加上經濟繁榮，使得人們在溫飽之餘，進而有能力去要求看一些能使人產生閱讀興趣的書籍，這種需求推動出版事業的發展。書賈因應這種需求，除了刻印士子用的經史子集和應考書籍外，也刻印各種暢銷的通俗書籍，在滿足一般民眾的需求時，亦借此牟利。馮夢龍和這些刻書商頗有往來，有時是馮夢龍欲推動書商刊刻某一部書，〔註103〕或是書商促請馮夢龍整理刊刻一些通俗的

---

〔註102〕見郭曉飛：〈漫論馮夢龍的文學觀〉，《江西大學學報》（哲社版）1982 年第三期。

〔註103〕如他看到沈德符有一部《金瓶梅》，便「慫恿書坊以重價購刻」，後因沈德符不允而作罷。

書籍。《三言》便是馮夢龍「因賈人之請」而編輯整理的。因此，馮夢龍的這些文學事業，是在蘇州特殊的文風和豐阜的經濟環境中孕育出來的。

# 第二章　馮夢龍與蘇州文風的關係

　　要了解馮夢龍，除了從馮夢龍的生平著手，蘇州文風也是極重要的關鍵。可由蘇州文風去呈現馮夢龍的文學特色。如何了解蘇州文風？則由蘇州文人的種種表現來作觀察。明代中後期，是一個「狂士」輩出的時代，不但有泰州學派的思想家、文學家，還有以唐寅、祝允明爲代表的吳中文人。在他們身上都帶有不爲名教羈絆的色彩。

　　王錡（西元 1432～1499）言：

> 正統、天順間，余嘗入城，咸謂稍復其舊，然猶未盛也。迨成化間，余凡三、四年一入，則見其迥若異境，以至於今，觀美日增，閭閻輻輳。……至於人才輩出，尤爲冠絕，作者專尚古文，書必篆隸，駸駸兩漢之城，下逮唐宋，未之或先，此固氣運使然，實由朝廷休養生息之恩也。（《寓圃雜記》）

王錡的這段文字有點頗值得注意：一是蘇州前後之變化頗鉅，成化時期實乃重要之關鍵。自成化後，蘇州可謂「人才輩出」，爲前所未有之情形，同時社會風氣已經逐漸變爲奢靡，社會風氣的變化，係因經濟繁榮而導致的。二是論述了蘇州文人特色爲「專尚古文」、「書必篆隸」，蘇州文人除「工詩文」外，並多「兼擅書畫」。歸有光（西元 1506～1571）則以爲：

> 太史尊宿，幼于年輩遠不相及，而往復勤懇如素交。吳中自來先後輩相接引類如此，故文學淵源遠有傳承，非他郡之所能及也。（《震川集》卷九，〈題張幼于哀文太史卷〉）

因前後文人彼此相接引，使得蘇州自有傳承的文風。

　　清人對於明代的蘇州文人又持何種看法？《明史》卷二八六〈文苑傳〉已經注意到吳地文人與他地文人之不同表現：

> 吳中自枝山輩以放誕不羈為世所指目，而文才輕豔，傾動流輩，傳
> 說者增益而附麗之，往往出名教外。

趙翼（西元 1727～1814）《廿二史箚記》卷三十四〈明代文人不必皆翰林〉條言明代之文人中，「赫然以詩文名者，乃皆非詞館」，甚或有「不由科目而才名傾一時者」，所提及之文人中，蘇州文人就有三十三位，可知在有明一代蘇州有著重要性的地位。對於不為名教所羈的吳中文人，趙翼認為：

> 此等恃才傲物，跅弛不羈，宜足以取禍，乃聲光所及，到處逢迎，
> 不特達官貴人，傾接恐後，即諸王亦得以交接為幸，若惟恐失之。
> 可見世運昇平，物力豐裕，故文人學士得以跌蕩於詞場酒海間，亦
> 一時盛事也。（《廿二史箚記》卷三十四，〈明中葉才士放誕之習〉）

對於這些不為名教所羈絆的文人才士，無論是「達官貴人」，或是藩王，都「以交接為幸」。這些人都無物質匱乏之慮，進而要求附庸風雅，便需要文人才士來提高自身的地位和名望。

文人才士之創作必須依賴物質的基礎。換言之，由於「物力豐裕」，有了經濟力量作為後盾，文人學士方得以自在地優游於詩文酬唱及宴飲往來。文風之形成，實需繁榮的經濟作為基礎。明代蘇州文人及商人階層間的關係頗為複雜。〔註1〕明代許多文化事業的發展，如詩社、繪畫、市民文學等，都是結合了文士與商賈二者的力量。

文人才士能形成某些行為特色的條件有二，一是須有相當的人數，二是具有共通的觀念。人數方面可自書院和科考風氣考察，而「文風」是以行為、觀念的特色為分辨依據，故其組成分子不必在籍貫上為蘇州人，這些活動於蘇州的文人之觀念、生活則為「蘇州文風」的具體表現。

## 第一節　蘇州的科考風氣

因為經濟繁榮，許多人多投身於科舉之中，歸有光曾說：

---

〔註 1〕隨著社會型態的轉變，階層的流動力旺盛，彼此交往更見頻繁，不再是士農工商彼此並立的局面。商人的地位已不斷提升。士人除與商人交往外，更進而有士人兼營商賈的情形產生，而殷商之子姪多由科舉出身，如吳寬、唐寅之父親皆為商人。當時吳下有諺：「窮不讀書，富不教學」，經濟上的保障是人們從事文化教育事業的基礎，如果人們必須為生存奔波，如何有餘力讀書進而發展文化呢？經濟困窘往往使文人無法專心向學，明代蘇州有不少文士即因為經濟因素而棄學從賈。

　　吳爲人才淵藪，文字之盛，甲于天下。其人恥爲他業，自髫齔以上，
　　皆能誦習舉子應主司之試。居庠校中，有白首不自已者。江以南，
　　其俗盡然。(《震川集》卷九，〈送王汝康會試序〉)

葉盛 (西元 1420～1474) 說：

　　禮部會試，三甲之魁與高等，多出蘇、松、應天。

接著又說：

　　吳縣舊學卑隘，科目屢闕，巡撫侍郎周公忱始一新之。未幾邑生施
　　槃狀元及第。(《水東日記》卷八)

　　說明了蘇州文人熱衷趕赴科考之風氣，甚而一輩子努力於考上科舉。〔註2〕
而蘇州文人考上科舉人數頗眾更是不爭的事實。但此現象並不意味蘇州文人上
榜的機率亦大，仍然要視其參與科考的人數而定。在歷任仕宦蘇州者，如周忱
等人的努力建設下，無論是讀書的環境 (如府州縣學、書院的興復與增設) 或
文人所受的禮遇，都是使蘇州文風日盛的重要因素之一。

## 一、書院之增設與興復

　　明代重視科舉，又大興學校，〔註3〕明代應科學者皆從學校出身，〔註4〕
故使學校與科舉合流。明代蘇州府學校之設置情形如何？王鏊《姑蘇志》卷
二十四說：「今天下言學校者」，「亦必首蘇」，而「人才往往爲天下先」。可見
蘇州府學校應相當興盛。再從史料記載來具體呈現蘇州府學校興盛的情形。
據《蘇州府志》可知，明代的蘇州府設有府學、縣學及社學：

　　府學一：在蘇州府府治南。

　　州學一：在吳江縣治東北。明成化五年 (西元 1469) 提學御史陳選重建。

　　縣學：吳縣學 (在縣治西南)、長洲縣學 (在縣治東北)、崑山縣學 (在
縣治西南)、常熟縣學 (在縣治南稍東)、吳江縣學 (在東門外長橋河北)。

---

〔註2〕　如祝允明以弘治五年舉於鄉，久之不第。又如王寵自正德庚午至嘉靖辛卯，
　　　　凡八試皆不利，而文震孟更十赴會試，至天啓二年方殿試第一。又如歸有光，
　　　　連續八次參加會試，都未獲錄取。

〔註3〕　《明史‧選舉志》：「明天下府、州、縣、衛、所，皆建儒學。教官四千二百
　　　　餘員，弟子無算。教養之法備矣。……蓋無地而不設之學，無人而不納之教，
　　　　庠聲序音，重規疊矩，無間於下邑荒徼、山陬海涯。此明代學校之盛，唐宋
　　　　以來所不及也。」

〔註4〕　《明史‧選舉志》：「科舉必由學校，而學校起家可不由科舉，學校有二，曰
　　　　國學、曰府州縣學，府州縣學諸生入國學者乃可得官，不入者不能得也。」

社學：吳縣共社學（正統十二年，西元 1447）〔註5〕、吳縣普濟社學（明初蘇州衛奏建）、吳縣利濟社學（成化二年，西元 1466，提學御史陳選建）；長洲縣養正社學（萬曆十一年，西元 1583，榷關員外郎張世科創建）；崑山縣社學（在儒學東。成化四年，西元 1468，提學御史陳選立）；常熟縣社學（成化間知縣甘澤建）。

除了府學、縣學之設立外，尚有書院及義學。明代蘇州府原有的書院有吳縣文正書院、吳縣鶴山書院、崑山縣玉峰書院、崑山縣富春書院、崑山縣石湖書院、崑山縣可貞書院。而明代蘇州書院之興辦情形又是如何？除了原有的書院外，有新建書院和興復前代書院兩種情形。

1. 新建的書院：如崇明西沙書院（正統九年，西元 1444）、崑山富春書院（天順間）、嘉定練川書院（正德十二年，西元 1502）、吳縣金鄉書院（嘉靖三年，西元 1524，知府胡纘宗建。萬曆初廢，崇禎九年，西元 1635，興復）、崑山縣崇文書院（嘉靖中，魏希明建，本魏氏義學）、吳縣碧山書院（明吏部侍郎徐縉建）、常熟縣虞溪書院（明參政周木建）等。

2. 興復前代的書院：如常熟之學道書院（宣德九年，西元 1425）、吳縣文正書院（成化十六年，西元 1480）、吳縣學道書院（嘉靖二年，西元 1523）、長洲和靖書院（嘉靖二年，西元 1523，知府胡纘宗復）、常熟文學（學道、虞山）書院（嘉靖間）、吳縣碧山書院、吳縣道南書院、吳縣芥隱書院、吳縣天池書院、常熟虞溪書院（未詳建於何時）、嘉定明誠書院（萬曆間）等。〔註6〕

義學：吳縣范氏義塾、滸墅關義學（嘉靖九年，西元 1530，鈔關戶部員外郎方鵬創建）。

各級學校及書院、義學紛紛設立，使得學生人數日增。如此一來，識字人口的大量增加，提高了讀書識字之比率，蘇州之文化水準亦因而提升。除了提升蘇州一地的文化水準外，並且影響科舉考試的競爭情形，可藉由科考成果來呈現。

---

〔註5〕 《蘇州府志》卷二十六〈學校二〉：「明洪武八年，詔府州縣每五十家設社學一。本府城市鄉共建七百三十七所。歲久漸廢。正統十二年知府朱勝乃總建一所名為共社學。」

〔註6〕 參見《蘇州府志》卷二十七〈學校三〉及白新良：〈江蘇書院述略〉，《南開學報》，1993 年第一期。

## 二、科考之激烈

　　蘇州文人參與科考之競爭相當激烈，從登科錄所得之錄取人數及蘇州府人口的統計資料之間的比率可略知一二。董立夫曾根據明代《登科錄》、《會試錄》、《同年序齒錄》（又稱《同年總錄》）、《進士題名碑錄》、《皇明進士登科考》為分析資料，並輔以《大明會典》暨地方志中有關戶口的記載，作出統計表來探討明代進士「地理」分布的情形。

　　據董立夫的統計，南直隸錄取進士人數約占明代進士錄取人數百分之十五點七，〔註7〕高居第一名。明代南直隸進士人數百分比的變化，大致上言，係呈遞增的局面。〔註8〕而南直隸進士人數主要休中在蘇州府、松江府、常州府三地。三府合計佔南直隸進士總人數的百分之五十九點六。〔註9〕其中進士人數在一百名以上的有吳縣、長洲縣、崑山縣、常熟縣、太倉州、華亭縣、上海縣、武進縣、無錫縣、宜興縣、歙縣共十一個。其中隸屬蘇州府者有吳縣、長洲縣、崑山縣、常熟縣、太倉州五個州縣。

　　從歷年全國各府的進士錄取人數來看，蘇州府大多高居第一名，似乎蘇州府的士子遠較他府有更多的上榜機會？事實不然，因為雖然錄取人數大多高居第一位，但蘇州府人口之眾，也是高居第一位。在各直省歷朝人口統計中，南直隸始終高居第一位，而蘇州府更是高居南直隸的第一位。以蘇州府和松江府相較而言，蘇州府占了南直隸進士錄取人數的百分之二十三，松江府占了南直隸進士錄取人數的百分之二十一點四，但蘇州府的人口數卻占了南直隸人口數的百分之二十點九，而松江府的人口數僅只佔了百分之八。〔註10〕

　　再以鄉試錄取率而言，明武宗弘治四年（西元 1491），蘇州府有二百四萬八千九十七口，〔註11〕而弘治五年（西元 1492）的舉人數，南直隸有一百三

---

〔註7〕明代進士錄取總人數為 24859 人，而南直隸共錄取進士 3906 名，約占百分之十五點七。見董立夫：《明代進士之研究 —— 社會背景的探討》，表 2-3-2〈明代進士地理分布總人數比率表〉。

〔註8〕見董立夫：《明代進士之研究 —— 社會背景的探討》，表 2-3-2〈明代南直隸歷科進士人數表〉。

〔註9〕見董立夫：《明代進士之研究 —— 社會背景的探討》，表 2-5-2〈明代進士南直隸地理（府、直隸州、都司）分佈人數比率表〉。

〔註10〕見董立夫：《明代進士之研究 —— 社會背景的探討》，表 2-11-7〈明代南直隸進士地理分布總人數與人口比率表〉。

〔註11〕見《明會要》卷五〈民政一〉。

十五人的名額，〔註12〕但蘇州僅錄取十九人，競爭不可不謂激烈。

在如此激烈的競爭下，必然造成了大量的落第文人，文徵明曾說：

> 以吾蘇一郡八州縣言之，大約千有五百人，合三年所貢不及二十，
> 鄉試所舉不及三十，以千五百人之眾，歷三年之久，合科貢兩途，
> 而所拔才五十人。(《甫田集》卷二十五，〈三學上陸冢宰書〉)

在明代蘇州，有很多的文人被摒棄於科舉門外，倘若家境富裕者，尚能過著優渥的生活，但若家境貧窮，將無以維生。如果科舉不第，為了謀生，文人有那些選擇呢？或是棄文經商、或是擔任教館，更多是與商人合作，從事通俗讀物的編撰工作。於是商人與文人進行結合，文人與出版業建立了深厚的關係。

## 第二節　蘇州文人之組成分子

吳地文人自有不同於其他地域的特殊才習，且至晚明愈演愈烈。此處所指的「蘇州文人」，係指活動於蘇州一地的文人，包括本籍為蘇州的文人、仕宦蘇州的文人及寓居蘇州的文人。蘇州文人特色究竟為何？在許多因素的刺激下，是否會隨著時代遞進而有所改變呢？試以時代先後次序來論述部分蘇州文人的生平概略，再擷取重點加以分析，從而對上述論題做一觀察。略述幾位蘇州文人之代表人物，作為下文探討蘇州文人特色之起點：

### 一、本籍蘇州之文人

本籍為蘇州之文人，實際上有三種情形：

第一，本籍為蘇州，又在蘇州成長。

第二，本籍原為蘇州，並未在蘇州成長，但受到蘇州文風的影響。

第三，僅是本籍為蘇州，實際上已與蘇州無文化淵源上的關係。

對於第三項的文人，因為未曾「感染」或「變化」蘇州風氣，所以不予討論。在此小節中所論述的人物，以第一項為討論重心，兼及第二項。

蘇州文人原有其文學風氣，如吳寬、王鏊既居翰林要職，領袖館閣，一時名士沈周、祝允明與並馳騁，文風極盛。文徵明及蔡羽、黃省曾、袁袠、

---

〔註12〕據弘治五年應天府鄉試錄，得知南直隸參試生員約為二千三百人，而中式舉人為一百三十五名。錄取率約為百分之五點八七。

皇甫沖兄弟稍後出，而文徵明主風雅數十年，與之游者，王寵、陸師道、陳道復、王穀祥、彭年、周天球、錢穀之屬，亦皆以詞翰名於世。這些文人共同形成了蘇州的特殊風氣。

　　沈周（西元 1427～1509）字啓南，長洲人。出於世代隱居和工詩善畫的家庭。其祖父、父親二代均隱居不仕。沈周一生亦隱居不仕。居住之處有「水竹亭館之勝」。富於藏書，「圖書鼎彝充牣錯列」，精於誦肆。自墳典丘索以及雜家言，無所不覽。文摹左氏，詩擬杜甫、白居易、蘇軾、陸游諸人。曾向父親和伯父學習繪畫，又向同縣人陳寬學習經學。沈周善畫山水，又兼擅花卉和寫意人物，在他的影響下形成了「吳門畫派」。他和他的學生唐寅、文徵明及仇英合稱為明代四大畫家。又擅長書法，字仿黃庭堅。他常自作畫，自寫詩，自題于其上，時人稱之為「三絕」。四方名士登門造訪，終無虛日。興至，對客揮灑，畫成自題其上，頃刻數百言，風流文采，照映一時。著有《石田集》十卷。〔註13〕

　　藉由分析沈周生平，可略窺蘇州文人的特色：第一、隱居不仕，居處有「水竹亭館之勝」。其生活觀念在此表露無遺；第二、工詩文；第三、擅書畫，並對蘇州畫壇產生影響力；第四、與文人多相往來，如唐寅、文徵明等；第五、率性而為，隨興所至，對客揮灑；第六、富於藏書，博學多聞；第七、有著述。

　　蘇州文人雖大率隨性所為，不為禮法所拘，亦有以文行著者，如吳寬、王鏊、文徵明等人。

　　吳寬（西元 1435～1504），長洲人。以文行，有聲諸生間。史書謂吳寬行履高潔，不為激矯，而自守以正。書無不讀，遍讀左氏、班、馬、唐宋大家之文，欲盡棄制舉業，從事古學。後被促迫參與科考。所藏書多手鈔。詩文有典則，兼工書法。著有《書經正蒙》、《平吳錄》、《家藏集》七十七卷、《叢書堂書目》一卷。〔註14〕

---

〔註13〕沈周事蹟參見：《文徵明集》卷二十五〈沈先生行狀〉、《姑蘇名賢小記》卷上〈白石翁沈先生周〉、《列朝詩集小傳》丙集、《明史》卷二九八〈沈周傳〉、《明詩綜》卷二十六、《明畫錄》卷三、《明詩紀事》丁籤卷十一、《蘇州府志》卷八十六〈人物十三〉、《無聲詩史》卷二。

〔註14〕吳寬事蹟參見：《姑蘇名賢小紀》卷上〈吳文定公寬〉、《明詩紀事》丙籤卷三、《列朝詩集小傳》丙集、《明史》卷一八四〈吳寬傳〉、《蘇州府志》卷八十六〈人物十三〉、卷一三七〈藝文二〉。

　　王鏊（西元 1450～1524），吳縣人。博學有識鑒，文章以修潔為工，規摹韓王，頗有矩法。晚著〈性善論〉一篇，王守仁見之言：「王公深造，世不能盡也」。少善制舉義，後數典鄉試程文魁一代，取士尚經術，險詭者一切屏去，弘正間文體為之一變。著有《王文恪公集》、《震澤稿》若干卷、《春秋詞命》三卷、《守溪筆記》二卷、《史餘》二卷、《食貨錄》、《本草單方》八卷、《守溪文集》三十六卷、《奏議》二卷、《孝宗實錄》二百二十四卷。〔註15〕

　　文璧（西元 1470～1559）字徵明，後更字徵仲，號衡山，長洲人。學古文於吳寬，學書法於李應禎，學繪畫於沈周，這些人都是他父親文林的好友。又與祝允明、唐寅、徐禎卿輩互相切磋，聲名漸起。但文徵明卻始終科場不利，應考多次，均落第。於是更專注於古文辭，此時四方乞詩文書畫者接踵而至。〔註16〕閻秀卿曾評論說：「文人無行，蓋自古而然，徵明於辭受之間，決之以義，千金之重等視浮雲，行已不當爾耶，是能立德者已，賢哉乎斯人。」（《吳郡二科志》〈文苑・文璧〉）可知文徵明甚為當時人所敬重。

　　然而多數的蘇州文人大抵率性自為，不為名教所羈，後文先略述數位代表人物：

　　史鑑（西元 1434～1496）字明古，吳江人。著有《西村集》。《列朝詩集小傳》丙集記載吳文定公表其墓云：

　　　　吳江穆溪之上，有隱士曰史明古。於書無所不讀，而尤熟於史。家居
　　　　水竹幽茂，亭館相通。客至，陳三代、秦、漢器物，及唐、宋以來書
　　　　畫，相與鑑賞。好著古衣冠，曳履揮塵，望之者以為列仙之儔也。

　　史鑑隱居不仕，居處則「水竹幽茂，亭館相通」，博學多聞而「尤熟於史」，好與訪客鑑賞古玩書畫，甚而好著古衣冠，種種表現，皆顯出文人風雅的一面。

　　桑悅（西元 1447～1503），常熟人。為人怪誕。《明史》中的記載是：

　　　　尤怪妄，亦以才名吳中，書過目輒焚棄，曰：「已在吾腹中矣」。敢
　　　　為大言，以孟子自況。或問翰林文章，曰：「虛無人，舉天下惟悅。

---

〔註15〕王鏊事蹟參見：《姑蘇名賢小記》卷上〈王文恪公鏊〉、《列朝詩集小傳》丙集、《明詩紀事》丙籤卷七、《明史》卷一八一〈王鏊傳〉、《蘇州府志》卷七十九〈人物六・吳縣〉、卷一三六〈藝文一〉。

〔註16〕文徵明事蹟參見：《吳郡二科志》〈文苑・文璧〉、《列朝詩集小傳》丙集、《明畫錄》卷三、《明詩紀事》丁籤卷十一、《明史》卷二八七〈文徵明傳〉、《蘇州府志》卷八十六〈人物十三〉、《無聲詩史》卷二。

其次祝允明，又次羅玘」。爲諸生，上謁監司，曰：「江南才子」，監
司大駭。……試春官答策，語不雅馴，被斥。（卷二百八十六，〈桑
悦傳〉）

當他任泰和訓導時，自負才名，不肯謁見使者。後歸居家，更加狂誕，「鄉人
莫不重其文，而駭其行」，著有《庸言》，自以爲窮究天人之際。〔註17〕

祝允明（西元 1460～1526），長洲人。其外祖父徐有貞，工詩文，擅草書，
對祝允明產生一定的影響。祝允博覽群籍，文章有奇氣，當筵疾書，思若湧
泉，尤工書法，名動海內。爲人放蕩不羈，不修行檢，好酒色六博，善度新
聲，曾粉墨登場，連梨園子弟都自愧不如。祝允明的詩文和書法遠近馳名，
四方求文及書者踵至，祝允明多推辭不見，故多賄妓掩得之。與唐寅等人厭
惡禮法，飲酒狎妓，不事生產。「有所入，輒召客豪飲，費盡乃已，或分與持
去，不留一錢，晚益困，每出，追呼索逋者相隨於後，允明益自喜。所著有
詩文集六十卷，他雜著百餘卷。」〔註18〕

唐寅（西元 1470～1522）字伯虎，一字子畏，吳縣人。他出身于商人家
庭。他的父親以商賈爲業，卻羨慕功名，欲使唐寅以科舉功名起家，但唐寅
不屑爲八股時文。經常與同里狂生張靈〔註19〕放縱游蕩，不事諸生業。祝允
明規勸他，於是杜絕交游，閉戶苦讀一年。舉弘治十一年（西元 1498）鄉試
第一。會試遇泄題案，被罷斥。回鄉後，無意功名，開始放浪遠游生活。築
室桃花塢，經常與客人在其中飲酒取樂。他自刻一個圖章，自名爲「江南第
一風流才子」。詩歌多不經意之作，〔註20〕謂「後世知我不在是」，奇趣時發，

---

〔註17〕 桑悦事蹟並見《吳郡二科志》〈狂簡・桑悦〉、《列朝詩集小傳》丙集。

〔註18〕 祝允明事蹟參見：《國寶新編》〈應天通州祝允明〉、《吳郡二科志》〈文苑・祝
　　　　允明〉、《姑蘇名賢小紀》卷上《祝京兆先生允明》、《列朝詩集小傳》丙集、《明
　　　　詩綜》卷二十七上、《明詩紀事》丁籤卷十二、《明史》卷二八七〈祝允明傳〉、
　　　　《蘇州府志》卷八十六〈人物十三〉。《堅瓠》中亦載有祝允明二三事。

〔註19〕 《蘇州府志》卷八十〈人物七〉有張靈的傳記：「性聰慧，文思便敏，好交游，
　　　　任俠嗜酒，與唐寅善。督學御史方誌不喜古文詞，遂見斥，靈能畫人物，高
　　　　遠有致，惟掩其醉得之，莫可購取。」張靈事蹟另可參見《吳郡二科志》〈狂
　　　　簡・張靈〉、《姑蘇名賢小紀》卷下〈張夢晉先生靈〉、《明詩紀事》丁籤卷十
　　　　二、《無聲詩史》卷二、《明畫錄》卷一〈人物〉。

〔註20〕 《明詩綜》卷二十七下稱：「詩則縱筆疾書，都不經意，以此任達，幾乎游戲。」
　　　　因其詩歌比較淺率，不夠含蓄，王世貞《藝苑卮言》批評：「唐伯虎詩如乞兒
　　　　唱蓮花落」。然而顧璘對唐寅這種「幾乎游戲」的詩歌則持不同的看法，《國
　　　　寶新編》〈解元唐寅〉稱：「棄落之餘，益任放縱，邪思過念，絕而不萌，託

致力于畫。他的畫初學周臣，後來融合前人所長，自成一家。晚乃皈心佛乘，自號六如。〔註21〕

祝允明、唐寅、張靈等文人顯現出許予共同點：皆為放蕩不羈、厭惡禮法之士，都有狎妓冶遊之習，在科舉功名上皆無所進展，均隱居不仕，兼擅詩文、書畫。

徐霖（西元1462～1538），先世長洲縣人，高祖時始遷至松江府華亭縣。「六歲見背，實從兄震而來（金陵）」，「年十四補弟子員，惟放筆工文章，聞譽益起」，「然倜儻不羈，坐事削籍，乃殫力于藻翰」，「旁及繪事，皆臻妙品。因是饒裕，乃開快園結賓客。又能自度曲為新聲，伎樂滿前，無日不暢如也。」所填南北詞，大有才情，語語入律，娼家皆崇奉之。武宗屢命以官，辭而不拜。與陳鐸齊名，均為當時南京曲壇祭酒。著述十分豐富，除了參與《南京志》的編撰外，有《麗藻堂文集》、《快園詩文集》、《續書史會要》，還有《三元記》、《梅花記》、《留鞋記》、《枕中記》、《種瓜記》及《兩團圓》等數種。散曲極少見，今僅見存于《南宮詞紀》中的二首。〔註22〕

顧璘（西元1476～1545）〔註22〕為之撰墓誌銘，稱：「性好游觀伎之樂，築快園于城東，廣數十畝。其中臺池館閣之盛，委曲有幽況，卉木四時不絕。善制小令，得周美成、秦少游之訣；又能自度曲，棋酒之次，命伶童侍女傳其新聲，蓋無日不暢如也。」因為「倜儻不羈」的性格斷送了徐霖仕宦的前途，反而促使他「殫力于藻翰」，甚而依賴書畫所得建造了可以廣結賓客的快

興歌謠，殉情體物，務諧里耳，罔避俳文，雖作者不尚其辭，君子可以觀其度矣。」可知唐寅所作之「歌謠」，是要求「務諧里耳」的，甚而出現帶有遊戲性質的「俳文」。以後馮夢龍對於小說亦主張「務諧里耳」（〈喻世明言序〉）
〔註21〕唐寅事蹟參見：《吳郡二科志》〈文苑・唐寅〉、《姑蘇名賢小記》卷下〈唐解元伯虎先生寅〉、《列朝詩集小傳》丙集、《明畫錄》卷三〈山水〉、《明詩綜》卷二十七下、《明詩紀事》丁籤卷十一、《明史》卷二八六〈唐寅傳〉、《蘇州府志》卷八十〈人物七〉。
〔註22〕徐霖事蹟參見：顧璘〈隱君子徐子仁霖墓誌銘〉(《國朝獻徵錄》卷一一五〈藝苑〉)、《列朝詩集小傳》丙集、《明詩紀事》丁籤卷十二、周暉《金陵瑣事》卷一〈天子幸布衣家〉條、卷二〈佳句・徐山人條〉、卷二〈字品・徐子仁〉條、卷二〈畫品・九峰徐子仁〉條、卷二〈曲品・徐霖〉條、卷二〈詩話・徐霖〉條、卷三〈二才子〉條、《堅瓠》三集卷三〈武廟幸徐霖第〉條等記載。
〔註22〕顧璘曾撰《國寶新編》一卷，錄有亡友十三人，包括李夢陽、何景明、祝允明、朱應登、徐禎卿、趙鶴、鄭善夫、都穆、景暘、王韋、唐寅、孫一元、王寵等人，又續亡友二人，為田汝籽、周延用。在書中除記錄諸人生平大略，並有「贊曰」。可知顧璘與吳中文士頗有往來，亦與前後七子有所往來。

園。他與吳中四家的沈周、文徵明、祝允明都有往來，對沈周以師事之，與文徵明過從密，文徵明曾有詞贈之。

鄭若庸，生卒年不詳，約經歷了弘治、正德、嘉靖、隆慶幾朝，崑山人。曾數次應考，但皆不第，遂隱居潛心攻古詩文詞，《列朝詩集小傳》稱：「中伯早歲以詩名吳下」，又言：「詩名《蛣蜣集》，又善度曲」，曾采掇古文奇事編成《類雋》。一生著述極富，從記、志、傳、序，到樂府、小說、傳奇，均在撰述之內。戲劇方面的著作有《玉玦記》、《大節記》、《五福記》，《曲品》則評曰：「《玉玦》典雅工麗，可詠可歌，開後人駢綺之派」。鄭若庸的創作講求用事，對明代劇壇造成的影響是形成戲曲創作的案頭化。後來，沈璟等許多戲曲家強調「場上之曲」，正是針對此種弊病而發。〔註23〕

歸有光（西元1506～1571），崑山人。他的祖父和父親都沒有功名，世代以讀書力田為業。歸有光中舉後，連年不第，就遷到嘉定縣安亭江畔，一邊讀書、參加科考，一邊講學、寫作。直到六十歲才得中進士。先後任長興知縣、順德府通判。隆慶四年（西元1570）參予《世宗實錄》的編纂。著有《震川文集》三十卷，《別集》十卷。其中詩集僅一卷，文集有三十九卷。還著有《三吳水利錄》四卷、《易經淵旨》、《諸子匯函》、《文章指南》等。〔註24〕

歸有光從二十歲至六十歲的四十年時間都在參加科考、講學和著述。他在講授時文制藝時，與時俗不同，是以古文之理來講授的。對於後七子等人的復古主張提出不同的意見，不訴之於理論之辯難，而是以實踐創作來抗衡。他的詩無意求工，只是直抒胸臆，故樸實感人。他的散文善於以清新簡潔的文筆，寫家人朋友間瑣屑之事，蘊含真摯之情感。

梁辰魚（約西元1510～1580），崑山人。祖父梁紈，曾任泉州同知；父梁介，曾任平陽訓導。梁辰魚性好談兵習武，多飛揚拔扈之氣，不屑就諸生試。後以例貢入太學，仍無意科舉，營建華屋，招來四方奇傑之彥，「千里之外，玉帛狗馬，名香琛玩，多集其庭，而擊劍扛鼎、雞鳴狗盜之徒，乃至騷人墨客、羽衣草衲、世出世間之士，爭願以公為歸。」（《吳郡人物志》〈梁辰魚傳〉）

---

〔註23〕鄭若庸事蹟及後人的評價可參見：《列朝詩集小傳》丁集中、《明詩綜》卷四九、《南詞敘錄》、〈元曲選序〉、《曲品》卷下、《曲律》卷三、《曲錄》卷四〈傳奇部上〉等。

〔註24〕歸有光事蹟並可參見：張大復《吳郡人物志》〈歸有光傳〉、《列朝詩集小傳》丁集中、《明詩紀事》已籤卷十五、《明史》卷二八七、《蘇州府志》卷九十三〈人物二十・崑山縣〉。

《梅花草堂曲談》載：「梁伯龍風流自賞，修髯美姿容，身長八尺，爲一時詞人所宗，豔歌清引，傳播戚里間。白金文綺，異香名馬，奇技淫巧之贈，絡繹於道。每傳柑褉飲，競渡、穿針、落帽，一切諸會，羅列絲竹，極其華整。歌兒舞女，不見伯龍，自以爲不祥，人有輕千里來者。曲房眉黛，亦足雄快，一時佳麗人也。」〔註 25〕他善於度曲，〔註 26〕且能自翻新調，其譜「往往散入王侯將帥之家」。〔註 27〕

梁辰魚曾入胡宗憲幕（嘉靖四十一年，西元 1562），後來胡宗憲被捕，梁辰魚寄居金陵，與金鑾、張鳳翼、潘之恆等人出入酒樓歌肆，飲酒狎妓。隆慶元年（西元 1567）與莫是龍、孫七政等人組鷲峰詩社。隆慶四年（西元 1570）由金陵返回崑山。當時魏良輔正著手改良崑腔。在魏良輔影響下，梁辰魚開始鑽研崑曲，並寫出第一部崑曲劇本《浣紗記》。他還親自教人度曲。《梅花草堂曲談》說他：「爲設廣床大案，西向坐而序列之。兩兩三三，遞傳疊和，一韻之乖，舳舻如約，爾時騷雅大振，往往壓倒當場。」〔註 28〕梁辰魚的作品有傳奇《浣紗記》、《鴛鴦記》、雜劇《紅線女夜竊黃金盒》、《紅綃妓手語情傳》、《無雙補傳》，另有散曲集《江東白苧》二卷，詩文集《伯龍詩》三卷和《遠游稿》等。〔註 29〕

梁辰魚具有豪富公子的性格，在「歌兒舞女」群中可說是傾倒一時。而四方「騷人墨客」、「羽衣草衲」等各種人士，也都以梁辰魚爲歸附中心。他不屑就諸生試，一生未涉功名，喜好追求聲色犬馬之樂，過著奢華的生活。他的個性豪放不羈、任俠好遊，卻又浪漫纏綿，嘗自言：「余性喜纏綿，意偏感慨，一承他人之微盼，即爲我輩之所鍾」，〔註 30〕「余也，智乏孫吳，才慚頗牧。然逸氣每凌乎六郡，而俠聲常播於五陵」，〔註 31〕「余幼有遊癖，每一

---

〔註 25〕 見《新曲苑》（一），頁 155。

〔註 26〕 朱崑槐以爲梁辰魚善於度曲是直接得自魏良輔之傳，魏良輔始創水磨腔，其妙處全在喉轉音之美，而《列朝詩集小傳》丁集中謂梁辰魚「轉喉發響，聲如金石」。見朱崑槐：《梁辰魚及其作品》，頁 6。

〔註 27〕 梁辰魚事蹟參見明張大復《吳郡人物志》〈梁辰魚傳〉、張大復《梅花草堂曲談》〈風箏〉條、〈梁伯龍〉後、〈梁伯龍教人度曲〉條、《列朝詩集小傳》丁集中、焦循《劇說》卷二、《崑新兩縣續修合志》卷三十〈文苑傳〉、《曲錄》卷三〈雜劇部下〉。

〔註 28〕 見《新曲苑》（一）頁 157～158。

〔註 29〕 轉引自《中國歷代作家小傳》下冊（第一分冊），頁 410。

〔註 30〕 〈寄王桂父小序〉，原見《江東白苧》（曲苑本）卷上頁 21，轉引自朱崑槐《梁辰魚及作品》，頁 8。0

〔註 31〕 念奴嬌序套曲〈擬出塞〉的小序，原見《江東白苧》（曲苑本）卷下頁 12，

興思，則奮然高舉」。〔註32〕張大復〔註33〕《吳郡人物志》〈梁辰魚傳〉言，王世貞與戚繼光至其居處，梁辰魚於樓船簫鼓中，仰天歌嘯，旁若無人。屠隆謂：「伯龍為人，長身嶽嶽，氣韻蕭疏。家貧晏如，翛然物外，所至山林褐博，王侯貴介，無不爭致伯龍，伯龍入戶，把臂為歡呼而已。譬如海鷗野鶴，時或近入，而終不依人。」〔註34〕由此二則記載，可想見梁辰魚不願依傍他人、豪邁不羈的個性。

張鳳翼（西元1527～1613），長洲人。他的曾祖張泉，好讀書，著有《吳中人物志》。他的祖父張準，「以心計起家」。他的父親從事商賈而重俠義，嘉靖四十三年（西元1564）中舉，後參加四次科舉皆不第，於是無意宦途，讀書養母。但因為家庭經濟不佳，又不事生產，所以「鬻書自給」。「好度曲，為新聲，所著《紅拂記》，梨園子弟皆歌之」（《列朝詩集小傳》丁集中），《花當閣叢談》謂：「靈墟善度曲，自朝至夕，口嗚嗚不已。吳中舊曲師有太倉魏良輔，靈墟出而一變之，至今宗焉」，與弟燕翼、獻翼並稱三張。著有《敲月軒詞稿》和傳奇八種。〔註35〕

王穉登（西元1535～1612），幼即能詩及善書。妙于書及篆隸。好交游善結納，談論娓娓，聽者忘倦。吳中自文徵明歿後，風雅之道，未有所歸。穉登嘗及徵明門，遙接其風，主詞翰之席者三十餘年。嘉靖、隆慶、萬曆間，布衣山人以詩名者十餘人，俞允文、王叔承、沈明臣等尤為世所稱。但以穉登名聲最著。申時行致仕里居，頗交相推重。王世貞歿，其仲子士騄坐事繫獄，穉登傾身救援，人以是重其風義。著有《南堂詩集》、《吳郡丹青志》、《奕史》、《吳社編》，有《王百穀全集》，作雜劇《相思譜》、傳奇《全德記》、《影袍記》。〔註36〕

---

　　　　轉引自朱崑槐《梁辰魚及作品》，頁10。

〔註32〕〈秋日登瀲水樓感舊作小序〉，原見《江東白苧》（《曲苑本》）卷下頁1，轉引自朱崑槐《梁辰魚及作品》，頁9。

〔註33〕《崑新兩縣續修合志》卷三十〈文苑一〉有傳。

〔註34〕原見屠隆《白榆集》〈梁辰魚應城集序〉，轉引自朱崑槐《梁辰魚及作品》，頁15～16。

〔註35〕張鳳翼事蹟參見：《列朝詩集小傳》丁集中、《明詩綜》卷四十五〈詩話〉、〈蘇州府志〉卷八十六〈人物十三‧長洲縣〉。

〔註36〕王穉登事蹟參見：文秉《姑蘇名賢續紀》〈徵君王百穀先生〉、《萬曆野獲編》卷二十三、《列朝詩集小傳》丁集中、《明詩紀事》巳籤卷十六、《明詩綜》卷五十、《蘇州府志》卷一一二〈流寓二〉。

顧大典（西元 1540〜1596），吳江人。「工詩，善書畫，在金陵，暇即呼同曹載酒游賞，遇佳山水，輒圖之，或盡夜忘返，而曹事亦無廢。」後自免歸。「家有諧賞園，池臺清曠，賓從觴詠不輟，又妙解音律，頗蓄歌伎，自為度曲，不入公府」。「所蓄家樂，皆自教之」。作傳奇《青衫記》、《葛衣記》、《義乳記》、《風教編》，合稱《清音閣傳奇四種》。〔註37〕

沈璟（西元 1553〜1610），吳江人。萬曆二年（西元 1574）中進士。萬曆十七年（西元 1589）告病辭官。辭官歸隱後，他幾乎集中全部精力從事傳奇創作和戲曲聲律的研究。他十分講求音律，著有《南九宮十三調曲譜》二十二卷，為制曲之圭臬。他考定了《琵琶記》的曲譜。別輯《南詞韻選》十九卷，評點沈義甫《樂府指迷》一卷，撰《古今詞譜》二十卷。又寫了《論詞六則》、《唱曲當知》、《正吳編》等書。傳奇作品有十七種，又改訂湯顯祖劇作二種。詩文有《屬玉堂稿》二卷。沈璟在戲曲理論方面主張「合律依腔」，主張戲曲語言本色，不事詞采，他的在戲劇理論和戲曲創作在當時造成很大的影響。王驥德《曲律》稱：「自詞隱作詞譜，而海內斐然向風。衣鉢相承，尺尺寸寸，守其矩矱者二人，曰吾郡越郁藍生，曰橋李大荒逋客」。以沈璟為中心，逐漸形成「吳江派」。〔註38〕

徐復祚（西元 1560〜1630），常熟人。〔註39〕娶張燕翼之女為妻。在參與科舉時，兩度遭文吏羅致，幾乎不能自免。大約四十歲左右時，才開始涉足于詞曲創作。張鳳翼在曲學上對他影響極大。徐復祚與同邑的布衣戲劇家孫柚和秦四麟，經常往來，討論有關戲曲的問題。天啟二、三年（西元 1622〜1623）將自己多年創作的散曲匯編成冊，托族姪徐錫祚請錢謙益作序。後又完成《三家村老委談》，廣記嘉靖、萬曆時（西元 1522〜1620）朝廷的政事，鄉里軼聞、人物掌故和野史傳說。又著有雜劇三種，傳奇七種。〔註40〕

袁于令（西元 1599〜1674），吳縣人。「家世多循吏文苑」（陳繼儒〈題西

---

〔註37〕 顧大典事蹟參見：《曲律》卷四、《列朝詩集小傳》丁集中、《明詩綜》卷五十、《蘇州府志》卷一○五〈人物三十二·吳江縣〉。

〔註38〕 沈璟生平事蹟及他人對他的評價，可參見徐復祚《三家村老曲談》（《新曲苑》本，頁 99）、《蘇州府志》卷一○五〈人物三十二·吳江縣〉、《曲律》卷四、《野獲編》卷二十五。王國維《曲錄》卷四〈傳奇部上〉著錄沈璟所撰傳奇二十一種。

〔註39〕 《曲錄》卷三〈雜劇部下〉稱徐復祚撰有〈一文錢〉，稱：「字陽初，里居未詳」。

〔註40〕 徐復祚的生平資料可參見：《梅花草堂筆談》。

樓記〉），據《消夏閑記》卷下的記載，可知「以搶劫名妓穆素徽一事，褫革衣衿」，以音律自負，遨遊公卿間。一生交游極廣，曾從葉憲祖學曲，並與馮夢龍、陳繼儒、卓人月、褚人獲、沈自晉等人往來。所著《西樓記》傳奇，優伶盛傳之。其文學活動以戲曲創作爲最重要。戲曲作品有《西樓記》、《金鎖記》、《玉符記》、《珍珠記》、《鸘鷞裘》、《長生樂》、《瑞玉記》、《雙鶯傳》等，並撰有長篇通俗小說《隨史遺文》，及評點《兩漢演義》等小說。〔註41〕

蘇州文人若考上科舉，至京中仕宦，結交了非蘇州地區的文人，則可能會受到影響，而有不同的表現，如徐禎卿（西元 1479～1511，吳縣人）：

> 少與祝允明、唐寅、文徵明齊名，號吳中四才子，其爲詩喜白居易、
> 劉禹錫，既登第，與李夢陽、何景明游，悔其少作，而趨漢魏盛唐，
> 然故習猶在，夢陽譏其守而未化。（《明史》卷二八六，〈徐禎卿傳〉）

徐禎卿原先詩作受白居易、劉禹錫的影響最深，與李夢陽、何景明等交游，轉而模仿漢魏古體詩和盛唐近體詩，成了前七子之一。在與李夢陽、何景明交游後，雖認同他們的文學主張，卻擺脫不了蘇州文風對他的影響，仍保留一些「吳中派」清麗秀逸的風格。徐禎卿曾自選詩文集《迪功集》六卷，共選詩一百八十二首，各體散文二十四篇。尚有《迪功外集》、《徐氏別稿》等多種。〔註42〕

醉心北學者還有王世貞及黃省曾二人。

王世貞（西元 1526～1590），太倉州人。嘉靖二十六年（西元 1547），考中進士，授刑部主事，因李生芳之薦，與李攀龍相識，而與謝榛、宗臣等人相互唱和，結成詩社，這就是後七子。王世貞與李攀龍齊名，時人並稱「王李」，李攀龍死後，王世貞主持文壇二十年，「一時士大夫及山人、詞客、衲子、羽流，莫不奔走門下」。萬曆四年（西元 1576）因張居正授意南京給事中楊節上疏彈劾，令其回籍聽候任用，從此，便隱居於弇山園中，弇山園中可謂極盡園亭山林之勝。王世貞又與王守仁弟子王畿有過交往，思想與李贄有相通處，李贄《續藏書》中曾贊許王世貞。王世貞著有《弇州山人四部稿》一七四卷、《續稿》二○七卷、《續稿附》十一卷。共包括文部二七六卷，詩部七六卷。其學問淵博，

---

〔註41〕參見《明清散曲作家匯考》，頁 198～200。

〔註42〕徐禎卿傳記資料參見：《國寶新編》〈國子博士徐禎卿〉、《吳郡二科志》〈文苑‧徐禎卿〉、《姑蘇名賢小記》卷下〈徐迪功先生禎卿〉、《列朝詩集小傳》丙集、《明詩綜》卷三十一、《明詩紀事》丁籤卷二、《明史》卷二八六〈徐禎卿傳〉、《蘇州府志》卷八十〈人物七‧吳縣〉。

故其著作，博綜典籍，諳習掌故，《四庫提要》稱：「自世貞之集出，學者遂剽竊世貞」。艾南英曾批評這種現象：「後生小子不必讀書，不必作文，但架上有前後四部稿，每遇應酬，頃刻割裁，便可成篇。驟讀之，無不穠豔鮮華，絢爛奪目，細案之，一腐套耳。」（《天傭子》）〔註43〕王世貞的戲曲理論則見於他的《藝苑卮言》附錄卷一專論曲，論述了南北曲產生的原因及優缺點，頗多創見。〔註44〕

　　黃省曾（西元 1490～1540），吳縣人。〔註45〕弱冠，與其兄魯曾散金購書，《列朝詩集小傳》丙集稱：

> 累舉不第，交游益廣。王新建講道於越，參預講堂，作《會稽聞道錄》，湛元明振鐸成均，則又學於元明。名王、湛兩家之學。李獻吉以詩雄於河雒，則又北面稱弟子，再拜奉書，而受學焉。

錢謙益對於黃省曾傾心北學之言行，頗有訾議。

　　由上述的蘇州文人，可以歸納出蘇州文人的某些特色，就文學藝術的表現上而言，大多工詩文、擅書畫、因好藏書、鈔書，進而博覽群書，故多有著述；就個性而言，或謹身自持，如王鏊、吳寬、文徵明，大多率性自為；就文人間的往來而言，彼此來往相當密切。由徐霖、鄭若庸、梁辰魚、顧大典、沈璟等文人身上，又發現一個現象，即嘉靖以後，蘇州府的戲劇人才輩出。呂天成《曲品》列入上品的有十六位作家，而蘇州一地即占了七位。

　　除了這些原籍是蘇州的文人之外，寓居在蘇州的文人又是怎樣的面貌呢？是否也對「蘇學」產生影響？

## 二、寓居蘇州之文人

　　檢視《蘇州府志》卷一百十二〈流寓〉所載的人物，工詩文者如：陳基〔註46〕、陶安〔註47〕、余堯臣〔註48〕、姜漸〔註49〕、張著〔註50〕、孫作〔註51〕、

---

〔註43〕轉引自《中國歷代作家小傳》下冊（第一分冊），頁444。

〔註44〕王世貞的傳記資料，參見《列朝詩集小傳》丁集上、《明詩綜》卷四十六、《明詩紀事》己籤卷一、《明史》卷二八七〈文苑三〉。

〔註45〕黃省曾事蹟可參見：《堅瓠》四集卷四〈五嶽山人〉條及《明詩綜》卷四十八。

〔註46〕「一時書橄碑銘傳記，多出其手……其文辭清雅。」

〔註47〕「謀略文章時推第一，詩亦拔俗。」

〔註48〕「早以文學者。」

〔註49〕「為文溫雅平實。」

〔註50〕「其文醇正有則，詩清婉得唐人句法。」

任孜〔註52〕、孫一元〔註53〕、方太古〔註54〕、王醇〔註55〕、范汭；〔註56〕擅書畫者，如蔣乾；〔註57〕工詩文又兼擅書畫者，如：張羽〔註58〕、徐賁〔註59〕、莊公瑾〔註60〕、周天球〔註61〕、婁堅〔註62〕、程嘉燧〔註63〕、宋珏；〔註64〕博學多識者如鄒彬。〔註65〕這些流寓於蘇州的人士，或工詩文，或擅書畫，二者兼佳者亦頗不少，與原籍蘇州的文人可謂聲氣相和，彼此來往亦頗密切。

　　寓居蘇州的文人中，陳繼儒（西元 1558～1639）對蘇州文風產生相當的影響。且看史書的記載，稱其自幼穎異，能文章。長為諸生。擅長書畫，他的畫與董其昌齊名。太倉王錫爵曾招與子衡讀書支硎山。他的詩得到王世貞的推重。三吳名士爭欲得為師友。他不願受禮法拘束，年甫二十九，取儒衣冠焚棄之，以狂放的作風聞名於時。隱居崑山之陽，築廟祭祀陸機、陸雲。並修建草堂數間，焚香靜坐，怡然自樂。後在東餘山築室數間，閉門著述。

〔註51〕 「詩以蘇黃為師，為文醇正典雅，動有據依，嘗著書十二篇，號《東家子》。……元季挈家避兵於吳，盡棄他物，獨載書兩麓。」
〔註52〕 「工詩善琴，製吳江曲，每撫絃自適曰：『此中真趣，惟遊心淡泊者領之。』」
〔註53〕 「善為詩，風儀秀朗，蹤跡奇譎，……所至賦詩，談神仙論當世事，往往傾其座人。嘗避地於吳，吳中詩人黃省曾輩皆狎焉。」
〔註54〕 「性迂緩，好高潔，尤耽吟詠。其詩散佚無存。」
〔註55〕 「好讀書，然不樂為經生言，工為詩，規摹少陵王孟之間，其得處不減古人。文宗六朝，雕鏤藻繡符於自然。」
〔註56〕 「徙居吳門，鑿池種竹，故苦讀書，沈酣唐人之詩，諷詠其清詞麗句，苦吟精思，寢食盡廢。」
〔註57〕 「能畫山水，隱居蘇之虹橋，破屋半間，一介不苟，八十年如一日也。」
〔註58〕 「文章精潔有法，尤長於詩，作畫師小米。」
〔註59〕 「工詩，善畫山水。」
〔註60〕 「能詩，善草書，尤長於畫，師法馬遠、夏圭，蓋張觀後一人也。」
〔註61〕 「從文徵明遊，治經生業，名日起，年四十患奇疾，遇神醫得愈，即棄諸生，肆力詩文，兼善大小篆古隸行楷法，海內慕其書者，輻輳一時，豐碑大碣皆出其手，都人貴人爭相延致。天球反以為慚辭歸，求書翰者益多。性爽邁不屑世故。」
〔註62〕 《蘇州府志》稱其「工詩，與唐時升、程嘉燧、李流芳齊名」，《明史》卷二八八稱其：「堅學有師承，經明行修，鄉里推為大師，貢於國學，不仕而歸，工書法，詩亦清新。四明謝三賓知縣事，合時升、堅、嘉燧及李流芳詩，刻之日嘉定四先生集。」
〔註63〕 《蘇州府志》稱：「工詩善畫，……錢謙益最重其詩，稱日松圓詩老」。其事跡亦見《明史》卷二八八。
〔註64〕 「能詩畫，……八分書特為精妙。」
〔註65〕 「博學多識，凡天文地理醫藥卜筮，皆旁通之。平生手鈔百氏書，殆千卷，紙欄烏絲字畫不苟，矻矻筆硯間，至老益勤。」

暇則與「黃冠」、「老衲」窮山水之勝，吟嘯忘返。平生足跡罕入城市。工詩善文，短翰小詞皆極風致。又博聞強識，經史諸子、術伎稗官與二氏家言，靡不校覈，或刺取瑣僻事，詮次成書，遠近競相購寫。徵請詩文者無虛日。他的著述極爲宏富，約有三十餘種。曾輯有《寶顏堂秘籍六種》，保存明代及明代以前的小說筆記甚多。他可謂兼跨雅俗兩個系統。曾應書商要求，從事書籍的評點、編撰工作，延招吳越間窮老儒生多人，派他們尋章摘句，按部分類，把一些瑣言僻事，薈蕞成各種類書。亦曾爲許多通俗小說作過校閱的工作，寫過序言，如余邵魚的《春秋列國志傳》、謝詔的《東漢十二帝通俗演義》。〔註66〕

## 三、仕宦蘇州之文人

　　居住於蘇州的文人除上述兩類外，還有仕宦於蘇州之官員，是否也對蘇州造成影響？至蘇州府仕宦者的表現又是如何？據《蘇州府志・名宦》記載可以得知仕宦蘇州的文人，除了行政上的表現外，對於文化教育方面更有不少貢獻：

### （一）興辦學校、書院、學舍

　　以劉珂言，《蘇州府志》卷七十一〈名宦四〉記載他於弘治十一年（西元1498）以進士知長洲縣，即「興學校」，其他如：

況鍾，宣德五年（西元1430）知蘇州府：

> 雖起刀筆，然重學校，禮文儒，單門寒士多見振贍。（《蘇州府志》
> 卷七十〈名宦三〉）

蔡國熙，隆慶元年（西元1567）自戶部郎中知蘇州府：

> 建中吳書院以課士。（《蘇州府志》卷七十〈名宦三〉）

倪長玗，崇禎十年（西元1637）進士，任蘇州府推官：

> 振興士氣，修葺學校，……因立雙清書院。（《蘇州府志》卷七十〈名
> 宦三〉）

劉恆，正德元年（西元1506）知吳縣：

> 甫至，增廣學舍二十餘楹，以便士子居業。於縣治建庫求版籍，中
> 作堂，顏曰不易。（《蘇州府志》卷七十一〈名宦四〉）

---

〔註66〕陳繼儒事蹟參見《列朝詩集小傳》丁集下，《明詞綜》卷四、《明詩紀事》庚
　　　籤卷七下、《明史》卷二九八〈隱逸傳〉、《蘇州府志》卷一一二〈流寓二〉。

耿橘，萬曆三十三年（西元 1605）知常熟縣：

> 首復子游書院……所著《常熟水利全書》傳於世。（《蘇州府志》卷
> 七十二〈名宦五〉）

楊漣，萬曆三十五年（西元 1607）進士，除常熟知縣：

> 創復文廟樂舞，設義塾於各城，備脩脯，延師，令貧者就學。（《蘇
> 州府志》卷七十二〈名宦五〉）

## （二）極力推行教化

興辦學校與推行教化，二者關係密切。如魏觀，洪武五年（西元 1372）出知蘇州府後，以明教化、正風俗為治。建黌舍，聘周南老、王行、徐用誠與教授貢穎之定學儀，王彝、高啓、張羽訂經史，耆民周壽誼、楊茂、林文友行鄉飲酒禮，政化大行。〔註67〕其他如：姚堂，天順三年（西元 1460）知蘇州府，「興學養士，賑孤舉遺，褒表名賢，以禮化俗」；林鶚，自鎮江移知蘇州，「動由禮法，衛身甚嚴，雅好文學，以儒飾吏，未嘗為上官一屈膝，對吏民言必涉及經史，威儀肅然」；邱霽，成化八年（西元 1472）知蘇州府，「乃買民地，置學官，闢門遷驛於胥門，規模顯敞，又仿冠祭射禮，儀目秩然，命諸生習行之」；聶豹，嘉靖九年（西元 1530），以御史出知蘇州，「敦尚教化，繪二十四孝事於壁，以風百姓。督士子行冠射禮於學宮」，更以知府之尊常至學道書院講「良知之學」；王綸；弘治三年（西元 1490）進士，授常熟知縣，「以學法整諸士，得其俊異而禮之，號舍不能容，闢地構屋與居」；楊子器，弘治初知崑山，「邑校素稱多士，子器親為講授，月朔集之課試，雖祁寒盛暑不易。……每月朔望召儒士張堯民、林傳、季鶴輩講肄于社學」；熊開元，天啓五年（西元 1625）進士，知崇明縣，「留意人才，好甄拔孤寒士，切劘以文章道義，旁及他邑，翕然師宗之」。〔註68〕這種種的施政表現，都是促使蘇州學子增多的因素之一。

除了對於興辦學校及大力推行教化外，許多仕宦者更是在公暇之餘，表現文人風雅的一面。

## （三）禮遇文人、表現文人的風雅

姚善於洪武三十年（西元 1397）遷蘇州知府：

---

〔註67〕參見：《蘇州府志》卷七十〈名宦三〉、《明史》卷一四○〈魏觀傳〉。
〔註68〕姚堂等人之事跡可參見《蘇州府志》卷七十〈名宦三〉、卷七十二〈名宦五〉。

好折節下士，敬禮隱士王賓、韓奕、俞貞木、錢芹輩，以月朔會學宮，迎芹上坐，請質經義……（《蘇州府志》卷七十〈名宦三〉）

胡續宗，嘉靖二年（西元 1523）自安慶知府移守蘇州，曾先後設立金鄉書院和興復和靖書院：

在郡才敏風流，前後罕儷，興學造士，多所甄拔，觴詠留題，遍滿湖山泉石。（《蘇州府志》卷七十〈名宦三〉）

傅光宅，萬曆八年（西元 1580），以靈寶知縣改知吳縣：

喜接文士，暇輒延之談讌，善榜書，祠廟剎院廳署多爲題額。（《蘇州府志》卷七十一〈名宦四〉）

袁宏道，萬曆二十三年（西元 1595）任吳縣知縣：

與士大夫談說詩文，以風雅自命。（《蘇州府志》卷七十一〈名宦四〉）

高第，正德十一年（西元 1516）知長洲縣：

以文學飾吏治，郡士多被禮接。（《蘇州府志》卷七十一〈名宦四〉）

陳其志，萬曆十八年（西元 1590）知長州縣：

吳士之以文見者無不延接，評騭藝文，各當其人，其利鈍淹速之故，能一一懸斷。（《蘇州府志》卷七十一〈名宦四〉）

方豪，正德三年（西元 1508）進士，選授崑山縣知縣：

其在崑山縣，獨節吳中英秀甫，所至皆有題詠，魚箋鵝素盡意揮灑，爲一時倜儻風流之冠。」（《吳郡人物志》，〈監察御史前知崑山縣事開化方侯豪傳〉）

計宗道，弘治十五年（西元 1502），知常熟縣：

暇則糾名流相與觴詠，諸生有詞學者，厚禮之。（《蘇州府志》卷七十二〈名宦五〉）

俞浪，正德十六年（西元 1521）由監生爲常熟縣丞：

工爲詩，政暇不廢吟詠。（《蘇州府志》卷七十二〈名宦五〉）

金洪，弘治四年（西元 1491），調知吳江縣：

金暇從邑士大夫飲酒賦詩以爲常。（《蘇州府志》卷七十二〈名宦五〉）

徐元，萬曆八年（西元 1580）進士，知吳江縣：

時與邑大夫賦詩飲酒，民間疾苦亦無不周知。（《蘇州府志》卷七十二〈名宦五〉）

皆禮重文士，往往在公暇之餘，與文士談文論藝，提高了文士的地位。

又如曾任江南巡撫的周忱喜好藏書；曾知長洲縣的祁承㸁精於汲古，其所鈔書，世所少見，並校勘精核。祁彪佳，祁承㸁之子，亦喜聚書。與蘇州文人的風氣相融。這些文人薈聚蘇州，逐漸形成蘇州獨特的學術風氣。

## 第三節　蘇州文人的生活觀念與文學觀念

### 一、蘇州文人的生活觀念

　　明代蘇州文人隱居風氣頗盛，故頗多隱逸之士，如虞堪〔註 69〕、徐達左〔註 70〕、史謹〔註 71〕、楊循吉（西元 1456～1544）〔註 72〕、王寵（西元 1494～1533）〔註 73〕、史鑑〔註 74〕等人，隱居的原因，大約有幾點：

　　第一，因元末兵亂而萌生隱居之念，如周砥「兵亂避地，與義興馬治孝常善，往舍荊溪山中」、唐元「浮游江湖，日哦詩其中」、馬麐「元季避兵松江之南，園池亭樹，幽閑自娛，屏絕世慮，日誦經史」。〔註 75〕

　　第二，無意仕宦而隱居，如顧德輝「舉茂才，署會稽教諭，力辭不就，年四十，以家產付其子元臣，卜築玉山草堂」；龔詡，「周文襄撫江南，具禮訪問便宜，兩薦為學官，堅不應。……獨與一老婢居破廬中，有田三十畝，種豆植麻，歌詠自得」；〔註 76〕又如出身於隱居世家的沈周。祖父孟淵、世父貞吉、父親恆吉，皆隱居。他亦於景泰間決定隱居、耕讀於相城里，所居曰「有竹莊」。還有王鏊〔註 77〕、王銓〔註 78〕等人。

〔註 69〕《列朝詩集小傳》甲前集：「後家長洲，隱居不仕。」
〔註 70〕《列朝詩集小傳》甲集：「吳縣人。隱居光福山中，自號耕漁子。」
〔註 71〕《列朝詩集小傳》乙集：「崑山人。……左遷湘陰丞，尋罷。僑居金陵，性高潔，耽吟詠，工繪事，搆獨醉亭，賣藥自給，以詩書終其身。」
〔註 72〕《列朝詩集小傳》丙集、《蘇州府志》均載其結廬支硎山下，課讀經史。
〔註 73〕《列朝詩集小傳》丙集、《明史》卷二八七〈文徵明傳〉均言其讀書石湖之上二十年，非省侍不入城市。
〔註 74〕《列朝詩集小傳》丙集錄有吳文定公表其墓曰：「吳江穆溪之上，有隱士曰史明古。」
〔註 75〕周砥、唐元見《列朝詩集小傳》甲前集，馬麐見甲集。
〔註 76〕顧德輝、龔詡見《列朝詩集小傳》甲集。
〔註 77〕《蘇州府志》卷四十五〈第宅園林一〉：「鏊舟園在洞庭東山，王文恪公仲兄鏊所築，隱居不仕，取藏舟於壑之意以名其園。」
〔註 78〕《蘇州府志》卷四十五〈第宅園林一〉：「且適園在橫金塘稿隱士王銓建，有東望樓，遂高堂、遠喧堂諸勝，兄鏊記。」

第三，因仕宦不利而隱居，如黃公望「試吏弗遂，歸隱西湖筲箕泉」〔註79〕、張鳳翼因「校者素與先生有隙，故黜其卷」，遂決意「棄舉子衣冠，為居士服，讀書養母，筆硯以自給」；〔註80〕鄭若庸「連入棘闈不售，隱居支硎山，殫精古文詞」。〔註81〕

第四，告老歸鄉或辭官後隱居，如袁褧，「歸田後，讀書橫山別業」；〔註82〕劉珏「挂冠歸田，卜築秀野，花木玲瓏，號小河庭」；〔註83〕又如陸師道，曾官至尚寶卿，後隱居不仕。

無論是科考不利，或拒絕科舉，或告老歸隱，蘇州文人十分注重生活之風雅及情趣，居處多講究水竹亭館之勝。除了生活環境講求「雅」、「趣」外，在日常生活方式或與人往來，亦講求「雅」、「趣」。

如成化二十二年（西元1486）八月十四日夜，沈周、祝允明等人同賞〈十四夜月圖〉，並賦詩記此清宴，祝允明則題其畫上。〔註84〕又如弘治十二年（西元1499），沈周參加鷗社的集會，「時春波瀰瀰，夾以垂楊。舟行其間，人影兩綠。小飲既酣，或坐或起，劉羽仙醉而角水，櫂小舟援得之，頭上巾為釣絲所胃，露頭而坐。未及解衣，呼大白自勞，舉坐絕歎以為奇，因圖之」；〔註85〕又如弘治十三年（西元1500），祝允明書《黃庭經》于虞山白雀寺，後與王寵、文徵明、陸師道、蔡羽、彭年諸家書，及仇英補補圖同為周天球所藏，裝成合卷；〔註86〕又如正德元年（西元1508）三月，薛憲來有竹居，與沈周同賞牡丹，有〈惜春詞〉倡和之作。〔註87〕

蘇州文人講求「雅」、「趣」的生活觀念，亦可從時人或後人的筆記中略窺一二。如何良俊《四友齋叢說摘鈔》卷五記載朱野航一事：

> 吳中舊事，其風流有致，足樂詠者，朱野航乃葑門一老儒也。頗攻詩，在篠匾王氏教書。王亦吳中舊族，野航與主人晚酌罷，主人入內，適月上，野航得句，云「萬事不如杯手，年幾見月當頭」，喜極

〔註79〕 《列朝詩集小傳》甲前集。
〔註80〕 文秉《姑蘇名賢續紀》〈孝廉張伯起先生〉。
〔註81〕 《蘇州府志》卷八十〈人物七‧吳縣〉。
〔註82〕 《列朝詩集小傳》丁集上。
〔註83〕 見於《丹青志》〈逸品志〉，亦見《明畫錄》卷二〈山水〉。
〔註84〕 參見《文徵明與蘇州畫壇》，頁25。
〔註85〕 參見《文徵明與蘇州畫壇》，頁56。
〔註86〕 參見《文徵明與蘇州畫壇》，頁60。
〔註87〕 參見《文徵明與蘇州畫壇》，頁79。

發狂，大呼扣下，呼主人起詠此二句，此二句主人亦大加擊節，取
酒更酌，興盡而罷，明日遍請吳中善詩者賞之。大爲張具，徵戲樂，
留連數日，此亦一時盛事也。

又如清長洲人褚人獲所著《堅瓠》一書，亦記載不少蘇州文人的逸事，
試摘引數例：

1. 首集卷三〈詩贈盜〉條，記載：

吳中老儒沈文卿，家貧，以授徒爲生。一夕不成寐，忽見穿窬至其
家，覓物無所得。文卿從容呼之曰：「穿窬君子虛勞下顧，聊以小詩
奉贈。」口占云：「風寒月黑夜迢迢，辜負勞心走一遭，架上古詩三
四乘，也堪將去教兒曹。」穿窬含笑而去。

2. 二集卷四〈烹雞誦〉條，記載唐伯虎遊僧舍，「見雌雞，請烹爲供，僧
曰：公能作誦，當不斬也。」唐伯虎於是振筆直書，寫了一篇趣味十足的〈烹
雞頌〉，「僧笑曰：雞得死所無憾矣。乃烹以侑酒。」

3. 四集卷四〈唐六如〉條記載：

子畏與祝京兆，醉坐生公石，見可中亭，有貴人分韻賦詩，乃衣藍
縷如乞兒，倚柱而聽，數刻未落一韻，格格苦思，句成。二人相視
而哂，貴人怒曰：「乞何爲者，豈能詩耶？」對曰：「能。」解元口
吟，京兆操觚，須臾數百言。有「七里山塘迎曉騎，幾番春雨濕征
衫」之句。擲筆索酒，酣飲而去。……

4. 四集卷四〈祝沈對〉條記載：「祝枝山同沈石田出行。見尼姑收稻自挑。
祝云：師姑田裡挑禾上（和尚）。沈云：美堂前抱繡裁（秀才）。」

5. 七集卷四〈詩句短長〉條記載唐寅與祝允明在桐下閒談，從二言談到
十一言詩，而祝允明突問唐寅：「四十九言，始自何人？」唐寅問：「詩有四
十九言耶？」祝曰：「有新燕篇末句云：好像蘇州城隍廟東大關帝廟內西廊下
立當個提八十三勇鐵柄大關刀黑面孔阿鬚子周將軍鐵草鞋裡伸出五個腳跡
頭。」舉座絕倒。

除了唐、祝等人外，他如皇甫沖，長洲人，「博綜群籍，留心世務，爲人
甚口好劇談，宿學爲折角莫能難。又好騎射，通挾丸擊毬、音樂博奕之戲，
吳中文士與輕俠少年，咸推爲渠帥。」（《列朝詩集小傳》丁集上）

再看《梅花草堂曲談》記載梁辰魚作風箏一事，頗富傳奇性：

風箏一名紙鳶，吳中小兒好弄之，……梁伯龍戲以彩繪作鳳凰，吹

入雲端，有異鳥百十拱，觀者大駭。〔註88〕

此外，蘇州文人約集於名勝古蹟，或爲詩酒之會，或觀畫、作畫之雅集，亦頗不少見。由蘇州文人所共同蘊釀出的生活環境，充滿了「雅」和「趣」的情致。無論是園林、建築、書畫或詩文，皆有別具一格的情趣和傳統，共同構成蘇州文風的氛圍。相對地，也因此要求文人提供「雅」與「趣」的作品，所以蘇州文人長久以來就注意追求作品的「情」、「趣」。蘇州文人不願爲名教所羈，發之於詩文，亦求表現性情之「眞」，不喜模摹剽竊。

## 二、蘇州文人的文學觀念

錢謙益《列朝詩集小傳》曾批評黃省曾言：

> 吳中前輩，沿習元末國初風尚，枕藉詩書，以噉名干謁爲恥。獻吉唱爲古學，吳人厭其剽襲，頗相訾謷。勉之傾心北學，游光揚聲，袖中每攜諸公書尺，出以誇示坐客，作臨終自傳，歷數其生平貴游，識者哂之。（《列朝詩集小傳》丙集）

由錢謙益對黃魯曾之批評可知，蘇州文人多自負才華，「以噉名干謁爲恥」。若科舉不第，或無意仕宦，多以隱逸爲尚。亦厭惡剽襲古人。認爲李夢陽等人以復古自命，反至「牽牽模擬剽賊於聲句字間，如嬰兒之學語，如桐子之洺誦，字則字、句則句、篇則篇、毫不能吐其心之所有。」（《列朝詩集小傳》丙集）其詩文多主張追求「眞」、「趣」。由生活觀念影響所及，而使其對於文學亦抱持著追求表現性情之眞的觀念。

蘇州原有其文學傳統，而蘇州文人亦頗以自豪，所以錢謙益對傾心北學者加以批評，認爲是「降志以從之」：

> 余觀國初以來，中吳文學，歷有源流，自黃勉之兄弟，心折於北地，降志以從之，而吳中始有北學。（《列朝詩集小傳》丁集上）

袁宏道的〈欽姜陸二公同適稿〉針對明代吳中的詩歌的缺點作了一番批評：

> 大抵慶曆以前，吳中作詩者，人各爲詩。人各爲詩，故其病止于靡弱，而不害其爲可傳。慶曆以後，吳中作詩者，共爲一詩。共爲一詩，此詩家奴僕也，其可傳與否，吾不得而知也。間有一二稍自振拔者，每見彼中人士，皆姍笑之。幼學小生，貶駁先輩尤甚。（《袁

---

〔註88〕《新曲苑》（一），頁155。

中郎全集》卷一）

將明代吳中詩歌劃分爲二個時期：隆慶、萬曆以前，雖存在「靡弱」的弊病，但仍保持詩人自己的個性；隆慶、萬曆以後，于「靡弱」之弊外，更沾染了摹擬剽竊之惡，成了「詩家奴僕」。他以爲由於徐禎卿、王世貞二人的提倡，而使吳中文學風氣發生極大的轉變，所以對徐禎卿、王世貞提出批評：〔註 89〕

> 蘇郡文物，甲于一時，至弘正間，才藝代出，斌斌稱極盛，詞林當天下之五。厥後昌穀少變吳敞，元美兄弟繼作，高自標譽，務爲大聲壯語，吳中綺靡之習，因而一變，而剽竊成風，萬口一響，詩道寖弱，……間有一二稍自振拔者，每見彼中人士皆姍笑之，幼學小生貶駁先輩尤甚，撥厥所由，徐、王二公實爲之俑。然二公才亦高，學亦博，使昌穀不中道天，元美不中于鱗之毒，所就當不止此。（《袁中郎全集》卷一〈敍姜陸二公同適稿〉）

這二位傾心北學者對文學到底抱持何種看法？首先對徐禎卿作一了解。

徐禎卿爲前七子之一，著有《談藝錄》，論詩主情致。他認爲「情」是詩歌創作的重要基礎，在文學創作過程中起著支配作用：

> 蓋因情以發氣，因氣以成聲，因聲而繪詞，因詞而定韻，此詩之源也。

> 朦朧萌坼，情之來也；汪洋漫衍，情之沛也。連翩絡屬，情之一也；馳軼步驟，氣之達也；簡練揣摸，思之約也；頡頑累貫，韻之齊也；混沌貞淬，質之檢也；明雋清圓，詞之藻也。高才閑擬，濡筆求工，發旨立意，雖旁出多門，未有不由斯戶者也。

> 夫情能動物，故詩足以感人。（《迪功集》卷六）

接受了復古派的主張，特別注重作品的格調後，他的詩歌風格才由浮薄靡麗趨於精煉含蓄。〔註 90〕

再看王世貞的觀念。王世貞爲後七子之一，認爲「情」是文學本源，文學創作首當講求「性情之眞」。曾批評《西廂記》：

> 則誠所以冠絕諸劇者，不唯其琢句之工，使事之美而已。其體貼人情，委曲必盡；描寫物態，彷彿如生；問答之際，了不扭造，所以

---

〔註 89〕王頌梅以爲袁宏道對王世貞的批評，著重在地域性的問題。因爲吳蘇爲人文薈萃之地，自有其優越的條件，而王世貞卻率先接受北地的意識形態，直到晚年，才漸漸容納蘇學。見王頌梅：《明代性靈說研究》，頁 451。

〔註 90〕廖可斌：《復古派與明代文學思潮》，頁 250。

為佳耳。(《弇州山人四部稿》卷一百五十二《藝苑巵言》附錄一)
即使是戲曲作品，亦須以情動人。

王世貞前後的文學觀念確實發生了較大變化。七子結社之初，王世貞對詩古文所知不多，因此篤信李攀龍的觀點。但不久就逐步形成了自己的見解，與李攀龍在理論上有了歧異。然而王世貞始終沒有放棄和否定復古的主張。只是對復古派創作的剽竊摹擬之弊看得更為清楚，因此抨擊更力。針對此種弊端，進一步強調性情之真對文學創作的重要意義。〔註91〕

當時與前後七子抗衡的歸有光又是抱持怎樣的看法呢？歸有光十分注重情感，《震川集》中〈送王汝康會試序〉(卷九)、〈沈次谷先生詩序〉(卷二)，以情言詩，對於《詩經》見出詩的情味，認為「夫詩者，出於情而已矣！」而〈馮會東墓誌銘〉一文更提出：「詩人之作，匪以詞豪，性靈所出，其道亦高。」(《震川集》卷十五)認為「情」是文學創作中極重要的基礎。

無論歸有光或徐禎卿和王世貞，都是強調文學應表達「性情之真」，但他們的集點集中在詩文。而仕宦蘇州的文人的文學觀念，此處則以袁宏道與江盈科為代表，來略作敘述。

袁宏道(西元1568～1610)萬曆二十三年(西元1595)三月至吳縣任縣令，任吳縣縣令時，結交了許多志同道合的朋友。〔註92〕袁宏道與鄰縣長洲縣令江盈科(西元1557～1605)〔註93〕相善，彼此為對方的詩集作序作引，共同提倡性靈之說，〔註94〕時人並稱為「袁江」。袁宏道曾云：

> 余與進之遊吳以來，每會必以詩文相勵，務矯今代蹈襲之風。(《袁中郎全集》卷一〈雪濤閣集序〉)

他認為：

> 世道既變，文亦因之，今之不必摹古者也，亦勢也。(《袁中郎全集》卷二十二〈江進之〉)

所以主張文學應隨著時代的發展而變化，不同的時代就應該有不同的文

---

〔註91〕廖可斌：《復古派與明代文學思潮》，頁4343～436。

〔註92〕如江盈科、陶望齡(西元1562～1609，會稽人)、湯顯祖、屠隆、王穉登、丘坦等人。

〔註93〕萬曆二十年(西元1592)，袁宏應禮部會試，進士及第，同科者尚有江盈科、謝肇淛等人。據《蘇州府志》卷七十一〈名宦四〉的記載，江盈科於萬曆二十年以進士知長洲縣。

〔註94〕邱美珍以為「在公安派發展演變歷程中，這兩年可說是關鍵性時刻」，見《袁中道研究》，頁71。

學，反對復古模擬。因為「文之不能不古而今也，時使之也」。〔註95〕同時，文學應求真、求趣，「獨抒性靈，不拘格套，非從自己胸臆流出，不肯下筆」（卷一〈敘小修詩〉）。袁宏道認為「當代無文字，閭卷有真詩」（卷二十八〈李子髯〉），因此，他非常重視俗文學，因為民間的通俗文學正是「無聞無識」的「真聲」。

　　他的好友長洲縣知縣江盈科也是以「真」作為品評詩作的基準，認為不真不足以言詩，曾說：

> 善論詩者，問其詩真不真，不問其詩之唐不唐、盛不盛，蓋能為真
> 詩，則不求唐不求盛，而盛唐自不能外；苟非真詩，縱摘取盛唐字
> 句、嵌砌點綴，亦只是詩人中一箇竊盜掏摸漢子。〔註96〕

同時又說：

> 夫為詩者，若係真詩，雖不盡佳，亦必有趣；若出於假，非必不佳，
> 即佳，亦自無趣。〔註97〕

　　他們共同認為「真」是文學的基本要求，雖然民間歌謠的技巧不夠成熟，但其情感的表達是真摯的。因此二人也十分重視民間的通俗文學。

　　無論是主張復古的前後七子或反對復古的袁江，都主張「真」是文學的基本要求，作品應表達「性情之真」。

# 第四節　蘇州文人的文化活動

　　蘇州文人既好雅趣，貴真情，然而其間有誠偽之別，偽者以放蕩為風流，其貴真情者有時不免矯激而流於任誕。蘇州文人的生活與文化活動常是互相融合，好雅趣的蘇州文人過著怎樣的生活呢？多從事那些文化活動呢？

## 一、蘇州文人的生活型態

　　吳郡人侯甸《西樵野記》〈本朝官妓〉條記載：

> 國初於京師嘗建妓館六樓於聚寶門外，以宿商賈。時雖法度嚴密，
> 然有官妓，諸司每朝退，相率飲於妓樓，詠歌侑酒，以謀斯須之歡，
> 以朝無禁令故也。厥後漫至淫放，解帶盤薄牙牌累累懸於窗櫺竟日
> 誼吺，政多廢弛，於是中丞顧公佐如奏革之，故狹妓宿者有律耳。

---

〔註95〕《袁中郎全集》，卷一，〈雪濤閣集序〉。
〔註96〕《雪濤小書》，詩評三，〈求真〉，見《古今詩話叢編》，頁3。
〔註97〕《雪濤小書》，詩評三，〈貴真〉，見《古今詩話叢編》，頁9。

　　由此可知，狎妓之風不僅行於商賈，亦頗盛行士大夫及文人間。因士大夫相率飲於酒樓，而引起朝廷明令禁止。自恃風流、不拘禮法的文人們多流連於歌榭舞臺，蘇州文人亦不例外，如顧德輝、祝允明、唐寅、皇甫汸（西元 1497～1582）、張獻翼等人都好近聲色，或飲酒狎妓。而許多名妓除了精於彈唱，亦往往能詩擅畫，文人與他們往來，亦時有文學活動的進行。〔註 98〕從方志材料來看，吳江、盛澤等鎮多有妓院之設，其中盛澤鎮歸家院十間樓，更是以擁有名妓多人而名聞江南。〔註 99〕

　　若財力許可，蘇州人多建有園林，富商、權貴更是耗費心力及金錢在此，所以園林之盛，〔註 100〕成為蘇州文化的一部分了。蘇州文人亦多築有園亭，如吳寬、王鏊、皇甫汸、袁袠等人都築有園亭。〔註 101〕王鏊更築有多所園亭，

〔註 98〕如楊循吉《蘇談》〈點妓賺詩〉條言：「老儒陳體方以詩名，吳中有一妓黃秀雲好詩。繆謂體方曰：『吾必嫁君，然君家貧如此，肯為詩百首贈我，以為聘資乎。』體方信之，為賦至六十餘篇而沒，情致清婉，傳誦詞林。然是妓性實點慧，利於多得其詩而已。於體方本無意也，方體方之為詩，時人多笑其老耄被紿，而欣然每談於人，以為奇遇焉。」陳體方事，亦見載於《花當閣叢談》卷三〈陳體方〉條及《堅瓠》七集卷三〈體方奇遇〉條。又梅鼎祚《青泥蓮花記》卷十二〈劉季招〉條，言：「劉季招，吳妓也。張子行曾嘗集文徵仲、陸子傳、王祿之諸名士，季招與焉，即席賡和，有詩〈劉席上贈子行詩〉云：華堂芳讌錦屏稠，君是瓊筵第一流，何日五陵金勒馬，玉鞭遙指傍江樓。」又《金陵瑣事》卷二〈詩話〉中記載了妓女朱斗兒、趙四、趙氏小妓、馬守真等能作詩事。

〔註 99〕可見乾隆仲珽璣《盛湖志》卷五引王錕〈十間樓詩〉及卷十〈列女名妓門〉，光緒余懋續補《梅里志》卷二引《春風錄》。此則徵引王家范之研究成果，見〈明清江南消費風氣與消費結構描述——明清江南消費經濟探測之一〉，《華東師範大學學報》（哲社版）1988 年第二期。

〔註 100〕黃省曾《吳風錄》稱：「吳中富豪競以湖石築峙奇峰陰洞，至諸貴占據名島以鑿鑿而嵌空妙絕，珍花異木，錯映闌圖，雖閭閻下戶，亦飾小小盆島為玩……」故知蘇州人士頗費心力及金錢於建造園林假山之上。可以方志的記載為之佐證。後文僅引幾位學者的研究成果以說明之：童雋據《吳縣志》知明代園林有紫芝園、真趣園、廷稞園、塔影園、芳草園、怡老園，見《江南園林志》〈沿革〉，頁 27。王家范據光緒《嘉定縣志》卷三十〈第宅園亭〉，得知僅嘉定縣及所屬南翔鎮即有唐園、江園、邁園、嘉隱園等十餘所。見〈明清江南消費風氣與消費結構描述——明清江南消費經濟探測之一〉。王春瑜則據嘉靖《崑山縣志》卷四，得知在成化至正德年間興建的園林有鄭氏園、松竹林、北園、西園、南園、依綠園、仲園、隆園等十餘所。見〈論明代江南園林〉，《中國史研究》，1987 年第三期。

〔註 101〕據《蘇州府志》卷四十五〈第宅園林一〉知，吳寬宅原有園亭，後顧方伯文彬因其址築為怡園。又「王文恪公鏊宅在東洞庭山別墅，曰招隱園，又有得

當其「致政歸」，其子延喆更為築怡老園以頤養天年。文人建築園亭，更是耗費心力，如太倉王世貞建弇州園時，「石高者三丈許，至毀城門而入」。(《五雜俎》卷三〈地部一〉)

亭園除了供休憩、讀書、養老外，還用於文人之各項活動。如疑翠樓，「在橫山北，西跨塘，隱士徐政與文徵明、王寵輩結吟社於此」。〔註102〕又如萬曆、天啓年間，常熟唐市的柏小坡建有柏園，「凡吳中騷人、墨士、琴師、棋客，咸集于中，園之主人每夜加燈開宴，家有男女梨園，按次演劇。」〔註103〕天啓五年（西元1625），楊彝召集應社成員及江南名士數百人，會聚于鳳基園，評論詩文，是當時一大盛事。園林不僅是文人「以文會友」、詩酒流連的場所，某些名園，亦是戲劇活動的中心。

蘇州文人之活動範圍並不僅限於園林，更不乏好山水之游，如楊循吉〔註104〕、徐有貞（西元1407～1472）。〔註105〕總而言之，蘇州文人的生活型態，是以文章游宴為生活主體。大部分不得志的蘇州文人，多放情詩酒，如杜庠，「仕不得志，放情詩酒，往來湖溮間，自稱西湖醉老。」(《列朝詩集小傳》乙集)

## （一）文人之性格及言行表現

前文提及趙翼（西元1727～1814）在《廿二史箚記》批評明代文人才士多恃才傲物、放誕不羈者，而吳中文人才士大率如此。這種風氣是有其社會背景。〔註106〕

蘇州文人頗多放縱不羈、率性自為者，從錢謙益《列朝詩集小傳》中的記載，可得知一二：如馬愈，嘉定人，「縱佚不羈，人號為馬清癡」；陸采（西元1497～1537），長洲人，「性豪蕩不羈，困於場屋，日夜與所善客，劇飲歌呼。東登泰岱，賦游仙三章，南踰嶺嶠，游武夷諸山」。

放蕩不羈的蘇州文人，亦多好聲色狎遊者，如皇甫汸，長洲人，「為人

---

月亭在湖濱。……又有真適園。」又「汸有月駕園，在縣治西北麒麟巷。」又「襄晚年居橫塘，有列岫樓，俯臨湖山之勝，又構黃山草堂。」

〔註102〕《蘇州府志》卷四十五〈第宅園林一〉。
〔註103〕原見乾隆《唐市志》，轉引自樊樹志，〈江南市鎮文化面面觀〉，《復旦學報》（社科版）1990年第四期。
〔註104〕楊循吉「性好山水，嘗論郡中奇勝，得金山，因結廬焉，作《金山雜志》」，見（明）閻秀卿《吳郡二科志》〈文苑〉。
〔註105〕《堅瓠集》六集卷三〈徐武功〉條稱：「徐天全有貞自金齒回，放情山水，日與耆俊遊樂。」
〔註106〕暴鴻昌：〈論明中期才士的傲誕之習〉，《求是學刊》，1993年第二期。

和易，不修邊幅，近聲色，好狎遊，而不能通知戶外事，以故數困。然信心而行，不爲深中多數，以文章游讌自娛，行游湖山之間，擷芳采和，以老壽終其天年，近代文士所罕見也」；張獻翼，長洲人，「好游大人，狎聲妓，以通隱自室石湖塢中，祀點兄弟以況焉。晚年與王百穀爭名，不能勝，頹然自放。與所厚善者張生孝資，相與點檢故籍，刺取古人越禮任誕之事，排日分類，做而行之」；徐繗，「跌宕自喜，時時從少年爲狎游，耽曬倡樂，盡廢其產。挾筴游建業，遍覽形勝，召秦淮歌姬，命酒劇飲，酒酣以往，援筆賦詩，感嘆六代興亡之際，高歌長嘯，引聲出蕭漻間，視舉世無知也。數射策不中，遂棄去」；又如顧德輝，購古書名畫、三代以來彝器秘玩，集錄鑑賞。卜築玉山草堂，園池亭榭，餼館聲妓之盛，甲於天下。日夜與高人俊流，置酒賦詩，觸詠倡和，都爲一集，曰《玉山名勝》，又會萃其所得歌詩，曰《草堂雅集》。

除了狎妓野游外，蘇州文人間經常「置酒賦詩，觸詠倡和」，如張適，洪武初年，擢任工部都水郎，以病免，得朱長文樂圃故地，與周道、陳惟寅輩觸詠自得。如沈澄（西元 1379～1463），「好自標直，恆著道衣，逍遙池館，海內名士，莫不造門。居相城之西莊，日治具待賓客，飲酒賦詩，或令人于溪上望客舟，惟恐不至，人以顧玉山擬之」；〔註107〕如錢同愛（西元 1475～1549），文徵明〈錢孔周墓誌銘〉稱：

> 君家本溫厚。室廬靚深，嘉木秀野，足以游適。肆陳圖籍，時時招
> 集奇勝。滿座中，酒壺列前，棋局旁臨；握菜呼盧，憑陵翔擲；含
> 醺賦詩，邈然高寄；不知古人何如也。（《文徵明集》卷三十三）

又如祝顥（西元 1405～1483），《列朝詩集小傳》乙集稱「惟清廣顙修髯，易直強毅，風流談論，最爲人所傾慕。歸田之後，一時耆俊勝集，若徐天全、劉完菴、杜東原輩，日相過從。高風雅韻，輝映鄉邦，歷二十年」。

宴飲酬唱是文人生活中重要活動，如文徵明作有〈飲子畏小樓詩〉（《文徵明集》卷一）。從這些聚會中可發現文人彼此往來相當密切。除了文人間的彼此往來，蘇州文人的言行是否有特殊的表現？如秦四麟，萬曆間貢生。熟讀古書，手鈔書甚富，筆法流逸，又善填詞曲。嘗以省試至金陵，行囊惟挾琵琶、西廂兩記，同伴訝之，四麟笑曰：「吾患曲不工耳，不患文不中也。」秦四麟眞誠的

---

〔註107〕顧德輝、張適則見《列朝詩集小傳》甲集，馬愈、沈澄見《列朝詩集小傳》
乙集，陸采、皇甫澤汸、徐充均見《列朝詩集小傳》丁集上。

表現自我的言行，卻招致「放誕」的評價。〔註108〕又如居節（約西元 1524～1585），因忤織璫孫隆，「家破，僦屋虎丘南村，得筆資招朋劇飲，或絕糧，則晨起寫疎松遠岫一幅，令童子易米以炊，年六十，竟以窮死。」〔註109〕又如都穆（西元 1458～1525），《列朝詩集小傳》丙集稱：

> 歸者之日，齋君蕭然，日事探討。或至乏食，輒笑曰：「天壤間當不令都生餓死。」吳門有娶婦者，夜風雨大至，滅燭，遍乞火無。應者雜然曰：「南濠都少卿家有讀書燈在。」叩其門，果得火。其老而好學如此。

又如俞允文（西元 1512～1579），「徵君於是發書晝夜讀，日不能三食，則縮其一，已而又縮其二，徵君怡然自喻適志也。」（《吳郡人物志》〈俞允文傳〉）

從這些文人的身上所表現出來的特色是，蘇州文人大都好學不倦，博覽群籍，所以能博覽群籍，其基礎在於富於藏書，不論是購求或是手自鈔錄，蘇州文人對於書籍的搜求多是不遺餘力的。

### （二）文人博學與藏書、著述風氣興盛之關係

吳中文人原有博學、藏書的風氣，但逐漸到了晚明卻有了極大的變化，錢謙益曾對此提出批評：

> 自元季迄國初，博雅好古之儒，總萃於中吳，南園俞氏、笠澤虞氏、廬山陳氏，書籍金石之富，甲於海內。景天以後，俊民秀才，汲古多藏，繼杜東原、刑蠹齋之後者，則性甫、堯民兩朱先生，其尤也。其他則又有刑量用文、錢同愛孔周、閻起山秀卿、戴冠章甫、趙同魯與哲之流，皆專勤績學，與沈啟南、文徵仲諸公相頡頏，吳中文獻，於斯為盛。百年以來，古學衰落，而老生宿儒、笥經蠹書者，往往有之。吳岫方山，非通人，聚書逾萬卷。錢穀叔寶，畫史也，與其子允治手鈔書至數千卷。居今之世，後生不復以讀書好古為事，喪亂以後，流風遺書，益蕩然矣。（《列朝詩集小傳》丙集）

雖然錢謙益慨嘆蘇州博雅好古之風至晚明逐漸不存，亦據此可知明代的蘇州頗多博學之士，除了錢謙益所提及的諸人外，他如史鑑、葉盛、吳寬、王鏊、陸容、徐源兄弟〔註110〕、楊循吉〔註111〕、都穆〔註112〕、顧元慶、王

---

〔註108〕參見楊立誠、金步瀛合編，俞運之校補：《中國藏書家考略》，頁 173。
〔註109〕見《明畫錄》卷四〈山水〉。其事蹟另見《明詩紀事》已籤卷十七。
〔註110〕徐源為長洲人。王鏊〈通議大夫都察院右副都御史徐父墓誌銘〉稱：「當官莊

寵、王世貞、浦杲〔註113〕、袁翼〔註114〕等人，前文已經述及的人物，便不再重覆敘述。

這些博學之士亦多富有藏書，故蘇州有許多藏書家。這些藏書家不但儘力搜求古籍，而又多精書法，往往手自繕錄。由於蓄書甚富，日處其中，必然博覽群書。於書無所不讀，使得見識廣博，亦勤於著述。略依時代先後來對這些文士作一觀察：

葉盛（西元 1420～1474），生平無他好，獨嗜於書，仕宦數十年，未嘗一日輟之。雖持節邊檄，必攜鈔胥自隨。每鈔一書，輒用官印識於卷端。每見異書，雖殘編蠹簡，必依格繕寫，奇秘者多亞於冊府。其手自鈔錄，多至數萬卷。編有《菉竹堂書目》，開後世吳派藏書。嘗欲作堂以藏之，至其元孫恭煥，堂始克成。〔註115〕

與葉盛同時的，有陸容（西元 1436～14594），《明詩綜》卷二十四〈詩話〉稱：

參政與張亨父、陸鼎儀齊名，號「婁東三鳳」。其藏書之富，見聞之

---

政，未嘗一日去書不觀。文章典雅，書有米家父子風。」與弟季止並稱於世。季止聚書數千卷，築堂而藏之，題曰望洋書堂。

〔註111〕《吳郡二科志》〈文苑·楊循吉〉稱：「循吉喜讀書，居家益得涉獵，蓋無所不通，作文則淫思竟日，不肯苟文，用精絕人，有戲之者曰：祭酒每多更草，假令紙貴奈何？循吉曰：方辭雄尾，暇日常多，政當摛藻抽心，使洛陽紙貴耳。……性好山水，嘗論郡中名勝，得金山，因結廬居焉，作金山雜志，後徙南峰，因號南峰主人，每讀書得意，則手足不能，由是人謂之顛主事。」可知楊循吉不僅博學能文，亦性好山水。

〔註112〕《國寶新編》〈太僕少卿都穆〉云：「清修博學，網羅舊聞，考訂疑義，多所著述。好遊山水，雖居官曹，奉使命，有間即臨賞名勝，騁其素懷，所得必撰一記，輯成巨帙，文廣錄古金石遺文，為金薤琳琅集。齋居蕭然，樂奉賓客，銜杯道古以永，終日不植生產，或至屢空，輒笑曰：天地之間，當不令都生餒死，日晏如也。文簡古有法，詩雖過爾，沖泊竟非俗具。」可知都穆除了博學，亦勤於著述。

〔註113〕浦杲，明嘉定人。每聞有異書，必購求手抄。有《雞窗筆錄》、《練川志》及詩文。

〔註114〕袁翼，明蘇州人。《姑蘇名賢小紀》卷下〈袁飛卿先生翼〉稱：「十歲能把筆為文，有奇語，稍長，益事博綜，奇文秘記，日討尋不厭。聞有異書，輒奔走求之，餅金懸購，至解衣為質，弗惜也。」

〔註115〕參見錢大昕《潛研堂文集》卷三十一〈跋江雨軒集〉、朱彝尊《明詩綜》卷二十〈詩話〉、王世貞《弇州山人稿》卷七十五〈菉竹堂記〉）、來新夏《中國古代圖書事業史》，頁 268。

周洽，非亨父、鼎儀所能及也。

陸容即因「藏書富」而能「見聞周洽」。

楊循吉，《列朝詩集小傳》丙集稱：

> 居家好蓄書，聞某所有異本，必購求繕寫。〔註116〕結廬支硎山下，
> 課讀經史，以松枝爲籌，不精熟不止，多至千卷。卒年八十九。其
> 詩文爲《松籌堂集》。

曾自撰生壙碑言：

> 性偶好書，結廬天峰院，折松枝爲籌，課《麟旄經》，稱通章句，旁
> 涉子史百家，又及千卷。〔註117〕

由於廣搜書籍，對於不易獲得之「秘冊」，往往只得手自鈔錄，而當時頗
有以秘冊相尚之風。《明詩綜》卷二十五〈詩話〉言：

> 是時，吳中藏書家多以秘冊相尚。若朱性甫、吳原博、閻秀卿（西
> 元 1484～1507）、都元敬輩，皆手自鈔錄，今尚有流傳者。實君謙
> 倡之也。

文嘉（西元 1501～1583）〈何水部集跋〉亦稱：

> 楊、祝、都、唐，每得一異書，則爭相誇示以爲樂。故其所成皆卓
> 然名世。〔註118〕

而元刊《草堂雅集》有文震孟（西元 1574～1636）跋云：

> 玉山《草堂雅集》十三卷，爲家藏善本。卷首標目出先國博府君，
> 亦楷書之最精者。友人錢受之、王淑士各借鈔一部，人間流傳未廣，
> 猶可稱竺塢帳中珍也。時天啓元年（西元 1621）新正三日，淑士持
> 還，因記此語於清瑤嶼中。震孟。〔註119〕

再據葉昌熾《藏書紀事詩》卷二言及張刻《封氏聞見記》，有朱良育跋云：
「昔友人唐子畏見借，特以不全爲恨。近又於柳大中借鈔前五卷，庶幾爲全
書。」可知蘇州文人借鈔書籍風氣確實頗盛。

---

〔註116〕《鐵琴銅劍樓藏書目錄》卷十九〈集部‧元氏長慶十卷校宋本〉條：「有楊循
　　　　吉跋，曰：『弘治元年，從葑門陸進士士脩借得宋本《元氏集》。命筆
　　　　生徐宗器模錄，原本未畢，士脩赴都來別，索之甚促，所餘十幾卷，幾於不成，幸
　　　　竟留之，遂此深願，九月二十五日始克，就藏於雁蕩村舍之臥讀齋中，永爲
　　　　珍翫。且近又借得《白氏集》，亦方在錄。可謂聯珠並秀，合璧同輝矣。』」
〔註117〕轉引自《藏書紀事詩》卷二所附王欣夫補正。
〔註118〕轉引自《藏書紀事詩》卷二。
〔註119〕轉引自《藏書紀事詩》卷二附王欣夫補正。

　　觀察蘇州其他文人，如杜瓊（西元 1396～1474），吳縣人。學者稱東原先
生，生平藏書甚富，《列朝詩集小傳》乙集稱：「景泰以後，俊民秀才，汲古
多藏，杜東原其尤也」；同時有邢量，字用理，吳縣人。隱居封門，以醫卜自
給。其學無所不通，室中臥榻之外皆藏書，手自校定。黃姬水（西元 1509～
1574）《貧士傳》下卷稱：「邢叟好古，經綱史究。室乏御令，身勞井臼，晨
炊昏餐，著麻寒覆。問奇有來，如鐘在叩。」

　　錢同愛也是性喜藏書之人，所藏書無所不有，且無書不讀。文徵明〈錢
孔周墓誌銘〉稱：

　　　性喜蓄書，每餅金懸購，所積甚富。諸經子史之外，山經地志、稗
　　　官小說，無所不有，而亦無所不窺。（《文徵明集》卷三十五）

　　朱凱（西元？～1513），長洲人。有《句曲紀遊詩》一卷。朱存理（西元
1445～1514），字性甫。長洲人。文徵明〈朱性甫先生墓誌銘〉言：

　　　吾蘇有博雅之士，曰朱性甫存理、朱堯民凱，兩人皆不業仕進，又
　　　不隨俗為廛井小人之業。日惟挾冊呻吟以樂，好求昔人理言遺事而
　　　識之，對客舉似，如引繩貫珠，纚纚弗能休。素皆高貲，悉費以資
　　　其好，不恤也。……性甫……聞人有奇書，輒從以求，以必得為志。
　　　或手自繕錄，動盈筐篋。群經諸史，下逮稗官小說，無所不有，亦
　　　無所不窺，而悉資以為詩。……尤精楷法。手錄前輩詩文，積百餘
　　　家。他所纂集，有《經子鉤玄》、《吳郡獻徵錄》、《名物寓言》、《鐵
　　　網珊瑚》、《野航漫錄》、《鶴岑隨筆》，總數百卷。既老不厭。而精力
　　　不加，又坐貧無以自資，而其書旋亦散去。每撫之歎息。（《文徵明
　　　集》卷二十九）

　　博學多聞的朱性甫、朱凱，不以仕宦為追求目標，所閱讀之書籍範圍極
廣，可以說是「無所不窺」，甚至包括稗官小說，朱性甫更將所錄鈔之書籍纂
集成書。而蘇州文人中更有終身從事抄錄書籍者，如柳大中。

　　柳僉，字大中，吳人。〔註120〕俞弁《逸老堂詩話》云：「余友大中僉性惟
嗜書，搜羅奇籍，傳寫殆遍，親自讎校，不吝假借，由是人益賢之。……余嘗
造訪其居，修竹脩然，焚香燭坐，左圖右史，充棟汗牛。」〔註121〕摹寫宋本唐

---

〔註120〕全祖望《柳氏水經校本跋》：「柳大中名僉，吳之隱君子也。生當武宗之世。」
　　　　（轉引自《藏書紀事詩》卷二）柳僉事蹟亦見《讀書敏求記》。
〔註121〕轉引自《藏書紀事詩》卷二。

人詩數十種。所校《水經》，以宋槧手鈔本改錯簡。又嘗錄五代杜光庭《錄異記》於桐涇別墅之清遠樓。所鈔的書籍尚有《蟹略》、《塵史》、《雲溪友議》等。

俞弁，長洲人。酷嗜書，勤鈔錄。嘗從柳僉假錄《隨隱漫錄》、杜光庭《錄異記》、《剡溪詩話》。〔註122〕

王寵，蘇州人。文徵明〈王履吉墓誌銘〉云：「君於書無所不窺，手寫經書，皆一再過。」讀書石湖之上之越溪莊。性嗜古本書。〔註123〕

王世貞，太倉人。有小酉館，在弇州園涼風堂後，藏書凡三萬卷，建構藏經閣以儲二典、爾雅樓庋藏宋刻書。生平所購《周易》、《禮經》、《毛詩》、《左傳》、《史詩》、《三國志》、《唐書》之類，過三千卷，皆宋本精絕。〔註124〕著有《弇山堂別集》、《嘉靖以首輔傳》、《觚不觚錄》、《弇州山人四部稿》、《讀書後》、《王氏書苑畫苑》等書。《五雜組》稱：「王元美先生藏書最富，二典之外，尚有三萬餘卷。其他即墓銘、朝報，積之如山。其考核該博，故有自來。」（卷十三〈事部一〉）可見王世貞書籍搜羅範圍之廣。

歸有光（西元1506～1571），崑山人，《震川集》〈世美堂後記〉云：「吾妻以余好書，故家有零落篇牘，輒令里嫗訪求，遂置書無慮數千卷。」又〈題金石錄後〉云：「余少見此書於吳純甫家。至是，始從友人周思仁借鈔，復借葉文莊公家藏本校之。……然余生平無他嗜好，獨好書，以為適吾性焉耳，不能為後日計也。」卷五〈題星槎勝覽〉云：「余家有《星槎勝覽》，辭多鄙蕪，上海陸子淵學士家刻《說海》中有其書，而加刪潤。然余性好聚書，獨以為當時所記雖不文，亦不失，存之以待班固、范曄之徒為之可也。凡書類是者，余皆不憚吐校，卷帙口壞，必命童子重寫，蓋丘之篤好于書如此。」因為歸有光篤好于書，故對書籍採來者不拒的態度，並且勤於將已有損壞的書籍加以重寫，故能聚書數千卷。

錢穀（西元1508～1572），長洲人。曾受學文徵明。博雅好學，「聞有異書，雖病必強起，匍匐青觀。手自鈔寫，樂於充棟，窮日夜校勘，至老不衰。」其所手錄古文金石書幾萬卷，校讎至子夜不置。又取宋人鄭虎臣《吳都文粹》，增益至百卷，以備吳中故實。〔註125〕

---

〔註122〕見《士禮居藏書題跋記》、《皕宋樓藏書志》、《鐵琴銅劍樓書目》。
〔註123〕王寵事蹟參見：《國寶新編》〈太學生王寵〉、《列朝詩集小傳》丙集、《明詩綜》卷三十八、《蘇州府志》卷八十〈人物七・吳縣〉。
〔註124〕參見：《少室山房筆叢》卷四、《天祿琳琅書目》〈漢書〉宋刻本，有王世貞跋。
〔註125〕參見王世貞：《弇州山人稿》卷八十四〈錢穀先生小傳〉、《列朝詩集小傳》丁

　　陸師道，長洲人，《無聲詩史》卷二稱：「請急歸，益肆力於學。手鈔典籍，後先積數千百卷。丹鉛儼然，小楷精絕。」

　　劉鳳，嘉靖二十九年（西元 1550）進士，勤學博記，藏書於屏載閣，錢謙益稱：

> 子威博覽群籍，苦心鉤索，著騷賦古文數十萬言，觀者驚其繁富，憚其奧僻，相與駭掉慄眩，望洋而歎，以為古之振奇人也。……其有所撰述也，累僻字而成句，字稍夷更刺僻字以蓋之，累奧句而成篇，句稍順更摭奧句以竄之。……餖飣堆積，晦昧詰屈，……子威其剽賊之最下者與？（《列朝詩集小傳》丁集中）

此即錢謙益所謂「笥經蠹」者，雖讀書好古，亦聚書萬卷，但卻不能成為「通人」，所謂食古不化者。

　　陳繼儒（西元 1558～1639），其〈尚白齋讀書十六觀〉稱：「余頗藏異冊，每欣然指謂子弟云：『吾讀未見書如得良友，見已讀書如逢故人。』」〔註 126〕亦可知其頗富藏書。

　　趙琦美（西元 1563～1624），趙用翼（西元 1535～1596）之子，好古有父風，錢謙益〈刑部郎中趙君墓表〉稱：

> 欲網羅古今載籍，甲乙銓次，以待後之學者，損衣削食，假借繕寫三館之秘本、兔園之殘冊、剞劂醫翰、斷碑殘壁，梯航訪求，朱黃讎較，移日分夜，窮老盡氣，好之之篤摯與讀之之專勤，蓋近古所未有也。（《初學集》卷六十六）

　　趙琦美後與梅鼎祚（西元 1553～1619）、焦竑（西元 1541～1620）組「鈔書會」，「三年一會於金陵，各書其所得異逸典，互相讎寫。」（《列朝詩集小傳》丁集下〈梅太學鼎祚〉條）

　　錢謙益（西元 1582～1665），趙琦美沒後，其脈望館之書，盡歸之。又得劉鳳屏載閣、錢允治懸磬室、楊儀七檜山房之藏書。又不惜重貲廣購古本書，晚年構絳雲樓藏之。酷嗜宋本，多蓄舊籍，以述古名其堂。〔註 127〕

　　對於趙氏與錢氏藏書之異，錢曾（西元 1629～1701）《讀書敏求記》有所批評：「予嘗論牧翁絳雲樓，讀書者之藏書也。趙清常脈望館，藏書者之藏書

　　　　集中、《初學集》卷八十四〈題錢叔寶手書《續吳都文粹》〉。
〔註 126〕轉引自《藏書紀事詩》卷三。
〔註 127〕錢謙益《有學集》卷二十六〈述古堂記〉。

也。」由此可知爲何錢謙益會對劉鳳有「笥經蠹者」之譏。

王時敏（西元 1592～1608），〔註 128〕字遜之，號煙客。太倉人，王暉（西元 1626～？）《今世說》卷三〈文學〉稱：「王煙客插架千卷，皆丹黃勘讎。每當賓朋雜坐，舉史傳中一事，輒援據出入，穿穴舊聞。」

金俊明（西元 1603～1676），蘇州人。善書，平居繕錄經籍秘本，以迄交游文稿，凡數百種，無不裝潢成帙，求置滕鐍惟謹。著有《闡幽錄》、《康濟譜》、《春草閒房詩集》。〔註 129〕

從上文之敘述，可以發現一些現象，一、成化以後，藏書風氣日盛，萬曆以後，文人學者，更以搜羅典籍爲務；二、蘇州文人多自手鈔書籍，並以此爲風尚；〔註 130〕三、明代蘇州除了刊書風氣盛行，抄書風氣也相當盛行，甚而匯輯所鈔錄的書籍成書。如上述之柳僉，終身從事于抄書事業，用宋本抄校了《水經注》和《樂府古題要解》，成爲後世豔稱的「柳大中抄本」。又如朱存理，將古代書畫上的題跋抄錄下來，編纂成《鐵網珊瑚》。還有錢穀，工于書法和繪圖，所手抄的書如《唐代名畫記》等不下數十種之多，十分精美。崇禎年間的周硯農，〔註 131〕重新整理編訂《鐵網珊瑚》爲十四卷。〔註 132〕

## （三）工詩文

蘇州文人頗以自身的文學傳統自豪。陸粲（西元 1494～1551）說：

> 吳自昔以文學擅天下，蓋不獨名卿材士大夫之述作，炟赫流著，而布衣韋帶之徒，篤學修詞者，亦累世未嘗乏絕，其在本朝憲、孝之間，世運熙洽，海內日興於藝文，而是邦尤稱多士。（《陸子餘集》卷一，〈仙華集後序〉）

翻檢錢謙益的《列朝詩集》，發現是書所收錄的明代文人中，蘇州文人佔

〔註 128〕《明畫錄》卷五〈山水〉：「文肅公錫爵之孫，衡之子，以門廕官雯丞。工詩，善楷、隸、山水。」
〔註 129〕參見：《中國藏書家考略》，頁 109。
〔註 130〕明代抄本最爲後人珍貴者，其中爲蘇州文人抄本有：吳抄（長洲吳寬叢書堂抄本）、葉抄（崑山葉盛賜書樓抄本）、文抄（長洲文徵明玉蘭堂抄本）、沈抄（吳縣沈與文野竹齋抄本）、楊抄（常熟楊儀七檜山房抄本）、秦抄（常熟秦四麟致爽閣抄本）、毛抄（常熟毛晉汲古閣抄本）。
〔註 131〕毛晉汲古閣的"毛抄"精美無比、價值連城，即是周硯農爲之編刻書籍和精抄善本。
〔註 132〕謝國楨：〈明清時代版本目錄學概述（上）〉，《齊魯學刊》，1981 年第三期，頁 40～46。

了相當大的比例，可爲蘇州文人多工於詩文之一例證。〔註133〕如張田「吳郡人，工歌詩」、張希賢「崑山人，讀書儒雅，酷志作詩」、強組「工爲詩草」、周砥「博學工文詞」、陳則「文詞清麗，元季僦屋授徒，以工詩名於吳下」、錢逵「尤工詞翰」、鄒奕「議論英發，文詞高古」、劉鉉（西元 1394〜1458）「詩文爲詞林所推」、鄒文康「好爲詩文，指物操觚，頃刻數千百言」、沈愚「以詩名吳下」、杜瓊「爲文和平醇實，本乎理道，詩以博達爲宗」、陳寬「兄弟皆工詩，頗得唐法」、張泰「恬淡自守，獨喜爲詩」、周用（西元 1476〜1547）「顧自喜爲詩，動盈卷帙」、陸粲「詩不多，獨出機杼，不落窠臼，文尤雅健典則，自成一家」、王叔承「爲詩，豪宕莽蒼，大才爛發，取爲王元美兄弟所推」等，皆以詩文名家，兼有亦善於繪事者，如周砥。

除了錢謙益《列朝詩集》外，還可參見陳田（西元 1849〜1921）《明詩紀事》及朱彝尊（西元 1629〜1709）《明詩綜》等書，而時人及後人筆記中亦不乏此類記載，如《堅瓠》三集卷一〈陸世明〉記載長洲陸世明二事。當他赴試不第回返時，經過臨清鈔關，被錯認爲商人，令他納稅，陸世明即書一絕呈給主事。當他過訪金陵名妓時，亦口占點絳唇贈之。無論遭遇到什麼事情，蘇州文人似乎總是與詩文有著密切的聯繫，甚或藉詩文自我解嘲。

又同書四集卷二〈各賦一物〉條提及「吳郡張純，少有清才，與同郡張儼、朱異，往見驃騎將軍朱據。據聞三人才名，欲試之，曰：今三賢屈顧，老鄙渴甚矣，爲吾各賦一物，然後就坐。」對人試以文才，以文才來論定之，似乎是蘇州人常行之事。

## （四）擅書畫

徐沁《明畫錄》著錄的畫家約八百人，其中蘇州就占一百五十人，江浙二省共有五百七十人之多，占總人數百分之七十。〔註134〕嘉靖以後吳派〔註135〕畫家獨步。「吳門畫派」是在沈周和他的學生文徵明影響下而形成的，從學者頗

---

〔註133〕簡師錦松曾就《列朝詩集》丙集（所載爲成化到嘉靖時期）所收錄的人物做一背景分析。丙集中共收錄二百四十一位文人，其中蘇州文人爲四十六位，而南直隸除了蘇州府外共收五十二位，其餘各省的人數均不超三十位。另一個現象是其他各省非進士出身者甚少，而蘇州非進士出身者卻佔了百分之五十八點七〇。見簡錦松《明代文學批評研究》，頁 130。

〔註134〕鄭文惠：《明人詩畫合論之研究》，頁 84〜85。

〔註135〕明代中期畫壇以「吳明畫派」爲首，晚期則推崇「松江畫派」。松江原屬吳地，後人遂合稱兩派爲「吳派」。

眾，吳派畫家的主要成員多爲文人，著名的有孫艾（西元 1502～1575）〔註136〕、周用（西元 1473～1549）〔註137〕、陳道復（約西元 1482～1544）〔註138〕、文伯仁（西元 1501～1575）、文彭（西元 1498～1573）〔註139〕、文嘉、王穀祥（西元 1501～1568）〔註140〕、陸治（西元 1496～1576）〔註141〕、錢穀等，他們均爲蘇州府人。

　　元末明初，蘇州有許多畫家，或是寓居於蘇州，如王立中〔註142〕、張觀〔註143〕、張羽（西元 1323～1385）〔註144〕、徐賁（西元 1335～1393）〔註145〕、趙原〔註146〕、楊基（西元 1326～1378）〔註147〕、陳汝言；〔註148〕或是本籍蘇州，如方厓〔註149〕、周砥〔註150〕等人。這些畫家中，有許多亦工詩文，如

---

〔註136〕孫艾，常熟人。爲沈周弟子，工詩畫，嘗爲沈周寫照。

〔註137〕周用，吳江人。工詩，書法俊逸。尤善繪事，得沈周指授。每畫必自題詩。

〔註138〕陳道復，初名淳，字道復，後以字行，字復父，號白陽山人。經學古文詞章皆善，詩亦臻妙，長洲庠生，不樂仕進，詩酒以終。《列朝詩集小傳》丁集中稱：「道復少師徵仲，天才秀發，善畫，師米南宮、叔明、子久，尤好寫生，一花米葉，淡墨欹科，非畫工可及也。詩取適意，不求工。」事蹟並見《丹青志》〈逸品志〉、《明畫錄》卷六〈花鳥〉。

〔註139〕《明畫錄》卷七〈墨竹〉稱：「工書法，其篆刻爲世所宗，寫墨竹，老筆縱橫，直入湖州之室。」

〔註140〕《明畫錄》卷六〈花鳥〉稱：「王穀祥，長洲人，工寫生，花鳥精妍有法。」

〔註141〕陸治，好古文辭，詩亦秀，工寫生，花鳥得徐黃遺意，山水仿宋人，時出己意，上逼李郭馬夏，善行楷。事蹟並見《金陵瑣事》卷二〈畫談‧陸治〉條、《明畫錄》卷六〈花鳥〉。

〔註142〕王立中，遂寧人。長於詩詞，善畫。

〔註143〕張觀，華亭人。工畫山水。精鑒別古書畫器物，性好硯石。事蹟見《明畫錄》卷二〈山水〉。

〔註144〕張羽，與周位、徐賁等同屬吳派早期畫家。文章精絕，尤長于詩，詩與高啓、徐賁、楊基合稱「吳中四傑」。《明畫錄》卷二〈山水〉稱：「潯陽人，寓吳，工詩文，著有《靜居集》。」又稱：「所畫山水，法米高兩家。」張羽事蹟另可參見《丹青志》〈棲旅志〉。

〔註145〕徐賁，〈明畫錄〉卷二〈山水〉稱：「其先蜀人，由毘陵徙吳。工詩，有《北郭集》」又稱：「書學晉王廙，畫法董鴻」。與高啓、楊基、張羽齊名，稱「吳中四傑」，亦被列爲「十才子」之一。徐賁事蹟可參見《丹青志》〈棲旅志〉。

〔註146〕趙原，《明畫錄》卷二〈山水〉稱：「齊東人，寓吳。所畫山水，初師董巨然，及王右丞、高敬彥法，而得深窮邃之意。」與倪瓚、顧瑛過從甚密。

〔註147〕楊基，《明畫錄》卷七〈墨竹〉稱：「祖蜀人，仕江左，因生吳中。」又稱：「雅善墨竹，得洋州、彭城之法」，著有《論鑒》。

〔註148〕陳汝言，臨江人。善詩，擅畫山水。宗趙孟頫。與兄汝秩齊名。

〔註149〕方厓，吳人。張士誠據吳中，避居宜興。善畫古木竹石，師法蘇軾。倪瓚、虞集俱契重之。

王立中、張羽、徐賁、陳汝言、周砥。

明代蘇州文人多亦兼擅書畫，〔註151〕如宋克（西元1327～1387）〔註152〕、俞貞木（西元1331～1401）〔註153〕、王履（西元1332～？）〔註154〕、姚廣孝（西元1335～1419）〔註155〕、王行（西元1331～1395）〔註156〕、沈遇（西元1377～1448）〔註157〕、謝晉（西元1747～1819）〔註158〕、杜瓊（西元1396～1474）〔註159〕、沈貞吉（西元1400～1483）、沈恆吉〔註160〕、徐有貞（西元1407～1472）〔註161〕、周臣〔註162〕、劉玨（西元1410～1472）〔註163〕、馬軾

---

〔註150〕周砥，吳人。兵亂，避地荊溪。《明畫錄》卷二〈山水〉稱：「博學工文辭，雅精六法。」又稱：「所畫山水，直抵掌黃子久」。其行草，運筆勻穩，爲祝允明所贊賞。

〔註151〕除繪畫外，蘇州文人的書法亦爲當時之最，王世貞《藝苑巵言》附錄三稱：「吾吳郡書名聞海內」，又說：「吾吳中自希哲、徵仲後，不啻家臨池而入染練，法書之蹟，衣被遍天下，而無敢抗衡。」所評論的文人有徐有貞、祝允明、劉玨、徐霖、吳寬、文徵明、王寵、陳道復、陸師道、彭年、黃姬水、張鳳翼、王稚登、俞允文、文彭、文嘉等人。

〔註152〕宋克，長洲人。少年時跌宕不羈，好馳馬試劍，究習韜略，後杜門謝客，致力書畫，遂以善畫名。與高啓等人時稱十才子。事蹟見《丹青志》〈妙品志〉、《明畫錄》卷七〈墨竹〉。

〔註153〕俞貞木，吳人。明陶宗儀（西元1316～1406）《書史會要》曰：「貞木善小楷，長于用筆，短于結構。」王世貞《吳中往哲像贊》曰：「貞木亦受《易》于永嘉陳麟，旁讀經史，爲古文辭。」

〔註154〕王履，昆山人。博通群籍，教書鄉里。精詩文，工繪事。著有《溯洄集》、《百鈞玄》、《醫韻統》。參見《明畫錄》卷二〈山水〉。

〔註155〕姚廣孝，長洲人。好讀書，尚謀略，工詩文，兼善書畫。

〔註156〕王行，《明畫錄》卷二〈山水〉稱：「長洲人，工詩文，過目成誦，有《楮園集》，喜潑墨作山水。」又《書史會要》稱：「王行雖不以書名，觀其〈二王書法辨〉，曲盡書家之法，必能書也。」

〔註157〕沈遇，吳相城里人。《明畫錄》卷二〈山水〉稱：「善詩文，工山水」。

〔註158〕謝晉，吳縣人。工畫山水。僑居金陵二十餘年。爲永樂、宣德間吳門畫派名家之一。亦工詩，著有《蘭亭集》。事蹟見《列朝詩集小傳》乙集、《明畫錄》卷三〈山水〉。

〔註159〕杜瓊，《列朝詩集小傳》乙集稱：「吳縣人。從陳繼先生學，博綜古今，爲文和平醇實，本乎理道。詩以博達爲宗。尤善寫層巒疊嶂，師法董鴻，秀潤可觀。」事蹟另見《明畫錄》卷三〈山水〉。

〔註160〕沈貞吉，長洲人。世居相城里。工律詩，善繪畫，尤精山水。弟恆吉，亦善詩畫，山水師杜瓊。二人事蹟可參見《丹青志》〈神品志〉、〈明畫錄〉卷三〈山水〉。

〔註161〕參見《藝苑巵言》附錄三。

〔註162〕周臣，吳人。能詩。擅畫山水。唐寅、仇英曾向他學畫。事蹟參見《明畫錄》

〔註164〕、俞允文〔註165〕、沈周〔註166〕、唐寅〔註167〕、張靈〔註168〕、文徵明〔註169〕、祝允明〔註170〕、徐霖〔註171〕、王寵〔註172〕、王迺昭〔註173〕、顧大典〔註174〕、沈顥（西元 1586～1661）〔註175〕、浦融〔註176〕、岳岱〔註177〕等人。

---

卷三〈山水〉、《丹青志》〈能品志〉。

〔註163〕劉珏，長洲人。精鑒賞，訪求甚富。《明畫錄》卷二〈山水〉稱：「書宗李北海，詩工律體，時人稱為劉八句。」又稱：「畫山水，泉深石亂，木秀雲生，綿密幽媚，風流藹然，幾入巨然之室。」事蹟亦見《丹青志》〈逸品志〉、《藝苑巵言》附錄三。

〔註164〕馬軾，嘉定人。與岳正友善，工詩，尤精繪事。《列朝詩集小傳》乙集言：「讀書負經濟，精占侯。畫宗郭熙，高古有法」，正統十四年（西元 1449）為欽天監刻漏博士。天順元年（西元 1457），岳正忤曹、石，左遷欽州同知，親交莫敢餞別，馬軾獨遺詩送之，岳和詩見《類博稿》。

〔註165〕俞允文，《明史》卷二八八稱：「年未四十謝去諸生，專力於詩文書法。」《明詩綜》卷四十七收有俞允文詩四首。

〔註166〕沈周，不應科舉，從事繪畫及詩文創作。得家法於父親恆吉、伯父貞吉，兼師杜瓊、趙同魯。事蹟可參見《丹青志》〈神品志〉、《明畫錄》卷三〈山水〉。

〔註167〕唐寅，初學畫於周臣。在《畫史會要》及《珊瑚網》中錄有唐寅論畫之文字。兼善書法，能詩文，文以六朝為宗，詩初多穠麗，後學劉禹錫、白居易。事蹟可參看《丹青志》〈妙品志〉、〈明畫錄〉卷三〈山水〉。

〔註168〕張靈，《列朝詩集小傳》丙集稱：「性聰慧，善圖書，關涉篇籍，潛識強誦，文思便敏，驕曼可采。」另可參看《丹青志》〈妙品志〉、《明畫錄》卷一〈人物〉。

〔註169〕吳升稱：「文徵仲書畫為當代宗匠，用筆設色，錯綜古人，間詭清俊，纖細奇絕，一洗丹青繆習。」原見吳升《大觀錄》。轉引自俞崑編著：《中國畫論類編》，頁 105。王世貞《藝苑巵言》稱：「待詔小楷師二王，精工之甚，少年草師懷素，行律仿蘇、黃、米及〈集王書聖教序〉，晚歲取〈集王書聖教序〉損益之，加以蒼老，遂自成一家。」另可參看《丹青志》〈妙品志〉。

〔註170〕參見《藝苑巵言》附錄三。

〔註171〕徐霖，著有《快園詩文類選》、《續書史會要》等。《藝苑巵言》附錄三稱其善書。

〔註172〕王寵隨筆點染，深得倪黃墨外之趣，書法酷摹大令，晚出己意，幾奪京兆債，徵明後推第一。《國寶新編》〈太學生王寵〉稱：「行書疎秀出塵，頗得晉法。」另可參見《藝苑后言》附錄三。

〔註173〕王迺昭，常熟人。善於書法，愛古書畫。

〔註174〕顧大典，山水可入逸品，書法清眞。

〔註175〕沈顥，工書，山水臨摹諸家，而近石田，精研畫學，有著述。

〔註176〕浦融，《明畫錄》卷四〈山水〉稱：「吳縣人，善詩，工書法，山水規摹古人，韻格殊勝。」

〔註177〕岳岱，《明畫錄》卷四〈山水〉稱：「吳人，能詩，善畫山水。」

明代蘇州一地的畫家總數，至少應有三百三十人之多。而明代蘇州的書畫家不乏兼工詩文者，不論是書畫家人數或二者兼擅者，都以吳縣和長洲爲最多。根據鄭文惠的統計，明代詩畫兼擅者有五百三十四人。〔註178〕而根據林琦妙的統計，明代蘇州的詩畫兼擅者，至少有一百七十人，約佔三分之一。〔註179〕

故蘇州文人的生活中，書畫創作實爲不可或缺的部分，如吳縣陸治爲王世貞作〈洞庭詩畫〉十六幀。〔註180〕

## 二、蘇州的文化活動

### （一）文化活動之主體

蘇州文人有其相沿的傳統，此傳統的承繼，一賴家族之傳承，一賴文人彼此之往來，共同成爲文化活動的主體。

蘇州文人有其家族傳統，如以經學聞名的陳氏家族、文藝兼擅的沈氏家族，及最有影響力的文氏家族。〔註181〕

明代蘇州最有影響力的家族，是文氏家族。〔註182〕文氏家族中的穎異人物，爲「主吳中風雅之盟者三十餘年」的文徵明。文徵明之子是否克紹箕裘？錢曾《讀書敏求記》言：「我聞墨林項氏每遇宋刻，即邀文氏二承鑒別之。故藏書皆精妙絕倫。」（卷四〈詩文評・劉勰文心雕龍十卷〉）文徵明長子文彭（西元 1498～1573），字壽承，次子文嘉，字休承，《讀書敏求記》所言「二承」，即指文彭、文嘉，二人均精鑒別古版典籍。《明史》卷二八七稱二人「並能詩，工書畫、篆刻世其家」。王世貞《吳中往哲傳》稱：「彭號三橋，善書。……嘉畫得待詔一體」。〔註183〕再看文氏家族的其他成員，如文伯仁（西元 1503

---

〔註178〕參見鄭文惠《明人詩畫合論之研究》，頁 279～314。

〔註179〕參見林琦妙《明代蘇州文學與繪畫藝術之交流》第三章第一節的統計及論述。

〔註180〕見《列朝詩集小傳》丁集。

〔註181〕林琦妙曾略述了陳氏家族及沈氏家族，見《明代蘇州文學與繪畫藝術之交流》，頁 102。但對沈周之子沈雲鴻敘述頗簡，據《文徵明集》卷二十九〈沈維時墓志銘〉稱：「喜積書，讎勘勤劇，曰：『後人視非貨財，必不易散，萬一能，則吾所遺厚矣。』又好古書畫，「往往傾囊購之」，「縹囊緗帙，爛然充室」。

〔註182〕文氏家族的成員包含：文徵明，文林之子。文徵明有子文彭、文嘉、文臺。文彭子爲元肇、元發（西元 1529～1602），文臺子爲元輔、元弼，文嘉子爲元善（西元 1554～1589）。文元發子爲震孟（從鼎）（西元 1574～1636）、震亨（西元 1585～1645）。文元善子爲從簡（西元 1574～1648）。

〔註183〕轉引自《藏書紀事詩》卷二。文彭、文嘉的事蹟，另可參見《花當閣叢談》

～1573），爲文徵明從子。善畫山水人物。亦頗有藏書。〔註184〕又如《蘇州府志》卷八十七〈人物十四·長洲縣〉記載：「文從簡字彥可，嘉孫，元善子。郡諸生，隱於寒山之麓。子柟，字端文」，「文掞字賓日，柟子。志尚高潔，居停雲舊館，終歲不出。」

除了上述三個家族外，他如：

錢允治（西元 1541～1624），〔註185〕錢穀之子，《列朝詩集小傳》丁集中稱：「酷似其父。年八十餘，隆冬病瘍，映日鈔書，薄暮不止。」並對允治之死，感到悲哀，因爲「功甫歿，無子，其遺書皆散去。自是吳中文獻無可訪問，先輩讀書種子絕矣。」錢曾《讀書敏求記》亦稱：「功甫名允治，老屋三間，藏書充棟，其嗜好之勤，雖白日檢書，必秉燭，緣上下。所藏多人間罕見之本。」（卷四〈詩文評·劉勰文心雕龍十卷〉）弟錢序亦能畫。〔註186〕

繆侃，常熟人。《列朝詩集小傳》甲前集稱：「年少有俊才，詩工玉臺小體，書善楷隸。侃父貞，字仲素，好古博雅，家有述古堂，貯法書古物，故諸郎多翩翩佳子弟也。」

王延喆，王鏊之子。嘗取舊藏宋刊史記，重加校讎，翻刻於家塾。宋翔鳳《鐵琴銅劍樓書目》序：「明代精刻如震澤王氏重刻史記，與宋板無毫髮異。」

邢參，邢用理之孫。《列朝詩集小傳》丙集記載：「邢參字麗文，教授鄉里，以著述自娛。遇雪累日，囊無粟，兀坐如枯株。人往視之，見其無慘懍色，方苦吟所得句自喜。又連日雨，復往視，屋三角墊，怡然執書坐一角，不纍亦累日矣。其祖用理遺〈叱鼠賦〉，人謂麗文君無盆盎之糧，正不必效乃祖作賦也。」

王留，王穉登之子。以詩名。〔註187〕

王衡（西元 1564～1607），太倉人，王錫爵子，少有文名，作《鬱輪袍》、《眞傀儡》等雜劇。〔註188〕

史兆斗（康熙初卒）字辰伯，史鑑之後，徙居長洲。博雅多藏書。汪琬

---

卷四〈二文〉條、《明詩綜》卷四。

〔註184〕文伯仁之事蹟另參見《金陵瑣事》卷二〈畫談·文伯仁〉條。

〔註185〕丁志安：〈明代吳中藏書家錢允治生卒考〉，《文獻》第二十一輯，1984 年 6 月。

〔註186〕尚可參見：《初學集》卷八十四〈題錢叔寶手書《續吳都文粹》〉、《蘇州府志》卷八十、《吳縣志》卷六十六、《明畫錄》卷四。

〔註187〕參見：《蘇州府志》卷一一二〈流寓二〉、《明史》卷二八八。

〔註188〕參見《明史》卷二一八附〈王錫爵傳〉。

（西元 1624～1690）〈史辰伯傳〉云：「爲諸生，不得意，即棄去。喜蓄書，所購率皆秘本。或手自繕錄，積至數千百卷。齋居蕭然，惟事讎校。或偶有所得，輒作小行楷書疏注其旁。」

秦蘭徵，明常熟人。秦四麟孫。家多藏書，嘗與龔士達〈乞雛狸詩〉云：「那有餘糧愁鼠耗，只勞架上守殘書。」

毛扆（西元 1641～？），毛晉之子。精校勘，著有《汲古閣秘本書目》一卷。

金侃（西元 ？～1704），金俊明子。工書畫，能詩。繼父業，杜門鈔書，校讎精密，所居矮居數椽，藏書滿樍，皆父子手鈔本。

除了父子或祖孫前後相繼外，還有兄弟間皆有出色表現的家族。如「吳人語曰：前有四皇，後有三張」。四皇是指皇甫沖（西元 1490～1558）、皇甫涍（西元 1497～1546）、皇甫汸（西元 1497～1582）、皇甫濂（西元 1508～1564）四人，「兄弟並好學工詩，稱皇甫四傑」。〔註189〕三張是指張鳳翼（西元 1550～1636）、張燕翼、張獻翼三人。〔註190〕還有夏昺〔註191〕、夏㫤（西元 1388～1470）〔註192〕兄弟、沈貞、沈恆兄弟；〔註193〕陳汝秩、陳汝言（西元 1329～1385）兄弟；徐源、徐澄兄弟；黃魯曾、黃省曾兄弟；陸粲、陸采兄弟；王世貞、王世懋兄弟；袁褧、袁表五兄弟；王守、王寵兄弟。

除家族外，個別文人之往來，亦使蘇州的文化活動不間斷的進行。

### 1、文人間之往來

《明史》卷二八七〈文徵明傳〉記載吳地文人之交游往來說：

> 文徵明……學文於吳寬，學書於李應禎，學畫於沈周，皆父友也。
> 與祝允明、唐寅、徐禎卿輩相切劘。……吳中自吳寬、王鏊以文章
> 領袖館閣，一時名士沈周、祝允明輩與並馳騁，文風極盛。徵明及
> 蔡羽、黃省曾、袁褒、皇甫沖兄弟稍後出，而徵明主風雅數十年，
> 與之遊者，王寵、陸師道、陳道復、王穀祥、彭年、周天球、錢穀

---

〔註189〕《明詩綜》卷四五有四人之詩作。
〔註190〕《明詩綜》卷四五有三人之詩作。
〔註191〕夏昺，《吳郡人物志》〈夏孫津裔孫禹錫傳〉稱：「夏昺字孟暘，精書法，又稱「善繪雲山嵐樹」。
〔註192〕參見《吳郡人物志》〈夏㫤傳〉。
〔註193〕《列朝詩集小傳》乙集：「皆善繪事，妙處逼宋人，然自重不苟作。每營一障，賦一詩，必經旬歲乃出。皆善爲詩，兄弟自相唱酬，下至僮僕，皆諳文墨。」

之屬亦皆以詞翰名於世。

　　明代蘇州文人，先後以王鏊、沈周、文徵明、王穉登等人爲中心，形成一個又一個的交游團體。所以蘇州文人之間的往來，可說是相當頻繁及密切的。林琦妙在《明代蘇州文學與繪畫藝術之交流》中已有論述，〔註194〕再從其他的記載來加以補充說明。

　　以沈周而言，與之往來者有吳寬、王鏊、都穆、文林〔註195〕、史鑑〔註196〕、杜瓊、姚綬、徐霖、唐寅、祝允明、文徵明、周用、謝時臣等人。以文徵明言，與之往來者有吳寬、沈周、唐寅、王寵〔註197〕、朱存理（西元1444～1513）〔註198〕、劉嘉緒〔註199〕等人。而與朱性甫往來者有徐有貞、祝顥、劉珏、吳寬、沈周、楊循吉、都穆、文徵明等人。〔註200〕又如祝顥，在歸田之後，與徐天全、劉完菴、杜東原等人，「日相過從」。又如杜瓊（即杜東原，吳縣人）卒時，「三吳會葬者數千人，門生趙同魯輩私諡曰淵孝先生。」〔註201〕又如文徵明之父文林，「居鄉，與楊君謙、李貞伯、沈啓南善」（《列朝詩集小傳》丙集）。楊循古又與方太古相善。〔註202〕

　　文人彼此之交游圈子往往重疊，可見文人間來往之密切。文人間更彼此互相引薦，如毛晉〈吳郡志跋〉提及他人吳郡韋刺史祠，發現西廡方策半架上有《吳郡志》，之後，因陳繼儒之紹介，而與史兆伯相識之經過。〔註203〕

---

〔註194〕林琦妙：《明代蘇州文學與繪畫藝術之交流》，頁110～115。

〔註195〕（清）姜紹書《無書詩史》卷二言：「先生雖與吳中無忤，而披襟吐亦者十不一二，惟吳少宰寬、都太僕穆、文溫州林及溫州子徵仲，則其莫逆交也。」

〔註196〕史鑑爲沈周的親家兼好友。

〔註197〕《列朝詩集小傳》丙集載：「所與游者，文徵仲、唐伯虎最善。徵仲長於履吉二十四歲，折輩與定交，而伯虎以女妻其子。」

〔註198〕朱存理，長洲人。「與文待詔衡山（徵明）、吳閣學鮑菴（寬）、沈徵君石田（周）稱素心莫逆友」。原見《東湖叢記》載周榮起述抄《珊瑚鐵網》緣起，轉引自《藏書紀事詩》卷二附王欣夫補正。

〔註199〕《列朝詩集小傳》丙集：「所與游者，祝希哲、都玄敬、文徵仲、唐子畏，子畏編其集，又爲墓碣，而楊君謙爲志。」

〔註200〕見《文徵明集》卷二十九〈朱性甫先生墓志銘〉。

〔註201〕《列朝詩集小傳》乙集。

〔註202〕《蘇州府志》卷一一二〈流寓二〉：「方太古……負氣慷慨，見嫉於俗，遊於吳。楊君謙見而重焉，與談竟日夜不窮，遂傾一時。」

〔註203〕跋稱：「適禹修方公爲雲間刺史，葺理群志，馳書召余與眉公先生共事，因攜此帙入頑仙盧。眉公開卷見門類總目，擊節歡賞，得未曾有。題數語於後。時有史辰伯在座，眉公指謂余曰：『貴郡文獻都在此老腹笥中。』

文人之往來，還有二種形式：

## 第一、文人群體之形成

明初有「吳中四傑」，係指高啓、楊基、張羽、徐賁四人。〔註204〕四人中僅高啓爲原籍蘇州的文人，餘三子皆爲寓居蘇州的文人，四人係爲詩友。而高啓、張羽、宋克與余堯臣等人又合稱「北郭十友」，〔註205〕即所謂十才子。

繼「北郭十友」後，又有「東莊十友」，據《明詩綜》卷三十八〈詩話〉稱：

> 明初高侍郎季迪有北郭十友，麗文亦有東莊十友，吳爟次明、文徵明徵仲、吳奕嗣業、蔡羽九逵、錢同愛孔周、陳淳道復、湯珍子重、王守履約、王寵履仁、張靈孟晉。故其詩云：「昔賢重北郭，吾輩重東莊……。」

其組成文人仍是以文徵明等人爲主。此外，文人結社的風氣頗爲盛行，如王延陵是王鏊之子，《七十二峰足徵集》稱：「希心風雅，早歲與皇甫子循、張幼于輩結社。」〔註206〕

## 第二、傳授師事

蘇州文學傳統之承繼，「傳授師事」亦是途徑之一。明代蘇州文人的傳授師事，是以幾位主要人物爲師法對象：

陳繼（西元1370～1434），《列朝詩集小傳》乙集稱：「老而居吳，多聞故實，德尊行成，咸仰爲宗工焉」，以陳繼爲師者有沈貞、沈恆兄弟〔註207〕、杜瓊〔註208〕等人。陳繼有子陳寬（西元1404～1473）、陳完，二人皆工詩，沈周則受業於陳寬，故錢謙益言：「吳中稱經學者，皆宗陳氏」。而文徵明、唐寅等人則以沈周爲師。

---

〔註204〕對明初吳中四傑略作介紹：高啓（西元1336～1374），曾居吳淞青丘，自號青丘子，長洲人。《明史》卷二八五有傳。著有詩集《高太史大全集》、文集《鳧藻集》并附詞《扣舷集》。楊基、張羽、徐賁可參見本節，頁69，註147、144、145。

〔註205〕《列朝詩集小傳》甲前集載高啓送唐肅序言：「余世居吳北郭，同里交善者，惟王止仲一人。十餘年，徐幼文自毘陵、高士敏自河南、唐處敬自會稽、余唐卿自永嘉、張來儀自潯陽，各以故來居吳，皆與余鄰，於是北郭之人物遂盛矣。」

〔註206〕轉引自《藏書紀事詩》卷二。

〔註207〕《列朝詩集小傳》乙集：「其父徵士孟淵，好客，多長者之游，而塾師爲陳繼先生，耳目濡染，蔚有聞望。」

〔註208〕《列朝詩集小傳》乙集：「從陳繼先生學」。

文徵明曾學文於吳寬、學書於李應禎（西元 1431～1493）、學畫於沈周。出於文徵明門者不計其數，如居節（吳人）少從文徵明游，學其書畫；〔註 209〕陸師道「以養母請告歸。歸而游文徵明門，稱弟子」，「人稱徵明四絕不減趙孟頫，而師道並傳之，其風尚亦略相以」；陳道復「受業徵明」；〔註 210〕周天球（西元 1514～1495）「從文待詔游」；〔註 211〕錢穀「家無典籍，游文待詔門下」；〔註 212〕薛虞卿〔註 213〕、文彭、文嘉、陳淳、陸昺、朱朗〔註 214〕等人都以文徵明為師。而文徵明門人亦有從之師事之弟子，如張復，「從錢穀學畫」；劉原，「所作山水師錢穀」。〔註 215〕歸納文門弟子之特色，除擅書畫外，亦兼擅詩文，並多有著作，如文彭有《博士詩集》、文嘉有《和州詩集》、陳淳有《白陽詩集》、陸治有《包山遺稿》〔註 216〕、王寵有《雅宜山人集》等。

歸有光亦是當時名家，入於歸有光門者，如唐時升（西元 1551～1636），嘉定人，因父親唐欽訓「與歸有光善，故時升早登有光之門」，「詩援筆成，不加點竄，文得有光之傳」；婁堅（西元 1567～1631），「其師友皆出有光門」。〔註 217〕

他如：朱性甫從杜瓊先生游；〔註 218〕黃姬水學書於祝允明；王寵少學於蔡羽；史辰伯少受學於劉鳳、王穉登；毛晉曾從錢謙益游。〔註 219〕

**2、文人與非文人間之往來**

明代蘇州，文人與非文人間之往來頗為頻繁。可以歸有光《震川集》中

---

〔註 209〕 參見《列朝詩集小傳》丁集中。另據《明畫錄》卷四〈山水〉稱：「工詩，著《牧豕集》。少從文嘉習畫，待詔見其運筆驚喜，遂授以法，書畫兼肖，而清媚可喜。」《明詩綜》卷五十收有他的詩作。

〔註 210〕 《明史》卷二八七〈文徵明傳〉。另《明詩綜》卷五十收有他的詩作。

〔註 211〕 《明詩綜》卷五十收有周天球詩作。

〔註 212〕 亦可參見《花當閣叢談》卷三〈錢先生〉條。另《明詩綜》卷五十收有他的詩作。

〔註 213〕 薛虞卿，文徵明甥，詩文書畫精妙。

〔註 214〕 見《金陵瑣事》卷二〈畫談・朱朗〉條。

〔註 215〕 見《明畫錄》卷四〈山水〉。

〔註 216〕 《明詩綜》卷五十收有陸治詩作。

〔註 217〕 《明史》卷二八八〈唐時升傳〉附婁堅。

〔註 218〕 《文徵明集》卷二十九〈朱性甫先生墓志銘〉。

〔註 219〕 錢謙益《有學集》卷三十一〈隱湖毛君墓志銘〉言：「壯從余游，益深知學問之指意。于經史全書，勤讎流布，務使學者窮其源流，審其津涉。其他訪佚典，搜秘文，皆用以裨補其正學，于是縹囊緗帙，毛氏之書走天下。」

所爲撰寫行狀的許君爲代表來加以說明：

> 君姓許氏，諱志學，字遜卿，其先蘇州之嘉定人，諱慶賜，爲崑山
> 魏氏館甥，遂爲崑山人。……自慶賜始遷，再世而有兄弟數人，勤
> 于治生，多蓄藏，延禮耆儒沈同菴先生於家塾，以教諸子。當是時，
> 葉文莊公、張憲副和、張參政穆、沈憲副訥，一時名賢，皆往來其
> 家，故許氏富而子孫多在衣冠之列。(卷二十五〈敕封文林郎分宜縣
> 知縣前同州判官許君行狀〉)

其先祖並非文人者，往往在家境富裕後，即延聘文人擔任西席，進而與士大
夫們往來頻繁，而其子孫更晉身衣冠之列。

另一種是文人與書賈的來往。如蕭騰源師儉堂刻書自有特點，一是書名
前多冠「鼎鐫」二字，二是所刻之書多經陳繼儒批評。當時陳繼儒聲名甚盛，
經他批評之書，行銷更易。

## （二）集會活動及成果

### 1、詩文酬唱及寫圖為贈 〔註220〕

一是文人互相酬贈，如王鏊有〈送徐季止還南雍〉詩，且《匏翁家藏集》
中屢有贈答沈周的詩文；祝希哲有〈贈性甫〉詩、〈贈安愚柳大中〉詩、〈贈
俞寬〉詩、弘治三年（西元1491）有詞贈朱凱；文徵明曾題畫寄徐霖；〔註221〕
陳淳與王寵、文彭、湯珍諸人爲袁袞父方齋壽而作書畫冊；〔註222〕當王鏊主
試南闈，便道反蘇，文林餞別，沈周圖繪〈餞別圖〉軸，文林有和王鏊〈過
太湖〉詩，沈周與吳寬並有和章；〔註223〕二是爲他人集子作序，如朱性甫（存
理）《野航集》有楊循吉、祝允明兩序；〔註224〕都穆著《月樓集》，楊循吉爲
之作序，撰〈爲都玄敬序都氏月樓集〉；祝允明曾序俞寬《約齋漫錄》。

文人詩文集多收有與友人唱和之作，如葉昌熾《藏書紀事詩》中王欣夫
的補正，提及他得到《白泉詩》之事：

> 頃得崑山潘道根手抄《白泉詩》兩冊，中多與陳言夏、毛子晉唱和

---

〔註220〕林琦妙認爲蘇州文人因爲多文藝兼擅者，所以除了傳統文人所擅長的詩文送
　　　　別外，多了寫圖爲贈這個項目。見《明代蘇州文學與繪畫藝術之交流》，頁
　　　　116～117。
〔註221〕（明）顧起元《客座贅談》〈衡山贈髯仙句〉條記載此事。
〔註222〕陳葆眞：《陳淳研究》，頁94。
〔註223〕見《文徵明與蘇州畫壇》，頁40。
〔註224〕《文徵明集》卷二十九〈朱性甫先生墓志銘〉。

之作，未刊秘籍也。(《藏書紀事詩》卷二之補正)

### 2、參與戲劇演出及劇本創作

王穉登《吳社編》〈會〉條言：

> 凡神所棲舍，具威儀、簫鼓、雜劇迎之，曰會。優伶伎樂，粉墨綺
> 縞，角觝魚龍之屬，繽紛陸離，靡不畢陳。

〈捨會〉條則列舉了一些雜劇的名稱，有《虎牢關》、《曲江池》、《楚霸王》、《單刀會》、《遊赤壁》、《劉知遠》、《水晶宮》、《勸農丞》、《採桑娘》、《三顧草廬》等，從這些記載，可以看出，蘇州戲劇演出頗盛。甚至有文人粉墨登場的，如祝允明：〔註225〕

> 好酒色六博，善度新聲，少年習歌之間，傅粉墨登場，梨園相顧勿
> 如也。(《列朝詩集小傳》丙集)

蘇州文人或收藏雜劇，或編寫劇本，以供應演出的需要。如楊循吉、徐霖、祝允明、鄭若庸、陸采、張鳳翼、梁辰魚、王穉登、沈璟、馮夢龍、袁于令等人。

以楊循吉及徐霖言，二人在武宗時，由臧賢薦引，填寫新曲，由此得到武宗寵遇。徐霖尤以詞曲見長，所填南北詞曲，倡家都極爲崇拜。更在南京建築快園，極盡聲伎之樂。

而劇本刊刻方面，如唐振吾廣慶堂刊刻王穉登《新編金像點板寶禹鈞全德記》、徐復祚的《新編全像點板宵光記》，以及《新編全相點板西廂記》，陳大來繼志齋刊刻沈璟的《重校十無端巧令紅蕖記》。

蘇州的戲曲曾經魏良輔、梁辰魚等人的改革，〔註216〕在革新的過程中，形成一個又一個的戲曲音樂家群。〔註217〕沈德符《顧曲雜言》稱：「自吳人重南曲，皆祖崑山魏良輔，而北詞幾廢。」自魏良輔爲首的一批吳中的民間樂師、

---

〔註225〕徐復祚《三家村老曲談》(新曲苑本，頁101)亦載祝允明扮演之事，而時人或有對祝允明此種行爲頗不以然，如閻秀卿《吳郡二科志》《文苑》批評道：「惜乎不自厚，分才雜劇，此亦俳優工戲，何異乎千里名駒未始不蹄齧也。」

〔註216〕蘇州的戲曲音樂家在三十年時間，前後兩次革新崑山腔，第一次以魏良輔爲代表，始于嘉靖中葉，創制以清唱爲主的「水磨調」，第二次以梁辰魚爲代表，始于隆慶時期，繼續加工「水磨調」，完成了從清曲走向劇曲的轉化。這個過程，薛若鄰在〈蘇州戲曲音樂家群的崛起與追求〉(《蘇州大學學報》(哲社版) 1985年第四期) 一文有詳細說明。

〔註217〕有關這兩個戲曲音樂家群的組成分子，可參看薛若鄰：〈蘇州戲曲音樂家群的崛起與追求〉一文。

樂工對崑山腔進行革新後，蘇州府便成為當時戲曲活動的中心，戲曲人材輩出。如鄭若庸〔註218〕、梁辰魚〔註219〕、張鳳翼〔註220〕、顧大典、徐復祚〔註221〕等人。

### 3、刊刻書籍

嘉靖、萬曆時期（西元 1522～1619）為明代刻書的黃金時代。官刻本以嘉靖十四年（西元 1535）餘姚聞人詮（字邦正，嘉靖五年進士）在蘇州所刻的《唐書》為最精。文徵明〈重刊舊唐書敘〉言：

> 初，御史紹興聞人公詮視學南畿，以是書世無梓本，他日按吳，遂命郡學訓導沈桐刊置學宮。（《文徵明集》卷十七）

聞氏序稱：

> 吳令朱子遂得列傳於光祿張氏，長洲賀子隨得紀志於守溪公遺籍，俱出宋時模板。旬月之間，二美璧合，古訓有獲，私喜無涯。（聞人詮〈重刻舊唐書敘〉）

嘉靖四十年（西元 1561），崑山縣曾刊刻魏校莊渠遺書，標題「蘇州府知府太原王道行校刻，崑山縣知縣清河張煒同梓，門人歸有光編次」。

翻刻宋本首先是由蘇州地區開始的。正德年間（西元 1506～1521），晚年經營刻書業的蘇州文人陸元大翻刻宋紹興十八年建康郡齋本《花間集》，開了翻刻宋本之風。嘉靖間（西元 1522～1566），蘇州仿宋刻書之風大盛，倡導均

---

〔註218〕崑山人。在曲學方面，受張鳳翼之啟示、影響。著有《玉玦記》、《大節記》、《珠毬記》三種。

〔註219〕梁辰魚，是改崑山腔的重要人物，《明詩綜》卷五十〈詩話〉載：「伯龍雅擅詞曲，所撰《江東白苧》妙絕時人。時邑人魏良輔能喉囀音聲，始變弋陽、海鹽故調為崑腔，伯龍填《浣紗記》付之。王元美詩所云『吳閶白面冶游兒，爭唱梁郎雪豔詞』（《弇州山人四部稿》卷四九，〈嘲梁伯龍〉）。是已。同時又有陸九疇、鄭思笠、包郎、戴梅川輩，更唱迭和……」

〔註220〕張鳳翼，長洲人。撰有八種傳奇。《列朝詩集小傳》丁集中稱：「伯起善書，晚年不事干請，鬻書以自給。好度曲，為新聲，所著《紅拂記》，梨園子弟皆歌之。」徐復祚《花當閣叢談》卷四〈二張〉條言：「晚喜為樂府新聲，天下之愛靈墟新聲，甚于古文詞。靈墟善度曲，自朝至夕，口嗚嗚不已。吳中舊曲師有太倉魏良輔，靈墟出而一變之，至今宗焉。嘗與仲郎演《琵琶記》，父中郎，子趙氏，觀者填門，夷然不屑意也。」

〔註221〕見《重修昭常合志稿》卷二十五〈人物四‧耆舊〉：「以諸生入國學，才度兩美，工詞曲」。

是文人，〔註222〕所刻書幾乎都是家刻。〔註223〕明人家刻之書，向來爲收藏家所珍賞。

　　嘉靖間（西元 1522～1566）私人刻書，盛極一時。多有因富於藏書，而提倡刻書者。如顧元慶〔註224〕、沈與文〔註225〕、黃省曾、黃魯曾、趙用賢、袁褧〔註226〕嘉趣堂，其刻書之質量，均較官刻爲優。〔註227〕

　　除了家刻外，蘇州還有書商經營的書坊。以謀利爲前提的書坊，刊刻的大多是容易銷售的書籍。如因應科舉的書籍。歸有光曾對此類作出批評，並親自編作：

　　　　鄉先達王文恪公教子弟作論策，以蘇氏爲法。近時學者止取墨卷及
　　　　書坊間所刻，猥雜莫辯，惟事剽竊而已，余今所選小錄論及墨卷可
　　　　以爲式者。然懶于偏閱，惟取近科會試錄及鄉試墨卷不過數十篇，
　　　　學者如能讀蘇氏之文，兼取此以爲近格，亦不俟乎他求矣。（《震川
　　　　集》卷九，〈跋程論後〉）

　　蘇州的許多書坊，亦刊刻了不少小說，最著名的是葉敬池、葉昆池，如

〔註222〕如蘇獻可、袁褧、沈與文、黃魯曾兄弟三人、陸采等人。
〔註223〕如嘉靖六年（西元 1525）震澤王延喆所刻《史記》出于宋黃善夫本，爲《史記》覆宋本之最佳者。嘉靖七年（西元 1528）吳郡金李澤遠堂所刻《國語》，與吳門龔雷所刻《戰國策》，同出宋本。嘉靖十二年（西元 1533）吳郡袁褧嘉趣堂覆刻宋淳熙本《大戴禮記》、嘉靖十四年（西元 1535）覆刻宋淳熙本《世記新語》、嘉靖十三年至嘉靖二十八年（西元 1534～1549）覆刻宋張之綱《本文選注》。
〔註224〕顧元慶，字大有，長洲人，爲嘉靖間著名藏書家，著述亦豐。其《顧氏文房小說》四十種，前後共經十六年（西元 1517～1532）始刻竣，校刻精審。
〔註225〕沈與文，明嘉靖時吳縣人。好藏書。士禮居跋河南邵氏聞見錄云：「茲校本有嘉靖時野竹居士跋，吳中杉瀆橋，嘉靖時有沈與文，頗蓄書，其刊刻《韓詩外傳》。有野竹齋字樣，不知野竹居士即沈與文否？」（見《士禮居藏書題跋記》，頁 153）。
〔註226〕袁褧，吳縣人。累試不利，晚耕謝湖之上，號謝湖，室名嘉趣堂，是著名藏書家。《列朝詩集小傳》記載：「褧藏宋刻書裝潢雕勘並稱善本。」
〔註227〕據葉德輝《書林清話》卷五〈明人刻書之精品〉所著錄的有：沈與文野竹齋刻《韓詩外傳》、《書鑒》。崑山葉氏菉竹堂刻《雲仙雜記》、《陶穀清異錄》。震澤王延喆恩褒四世之堂刻《史記集解索隱正義》。吳郡金李澤遠堂刻《國語韋昭解》。吳門龔雷刻《鮑彪校注戰國策》。吳郡袁褧嘉趣堂仿宋刻《大戴禮記》、仿宋刻《世說新語》、仿宋《張之綱本文選注》。顧春世德堂刻刊《六子全書》、王子年《拾遺記》。郭雲鵬濟美堂刻刊《分類補注李太白詩集》、《曹子建集》、《河東先生集》、《歐陽先生文粹》、杜詩刻《鮑彪戰國策校注》。叢刻書則以顧元慶《顧氏文房小說》四十種爲最精。

《醒世恆言》、《石點頭》、《列國志》等，這些作品或多或少都反映了當時社會生活情形，甚而采取當時的社會事件加以改編，因此受到民眾的歡迎。

# 第五節　馮夢龍所受蘇州文風之影響

對於社會上某種文化潮流是否納入文化發展，文人往往起了相當重要的影響力。蘇州一向是人才薈聚之地，文人的言行常常領導社會風尚，因而影響文化的發展。就馮夢龍一生而言，蘇州文人對其影響頗大，他經常向前輩文人學習，如沈璟、張鳳翼、梁辰魚等人。他曾拜沈璟爲師，學習曲律知識，沈璟是「丹頭秘訣，傾懷相授」。亦從梁辰魚、張鳳翼處獲得不少教益，也可能與曾任吳縣知縣的袁宏道有過交往，因爲袁無涯是馮夢龍和袁中郎的共同好友。這些人都對馮夢龍的文學觀念和文學活動產生影響。長期浸潤在蘇州文風裡的馮夢龍，所受到的影響是什麼？

## 一、科考風氣與馮夢龍

馮夢龍終其一生均應試不利，最後是以歲貢選壽寧知縣。他從小努力研讀經籍，在青壯年時期用心於時文，就像一般讀書人一樣應舉趕考，希望藉著科舉來求得功名。當時的考生必須選擇一種儒家的經籍，來參加科舉考試，他選擇了《春秋》。對於《春秋》，他曾下了極大的功夫去研讀。甚至因爲欲在科舉上求得功名，故當其從事如小說、戲曲、民歌小曲等作品的編纂時，不敢自署眞名，而運用許多別號。但是他卻一直未能在科舉上有所表現。

雖然屢屢科舉不利，但馮夢龍對於《春秋》所下的功夫，卻爲人所肯定，並被邀請至湖北麻城講授《春秋》，更編輯了《春秋衡庫》、《麟經指月》、《四書指月》等書籍，正如馮夢龍在《春秋衡庫》發凡中所言：「茲編一以功令爲主」，都是爲指導科舉所編纂的書籍。

即使他在從事編作通俗文學作品時，仍不忘情於科舉。在《三言》中唯一可以確定是他所創作的〈老門生三世報恩〉裡，〔註228〕表達了自己無法實現的夢想──考中進士。因爲馮夢龍在取得貢生資格後，被任命爲丹徒訓導。直到崇禎七年（西元1634），他已經六十一歲，才出任壽寧知縣。

---

〔註228〕馮夢龍序畢魏《三報恩傳奇》，承認此篇係他自著。見《古本戲曲叢刊》第二集。

## 二、狎妓冶遊風氣與馮夢龍

　　前已言清人對明代蘇州文人的看法，馮夢龍亦不免沾染蘇州文人之習氣，他一方面準備應考科舉，一方面也時常出入於酒館歌樓，與歌妓往來密切，在《挂枝兒》書中曾有一段關於少時狎游生活的記載。這是當時文人的風氣。許多青樓女子頗富才學，文人與之往來，時常傳爲佳話。青年時期的馮夢龍，才情跌宕，風流蘊藉，亦是「每出名教外」、「放誕不羈」的才士。他曾與名歌妓侯慧卿相戀，後侯慧卿嫁予他人，馮夢龍爲之寫了〈怨離詞〉三十首，董斯張讀了，以爲「可令人下淚」，以爲這是至情的表現。王挺的挽詩稱馮夢龍爲「逍遙豔冶場，放浪忘形骸」的「狂士」。率性的馮夢龍更將自己與朋友涉足青樓之作收入所編纂的《太霞新奏》。馮夢龍結識不少青樓女子，對他所編纂的作品產生了些影響，如《挂枝兒》中有一條附注言：

> 後一篇，名妓馮喜生所傳也。馮美容止，善諧謔，與余稱好友。將適人之前一夕，招余話別。夜半，余且去，問喜曰：「子尚有不了語否？」喜曰：「兒猶記〈打棗竿〉及〈吳歌〉各一，所未語若者獨此耳！」因爲余歌之。

可知馮夢龍編纂《挂枝兒》、《山歌》兩部民歌集，有些作品是青樓女子提供的。因此，《太霞新奏》、《挂枝兒》與《山歌》的編纂，是與他的狎妓冶游生活分不開的。如果沒有這段放浪形骸的生活，他是否能夠編出這麼多的通俗文學作品呢？除了狎妓外，馮夢龍還有種種放浪的行爲，如賭博、吃酒，在馮夢龍的著作中，有《牌經》、《酒令》等。

## 三、結社風氣與馮夢龍

　　文人結社風氣，晚明頗盛行，蘇州一地尤爲盛行。文人從事結社活動，多是以揣摩文章，縱情詩酒爲主。從事結社活動，原是「以文會友，以友輔仁」，後來卻漸變爲以考取功名爲主旨。

　　以馮夢龍言，他的結社活動，前後不止一次，社友也十分複雜，或與之切磋文章，相與唱和，或研讀科考的經籍，以求取功名。除了求取功名外，飲酒、賦詩、游山玩水，似乎是經常性的活動。〔註229〕與馮夢龍結社之社友，不乏知名文士，如董斯張，以博學見聞；文震孟和姚希孟，以文行著稱；侯氏兄弟三人有「三鳳」之譽；還有文從簡、錢謙益等人。其社友多有相繼考

〔註229〕如馮夢龍與董斯張、梅之熉等人互相校訂著作或爲之作序。

上科舉者，而馮夢龍始終科舉不第。

結社活動使馮夢龍之見聞為之增廣不少，也豐富其生活內容。其結社社友如董斯張個性孤介、狂狷，博學廣聞，勤於著述，生平交契，多為一時名士，與之結社聯吟，馮夢龍亦贊許其「才華曠世，千古情人」，亦喜愛時尚小調，實與馮夢龍十分契合。又如梅之熉，亦是「博涉群書，頡頏海內名宿」，後歸隱為僧，以著述自娛。馮夢龍與這些人結社為友，彼此的思想、志趣及個性實有相似之處。

## 四、博學、藏書、著述風氣對馮夢龍的影響

蘇州這種博學的風氣，〔註230〕不但使文人所讀之書的種類既多又難，亦使著述風氣受極大的影響，明五嶽山人黃省曾以為蘇州人好記史事，尤好稗官之學，以為無忝於史才，〔註231〕以徐有貞為例，撰有《史斷》、《前四十家小說》；又如沈周撰有《詠史補忘錄》、《石田雜記》、《客座新聞》；祝允明撰有《九朝野記》、《革朝遺忠錄》、《武功佚事》、《大中遺事》、《祝子小言》、《猥談》、《祝子微》、《祝子通》、《祝子雜》、《祝子罪知》、《語怪四編》、《志怪錄》、《蘇材小纂》等；徐禎卿撰有《翦勝野聞》、《異林》；袁褧撰有《前四十家小說》、《廣四十家小說》、《後四十家小說》等。〔註232〕而在《蘇州府志》卷一百三十六〈藝文一〉也記載了馮夢龍的著述有《春秋衡庫》、《春秋指月》、《別本春秋大全》、《智囊》、《智囊補》、《古今談概》、《壽寧縣志》、《情史》、《七齋樂集》，可知蘇州人確有此種傾向，而馮夢龍受此影響極大。再看王挺的挽詩稱：「上下數千年，瀾翻廿一史」，似乎馮夢龍曾有意修訂出版一系列通俗歷史演義，而《新列國志》應是第一部。

蘇州人讀書既雜，對於書籍的搜求多竭盡心力。蘇州最著名的藏書家如毛晉「前後積書至四萬八千冊，構汲古閣、目耕樓以庋之。」〔註233〕而馮夢龍家中亦收藏有不少宋、元、明的話本。〈古今小說序〉稱：

〔註230〕簡師錦松《明代文學研究》第三章〈蘇州文苑〉中已論述吳地博學之習慣，大抵包含兩大系列，一為經子史漢唐宋諸集之類，一為小說釋老之類。其於文學以外之涉獵，為蘇州博學之一特色。
〔註231〕此說原見於《五嶽山人集》卷二十五，轉引自簡師錦松《明代批評研究》，頁148。
〔註232〕見《蘇州府志》卷一三六〈藝文二〉。
〔註233〕見《汲古閣核刻書目》，轉引自李致忠〈明代刻書述略〉，《文史》第二十三輯。

茂苑野史氏，家藏古今通俗小說甚富，因賈人之請，抽其可以嘉惠
里耳者，凡四十種，畀爲一刻。

明代曾活動於蘇州的文人如袁宏道、葉盛等人給予通俗文學較高的評
價，提高了通俗文學的地位，同時也有不少人從事搜集、整理、刊刻的工作。
《日知錄》卷三十稱：

錢氏曰：古有儒釋道三教，自明以來，又多一教曰小說，小說演義
之書，士大夫農工商賈無不習聞之，以至兒童婦女不識字者，亦皆
聞而知見之，是其教較之儒釋道而更廣之。

可知小說之影響力超過了儒釋道，小說在明代已逐漸占有重要地位。蘇州一
地之人當更需此種精神食糧。

以上所述的種種，都爲他從事編作《三言》提供了有利的條件。如果馮
夢龍在宦途上一帆風順，那麼他還會從事通俗文學的編作工作嗎？而《三言》
的編作是否亦是不可能進行的？在科舉一途始終失意的馮夢龍，也不例外地
從事教館的工作。據陸樹崙先生的考定，馮夢龍曾擔任過長洲浦家、莊家、
陶家、無錫吳家、黃家、烏程沈家、麻城田家、陳家、劉家、周家、董家的
西賓。〔註234〕而馮夢龍的塾師工作似乎是時斷時續，如果不任塾師時，馮夢
龍就從事編作。馮夢龍所編撰的書籍，多是通俗的書籍，此類書籍市場需求
量大，銷售較易，故「謀利」應爲馮夢龍從事編撰工作時所考慮的重要因素
之一。

中年的馮夢龍生活似乎頗爲拮据，從馮夢龍爲袁于令的《西樓記》增置
一齣〈錯夢〉一事，可知馮夢龍的生活確實十分窘迫。馮夢龍所向請益的前
輩張鳳翼，晚年即「鬻書自給」，馮夢龍是否可能受其影響，也決定「鬻書自
給」呢？是否因此便在書商的邀請之下，進行《三言》的編撰工作。但馮夢
龍並不僅以謀利爲唯一目的，因爲參與科考，使馮夢龍致力於研讀《春秋》，
又受蘇州人好記史事風氣的影響，認爲小說可以成爲「六經國史之輔」，是可
以「嘉惠里耳」的。所以馮夢龍編作《三言》，仍不脫傳統文人教化社會的觀
念。

---

〔註234〕陸樹崙：《馮夢龍研究》，頁22。

# 第三章　馮夢龍編作《三言》與明季的
　　　　社會經濟

　　雖然自宋以後，江南地區成爲全國的經濟重心，〔註 1〕但經過元末的戰亂，農業生產力驟衰，江南地區亦無法倖免，所以明太祖在平定天下之後，爲了要盡速恢復農業生產力，實施了一連串的措施，如獎勵移民墾荒、蠲免稅糧〔註 2〕、邊疆駐軍實行屯田、興修水利〔註 3〕、推廣桑棉種植〔註 4〕……等。

---

〔註 1〕 李劍農在總論宋元明經濟時言及：「江南各區地力在宋時已達高度之開發，因女眞蒙古之壓迫，南遷者愈眾，至於明洪武之世，江南區遂爲全國人口最密之區，故宋以後之經濟重心遂移於東南。」見《中國古代經濟史稿》第三卷（宋元明部分），頁 6。

〔註 2〕 據《明史》卷七十七〈食貨志一〉記載，至洪武二十六年（西元 1393），「覈天下土田總八百五十萬七千六百二十三頃。」
梁方仲《中國歷代戶口、田地、田賦統計》頁 331，記載了僅洪武一朝（西元 1368～1398）墾荒中有田畝記載者，即有十二起，共墾荒地一·八〇六億畝。
洪武初年鄭州知州蘇琦曾上中書有召誘「流移未籍之民」使之墾荒之建議。此後亦屢有關於墾田之政令，如洪武三年、十三年、二十一年、二十三年、二十四年、二十八年，都有獎勵墾荒、蠲免稅賦，甚至「永不起科」之政令。可參見《明會典》卷十七〈田土〉、《續文獻通考》卷六〈田賦六〉、《續通典》卷三〈食貨三·田制下〉等。

〔註 3〕 據吳含〈明初社會生產力的發展〉（《中國資本主義萌芽問題討論集》上集，頁 131）的說法，至洪武二十八年（西元 1395），共開塘堰四〇、九八七處，可道四、一六二處，坡渠提供五、〇四八處。

〔註 4〕 《明史》卷七十八〈食貨志二〉謂太祖立國之初，即令「凡民田五畝至十畝者，載桑麻木棉各半畝；十畝以上倍之。」《大明會典》卷十七〈農桑〉亦載此事。

同時，對於手工業實行新的政策，〔註5〕使手工業得以逐步發展，尤其是紡織工業、陶瓷工業、雕版印刷的擴展，刺激都市的興起及生產技術的改進。以農業爲基礎帶動手工業發展，加上水道運輸交通的便利，消費市場漸漸發達，商業貿易隨之興盛繁榮，造成大批專業市鎮的出現。〔註6〕

根據一些資料，可知至遲到明代，蘇松常杭嘉湖地區，在人們心目中，已經是一個有著內在經濟聯繫和共同點的區域整體。在官方文書和私人著述中，常常是五府乃至七府連稱。所以王家范認爲最早的江南經濟區事實上已初步形成。〔註7〕這個經濟區當時是以蘇、杭爲中心城市。

從一些記載中得知蘇松一帶的賦稅及徭役在當時是全國最重的。如此重賦是無法全賴田畝之收入，居民捨棄農作而改事手工，或改業商賈者數倍於前，更帶動江南經濟的快速發展。從稅課司的增設，可知明代江南商業確是發達，因此蘇州經濟之發展是可以推知的。

# 第一節　明季蘇州的經濟與社會

## 一、明季蘇州的經濟活動

### （一）蘇州經濟繁榮的誘因

〔註5〕《明史》卷七十二〈職官志一・工部〉記載：「凡工匠等，曰輪班，三歲一役，役不過三月，皆復其家，曰住坐，月役一旬，有稍食」。

〔註6〕明代江南市鎮的發展，大多勃興于成化、弘治至嘉靖、隆慶、萬曆年間。可從《震澤縣志》中的記載看出這一點。震澤縣乃雍正年間（西元 1723～1735）方自吳江縣析出置縣，故其所屬鎮市村原屬吳江縣。卷四〈鎮市村〉載：震澤鎮「元時村市蕭條，居民數十家，明成化中至三四百家，嘉靖間倍之而又過焉。」又平望鎮「明初居民千百家，百貨貿易如小邑，然自弘治迄今，居民日增，貨物日備。」又雙楊市「明初居民止數十家，以村名，嘉靖間始稱爲市，民至三百餘家，自成市井。」其他如嚴墓市、檀邱市、梅堰市等都是於嘉靖間（西元 1522～1566）迅速發展。

〔註7〕王家范搜集一些資料來說明這個情形：洪武三年六月上諭即以「蘇松杭嘉五郡」連稱（《明太祖實錄》卷五十三）。成化九年（西元 1473）爲統籌該地區的農田水利，明政府設置了「蘇松常嘉湖五府勸農通判」（《吳興叢書》載徐獻忠《吳興掌故集》）。將「蘇松常鎮杭嘉湖」七府連稱，在公私著述中亦可常見，如王鴻緒《明史稿》卷六十《食貨志・賦役》引大學士顧鼎臣言、張袞《江陰縣志》（嘉靖十七年刊本）卷二〈提封記〉引明弘治十三年《震行台記》都把以上七府看作經濟整體。見王家范：〈明清江南市鎮結構及歷史價值初探〉，《華東師範大學學報》（哲社版）1984 年第一期。

　　據《大明會典》卷二十四〈稅糧〉之記載，洪武二十六年（西元 1393）秋糧「米」實徵數，蘇州府為二百七十四萬六千九百九十石，占全國實徵數（二千四百七十二萬九千四百五十石）的百分之十一・一一。這個數字比四川、廣東、廣西和雲南四個布政使司的總和還多出百分之一・六六。又明代南直隸十三府二州，合共漕糧總數為一百七十多萬石，占全國漕糧的百分之四三・五四，其中蘇州府為六九・七萬石，占全國漕糧的百分之一七・八二，是長江三角洲地區漕糧負擔最重的一個府。除了漕糧外，蘇松常嘉湖五府還要供納白糧二百一十四萬餘石，這是質量優等的白熟粳米和白糯米等品種，專供宮廷、宗人和京官俸祿之用。所以徐光啟說：「六郡所出，純為粳稻，誠國家之基本，生民之命脈。」（《農政全書》卷三〈農本〉）還可以從其他記載中得知蘇松一帶的賦稅之重：

　　《明史》記載：

> 初太祖定天下，……司農卿楊憲又以浙西地膏腴，增其賦，畝加二倍。故浙西官民田視地方倍蓰，畝稅有二三石者。大抵蘇最重，嘉湖次之，杭又次之。（卷七十八〈食貨二・賦役〉

　　《日知錄》言：

> 韓愈謂：賦出天下，而江南居十九。以今觀之，浙東西又居江南十九，而蘇松常嘉湖五府又居兩浙十九也。考洪武中，天下夏稅秋糧，以石計者，總二千九百四十三萬餘，而浙江布政司二百七十五萬二千餘，蘇州府二百八十萬九千餘，松江府一百二十萬九千餘，常州府五十五萬二千餘，是此一藩三府之地，其田租比天下為重，其糧額比天下為多。（卷十〈蘇松二府田賦之重〉）

　　這些資料，皆說明了早在洪武時期，蘇州一地的賦稅負擔已相當沈重，而根據弘治三年（西元 1490）統計，明代官田面積，在全國實在總田土四百廿三萬餘頃中占五十九萬餘頃，為全國耕地七分之一。在江南，官田更占十六分之十五。官田租賦，一般比民田幾高出一倍，蘇常松嘉湖各府賦額，有達到每畝二石的。在明初全國總賦額二千九百餘萬石中，蘇州一府占二百八十餘萬石，江南五府占全面總額百分之廿五。徐復祚在《花當閣叢談》中，以淮安府及北直隸的歲糧來加以對照，反映出蘇松人民受賦稅之困的情形：

> 蘇州府一州七縣，額田九萬頃，歲徵糧二百七十萬，帶耗共稅糧三百五十萬，淮安府兩州九縣額田十八萬頃，歲征糧三十九萬，較農

田之廣狹，淮安加蘇州一倍，歲糧之徵輸，蘇州加淮安十倍，又松
江惟三縣，歲輸稅糧一百二十萬，餘北直隸八府一十八州一百一十
七縣，歲輸稅糧亦一百二十萬，以松江三縣當一百三十五州縣，輕
重懸絕如此，蘇松之民何辜，而獨受其困哉。（卷一〈賦法〉）

有鑒於賦稅的負擔沈重，因此，仕宦於蘇州府的官吏，不時爲民上書請
求減免稅額，如：

屬縣逋賦四年，凡七百六十餘萬石，（況）鍾請量折以鈔，爲部議所
格，然自是頗蠲減，又言近奉詔募人佃官民荒田官田準民田起科，
無人種者除賦額。（《蘇州府志》卷七十《名宦三》）

《明史》卷七十八〈食貨二‧賦役〉亦載，宣德五年（西元 1430），「江南巡
撫周忱與蘇州知府況鍾，曲計減蘇糧七十餘萬」。

方豪〔註8〕……以民皆逃死，不能催征，便服自詣郡獄，在獄具奏
請如漢文減租，兼停一切錢糧，俟豐年次第帶征。朝廷特從其請。
蘇松四郡及浙西三郡並免漕糧。（《蘇州府志》卷七十一〈名宦四〉）

由蘇州賦稅居天下之冠的現象，亦說明其經濟繁榮之事實。而經濟繁榮
的指標，主要依賴手工業之發展。徐光啓在《農政全書》裡明言蘇松人民之
所以能負擔如此重賦，並非全賴田畝之收入：

玄扈先生曰：陶宗儀稱松江以黃媼故有棉布之利，而仲深先生亦云
其利視絲枲百倍，此言信然，然其利，今不在民矣。嘗考宋紹興中，
松郡稅糧十八萬石耳，今平米九十七萬石。會計加編徵收耗剩起解
鋪墊諸色役費，當復稱是，是十倍宋也。壤地廣袤不過百里而遙，
農畝之入非能有加于他郡邑也。所繇共百萬之賦，三百年而尚存視
息者，全賴此一機一杼而已。非獨松也，蘇松常鎮之幣帛枲紵，嘉
湖之絲纊，皆恃此女紅末業，以上共賦稅，下給俯仰，若求諸田畝
之收，則必不可辦。（卷三十五《蠶桑廣類‧木棉》）

可知「絲」和「棉」兩種經濟作物進入農村的經濟生活後，使得絲織業和棉
紡織業日趨興盛，帶動了江南市鎮的發展。以至到明代後期出現了「多種田
不如多治地」，將良田改種桑的現象。

少數人最初「以機杼起家」，〔註9〕沈德符《萬曆野獲編》曾記載一位蘇

〔註8〕方豪，正德五年（西元1510）以進士知崑山縣。
〔註9〕有一部分生產條件較好或技術較精良的手工作坊，將其所得盈餘轉而逐漸擴

州的潘壁成，即是以紡織業起家者：

> 起機房織手，至名守謙者始大富，至百萬。（卷二十八〈守土吏狎妓〉
> 條）

手工業興盛的首要條件是大量的人力。根據史料，可知蘇州人口已有過於稠密的現象，《明史》卷七十七〈食貨志〉載：

> 明初嘗徙蘇松嘉湖杭民之無田者四千餘戶往耕臨濠，給牛種車糧以資遣之。三年不征其稅。……復徙江南民十四萬於鳳陽。……又徙直隸浙江民二萬戶於京師充倉腳夫。

洪武三年三月命計民授田，太祖採納鄭州知州蘇琦之言：

> 遂命省臣議計民授田，設司農司開治河南，掌其事。六月諭中書省曰：蘇松杭嘉湖五郡，地狹民眾，無田以耕，往往逐末利而食不給，臨濠，朕故鄉也，田多未闢，土有遺利，宜令五郡民無田者往開種，就以所種田爲己業，給資糧牛種，復三年。驗其丁力，計田給之，毋許兼併，又北方近城，地多不治，召民耕，人給十五畝，蔬地二畝，免租三年，有餘力者，不限頃畝。（《續文獻通考》卷二〈田賦考〉）

因爲蘇松一帶地狹民眾、丁多田少，甚至有無田以耕的人家。在人口過多的情形下，往往使人民不願從事農業生產，紛紛轉往競逐末利，所以明初實行一連串的徙民政策。〔註10〕

明初已出現許多「手工業作坊」，招雇獨立手工業者進行生產，手工業生產之發展，帶動了商品買賣的發展，同時吸引部分農民投入生產行列。〔註11〕在蘇州即有不少農民投入手工業生產行列，城市人口因農村人口的流入而大量增加。

嘉靖（西元 1522～1566）時崑山人鄭若曾說：

> 不知蘇松土俗，外似有餘，內實不足。其開張字號行鋪者，率皆四

---

大規模，雇用數個或數十個工匠進行生產，得以獲取更多的利潤，因而致富。如明末張瀚的先祖即是以機杼起家：「余嘗總覽市利，大都東南之利，莫大於羅、綺、絹、紵，而三吳爲最，即余先世亦以機杼起，而今三吳之以機杼致富者尤多。」（《松窗夢語》卷四〈商賈記〉）轉引自傅衣凌：〈明代江南富戶的經濟分析〉，《明代江南市民經濟試探》，頁 53。

〔註10〕如洪武二十二年（西元 1389）又准許杭湖溫臺蘇松各府無田農民，到淮河以南滁州、和州等處耕種，由政府發給每戶鈔三十錠，作爲置辦農具之用，并免賦役三年。可參見《太祖實錄》卷一九六。

〔註11〕參見齊功民：〈明末市民反封建鬥爭〉，《文史哲》，1957 年第二期。

方旅寓之人，而非有田者也；其畫冠鮮服、畫船簫鼓，遨游于山水之間者，類皆商賈之徒、胥吏之屬及浮浪子弟、倡優僕隸，而非有田者也。其有田者爲賦、役所困，兢兢乎朝不保夕，奚暇爲經營之計、游觀之樂哉？……今日者民窮財殫，室如懸罄……。(《鄭開陽雜著》卷十一〈蘇松浮糧合〉)

再佐以顧鼎臣及歸有光二人之說法。嘉靖十六年（西元 1537），禮部尚書顧鼎臣言蘇松等地財賦甲天下：「而里書豪強欺隱灑派之弊，在今日爲尤多，以致小民稅存而產去，大戶有田而無糧，害及生民，大虧國計。」(《明世宗實錄》卷二〇四)歸有光亦言：「東南之民，何其儦也？以蕞爾之地，天下仰給焉。……蓋取之惟恐其不至，而殘之惟恐其不極，如之何其不困也？今民流而田畝荒蕪，處處有之。」(《震川集》卷九〈送縣大夫楊侯序〉)直至萬曆年間，蘇松等地仍是稅糧特重，造成的結果是：「乃自頃歲以來，逋負日積，而小民之嗷嗷者十室九空。」〔註12〕對於人民而言，賦稅成爲難以負荷的重擔，造成田土荒蕪、人民遠離農村以謀求生存的現象。

宣德七年（西元 1432），江南巡撫周忱在〈與行在戶部諸公書〉中就已經指出：

惟獨蘇松之民尚有遠年竄匿，未盡復其原額，而田地至今尚有荒蕪者，……蓋蘇松之逃民，其始也，皆因艱窘不得已而逋逃，及其後也，見流寓者之勝於土著，故相扇成風，接踵而去，不復再懷鄉土，四民之中農民尤甚。何以言之，天下之農民固勞矣，而蘇松之民比於天下，其勞又加倍焉；天下之農民固貧矣，而蘇松之農民比於天下，其貧又如甚。天下之民常懷土而重遷，蘇、松之民則常輕其鄉而樂於轉徙。天下之民出其鄉則無所容其身，蘇、松之民出其鄉則足以售其巧。(《皇明文衡》卷二十七)

賦稅的沈重負擔使人民無法以田畝收入來維持生活時，一部分農民離開了農村，進入附近的市鎮，成爲「售其巧」的受雇者。蘇州、松江一帶的人民，有許多是以自己的手工技術來維持生活。同時也可推知，蘇州地區的「糧食市場」應相當繁盛，使這些無法從事糧食生產的手工業者，在脫離農業生

---

〔註12〕《明神宗實錄》卷一七六，記載萬曆十四年（西元 1586）翰林院侍讀趙用賢上疏。

產進入城市以手工技術謀生時，仍然能依賴購買糧食來維持生活。〔註13〕

明人蔣以化（常熟人，約明神宗萬曆十二年前後在世）有一段記錄是關於隆慶、萬曆間的蘇州：

> 我吳市民，罔籍田業，大戶張機爲生，小戶趁機爲活。每晨起，小
> 戶數百人，嗷嗷相聚玄廟口，聽大戶呼織，日取分金爲饔飧計。大
> 戶一日之機不織則束手，小戶一日不就則腹枵，兩者相資爲生久矣。
> （《西台漫記》卷四）〔註14〕

再看萬曆二十九年（西元1610）應天巡撫曹時聘的上書：

> 吳民生齒最煩，恆產絕少，家杼軸而戶纂組，機工出資、機工力，
> 相依爲命久矣。
>
> 浮食奇民，朝不謀夕。得業則生，失業則死。臣所睹記，染坊罷而
> 染工散者數千人；機坊罷而織工散者又數千人。此皆自食其力的良
> 民也。（《明神宗實錄》卷三六一）

兩者皆說明了蘇州一地，已有不少人不再從事農作，轉而受雇於「機戶」，〔註15〕似乎可以進一步推知，萬曆時，蘇州城裡的手工工匠應有上萬人。〔註16〕

嘉靖《吳邑志》記載：

> 綾錦紵絲紗羅紬絹，皆出郡城機房，而東城爲盛，比戶皆工織作，
> 轉貿四方，吳之大資也。〔註17〕

清初蘇州地區方志記載說：

> 郡城之東，皆習機業。織文曰緞，方空曰紗。工匠各有專能，匠有
> 常主，計日受值。有他故，則喚無主之匠代之，曰喚代。無主者，
> 黎明立橋以待。織工立花橋，紡工立廣化寺。以車紡絲者曰車匠，
> 立濂溪坊。什百爲群，延頸而望，如流民相聚，粥後俱各散歸。若
> 機房工作減，此輩衣食無所矣。〔註18〕

---

〔註13〕 參見洪煥椿：〈明清地區商品經濟的繁榮及其阻力〉，《明清史偶拾》，頁554。
〔註14〕 轉引自童書業：《中國手工業商業發展史》，頁257。
〔註15〕 《吳縣志》卷五一：「各帳房除自行設機督織外，大都以經緯交與織工，各就織工居處，雇匠織造，謂之織戶。」。
〔註16〕 洪煥椿：〈明代後期江南城鎮手工業部門的資本主義萌芽〉，《明清史偶拾》，頁504。
〔註17〕 轉引自羊羽、王秀芳：〈蘇州絲綢生產的發展〉，《吳文化與蘇州》，頁258～259。
〔註18〕 《古今圖書集成·職方典》卷676〈蘇州府部〉引。

這些史料明顯地說明「郡城之東」已經成爲蘇州絲織業之集中地。有許多賴手工技術爲生的人在此等候雇傭的工作消息。他們的手工操作技術已經有所分工,有「織工」、有「紡工」、有「車匠」,各有專門技能。這些人是「計日受值」的「自食其力之良民」,〔註19〕而且並不固定在一個作坊裡工作,可以隨時另投別坊。在蘇州城裡有許多絲織業的手工作坊,稱爲「機房」或「大戶」,而數以千計「計日受值」的工匠,即所謂「小戶」,每天,他們按照不同的專能,在一些固定地區等候受雇,他們是依靠「大戶」雇傭爲生。

與「東北半城,比戶習織,不啻萬家」的生產盛況相對應是「商賈多聚于西城」。婁門、平門附近,「家杼柚而戶纂組」,忙於織造,「金閶一帶,比戶貿易,負郭則牙儈聚集」。從王鏊〈吳中賦稅書與巡撫李司空〉文中,亦可窺知一二:

> 今田既出重租,又并庸調而歸之,此民之所以輕棄田……而歸之末作。
>
> 并商游江南北,博錙銖于四方,以供吳之賦稅。(《王文恪公文集》
> 卷三十六〈書〉)

因爲賦役繁重,人民「不務力田」,除改事手工技術外,亦有改事商賈者,如陸師道所記的商人胡友松:

> 世業農,父歿,因於繁役,因以先世田廬悉讓兄弟,脫身來居蘇,崇德業種蠶而長洲織工爲盛,翁往來二邑間,貿絲織繒綺,通賈販易,竟用是起其家。(《陸尚寶遺文》〈友松胡翁墓誌銘〉)〔註20〕

顧亭林《日知錄》卷十〈紡織之利〉記載:

> 唐氏曰:吳絲衣天下,聚于雙林,吳越閩番至于海島,皆來市焉,五月載銀而至,委積如瓦礫,吳南諸鄉,歲有百十萬之益。是以雖賦重困窮,民未至空虛,室廬舟楫之繁庶,勝於他所,此蠶之厚利也。

紡織業爲江南地區帶來大筆的財富。江南人民善於經商,多有挾資到全

---

〔註19〕 洪煥椿〈明清蘇州地區資本主義萌芽初步考察——蘇州工商業碑刻資料剖析〉(收錄於《明清資本主義萌芽研究論文集》)一文根據康熙九年(西元 1670)〈核定踹匠工價嚴禁恃強生事碑〉記載:「其踹布工價,照舊例每匹紋銀一分一厘。」認爲:蘇州踹匠工資發給紋銀,應當承認早在明末就已經實行,康熙初不過是「照舊例」罷了。蘇州地區各手工業作坊的工匠,從十六世紀以後,就有一部分人領取銀兩作爲工資。有的手工業作坊,還在發給銀兩之外,再給伙食補貼。

〔註20〕 轉引自林琦妙《明代蘇州文學與繪畫藝術之交流》。

國各地去做買賣。在蘇州，更是「全閭貿易，鏃至輻輳」。在重稅壓力之下，人民多不再務農而改業商賈，《蘇州府志》記載蘇州人：

> 以商賈爲生，土狹民稠，民生十七八即挾貲出商，齊楚魯衛，靡遠不到，有數年不歸者。（卷三〈風俗〉）

這種情形在馮夢龍所編纂的《山歌》中也有反映：

> 細思量，細思量，我搬來裡子一個月日，你也弗值得來看看張張。
> 料道弗離個蘇、松、常、鎮、廬、鳳、淮、揚，亻奢箇來箇銅關口外，遠處他方。（卷八〈丟磚頭〉）

從這首山歌，可以推知這個女子的情人應該是一個往來各地進行買賣的商人。所以吳中人士的工商觀念已經相當普遍了。再據清人錢泳《履園叢話》的記載，可知明代蘇州已有完備的商店組織：

> 蘇州皋橋西偏，有孫春陽南貨鋪，天下聞名。鋪中之物，亦貢上用。案春陽，寧波人，明萬曆中，年甫弱冠，應童子試，不售，遂棄舉子業，爲貿遷術，始來吳門。……其爲鋪也，如州縣署，亦有六房。……售者由櫃上給錢，取一票，自往各房發貨，而管總者掌其綱，一日一小結，一年一大結……（卷二十四〈孫春陽〉條）

蘇州的棉染織業中，更有棉布商人開設「字號」，向織戶收購棉布，並對棉布進行漂染等加工工作，其經營規模較大，唯富人乃能辦此。這種種現象皆反映出蘇州紡織業與經濟繁榮有著密切的關係。

### （二）蘇州經濟繁榮的現象

宋代的商業城市主要在東南沿海地區，如廣州、泉州、溫州、明州（寧波）等，反映海運貿易發展。明代商業城市增多了，主要分佈在沿長江和大運河，〔註 21〕並且發展了一批縣以下的商業市鎮，這些新興的商業中心，反映國內市場的擴大。〔註 22〕學者認爲明代貿易的發展，主要集中於長江一線，

〔註21〕據《明史》卷八十一〈食貨志〉載，宣德四年（西元1429），始設鈔關。設有潞縣（順天府）、濟寧（兗州府，屬山東）、徐州（徐州府，屬南直隸）、淮安（淮安府，屬南直隸）、揚州（揚州府，屬南直隸）、上新（辰州府，屬湖廣）、河潴墅、九江（九江府，屬江西）、金沙洲（武昌府，屬湖廣）、臨清（東昌府，屬山東）、北新（杭州府，屬浙江）諸鈔關。其中分布在大運河沿線的有潞縣、濟寧、徐州、淮安、揚州、臨清等鈔關，分布在長江沿線的有上新、九江、金沙洲、北新等鈔關。

〔註22〕這些新興的縣以下的鎮市，主要是在江、浙兩省，如蘇州的楓橋、湖州的菱

係因江、浙兩省桑、棉和手工業的發展所致。中國幅員廣大，自古就有區域間之長程貿易。時代愈早，區域間之貿易愈限於奢侈品之交易，明代已以一般消費品（如民生用品）的流通為主，和宋以前的奢侈品貿易及土特產貿易有所不同。而在整個長程貿易中，糧食佔了極大數量。這些糧食主要是供應東南經濟作物區人民的需要。〔註23〕

　　生產技術分工和商品經濟的發展是有密切關係。生產技術分工使一些手工業部門從農業中分離出來，甚至一些手工業生產過程中的某些工作程序，也變為專門的行業，而自舊有的手工業中獨立出來。劉永成認為這種專業化的過程，不僅造成越來越多的手工業部門，並導致某些專業化的農業區域的出現。不僅擴大了手工業品之間的交換，亦引起和擴大了農產品的商品化。〔註24〕明代的蘇州因經濟繁榮而產生了什麼現象呢？蘇州經濟繁榮的現象，可從專業市鎮和生產力兩方面呈現。

### 1、專業市鎮的興起

　　明代蘇州已有「專業市鎮」的興起，為什麼會有專業市鎮的興起？又以那幾種專業市鎮為主呢？

> 東南之機，三吳、越、閩最夥，取給於湖繭；西北之機，潞最工，取給於閬繭。（《農政全書》卷三十一〈蠶桑・總論〉引《郭青螺先生遺書》卷二十〈蠶論〉）

李劍農由以上資料推論：

> 按郭子章為明穆宗隆慶中（西元1567～1572）進士，則在十六世紀中，中國之桑蠶機織業，有分別發展於特殊區域之勢；種桑育蠶，僅東南之湖州，四川之閬中（川北）二地特產，餘皆衰落；機織業東南集於三吳越閩，西北則惟潞，餘皆不逮。〔註25〕

　　隨著農業生產的恢復和發展，水陸交通的暢通，城市手工業日益興盛。工商業發達的東海濱海各省，出現許多專業市鎮，尤其是蘇松一帶。蘇松所

---

湖、嘉興的豐塘、杭州的范村等。它們都在絲、棉產區，所以雖屬鎮市，但反映農村小商品生產的發展，並且貿遷行遠，是值得注意的。此外，福建、廣東兩個地區，也是明代商業繁盛之地。但它們則與海上運輸有著密切關係。

〔註23〕《中國資本主義發展史》，頁113。
〔註24〕劉永成，〈論中國資本主義萌芽的歷史前提〉，《明清資本主義萌芽研究論文集》，頁2。
〔註25〕李劍農《中國古典經濟史稿》第三卷（宋元明部分）頁46。

以繁榮的原因是新興市鎮的大量增加，使得市鎮與市鎮、市鎮和城市間的距離因而縮短，「構成間距在十里至三十里間的市鎮網絡，發揮出單個市鎮所無法具備的商品市場的流通功能。」〔註26〕這些市鎮的特色是「為了配合生產組織的變化，選擇適當的地點，應運而生」，幾乎每戶農家都從事紡織副業生產，因此在接近農村人口密集的地方成立原料銷售站或成品收購站，人數一多，自然形成市鎮。〔註27〕在蘇松的市鎮網絡中，其實分布著各種類型的市鎮，〔註28〕但影響最大的是絲綢業市鎮與棉布業市鎮。

　　明代中葉，蘇州府的光福鎮、廣福鎮、震澤鎮、平望鎮、盛澤鎮和黃溪市，嘉興府的濮院鎮、王江涇鎮，湖州府的雙林鎮，都是絲織業較發達的地區。劉永成認為在從事絲織品生產的機戶中，「不務耕續多」，或「以機為田，以梭為耒」，有的還「雇人織挽」。說明他們已經完全從農業生產中分離和獨立出來。〔註29〕

　　　　綾紬之業，宋元以前惟郡人為之。至明熙宣（西元1425~1435）間，邑民始漸事機絲，猶往往雇郡人織挽。成弘（西元1465~1505）以後，土人亦有精其業者，相沿成俗。於是盛澤、黃溪四五十里間，居民乃盡逐綾綢之利。有力者雇人織挽，貧者皆自織，而令其童稚挽花。女工不事紡績，日夕治絲，故兒女自十歲以外皆蚤暮拮据以餬其口。而絲之豐歉，綾綢價之低昂，即小民有歲無歲之分也。（《吳江縣志》卷三八〈生業〉）〔註30〕

　　吳江縣是蘇州府的屬縣，其絲織業之發達，從明代中葉以前開始。絲織的技術由「郡人」轉入農村之人的手中，由雇人織挽至家人童稚挽織，表示絲織品之需求量增加，故從業者的範圍擴大。震澤鎮以及近鎮各村的絲織業，其所以逐步發展與「相沿成俗」有著重要關係。而盛澤鎮一帶居民「盡逐綾

---

〔註26〕樊樹志：〈蘇松棉布業市鎮的盛衰〉，《中國經濟史研究》，1987年第四期。

〔註27〕趙岡、陳鍾毅：《中國經濟制度史論》，頁430。

〔註28〕洪煥椿就市鎮的職能加以區分，分為三種類型：以商品轉運為主的流通市鎮、以手工業生產為主的專業市鎮、以商品交易為主的商業市鎮，而江南一帶，因手工業發達，故手工業的專業市鎮數量較多。

〔註29〕劉永成認為棉紡織業的情形亦同。松江的近郊，不僅有的農戶已開始把織布作為自己的專業生產，並且還出現了從事棉花加工的軋花、彈花，以及經營棉製品的製襪等專門行業。見〈論中國資本主義萌芽的歷史前提〉，《明清資本主義萌芽研究論文集》，頁3。

〔註30〕轉引自童書業：《中國手工業商業發展史》，頁257。

綢之利」，亦表示絲織業在此地之專業性。〔註31〕盛澤鎮之興盛完全是因為絲織發展的關係。明初當地還僅是一個五六十戶的小村落，嘉靖時，鎮上居民已有百餘戶。〔註32〕對盛澤鎮市況的繁榮，馮夢龍的形容是：

> 鎮上居民稠廣，土俗淳樸，俱以蠶桑為業，男女勤謹，絡緯機杼之聲，通宵徹夜。那市上西岸軸絲牙行千百餘家，遠近村坊織成紬疋，俱到此上市，四方商賈來收買的，蜂攢蟻集，挨擠不開，路途無行足之際，乃出錦繡之鄉，積聚綾羅之地。（《醒世恆言》卷十八〈施潤澤灘闕遇友〉）

再論棉布業市鎮。蘇松一帶許多市鎮以經銷各式棉布為專業，隨著棉布業市鎮的發達，為棉紡織業服務的加工業也在市鎮興起，而成為各該市鎮的專業特色。〔註33〕農家多種木棉，土人專業紡織，「邑之民業，首藉棉布，紡織之勤，比戶相屬，家之租庸服食器用交際養生送死之費，胥從此出。商賈販鬻近自杭歙清濟，遠至薊遼山陝，其用至廣，而其利亦至饒。」（萬曆《嘉定縣志》卷六〈物產〉）

> 至於貨布，用之邑者有限，而捆載舟輸，行賈於齊魯之境常什六。
> 彼氓之衣縷往往為邑工也。（嘉靖《常熟縣志》）〔註34〕

因棉作及棉紡織業而興起的市鎮，主要集中在崇明縣、太倉州、嘉定縣及常熟縣等縣份中，如萬曆《嘉定縣志》記載南翔鎮：

> 其地東西五里，南北三里，往多徽商僑寓，百貨填集，甲于諸鎮。（卷一，〈市鎮〉）

又記載羅店鎮：

> 其地東西三里、南北二里，近海多魚鮮，比閭殷富。今徽商湊集，貿易之盛幾埒南翔矣。（卷一〈市鎮〉）

由上述史料，可以確知專業性市鎮的大量出現與繁榮。

專業市鎮的興起與繁榮，是需要高度的生產力及大量的原料。明代的織造生產力又是如何？史宏達曾推估明代用手投梭機織造一般平面紋絲織品，

---

〔註31〕 劉翠溶，〈明清時代南方地區的專業生產〉，《大陸雜誌》第五十六卷第三、四期合刊，頁135。

〔註32〕 《吳江縣志》卷四：「盛澤鎮，去縣治東南六十里。明初以村名，居民止五六十家。嘉靖間倍之，以綾紬為業，始稱為市。」

〔註33〕 樊樹志：〈蘇松棉布業市鎮的盛衰〉，《中國經濟史研究》，1987年第四期。

〔註34〕 轉引自劉翠溶，〈明清時代南方地區的專業生產〉一文。

其單位日產量約在一丈七、八尺之譜。〔註35〕更有學者據明代後期蘇杭一帶的民間機戶織數量大約爲官機的三倍，推估產品量約在二十萬匹左右，若以絹價每匹約○‧八兩計算，總值約銀十六萬兩左右。〔註36〕

洪武元年（西元 1368）即在蘇州設立織染局，至天啓七年（西元 1627）止，歷時二百五十九年，額定歲造上用綢緞 1534 匹。天順四年（西元 1460），命蘇松杭嘉湖五府，于常額外，增造緞 7000 匹。弘治十六年（西元 1503），蘇杭兩局增織上供錦綺 24000 匹。武宗（西元 1506～1521）即位的第一年就下令：「應天蘇杭諸府依式織造萬七千匹。」嘉靖三十年（西元 1551），增造 86300 匹。萬曆年間（西元 1571～1619）更大規模織造，「頻數派造，歲至十五萬匹，相沿日久，遂以爲常。」〔註37〕蘇州始終承接官府織造的大部分工作，應是蘇州織造的產品精良，故屢爲朝廷所徵召。

自萬曆（西元 1573～1619）以後，由於生產工具的改進，生產經驗豐富和技術的進步，使明末的絲織生產力有了顯著的發展，能適合大規模生產。在明代的個別地區內，已存在較大規模的絲織生產。如馮夢龍《醒世恆言》卷十八〈施潤澤灘闕遇友〉，描寫嘉靖年間（西元 1522～1566）蘇州府吳江盛澤鎮織戶施復，原是夫織婦絡的家庭小手工業，以後發展成爲擁有三、四十張織機的大規模生產。由於生產力的發展，勢必引起技術上的分工。在前文已經敘述了這種分工的情形。

手工業生產的發展，原料需要量也隨著增加。因此手工業城市附近普遍出現商品性經營的農業。經營性農業的發展，不止爲手工業提供原料，而且使國內市場增加繁榮。齊功民認爲因爲農業專門化，引起各種農產品的交換，農業人口對手工業品的消費也隨著增加。由於手工業產品和農產品大量生產，使得商業更加發展起來。〔註38〕

手工業部門的增多和生產規模的擴大，特別是手工工場的出現和發展，需要農業提供的原料也與日俱增，進一步刺激各種經濟作物生產的發展和糧食商品化程度的增長，以至出現專門從事經濟作物種植的農戶和經濟作物的專業經營區域。〔註39〕同時手工業生產的發展和城市人口的增長，亦使商品

〔註35〕 史宏達，〈明代絲織生產力初探〉，《文史哲》，1957 年第八期，頁 52。
〔註36〕 參見《中國資本主義發展史》第二章第三節。
〔註37〕 參見羊羽、王秀芳：〈蘇州絲綢生產的發展〉，《吳文化與蘇州》頁 258。
〔註38〕 齊功民，〈明末市民反封建鬥爭〉，《文史哲》，1957 年第二期。
〔註39〕 由於明初植桑政策之推行，明蘇州府的植桑面積逐步擴大，據乾隆《蘇州府志》

糧食需要量大大增加，促進了糧食販賣的發展。

外地客商挾帶巨額資金前來貿販紡織品，亦是促使紡織業市鎮日趨繁榮的原因之一。吳偉業（太倉人）言：

> 隆萬中，閩商大至，州賴以饒。（《梅家村藏稿》卷十〈木棉吟序〉）

清初葉夢珠《閱世編》則記載：

> 前朝標布盛行，富商巨賈操重資而來市者，白銀動以數萬計，多或
> 數十萬兩，少亦以萬計，故牙行奉布商如王侯，而爭布商如對壘，
> 牙行非藉勢要之家不能立也。（卷七〈食貨五〉）

在蘇州聚集了許多的商人是可以想知的。外地客商以徽州、陝西、山西商人為多，他們挾帶巨額資金前來貿易販賣紡織品，是促使蘇州日趨繁榮的重要經濟力量。葉夢珠的這段記載，除了記錄外地客商攜帶大量白銀前來貿易的現象，也注意到「牙行」這個「中介者」的活躍情形。

### 2、牙行和牙人的活躍

隨著各地行商客販往來之頻繁，促使棉布絲綢等商品銷售的活躍。作為商品銷售關係中的中介人和中介組織——牙人與牙行，因此大批出現。〔註40〕韓大成認為明代牙行有了較大發展，有私牙、官牙之別，除為客商從中說合外，有的擴大經營，兼營塌房、客店與雇倩車船人丁、代客收購等等，甚至變成包買商；牙行的發展推動了商品交換的發展。〔註41〕

充任牙人與經商販賣不同，不需要有雄厚的商業資本，卻需要有良好的

---

記載，洪武初，長洲、吳縣、吳江、崑山、常熟、崇明等各縣，共栽桑 151707
株，至弘治十年（西元 1497），已增至 240903 株。以吳江縣為例，洪武二年（西
元 1369），全縣僅有桑樹 18032 株，宣德七年（西元 1432）增加了一·五倍，
達 44746 株。又太倉州、崇明、嘉定、崑山、常熟等縣的農村，農民們以植棉
為主要副業，因其沿江沿海高田地帶的土壤適宜種植棉花。有些地區，種棉之
地甚至超過稻田。農村副業的普遍發展，為手工業提供了原料。如棉花、蠶絲、
麻類、席草等的大量生產，促進紡織業的發展。據唐甄實地觀察，蘇州一帶，
一畝之桑，獲絲八斤，為綢二十四。夫婦並作，桑盡八畝，獲絲六四斤，為綢
一百六十四。原見《潛書》下篇〈惰貧〉，轉引自洪煥椿：《明清史偶拾》，頁 368。

〔註40〕 絲綢貿易在太湖週邊的市鎮中最為發達，絲綢業牙人與牙行在這些市鎮的活
動相當活躍。如吳江縣的盛澤鎮、黃溪市以綢的生產和貿易為盛，故市鎮內
除絲行外，又有綢行。棉布商業在瀕江沿海的市鎮較為發達，同樣棉布業牙
人與牙行的活動十分活躍。除了絲綢棉布外，江南市鎮中還有專營米豆、雜
糧的豆行、米行、陸陳行。

〔註41〕 韓大成：〈明代牙行淺論〉，《社會科學戰線》，1986 年第二期。

社會關係、社會地位。必須領有官頒的「牙帖」，成爲「官牙」，或者爲地方封建勢力所默許，成爲「私牙」，才能從事牙業活動。故葉夢珠說：「牙行非借勢要之家不能立也」。〔註42〕其次，他們必須善於交際應酬、拉攏說合，從而成爲外地客商與當地生產者的買賣中間人。再次，他們必須精於某行業務並通曉市場行情，才能爲買賣雙方所信賴。所以，市鎮的牙人通常都由本地人充任。

　　明代後期蘇州的牙行和牙人在商業市場上相當活躍。根據天啓七年（西元1627）〈蘇州府永禁南濠牙戶齊凶截搶客貨碑〉的記載，洪煥椿說明了當時外地土產貨物，源源運到蘇州，當地牙戶「一遇客航揚帆而來，蜂擁其船」，出現了牙行壟斷搶奪買賣的現象。而當時牙行運作的實際情形是：當各地商人運貨到蘇州閶門、胥門等處，紛紛投牙行出售。蘇州的牙戶開設牙行，首先要向地方官府領帖，繳納牙稅，方可開張營業，稱爲「官牙」。他們「取（牙）用爲養贍之資」。以豬業爲例，各地豬客來蘇州投牙行銷售，牙行按來貨多寡和銷路滯速，評定行市，代客買賣，從中索取行用錢。而店戶來行買豬，不取行用。當時也出現無帖的「私牙」。〔註43〕

　　在市集貿易中，亦即在鄉鎮小生產者直接的產品交換活動中，牙人與牙行進行的是最爲原始和簡單的牙業活動，僅是「悉照市價，主其交易」，從中抽取少量「用錢」而已。

　　在轉運貿易中，亦即在販運商人與鄉鎮小生產者的購銷關係之間，牙人與牙行進行的主要是代客買賣活動。但是，由於牙人與牙行有大小不同，其牙業活動方式又有直接或間接代客買賣的區別，并有複雜和簡單的不同。較大牙人與牙行進行的是直接代客買賣活動，活動方式也較爲複雜：首先，這些牙人要負責盤查并呈報客商情況，還要檢查貨物并報納商稅。其次，牙人還要負責代客商購集或散售貨物。至於江南市鎮中的棉布絲綢牙行，則主要是爲客商購集當地產品服務的。各布行爲了爭奪代布商購集標市的機會，「奉布商如王侯，而爭布商如對壘」。〔註44〕在這些大牙行之下爲之服務的較小牙人與牙行進行的是間接代客買賣活動，其活動方式也較爲簡單。主要是當客

---

〔註42〕　（清）葉夢珠《閱世編》卷七〈食貨〉。

〔註43〕　洪煥椿（南京大學歷史系），〈明清蘇州地區資本主義萌牙初步考察——蘇州
　　　　　工商業碑刻資料剖析〉，《明清資本主義萌芽研究論文集》，頁499～500。

〔註44〕　（清）葉夢珠《閱世編》卷七〈食貨〉。

商到鎮大批購貨時，及時為大牙行組織、拉攏貨源，甚至代替小生產者賣貨於牙行，說合價錢。

綜合前文所述，牙人與牙行在市鎮經濟生活中的作用是在小生產者之間、商人與小生產者之間、行商與坐賈之間、官府與行商之間，起著中介的作用。

### 3、會館之設立

由於商品經濟的發展，蘇州地區的手工業和商者，為了取得商品競爭中的勝利，紛紛建立會館的組織。會館是工商業者聚會的公有之所。〔註 45〕根據現有碑刻資料，蘇州的會館在明朝萬曆年間早已存在的，如嶺南會館〔註 46〕、三山會館〔註 47〕、梅園公所〔註 48〕、東官會館〔註 49〕等。

洪煥椿根據所能見到的碑刻資料，〔註 50〕分析當時會館和公所的性質和作用，將這些會館和公所歸納為七種類型，其中一種為同鄉會館，蘇州最早建立的會館，都是這種地方性的同鄉會館，而且是商業性的，如三山會館是明萬曆間福建商人在蘇州建立的。

### 4、增課商稅

《蘇州府志》記載：

> 明稅課司凡九處。在城及吳縣、長洲、吳江、崑山、常熟、嘉定、同里、崇明，歲辦錢二萬四千二百三十九萬二百四十六文。弘治間添設太倉州稅課凡十處。歲辦鈔八萬二百五十七錠，折錢八十萬二千五百有奇。嘉靖四年（西元 1799），知府胡纘宗改議於城市各行

---

〔註45〕 這些組織也有稱為公所、公局、公墅或公堂。

〔註46〕 嶺南會館是明萬曆間廣東商人所建。雍正七年（西元 1729）何開泰撰〈嶺南會館廣業堂碑記〉云：「姑蘇江左名區也，……而閶門外商賈麟集，貨貝輻輳，襟帶於山塘間，久成都會。嶺南會館之建，始於有明萬曆間。」轉引自洪煥椿：〈明清蘇州地區的會館公所在商品經濟發展中的作用〉，《明清史偶拾》，頁 567。

〔註47〕 道光十年（西元 1830）〈重修三山會館勸助姓名碑〉云：「三山會館建自前明萬曆間。」轉引自洪煥椿：〈明清蘇州地區的會館公所在商品經濟發展中的作用〉，《明清史偶拾》，頁 572。

〔註48〕 梅園公所係明安徽人建於蘇州府常熟。嘉慶七年（西元 1802）〈昭文縣為梅園公所卜建存仁堂給示勒石碑〉云：「前明在虞山北麓建設梅園公所，置地厝館，以安旅骨。……」。轉引自洪煥椿：〈明清蘇州地區的會館公所在商品經濟發展中的作用〉，《明清史偶拾》，頁 572。

〔註49〕 明天啟五年（西元 1625）創設，廣東東莞商人所建。

〔註50〕 從萬曆到清朝末年，蘇州府屬的會館和公所，根據所能見到的碑刻資料，共有九十多所。這並不是蘇州地區會館和公所的全部，而只是可以查考的一部分。

鋪戶辦納門攤折徵鈔銀，各州每年共五百四十九兩有奇，閏月加銀
四十七兩有奇。以上商稅。（《蘇州府志》卷十七〈田賦六〉）

由上文可知蘇州府原先是徵課各行鋪戶（坐賈）的商稅，萬曆年間的稅
監孫隆則改徵行商的商稅。這個措施，使得各地商賈爲之卻步，大大影響了
蘇州的工商業者。所以萬曆二十九年（西元 1601），發生了蘇州的工商業者反
對苛徵商稅事。〔註 51〕以手工業工匠葛成（後改名賢）爲首，發動人民反對
稅監孫隆擅設關卡，苛徵商稅。當時的巡撫曹時聘曾上疏言：「往者稅務初興，
民咸罷市，孫隆在吳日久，習知民情，分別九則，設立五關，止榷行商，不
徵坐賈，一時民心始定，然榷關之設，密如秋荼，原奏參隨本地光棍以榷徵
爲奇貨」，孫隆此舉造成「吳中之轉販日稀，織戶之機張日減」，「窮民之以織
爲生者，岌岌無生路。」（《明神宗實錄》卷三六一）

孫隆之所以改變課徵的對象，必然是因爲客商大量湧入蘇州，使得孫隆
轉而改徵行商，亦可爲當時經濟繁榮之例證。不料卻因「榷關之設，密如秋
荼」，反而導致人民憤而起事。

### 5、鋪戶當官

鋪戶是指城鎮中設肆開店者，有別於長途販運買賣的行商。城鎮鋪戶要向
政府繳納交易稅，按貨物售價，三十稅一。後因交易瑣碎，徵稅煩難，有些地
方將交易稅改爲門攤稅或包納稅。除軍商和工匠開的鋪行外，城鎮中一般鋪戶，
必須承擔里甲的徭役。除了里甲的差役外，鋪戶還有自己特殊的徭役，包括：
在內府各監局服役、充當徵收商稅的巡撫、替政府買辦各種必需商品。

所謂「鋪戶當官」，就是強迫工商業鋪行，挨門逐戶，編派值月，爲衙門
辦物，官府出票強取行鋪貨，甚至分文不償。關於鋪戶當官之苦在碑刻中多
有記載。〔註 52〕甚至當時巡按直隸蘇松等處監察御史亦發佈過禁革弊端的命
令。〔註 53〕萬曆四十四年（西元 1616），常熟縣杉木商鋪戶江同等連名呈詞言，

---

〔註 51〕見於《明史》卷二十一、卷三〇五、康熙《蘇州府志》卷八十一。另可參見諸
　　　　人穫《堅瓠》八集卷二〈萬將軍〉條等，亦有記載。
〔註 52〕如萬曆四十四年（西元 1616）〈禁革木鋪當官碑〉、天啓三年（西元 1623）常
　　　　熟縣〈嚴禁致累綢鋪碑〉，又如崇禎七年（西元 1634）〈禁擾麻油雜貨鋪行碑〉
　　　　中，深刻地揭露了「三吳之通弊」。在洪煥椿〈明清蘇州地區資本主義萌芽初
　　　　步考察──蘇州工商業碑刻資料剖析〉（收錄於《明清資本主義萌芽研究論
　　　　文集》）文中均有摘引。
〔註 53〕如崇禎七年（西元 1634）〈禁擾油麻雜貨鋪行碑〉稱：「今後各衙門疏糜俱照

鋪戶當官之苦，裁革已久，惟常熟僻處海隅，「照前出票取料」，於是上司批准「勒石嚴禁，將來凡有興作，俱照時價平買，不得仍蹈前轍，擅自出票取用。」〔註54〕蘇州城內，於崇禎四年（西元 1631）也立〈永革布行當官碑〉，宣布「一切上司按臨時府縣公務，取用各色□足額設原銀兩公費錢糧，照依時價平賣。該房胥役供應，并不用鋪行承值。」〔註55〕但據康熙十二年（西元 1673）常熟縣的〈嚴禁鋪戶當官碑〉得知，鋪戶當官名革實存。〔註56〕蘇州地區鋪戶真正免除當官，已是清康熙、乾隆年間的事。〔註57〕

## 二、經濟繁榮對社會的影響

雖然賦稅繁重，但「畢竟吳中百貨所聚，其工商賈之利又居農之什七，故雖賦重不見民貧。」（《廣志繹》卷二〈兩都〉）蘇州經濟日漸繁榮，是可以從許多方面得知的。何良俊《四友齋叢說摘鈔四》言：

> 吾松不但文物之盛，可與蘇州並稱，唯富繁亦不減於蘇。（記錄匯編卷一百七十七）

以蘇州來作為松江之對比，可見蘇州之繁榮及文物之盛。蘇州經濟之繁榮，

民間時值，發以現銀。無鋪不可賣，無人不可買，何須定於鋪行，即官價之流弊也。至於修理公事，萬不得已而用之，則票中先書發去足紋銀現價若干，後所買物件若干，鋪行非見銀，決不得發物；有司非發銀，決不得填票。仍於每季之初，會集各鋪，從公估一時價，或貴或賤，以時因革。以後實用，必照季中之所估者，短少分毫，不但物不得發，并許各鋪行明白呈稟侵克之役，重加責治，使市民共曉體恤之意，則差役自不敢蹈侵克之習，是又官價之名色所斷宜禁革也。」轉引自洪煥椿：〈明清蘇州地區商品經濟的繁榮及其阻力〉，《明清史偶拾》，頁 562～563。

〔註54〕《江蘇省明清以來碑刻資料選集》第三二○〈禁止木鋪供給碑〉。轉引自唐文基：〈明代的鋪戶及其買辦制度〉，《歷史研究》，1983 年第五期。

〔註55〕《江蘇省明清以來碑刻資料選集》第一七五〈聖旨都憲題奏永革布行當官碑〉。轉引自唐文基：〈明代的鋪戶及其買辦制度〉，《歷史研究》，1983 年第五期。

〔註56〕康熙十二年（西元 1673）〈嚴禁鋪戶當官碑〉云：「鋪戶當官，嚴奉嚴禁。……各州陽奉陰違，復蹈前弊。……」。轉引自洪煥椿〈明清蘇州地區商品經濟的繁榮及其阻力〉，《明清史偶拾》，頁 564。

〔註57〕除了上文所提及康熙十二年（西元 1673）〈嚴禁鋪戶當官碑〉外，順治十六年（西元 1659）常熟縣〈禁擾油麻釘鐵鋪戶碑〉、康熙九年（西元 1670）〈永禁苛派行戶漁肉鋪家碑〉、康熙十九年（西元 1680）〈禁革白取木料科累行戶碑〉、康熙三十三年（西元 1694）〈常熟染戶具控三弊碑〉、乾隆三十四年（西元 1769）〈禁革綢布店鋪當官碑〉等足以說明蘇州地區的鋪戶直到康熙、乾隆時仍深受當官之苦。

對於社會所產生的影響為何？

## （一）吳地士人多從事商賈

歸有光（西元 1506～1571）已注意到：

> 古者四民異業，至於後世，而士與農商常相混。（《震川集》卷十三
> 〈白庵程翁八十壽序〉）

說明士人從事耕作或商賈，已是常有之事。而明代蘇州的士人已經注意商業
經營之道，于慎行（西元 1545～1607）言：

> 吳人以織作為業，即士大夫家多以紡績求利，其俗勤嗇好殖，以故
> 富庶。（《穀山筆塵》卷四〈相鑒〉）

士人為何紛紛放棄儒業，最重要的原因是為改善自己的經濟狀況：

> 府君少時亦嘗學書，後棄之，夫婦晨夜力作，白菥在江海之壖、高
> 仰瘠鹵、浦水時浚時淤，無善，府君相水遠近，通溪置閘，用以灌
> 溉……晚年諸子悉用其法，其治數千畝如數十畝，役屬百人如數人。
> 吳中多利水田，府君家獨以旱田，諸富室爭逐肥美，府君選取其磽
> 者，曰：顧吾力可不可，無田不可耕者，人以此服府君之精。（歸有
> 光：《震川文集》卷十九〈歸府君墓志銘〉）

黃省曾《吳風錄》記載了「債典」的產生：

> 自劉氏毛氏創起利端，為鼓鑄囷房，王氏債典，而大村名鎮，必張
> 開百貨之肆，以榷管其利，而村鎮之負擔者俱因，由是累金百萬，
> 至今吳中縉紳大夫，多以貨殖為急，若京師官店，六郭開行債典，
> 興販鹽酤，其術倍尅於齊民。

已經注意到吳中縉紳大夫，多以貨殖為急。歸有光《震川文集》中亦透露出
一些訊息：

> 吾觀吳中無百年之家者，倏起倏仆，常不一二世而蕩然矣。（卷十四
> 〈王氏壽宴序〉）

> 吳中田土沃壤，然賦稅重而俗淫侈，故罕有百年富室，雖為大官家，
> 不一二世輒敗。許氏自國初至今，居邑之柴巷無改也，有屋廬之美，
> 田園市肆之入，又以詩書紹續，及給事君而貴顯。（卷二十五〈敕封
> 文林郎分宜縣知縣前同州判官許君行狀〉）

保持家業是為將「田園市肆之入」，「以詩書紹續」，所以既富之後，繼以

詩書紹續之。對絕大多數士人而言，經商不過是賴以改變自身及家庭經濟的一種手段。如何能保持家業呢？所以士人開始注意商業經營之道。但從商而富者，往往乏百年之家，故以詩書守之。而士人從商又頗因內助，從王世貞為人所寫的墓誌銘中可見一二：

> 長江君乃益自解歸，屬歲侵，家稍困，孺人謂長汀君曰：子官政終，而吾家政始，姑勉之，將不子之負，因課耕及理紡織絲枲場圃委乘，起宿不辨色，籌其贏，什一而息之，臧獲之指千，所役任必中能，捕責其惰進勤者，而恆其智力不令盡，以故爭願事孺人，業充然裕矣。(《弇州山人稿》卷九十三〈金孺人墓志銘〉)

> 吏部公讀書長而多俠遊，委家政太宜人，太宜人甫笄也，而饒為之矣，諸臧獲逾百指，疇力耕，疇技工作，疇行賈，疇女紅，纖巨一切以材受署，時治羹粥勉之，而抉其不職者，蓋人人自強也。(《弇州山人稿》卷九十五〈都察院右御史談公室屠淑人墓表〉)

由這些記載得知不少的蘇州文人，已經從事生產和商賈經營工作了。在通過經商賺取贏餘，使經濟獲得改善後，往往又會再走回科舉進身的路子。另一方面，在擁有能獨立自足的經濟能力後，為其講學游走，結交友朋，詩酒宴飲提供經濟基礎。〔註 58〕所以方志遠等學者認為：明代棄學經商之風尤為熾烈的徽州、蘇、松及江西、浙江等地，同時又是人文鼎盛的文化之邦，主要原因即在此。〔註 59〕

## （二）風俗日趨奢華

經濟發展產生了什麼影響？以蘇州而言：

> 吳中素號繁華。……正統天順間，余嘗入城。咸謂稍復其舊。然猶未盛也。迨成化間，余凡三四年一入。則見其迴若異境。以至于今，觀美日增，閭擔輻輳，紳褂林叢，城隅濠股，亭館布列，略無隙地。輿馬從蓋，壺觴罍盒，交馳于通衢永巷中，光彩耀目，游山之舫，載妓之舟，魚貫于綠波朱閣之間，絲竹謳歌，與市聲相雜。凡上供錦衣文貝、花果珍羞，奇異之物，歲有所益，若刻絲累漆之屬，自漸宋以來，其藝久廢，今皆精妙。人性益巧，而物產益多。(明王錡

〔註 58〕 周學軍：〈明清江南儒士群體的歷史變動〉，《歷史研究》，1993 年第一期。
〔註 59〕 方志遠、黃瑞卿：〈再論明代中後期的棄學經商之風〉，《江西師範大學學報》（哲社版）1993 年第一期。

《寓圃雜記》）

　　除了園林甲於天下外，無論是緙絲織錦或玉雕，亦皆以工精技巧著稱，如明代宋應星《天工開物》稱：「良玉雖集京，工巧則推蘇郡」（卷十八〈珠玉〉），可知蘇州工藝技術之精巧。唐寅曾有詩形容當時蘇州的情況：「世間樂土是吳中，內有閶門又擅雄，翠袖三千樓上下，黃金百萬水西東。五更市賈行曾絕，四遠方言總不同。若使畫師描作畫，畫師應道畫難工。」（明刊《袁中郎先生批評唐伯虎彙集》卷二〈閶門即事〉）可以得知蘇州聚集了許多商賈，商業活動頻繁的結果，使得蘇州風俗產生極大的變化。

　　據《蘇州府志》卷七十〈名宦三〉記載，蔡國熙於隆慶元年（西元 1567）出知蘇州，「以吳俗浮靡，躬行儉約，下禁約二十七章」。可見蘇州風俗之浮靡程度，已經須由官府來明令禁止了。還可以從民間歌謠來觀察一二，如馮夢龍編纂的《山歌》所收錄的〈破棕帽歌〉，反映了明末吳中地區群體好尚追求奢靡，爭豪比富的社會現象。

　　張瀚《松窗夢語》認為江南三吳的消費風氣影響至全國各地，曾對吳地之奢華風俗提出了批評：

> 今天下財貨聚於京師，而半產於東南，故百工技藝之，亦多出於東南……民間風俗大都江南侈於江北，而江南之侈，尤莫過於三吳。自昔吳俗習奢華、樂奇異，人情皆觀赴焉，吳制服而華，以為非是弗文也，吳制器而美，以為非是弗珍也，四方重吳服，吳益工於服，四方貴吳器，而吳益工器，是吳俗之侈者愈侈，而四方之觀赴於吳者，又安能挽而之儉也……。（卷四，〈百工紀〉）〔註60〕

　　何喬遠《名山藏》中談及明中期後社會發生的變化，如安徽歙縣、休寧等地：「數十年前，雖富富家婦人，衣裘者絕少，今則比比皆是，而珠翠之飾亦頗奢矣」。究其原因，「大抵由商于蘇揚者啓其漸也」。〔註61〕

　　由於市鎮經濟的繁榮，在溫飽之餘，人們對於物質生活有了更高的要求，在物質生活得到一定的滿足後，人們也會轉而要求精神生活的滿足，通俗的文化娛樂活動即隨之發展。同時民間又有社戲、神會之俗，地方戲曲頗受一般百姓歡迎。因此像戲曲、小說等可以提供娛樂的作品便大量產生并刊刻流

---

〔註60〕轉引自童書業：《中國手工業商業發展史》，頁 256。
〔註61〕《歙事閑譚》第十八冊，《歙風俗禮教考》。轉引自張民服：〈明清時期商品經濟對社會生活的影響〉，《中州學刊》，1991 年第六期。

行，葉盛言：

> 今書坊相傳射利之徒，僞爲小說雜著。南人喜談如漢小王光武、蔡
> 伯喈邕、楊六使文廣；北人喜談如繼大賢等事甚多。農工商販抄寫
> 繪畫，家蓄而有之。癡呆女婦，尤所酷好。好事者因目爲《女通鑒》
> 有以也。甚則晉王休徵、宋呂文穆、王龜齡諸名賢，至百態詆飾，
> 作爲戲劇，以爲佐酒樂客之具。有官者不以禁杜，士大夫不以爲非，
> 或者以警世之爲而忍爲推波助瀾者，亦有之矣。意者其亦出于輕薄
> 子一時惡之爲，如《西廂記》、《碧雲騢》之類，流傳之久，遂以泛
> 濫而莫之救歟！（《水東日記》卷二十一）

這段文字呈現當時的社會情形，一是文人及仕宦者對小說戲態度：「有官者不
以禁杜，士大夫不以爲非，或者以警世之爲忍爲推波瀾者，亦有之矣」。絕大
部分的「有官者」、「士大夫」並不禁止小說戲曲的流傳；保守的文人對小說
戲曲仍採排斥的態度，認爲乃「輕薄子」所爲。二是由小說戲曲流傳之廣泛
及久遠，可知市井小民對小說戲曲之喜好，書坊方得以此射利，可以想見當
時小說創作之熱潮與傳播的盛況。馮夢龍從事《三言》之編纂工作，這樣的
歷史環境是推動的要因之一。

市鎮日趨繁榮，使得人們對於適合他們閱讀的書籍的要求日益迫切，刺
激了白話短篇小說的發展，書賈爲了因應民眾的需求及利潤的追求，大量刊
行此類書籍，甚而引起朝廷明令禁止，如《蘇州府志》卷三〈風俗〉附錄湯
文正公撫吳告諭：

> 朝廷崇儒重道，文治脩明，表章經術，罷黜邪說，斯道如日中天，
> 獨江蘇坊賈，惟知射利，專結一種無品無學、希圖苟得之徒，編纂
> 小說傳奇，宣淫誨詐，備極穢褻，污人耳目，繡像鏤板，極巧窮工，
> 遊俠無行與年少志趣未定之人，血氣淫蕩邪之念日生，好僻之習滋
> 甚，風俗凌替，莫能救正，深可痛恨。

按湯氏任江南巡撫是在清康熙二十三年（西元 1684），此告諭透露出一直到清
代，蘇州書坊小說刊刻的風氣仍然十分盛行，由於書坊刊刻時往往只求牟利，
多以市場需求爲導向，蘇州的書商當然也不例外，所刊刻的書籍有時會產生
不良影響，而引起官府明令禁止。另部份文人亦曾對當時刻書的情形作了一
番批評，如謝肇淛言：

> 近時書刻，如馮氏詩紀，焦氏類林，及新所刻莊騷等本，皆極精工，

不下宋人。然亦多費校讎，故舛誤絕少。吳興凌氏諸刻，急於成書
射利，又慳於倩人編摩，其間亥豕相望，何怪其然。至於水滸、西
廂、琵琶及墨譜、墨苑等書，反覃精聚神，窮極要眇。以天巧人工，
徒爲傳奇耳目之玩，亦可惜也。（《五雜俎》卷十三〈事部一〉）

當時書坊用心於小說、戲曲等通俗讀物之刊刻，已達「天巧人工」的地步。
因爲這些書籍銷售迅速，短時間內即可獲取極大的利潤。書商對小說戲曲等
書籍的用心刊刻，是以謀利爲前提。

# 第二節　明季書籍刊刻的情形

## 一、明代印刷事業發展的條件

### （一）紙、墨等原料的充份供應

　　明代刻書事業的發展是有其條件的。隨著手工業的發展，造紙技術有了
極大的進步，據《天工開物》的記載，明代對製造竹紙、皮紙等各種紙張的
選料、配料、工藝等，都有比較嚴謹的方法，并對印書紙更加講究。「印書紙
有太史、老連之目，薄而不蛀，然皆竹料也。若印好皮書，須用綿料白無灰
者，閩浙皆有之。而楚、蜀、滇中，棉紙瑩薄，尤宜于收藏也。」明代造紙
技術比宋元更爲發達，產品極多，有建陽縣北洛里產的書籍紙、行移紙、簡
紙、崇政里產的黃北紙，還有衢州各縣書籍紙、順昌紙、永豐棉紙、常山束
紙、雲南棉紙等，據胡應麟之記載：

凡印書，永豐綿紙上，常山束紙次之，順昌書紙又次之，福建竹紙
爲下。……餘他省各有產紙，余弗能備知，大抵閩、越、燕、吳，
所用刷書。不出此數者。燕中自有一種紙，……尤在順昌下，惟燕
中刷書則用之。……惟滇中紙最堅，……其堅乃與絹素敵。（《少室
山房筆叢》卷四〈甲部・經籍會通四〉）

如湖州吳興閔齊伋與小說家凌濛初合力刊刻之套印書籍，用的是潔白的棉紙
和宣紙。

　　除此之外，明代從外國引進「藍」，藍靛被印刷工人廣泛用來代墨，「明
代福建之藍，號稱甲天下」，「其他如江蘇、浙江、江西諸省，幾無不種之者」。

〔註 62〕又如徽州處于皖南山區之中，礦產木材頗多，徽州人就將松木薰成松煙來做「徽墨」，又把木材用來刻書。松江產棉布，南京、蘇州、杭州、湖州產絲絹綢絳綾羅、四川以蜀錦著名，而絹緞又爲製造書籍函套之必需材料。〔註 63〕由於有豐富的紙墨原料，爲刻書事業的發展提供了必要的物質條件，更便利各地的出版業的發展。

### （二）印刷技術的進步

到了明代，活字印刷廣泛應用。明代印刷技術之進步，更表現於繪圖書籍盛行及套印、餖版及拱花技術之發明。

### 1、活字印刷

活字印刷的質料有銅活字、鉛活字及木活字。

### （1）木活字

雖然明代政府未聞用活字印書，但各地藩王亦有采用活字印刷的，他們所造的多爲木活字。明代木活字多印于萬曆年間，有書名可考的約有一百多種。明代木活字流行的範圍，顯然比金屬活字爲廣，而以蘇州一帶較盛。〔註 64〕而木活字用以刊刻的書籍內容相當廣泛，經史子集都有，而以詩文集較多。據顧炎武的記載，可知到了明末，木活字已經被應用於邸報的印行。〔註 65〕

### （2）銅活字

無錫的安氏與華氏都是有優越經濟條件作爲後盾來刊刻書籍，進而大造銅活字。如華燧（西元 1439～1513 年）〔註 66〕、華煜之會通館、華堅、華鏡之蘭雪堂、安國（西元 1484～1534 年）之桂坡館等，都用銅活字印刷。

祝允明曾說：

> 光祿〔註 67〕……年踰七十，而好學過於戒髦，又制活字板，擇其切
> 於學者，亟翻印以利眾，此集之所以易成也。自沈夢溪筆談，述活

〔註 62〕傅衣凌：《明代江南市民經濟試探》，頁 8。
〔註 63〕參見張秀民《中國印刷史》頁 338 至 339。
〔註 64〕張秀民，〈元明兩代的木活字〉，《圖書印刷發展史論文集》（喬衍琯、張錦郎編輯，頁 342。
〔註 65〕顧炎武《亭林文集》卷三〈與公肅甥書〉言：「憶惜時邸報至崇禎十一年方有活版，自此以前并是寫本。」
〔註 66〕據《書林清話》卷八〈明華堅之世家〉之記載可知，華燧少時於經史多少涉獵，中年後始好校刊古籍，用銅字板印書，名其所曰會通館。
〔註 67〕華珵曾作過一任光祿寺的小官，華燧爲其姪子，華堅則爲華燧的姪子。

板法，近時三吳好事者盛爲之，然印有當否，則其益有淺深。〔註68〕
華氏印書多限於一代，只有蘭雪華堅、華鏡父子，兩代印書。安國桂坡館印
書，多在嘉靖年間。〔註69〕蘇州一帶則有金蘭館、五雲溪館、五川精舍、吳
郡孫鳳等各家印書，〔註70〕過去藏書館著錄，均作爲銅字印本。正如祝允明
所說的「近時三吳好事者」。

### （3）鉛活字

據陸深《金台紀聞》云：「毘陵人初用鉛字，視板印尤巧妙。此爲今日鉛
字活板之濫觴。」得知鉛活字印書在明中葉已經開始了。〔註71〕

### 2、繪圖書籍盛行

明代盛行帶有圖書的書籍，這些精美的圖書亦是吸引讀者購書的手段之
一。雕刻印刷最早用於宗教宣傳品或宗教書籍。唐末至五代，只有佛教書籍
附有插圖，如唐懿宗咸通九年（西元868）雕印的金剛經，卷首有一幅〈祇樹
給孤獨園〉木刻說法圖。宋元時期的文學作品或日用書籍，開始附有插圖。
明代以前，這些插畫很少出自有名的畫家之手。到了明代，有名的畫家如唐
寅、仇英、陳洪綬等都曾經爲書籍畫插圖。〔註72〕萬曆以後所刻的戲曲、小
說等，幾乎無書無圖。胡萬川說：

---

〔註68〕引自張秀民，〈明代的銅活字〉，《圖書印刷發展史論文集續編》（喬衍琯、張
　　　　錦郎編），頁83。
〔註69〕華燧的銅活字印刷大約成功於弘治三年（西元1490），刊印了《宋諸臣奏議》，
　　　　但印刷及校勘均不甚精。後續有印書，是明人銅活字印本中數量最多的一家。
　　　　會通館最後一次印刷活動是正德元年（西元1506），印《君臣政要》、《文苑英
　　　　華辯證》。華理印有《渭南文集》及《劍南續稿》，均印於弘治十五年（西元
　　　　1502）。蘭雪堂用銅活字印書係在正德年間（西元1506～1521），始於正德八
　　　　年（西元1513），印《白氏長慶集》、《元氏長慶集》，後續印有《蔡中郎文集》、
　　　　《藝文類聚》、《春秋繁露》等。安國以銅活字印書始於正德七年（西元1512）
　　　　左右。正德十六年（西元1521）曾印《東光縣志》，是唯一一部用銅活字印刷
　　　　的方志。另有《吳中水利通志》、《重校魏鶴山先生大全集》、《顏魯公集》、《初
　　　　學記》等書，多於嘉靖年間。
〔註70〕如金蘭館印有宋范成大《石湖居士集》、孫蕡《西庵集》，五雲溪館印有《玉
　　　　臺新詠》、《襄陽耆舊傳》，五川精舍印有《王岐公宮詞》，吳郡孫鳳印有《陰
　　　　何詩》。
〔註71〕葉德輝《書林清話》卷八〈宋以來活字板〉引陸深《金台紀聞》。《金台紀聞》
　　　　撰於弘治、正德（西元1488～1521）間。
〔註72〕唐寅曾爲《西廂記》作插圖，仇英曾爲《列女傳》的插圖起稿，陳洪綬（西
　　　　元1598～1652）作《水滸牌》畫稿。

晚明這一時期書商刊刻小說，除了競請高手（畫師、刻師）設計精
美插圖而外，並且往往就在書名及書的封面上特別標示插圖的本
子。常見的標示用語有「全像」「繡像」「出像」「寫圖」等等。有的
更會在刊刻緣起強調配飾插圖的意義，或說明版面上的一些特殊圖
案的象徵意義。〔註73〕

可見刊刻書籍者對小說（也包括戲曲）刊本配飾插圖之重視。必然是附有插圖
的本子，在當時更受讀者的歡迎，所以出版業者不惜增加成本，投注於插圖的
繪製，以吸引更多的讀者。除了出版業者的努力外，是否還可以找出影響這些
附有版畫插圖的通俗小說在明末日趨精緻的原因呢？胡萬川的看法是：

通俗小說在許多有心文人的重視與參預下，地位得到空前的提昇，
小說的刊刻因而精益求精，版畫插圖的講究自然而然的也受到無比
的重視，……在這些有心人希望這類作品能夠「入文心」的要求下，
而通俗小說的刊刻整理，終於日趨精緻考究。因為要「入文心」，……
在較高品味的閱讀甚且是收藏的要求下，印刷裝潢的賞心悅目與
否，應當也是必須考慮的重要條件。〔註74〕

原來「文人的重視和參與」，也是促成附有版畫插圖的通俗小說「日趨精緻考
究」的原因之一。

### 3、套印技術的改進

萬曆前期已采用套印，〔註75〕但明代後期方廣泛流行。萬曆間吳興的凌濛
初、凌瀛初、凌汝亨，與閔齊伋、閔齊華、閔昭明等，都採用套印方法，刊刻
了許多帶有批註評點的古籍，據統計，他們所套印的書籍，不下三百種。閔、
凌二家刻印的套色書籍，開始是二色，後來發展為三色、四色、五色。〔註76〕
除了閔、凌二家外，當時刻過套版書的還有吳興茅兆河、南京王鳳翔和慶雲館

---

〔註73〕 胡萬川：〈傳統小說的版畫插圖〉，《中外文學》十六卷十二期，國77年5月。
〔註74〕 胡萬川：〈傳統小說的版畫插圖〉，《中外文學》十六卷十二期。
〔註75〕 已知現存明代最早的套印本是萬曆三十年至三十五年（西元1602～1607）間
刊印的《閨範》。
〔註76〕 國立故宮博物院藏有明閔齊伋朱墨套印本《東坡易傳》，國立中央圖書館藏有
明萬曆庚申（四十八年）閔齊伋刊朱墨藍三色套印本《楚辭》、明萬曆間吳興
凌瀛初刊朱墨黃藍四色套印本《世說新語》、明吳興凌雲刊朱墨紫藍綠五色套
印本《文心雕龍》。見潘美月：〈明代刻書的特色〉，《鄭因百先生八十壽慶論
文集》，頁259～260。

（似在蘇州）。套印的印刷法在湖州、南京、蘇州一帶傳布著。

### 4、餖版、拱花技術的發明

胡正言，徽州休寧人，僑寓南京。胡正言所交往的，都是詩人畫家，如吳彬、文震亨、楊文聰等。胡正言集中了當時比較優秀的刻工來協助，這些刻工當時大都在南京工作。天啓七年（西元 1627）完成《十竹齋書譜》。之後，兼用餖版、拱花二法，於崇禎十七年（西元 1644）印出《十竹齋箋譜》。

## （三）書籍之成本及價格

明代書籍之價格是否為一般大眾所能接受？而書籍價格之高低係取決於書籍之印刷成本，包括政府是否制訂了優惠政策及印刷時所需的紙、墨及刻工、裝訂的費用。下文即就這些項目來做敘述。

### 1、書籍成本低廉

### （1）政府的政策

明朝政府對於出版事業可說是非常重視，曾經對於刻書實行了特殊政策，「洪武元年八月，詔除書籍田器稅」，〔註77〕這使得私人刻書業者有利可圖。除了朝廷的內府〔註78〕、經廠、南北國子監、都院及諸王藩府〔註79〕外，甚至十三省布政使司、按察使司、少數鹽運司及各府、州、縣及其儒學都以刻書為風尚，許多城市更是書鋪林立。所以學者認為明代刻書機構之多、刻書地區之廣、刻書數量之大，以及刻書家之普遍，都是它以前的時代不能比擬的。〔註80〕

### （2）刻書工價低廉

葉德輝《書林清話》卷七〈明時刻書工價之廉〉條引蔡澄「雞窗叢話」云：「前明書皆可私刻，刻工極廉。」又言：

> 聞前輩何東海云：「刻一部古注十三經，費僅百餘金」，故刻稿者紛
> 紛矣。

〔註77〕見《明史》卷二〈太祖本紀二〉。明制，除書籍、農具免稅外，其他貨物買賣，納值三十分之一交易稅。

〔註78〕明朝出現大批御製、欽定、敕纂之書，并由內府刊行。

〔註79〕明代各藩府刻書約四百三十種，比南北國子監本還多。因明代一些藩王傾心於藏書刻書，故明代藩府刻書，非但數量大，且質量高，對整個明代影響極大。

〔註80〕見李政忠〈明代刻書述略〉，載於《文史》第二十三輯，文中對明代官方刻書已有論述。

明人喜好自刻詩文集，「數十年讀書人，能中一榜，必有一部刻稿。」當時木版刻工價甚賤，以明嘉靖時閩沙謝鸞識嶺南張泰刻豫章羅先生文集目錄後有「刻板捌拾參片，上下二帙，壹佰陸拾壹葉，繡梓工貲貳拾肆兩」來計算，每版（上下二帙）工資僅參錢，若以八、九十版計，則工價約二十六、七兩銀上下。又徐康《前塵夢影錄》言：

> 毛氏廣招刻工，以十三經、十七史爲主。其時銀串每兩不足七百文，
> 三分銀刻一百字，則每百字僅二十文矣。〔註81〕

若以字計，三分銀子刻一百字（但一兩銀子換不到七百文，故刻一百字只得二十文），若刻一萬字爲三兩，刻十萬字才三十兩銀。這些條件都是推動私人刻書風氣盛行的原因之一。

馮桂芬《顯志堂集》言：

> 明邵經邦（西元 1491～1565）讀史筆記載宏簡錄刻費九百餘金，計
> 字三百四十萬有奇，每百字爲銀二分七厘，爲錢二十文（原注：今
> 刻字中價每字約一文半）。（卷十二〈袁骨臺父子家書跋〉）

據巔鈔所言，明萬曆時所刻支那本釋藏，每卷之後都記有字數多少及刻資銀若干。如宋高僧傳卷一，計字七千三百九十五個，該銀三兩七錢。約計每百字銀五分。〔註82〕又明萬曆四十四年（西元 1616）刻本《弘明集》第一卷，「計字一萬二千一百九十個，該銀六兩三錢二厘」，則每刻百字的工價僅五分二厘。〔註83〕

從上述資料加以約略推算，刻百字的費用大約需銀二分七厘到五分之間。刊刻書籍的成本，除了刻工的工價外，還有紙張及印刷的費用。

### （3）紙張、印刷費用低廉

據傅增湘《藏園群書經眼錄》之記載，萬曆三十五年（西元 1670）南京僧錄司刊本《金陵梵刹志》五十三卷，末附書價數目，「印行每部太史紙兩裁，計九百七十七張，連刷印銀壹錢伍分伍厘。栗殼面太史雙副葉，線釘六本，連絹套，銀伍分。管板僧銀二分，共銀二錢二分五厘。」（卷五〈史部三〉）一部多達五十三卷、近兩千頁的書，其紙張及印刷、裝釘、保管等費用，才

---

〔註81〕 轉引自葉德輝《書林清話》卷七〈明人刻書工價之廉〉條。
〔註82〕 巔鈔：〈明萬曆時刻書價格〉，中華日報，民國 43 年 3 月 20 日六版。
〔註83〕 見《木樨軒藏書題記及書錄》，轉引自袁逸：〈明後期我國私人刻書業資本主義因素的活躍與表現〉，《浙江學刊》，1989 年第三期。

用銀二錢多，可知其時刻書成本之低廉，故刻書業應有利可圖。

### 2、書價低廉

明代書價到底是如何？據葉德輝《書林清話》載：

> 書林劉宗器安正堂……萬曆辛亥刻新編事文類聚翰墨大全一百二十
> 五卷，見繆續記。（原注：「云書前版子末云：萬曆辛亥歲孟夏月重
> 新整補好紙版，每部價銀壹兩整。安正堂梓。」）（卷五〈明人私刻
> 坊刻書〉）

又據日本尊經閣文庫藏有的明萬曆閩建書林拱唐金氏繡梓的《新調萬曲長春》，書的扉葉上有一方朱文印記「每部價銀一錢二分」。〔註84〕對比於當時的物價及前朝的書價，可知明代的書價低廉。因爲這些書籍的許多讀者是一些文化水準不高，下層社會的市井小民，所以書商們便採取大量印刷一些廉價的通俗讀物，以薄利多銷來獲取利潤的經營策略。

### 3、對比於當時物價

若以明中後期蘇松地區米價來加以對比：

**明中後期蘇松地區米價表**〔註85〕

| 時　　　　間 | 米價（常價）單位：兩／石 |
|---|---|
| 嘉靖十七年（西元 1538） | 0.3865384 |
| 萬曆九年（西元 1581） | 0.485 |
| 萬曆三十五年（西元 1607） | 0.5 |
| 崇禎五年（西元 1632） | 0.55 |
| 崇禎五年至十一年（西元 1632～1638） | 0.83 |
| 崇禎十四年至順治初（西元 1641～1644） | 白銀 2～3 |

明代中後期的米價，由嘉靖每石 0.3865384 兩，一直漲至崇禎末年的二、三兩，但後期米價之高漲，是否是與社會不穩定有關？基本上在崇禎初年以

---

〔註84〕轉引自華人德：〈明代中後期雕版印刷的成就〉，《蘇州大學學報》（哲社版）1988 年第三期。

〔註85〕卜國群：〈試析明代蘇松地區的田賦量〉，《中國經濟史研究》，1987 年第四期，頁 30，註 1。他利用葉夢珠《閱世編》和《吳縣志》、《吳江縣志》、《昆山新陽合志》、《太倉州志》、《嘉定縣志》等史料作出此表。此處僅取其米價的資料，故不一一注出資料來源。

前，米價大致維持在每石 0.5 兩上下。再由了解當時人的收入著手，來與書價做一對照。

　　先看看明代政府官員的俸祿到底是多少呢？據《明史》卷八十二〈食貨志・俸餉〉記載，「洪武二十五年更定百官祿，正一品月俸米八十七石……從六品八石，正七品至從九品遞減五斗，至五石而止，自後為永制。」如米每石以五錢計算，從九品的官員一年的俸銀是三十兩。

　　而每時雇請工人的工價又是多少？王家范根據崇禎末年湖州漣川沈氏所著《農書》和《陳確集》所提供的資料，制定雇工生活消費的清單，王家范據此估計一男性長工的一年食物消費相當於十一石米（一石米約值銀一兩）的代價。〔註86〕

─────────────

〔註86〕長工生活消費細目及開支估算表

| | 夏　秋 | 春　冬 | 年消費量 | 折算白銀（兩） |
|---|---|---|---|---|
| 主食 | 朝粥：二合<br>晝飯：七合<br>點心：二合半<br>夜飯：二合半 | 朝粥：二合<br>晝飯：七合<br>點心：三合<br>夜飯：二合半 | 五石五斗 | 五兩五錢 |
| 副食 | 葷：<br>肉：二兩<br>豬腸：三兩<br>魚：三兩<br>素：豆腐：一塊 | 備註：<br>夏秋：一日葷、一日素<br>春冬：一日葷、二日素 | 葷：七十三斤<br>素：豆腐二百十三塊 | 葷：一兩八錢<br>素：二錢 |
| 酒 | | 重難活：一杓<br>中私活：半杓<br>輕、省、留家、天雨：無 | 二百七十三杓 | 九錢 |
| 油柴 | | | 折米二石六斗 | 二兩六錢 |
| 總計 | | | | 十一兩 |

此據王家范〈明清江南消費風氣與消費結構描述 —— 明清江南消費經濟探測之一〉一文的 A 表、B 表再製成。

而趙岡、陳鍾毅亦提供了一些工資資料，臚列如下：

1. 明王宗沐撰《江西省大志》，卷七陶書，召募工食條載：明代該地窯業雇役畫工，日給工銀二分五厘，合每月七錢五分，每年九兩；敲青工匠每日工銀三分五厘，合每月一兩，每年十二兩。
2. 據莊元臣《曼衍齋草》治家條約、康熙《石門縣志》卷七、康熙《嘉定縣志》卷六、黃省曾《蠶經》等資料編作明代工資表：

| 時　間 | 地　點 | 行　業 | 工　資 |
|---|---|---|---|
| 明萬曆間（西元 1580） | 湖州 | 桑地雇工 | 一・八錢 |

其他物品的價格又是如何？據《沈氏農書》、《陳確集》、《閱世編》的記載（按白銀計價）：〔註87〕

| 物品 | 單位 | 價格 | 物品 | 單位 | 價格 |
|---|---|---|---|---|---|
| 糟 | 四千觔 | 約十二兩 | 雞 | 斤 | 五分 |
| 大麥 | 四十石 | 約十二兩 | 鵝 | 只 | 一錢四、五分 |
| 桑剪 | 把 | 五分 | 雞蛋 | 十斤 | 五分 |
| 豬肉 | 斤 | 二分或二分五厘 | 鴨蛋 | 十斤 | 四分 |
| 魚蝦 | 斤 | 二分 | 淡酒 | 斤 | 二分 |

而據康熙九年（西元 1670）〈核定踹匠工價嚴禁恃強生事碑〉記載：「其踹布工價，照舊例每匹紋銀一分一厘。」〔註88〕不確定其所謂「舊例」是指何時之舊例，但大約可上推至明末。

從這些史料來看，相對於其他物價而言，明代書籍的成本及售價比起前朝來，可說是十分低廉。

### 4、對比於前朝的書價

若以宋朝的書價來加對比，袁逸根據范成大《吳郡志》及葉夢得《石林燕語》的資料作成一表，可供參考：

### 宋代書價表

| | 冊數 | 刻賣地 | 時間 | 書價 | 每冊書價 |
|---|---|---|---|---|---|
| 杜工部集 | 10 | 蘇州 | 嘉祐四年（1059） | 1000 文 | 100 文 |
| 小畜集 | 8 | 黃州 | 紹興十七年（1147） | 3970 文 | 496 文 |

| 明萬曆間（西元 1580） | 嘉興 | 杵油 | 八分 |
|---|---|---|---|
| 明崇禎（西元 1640） | 蘇州 | 濬河 | 二分 |
| 明崇禎（西元 1640） | 湖州 | 農業雇工 | 三兩 |
| 明末 | 南潯 | 繰絲工 | 四分 |

見趙岡、陳鍾毅著，《中國歷史上的勞動力市場》，頁 218～222。

〔註87〕 轉引自王家范：〈明清江南市鎮結構及歷史價值初探〉，《華東師範大學學報》（哲社版）1984 年第一期。

〔註88〕 洪煥椿：〈明清蘇州地區資本主義萌芽初步考察——蘇州工商業碑刻資料剖析〉（收錄於《明清資本主義萌芽研究論文集》）

| 大易粹言 | 20 | 舒州 | 淳熙三年（1176） | 8000 文 | 400 文 |
| 漢雋 | 2 | 象山 | 淳熙十年（1183） | 600 文 | 300 文 |
| 平均 | | | | | 324 文 |

平均每冊書價約 300 至 500 文之間。根據全漢昇、汪聖鐸之研究，得知，北宋熙寧八年（西元 1075）至南宋淳熙十年（西元 1183），江南米價從每石 500 文漲至 2000 文，漲了三倍左右。而從上表可以得知幾乎書價之漲幅也在二三倍之間。而書籍的成本與售價相當懸殊，每部書的毛利約為書價的七成以上。[註89]

元代的書價又是如何？《元史》中有政府賣書的紀載：天歷元年（西元 1328），政府共賣出曆日 3,123,185 本，收益中統鈔 4,598 錠又 32.5 兩。《大曆》每本鈔一兩，《小曆》每本鈔一錢。時一兩鈔可折米五斤。因此，書價還不算太貴。民間的書籍又是如何？元祐三年（西元 1216）刊本《景德傳燈錄》的成本約共費 40 緡（貫）。此書共三十卷三十冊，每冊成本約 1.3 貫鈔，折銀 0.65 兩，折量約 195 斤。[註90] 由此看來，元代書價是較昂貴，非一般平民可以問津的。

## 二、明代重要的書籍刊刻中心

通常在文化事業比較發達和盛產木料、紙張及刻工聚集的地區，容易形成刻印、出版書籍的中心，像浙江、福建、四川等地區所刻的書，不僅種類豐富，而且各有特點，所以有「浙本」、「閩本」、「蜀本」之稱。[註91] 胡應麟說：

> 今海內書，凡聚之地有四，燕市也、金陵也、閶闔也、臨安也。

又說：

> 凡刻之地有三：吳也、越也、閩也。蜀本，宋最稱善，近世甚稀。燕、粵、秦、楚，今皆有刻，類自可觀，而不若三方之盛。其精，吳為最，其多，閩為最，越皆次之。其直重，吳為最，其直輕，閩為最，越皆次之。（《少室山房筆叢》卷四，〈甲部・經籍會通四〉）

---

〔註89〕袁逸：〈明代以前書籍交易及書價考〉，《浙江學刊》，1992 年第六期。

〔註90〕袁逸：〈明代以前書籍交易及書價考〉，《浙江學刊》，1992 年第六期。

〔註91〕參見北京大學圖書館學系、武漢大學圖書館學系合編：《圖書館古籍編目》，頁 104 至 105。

　　通常刻書業發達的地方，圖書之買賣亦極盛行，或是雖刻書業不甚發達，但是交通要道或係經濟、政治、文化中心，亦往往書市盛行。〔註92〕我國的書坊，在宋代已經頗盛。至明代，開封、杭州、成都等地的書坊已不及宋元時的活躍，但仍在刻書。福建建陽書坊刻書，尚能保持宋元以來的傳統地位，南京、北京、蘇州、徽州、湖州等地則興起而成為新的出版中心。〔註93〕承襲前朝書坊之盛，明代書坊集中於建陽、金陵、蘇州、武林、三衢、新安、台州、吳興、武進、北京等地，其中尤以建陽、金陵、武林及蘇州等地最為興盛。〔註94〕略述明代北京、南京、福建等地刻書之情形：

## （一）北　京

明胡應麟《少室出房筆叢》記載：

　　燕中刻本自希，然海內舟車輻湊，篋篋走趨，巨賈所攜，故家之蓄錯出其間，故特盛于他處，第其直至重，諸方所集者，每一當吳中二，道遠故也。鐫下所雕者，每一當越中三，紙貴故也。（卷四〈甲部‧經籍會通四〉）

通過商賈販運，大批書籍由各地運至此地，販書業「故特盛傳于他處」。北京雖書肆林立，但受先天條件的限制，紙原料的缺乏，使成本增高。北京一地書價與南方相比，高出許多，即使是由當地刊印亦然。故多以銷售為主，較少從事刻書。〔註95〕

---

〔註92〕 當時書市最發達的地方是北京、南京、蘇州和杭州，而蘇州的書市，多在閶門內外。

〔註93〕 吳承明、許滌新主編：《中國資本主義發展史》，頁 537，引述張秀民〈明代南京的印書〉一文。

〔註94〕 據陳昭珍《明代書坊研究》得知，明代書坊可考見者共計四百零五家（不包括毛晉、華氏、安氏等），其中閩省一百五十一家，刻書五百六十種；浙江省（包括武林、三衢、吳興、台州、穀州）五十家，刻書二百零四種；廣東省三家，刻書三種，北直隸（只有北京一地）九家，刻書三十五種；南直隸（包括金陵、蘇州、武進、新安、歙縣等地書坊）一百三十一家，刻書三百四十三種，此外尚有一些書坊未能考證其地點者共六十一家，刻書八十七種。總計書坊共刻書共計一千一百三十二種。

〔註95〕 王鍾翰言：「有明一代，京師鬻書，在舊刑部之城隍廟、棋盤街、燈市三處，刻書則在宣武門內之鐵匠營與西河沿河兩處，然皆不甚盛，盛在江南，清初仍同於明。」原見王鍾翰：《北京書肆記》，收在《書林掌故》（香港：孟氏圖書公司），頁3。此則轉引自陳昭珍：《明代書坊研究》，臺大圖研所碩士論文。

## （二）南　京

胡應麟曾評介明代刻書，稱：

> 余所見當今刻本，蘇常為上，金陵次之，杭又次之。近湖刻歙刻驟
> 精，遂與蘇常爭價。

胡應麟此段文字除了評價刻書質量，也交待了私人刻書的主要地點。而除了杭州外，均屬南京和南京所轄的南直隸地區。這一地區私人刻書不論是數量或質量、印刷技術各方面，都占有重要地位。浙江地區以杭州為中心，但杭州到明代，書坊大多衰落。胡應麟又說：

> 吳會、金陵，擅名文獻，刻本至多，鉅帙類書，咸會萃焉。海內商
> 賈所資，二方十七，閩中十三，燕越弗與也。然自本坊所梓外，他
> 省至者絕寡，雖連楹麗棟，蒐其奇祕，百不二三，蓋書之所出，非
> 所聚也。（《少室山房筆叢》卷四〈甲部・經籍會通〉）

南直隸及其各府雖都有刻書，但其發展并不完全平衡，刻書較盛的是蘇州、常州、揚州、徽州幾府，官刻是這樣，私刻也是如此。〔註96〕據北京圖書館所藏善本書加以統計，光蘇州地區可知的刻工就有六百餘人。〔註97〕蘇州、常熟有許多名工，如章仕、吳時用、黃周賢、黃金賢均是當時著名的寫刻能手，他們刻的書，常被誤為宋刻。〔註98〕而無錫華、安兩家的銅活字印書，更是我國印刷事業發展的象徵。以蘇常一帶來說，實在具備了發展刻書事業的一切條件，無怪乎其地刻書事業一直頗為興盛。

萬曆年間因為小說戲曲備受歡迎，南京書坊大量印行，當時最著名的書坊如唐氏富春堂、世德堂、廣慶堂、文林閣、陳氏繼士齋等，更招請了一批建陽和徽州的雕板刻工，〔註99〕為他們出版的書籍雕版鐫圖，當時印行的戲曲、小說和通俗書籍，大多附有精美的插圖，受到廣大民眾的歡迎和喜愛。這種種的因素造成南京刻書事業的興盛。

---

〔註96〕　據曹之：《中國古籍版本學》，頁298，知蘇州書坊知名者有大觀堂、天許齋、五雅堂、玉夏齋、世裕堂、白玉堂、同人堂、酉西堂、衍慶堂、清繪堂、陳長卿、貫華堂、童渙泉、敦古齋、開美堂、葉龍溪、葉杏園、葉瞻泉、葉青庵、葉敬池、葉華生、陳仁錫、楊文奎、鄭子明、擁萬堂、寶源堂、寶翰樓。

〔註97〕　李政忠：〈明代刻書述略〉，《文史》第二十三輯。

〔註98〕　如黃周賢、黃金賢所刻之書，《天祿琳瑯書目後編》誤認為宋刻。

〔註99〕　以徽州言，顧多名刻工，如黃鋐、黃應泰、黃應瑞、黃應光、黃璘、黃一楷、黃一彬、黃應組、汪忠信、汪文宦、江士珩、黃子立等人，見《中國古書版本研究》，頁50。

　　爲什麼南直隸地區的刻書事業如此興盛？這種現象的形成，可能與南京的歷史和地位有關。因爲南京爲六朝古都，一直是文化昌盛之區。永樂雖然遷都北京，南京依然保留有中央一級的行政機構，加上工商業不斷發展，戲曲小說便成了人們不可缺少的精神食糧。書坊帶有濃重的商業性質，善於洞察人們心理，投其所好，大量刊印這類書。〔註100〕

　　其實南京之所以成爲刻書中心，與明朝的文化政策，亦有密切的關係。在建立明朝之前，朱元璋已下令搜集古今書籍，〔註101〕當明太祖定都後，「大將軍收圖籍致之南京。復詔求四方遺書，設秘書監丞，尋改翰林典籍以掌之。」〔註102〕將元代都城的圖書集中運到南方，對明代南方文化的傳播，應該起了很大的作用。爲以後的刻書事業提供有利條件。

　　另一方面，明代有許多的藏書家，〔註103〕藏書風氣的普遍，加上雕版事業日漸發展，使明代私家刻書風氣盛行，且大多集中在江浙一帶。因爲這些藏書家多分布於江浙一帶。許多刻書家都是藏書家，他們因藏書而提倡刻書，除了刊刻古籍外，往往翻刻宋版，提高了刻書的品質。

　　如毛晉（西元1599～1659），常熟人，是吳中地區著名的藏書家、刻書家。毛晉自天啓五年（西元1625）從事刻書，崇禎元年（西元1628）正式成立刻書作坊。他雇用印刷工人二十名，刻字工人不知有多少，連家中的僮僕都參加了抄書的工作。〔註114〕僅天啓四年至崇禎六年（西元1624～1633）間，刻書在二百種以上。〔註111〕葉德輝《書林清話》記載：

> 明季藏書家以常熟毛晉汲古閣爲最著。當時遍刻十三經、十七史、津逮秘書、唐宋元人別集，以至道藏詞曲無不搜刻傳之。觀顧湘汲古閣板本考秘笈琳琅，誠前代所未有矣。（卷七，〈明毛晉汲古閣刻之一〉）

〔註100〕李致忠：〈明代刻書述略〉，《文史》第二十三輯。

〔註101〕明涂山撰《明政統宗》卷一記載，在元至正二十六年（宋龍鳳十二年，西元1366）「命有司博求書籍」。又《明太祖實錄》卷十六：「命有司訪求古今書籍，藏之秘府，以資覽閱。」又《明經世文編》卷七十六丘濬〈訪求遺書疏〉。

〔註102〕《明史》卷九十六〈藝文一〉。

〔註103〕這些藏書家多撰有私人藏書目錄。在目錄中著錄了許多小說、戲曲方面的書。如《寶文堂書目》、《百川書志》。

〔註114〕據清人錢泳《履園叢話》卷二十二〈夢幻〉言：「汲古閣後有樓九間，多藏書板，樓下兩廊及前後，俱爲刻書匠所居。」毛晉之子毛扆，在《五經文字》的跋語中提及：「吾家當日有印書作，聚印匠二十人，刷印經籍。」

〔註111〕原見李谷：〈汲古閣書跋・敍〉，轉引自來新夏：《中國古代圖書事業史》，頁287。

又說：

> 毛氏刻書至今尚遍天下，亦可見當時刊布之多，印行之廣矣。……
> 子晉日坐閣下，手繙諸部，讎其訛謬，次第行世。至滇南官長萬里
> 遺幣以購毛氏書，一時載籍之盛，近古未有也。（卷七，〈明毛晉汲
> 古閣刻書之二〉。）

除了親自校勘外，「又招延海內名士校書」（錢泳《履園叢話》卷二二〈汲古閣條〉），錢謙益曾說「毛氏之書走下天」（《有學集》卷三十一〈隱湖毛君墓志銘〉）。可見毛晉所刻的書籍極多，及行銷地區之廣。

## （三）福　建

自南宋〔註112〕至明代，福建一直是全國重要的刻書中心之一。明代福建刻書最多的有余文臺的雙峰堂、余象斗的三臺館、劉洪的愼獨齋與劉宗器安正堂。書坊主要集中在建寧府。主要的還是建寧府的建安、建陽兩縣。據嘉靖《建陽縣志》記載：「書籍出麻沙、崇化兩坊，昔號圖書之府。」可知建陽書坊集中在麻沙和崇化兩地。

清人陳壽祺稱：

> 建安、麻沙之刻盛於宋，迄明未已。四部巨帙自吾鄉鋟板，以達四
> 方，蓋十之五六。〔註113〕

建本除少數用白棉紙藍靛印刷外，其餘多用大苦竹所造專供印書用的本地特產「書籍紙」及鄰縣廉價的順昌紙。胡應麟《少室山房筆叢》卷四〈甲部・經籍會通〉記載：

> 閩中紙短窄黧脆，刻又舛訛，品最下而直最廉。

明人謝肇淛亦言：

> 建陽有書坊出書最多，而紙板俱最濫惡。（《五雜俎》卷十三〈事部一〉）

郎瑛（西元 1487～1566）注意到另一現象：

> 我朝太平日久，舊書多出。此大幸也；亦惜為福建書坊所壞。蓋閩專
> 以貨利為計，但遇各省所刻好書，聞價高，即便翻刊。卷數目錄相同，

---

〔註112〕宋葉夢得《石林燕語》卷八稱「福建本幾遍天下」。《朱子大全嘉禾縣學藏書記》云：「建陽麻沙板本書籍行四方者，無遠不至」。轉引自葉長青：《閩本考》（《圖書館學季刊》二卷一期），足見福建刻書影響之大。

〔註113〕原見清陳壽祺《左海文集》，轉引自李致忠〈明代刻書述略〉。

　　而於篇中多所減去，使人不知，故一部止貨半部之價，人爭購之。近
　　徽州刻《山海經》，亦效閩之書坊，只爲省工本耳。（《七修類稿》卷
　　四十五〈事物類〉書冊條）

　　可知建陽書坊爲求圖利而偷工減料，減省篇中文字。此外，書坊爲求謀
利，採薄利多銷、大量印刷之策。爲求印刷之快速，往往校勘不精，錯訛字
多，不但爲人所詬病，且引起了官府的干涉。〔註114〕胡應麟的記載，亦說明
了建本價格低廉的事實：

　　三吳七閩，典籍萃焉，其精吳爲最，其多閩爲最，其直重吳爲最，
　　其直輕閩爲最。（《少室山房筆叢》卷四）

謝肇淛又說：

　　近來閩中稍有學吳刻者，然止於吾郡而已，能書者不過三五人，能
　　梓者亦不過十數人，而板苦薄脆，久而裂縮，字漸失眞，此閩書受
　　病之源也。（《五雜俎》卷十三〈事部一〉）

已經注意建本向吳刻學習的現象，但卻缺乏優秀的寫刻工及刻板原料質劣之
限，故建本時爲人所詬病。

　　福建建陽書坊在元代兵燹中曾遭到浩劫，〔註115〕而弘治十三年（西元
1500）又遭到一場大火，所以書坊逐漸衰落。直到明嘉靖時（西元 1522～
1566），才有所恢復。〔註116〕

　　明代福建書坊，特別是建陽的某些書坊，已不單只是刻書。更結合了編
輯、出版、發行，而成爲專業發行者。而這種利於了解社會大眾的需求，以
便能針對大眾的需求來編刻某些書籍，促使刻書事業進一步的發展。如熊宗
立、熊沖宇種德堂、熊成治種經堂、熊大木、熊龍峰忠正堂、余文臺雙峰堂
等，都曾自編、自刻了一些書籍。尤是通俗文學。〔註117〕如熊大木自編自刻
了《全漢志傳》、《大宋中興英烈傳》等小說，余文臺亦自編自刻了《新刊京
本編集二十四帝通俗演義西漢志傳》。〔註118〕

〔註114〕陳昭珍曾說明官府對於建本採取的政策。見陳昭珍：《明代書坊之研究》。
〔註115〕嘉靖《建陽縣志》卷四：「麻沙書坊燬於元季，惟崇化存焉。」
〔註116〕張秀民：〈明代刻書最多的建寧坊〉，《文物》，1979 年 6 月。
〔註117〕方彥壽〈明代刻書家熊宗立考述〉一文認爲：熊宗立繼承建陽書肆自宋以來
　　　　既刻書又編書之傳統，自編自刻了大量的醫學書籍。這種將編輯、刊刻、發
　　　　行結合的作法，對後來的刻書家如熊大木、余象斗等產生影響，只不過嘉靖
　　　　以後的書林更熱衷於編刻通俗小說而已。
〔註118〕李致忠：〈明代刻書述略〉，《文史》第二十三輯。

## 三、書籍刊刻的種類、數量

歷來家刻本總是以校勤精審，刻印精美爲藏書所珍視。明代中後期家刻本也有這樣的優點。當時私家刻書以蘇州、無錫、松江、南京、揚州等地爲中心。至嘉靖、萬曆間，私家刻書更是盛行一時。

學者以爲從萬曆開始，一方面士大夫竟以刻書爲榮，或廣收秘本珍籍校刻行世；或刊刻祖傳家集；或網羅資料，分門別類纂集，以利應試；或摘選前人詩文，加以評點，以供揣摩。一方面，書籍商品化傾向日益明顯，各地書賈四處收集前人秘本，挑選銷路最廣，謀利最易書籍來刊印。〔註119〕

除了私家刻書外，明代書坊刻書相當發達。明代的書坊所刻的書籍，很多是爲當時考生所準備的經史類考試用書和諸子百家、詩文集，此外，還有大量的是當時民間通俗用書，諸如醫藥、農牧、日用便覽、童蒙讀物以及戲曲、小說等。此類書籍多不可能由政府機構或士大夫、學者等來刻印流傳。〔註120〕

孫楷第在所著的《重訂中國通俗小說書目》一書中，著錄了當前古典小說流存的情形，由其中可發現，明代小說的刊印年代，多在嘉靖、萬曆以後，尤其白話小說的發展，在這個時期可以說是達到了高峰。因應市場的大量需求，出現了專門刊印小說的書坊，如閩地有余氏的三台館，雙峰堂，及楊氏的清白堂、清江堂；而金陵一地，則有周氏的大業堂、萬卷樓，和唐氏的世德堂，蘇州則有葉敬池、葉崑池等，都是以刊刻通俗小說，而成爲遠近馳名的書坊。小說藉由書商們的大量刊行，而得流傳更爲廣遠；並且，書商們往往和文人合作，加以繡像、評點，益文刪繁，於是常常一本小說作品，在一經出版之後，隨之又出現了各式各樣的版本。

明代書坊刻書多會萃于吳中。除了吳中外，弘治（西元 1488～1521）以前，多聚於閩中，以建陽劉弘毅慎齋最著。萬曆（西元 1573～1619）以後，則多在南京及杭州等地。萬曆、崇禎年間，刻書風氣盛行，各地書坊日盛，而且激烈競爭，所刻之書，日益求精。尤其南京三山街更是書鋪林立。

---

〔註119〕陳宏天：《古籍版本概要》，頁 80。

〔註120〕參見《圖書館古籍編目》頁 104～105。另據晁瑮《寶文堂書目》載，武定侯郭勛曾刊刻《水滸傳》，據周弘祖《古今書刻》，都察院亦曾刊刻《水滸傳》。這是一個相當特殊的現象，雖然大陸學者陳美林曾撰文加以探討，但其說不能使人信服。見陳美林：〈明嘉靖朝都察院和武定侯郭勛爲什麼刊刻《水滸》？〉，《文史哲》，1976 年第一期，頁 49～52。期待來日搜集更多資料再加以探討。

有些書是一刻再刻。以南京一地而言，如陳氏繼志齋刻的《玉簪記》，又有蕭氏師儉堂本和唐氏文林閣本；世德堂有《香囊記》，繼志齋也有刻本；《千金記》有世德堂、富春堂兩種本子。而各地對一些著名小說、戲曲的不同刊本就更多。如高明的《琵琶記》在嘉靖末年已有京本、吳本、徽本、閩本、金陵本等四十餘種版本。《西廂記》則有弘治刊本、萬曆起鳳館刊本、李卓吾評本、毛西河論定本、閔振聲本、閔刻凌初成本、徐天池評本、崇禎匯錦刻本等十餘種。〔註121〕

明代福建建陽的慎獨齋和安正堂刻書最多。慎獨齋所刻大抵以史部書居多，〔註122〕且卷帙浩繁，「其版本校勘之精，亦頗爲藏書家所貴重」。〔註123〕安正堂所刻多爲集部及醫經類書。〔註124〕余文臺的雙峰堂、余象斗的三臺館，專刻通俗讀物，其中演義小說都有插圖。〔註125〕余氏刻本中有不少熊大木的著作。熊大木是一位多產的小說家，曾編寫《全漢志傳》、《唐書志傳》、《南北宋志傳》和《大宋中興通俗演義》。

南京、蘇州等地也有許多書坊。「南京書坊以唐姓和周姓所經營者爲多。所刻書籍與建寧相較，醫書、雜書及小說數量較少，而戲曲方面則超過建寧。整代明代南京書坊所刻戲曲達二、三百種。」〔註126〕以南京一地而言，私人書坊以唐姓十二家及周姓七家最有名，僅萬曆年間唐姓各家所刻之經書、醫書、尺牘、琴譜及戲曲小說，就有數十百種之多。以金陵一地的書坊言，多出版戲曲小說，如富春堂、世德堂。蘇州書坊著名的有龔少山、葉昆池及席

〔註121〕華人德：〈明代中後期雕版印刷的成就〉，《蘇州大學學報》（哲社版）1988年第三期。

〔註122〕如刻《資治通鑑綱目》五十九卷、《十七史詳節》二百七十三卷、《文獻通考》三百四十八卷、《資治通鑑節要》二十卷、《胡寅讀史管見》八十卷、《明一統志》九十卷等。見葉德輝《書林清話》卷五〈明人私刻坊刻書〉。

〔註123〕葉德輝：《書林餘話》卷下。

〔註124〕如刻《針灸資生經》七卷、《類聚古今韻府群玉續編》四十卷、《千家注批點杜工部詩集》二十卷、《象山先生集》二十八卷、《外集》五卷、《宋濂學士文集》二十六卷、《附錄》一卷等。見葉德輝《書林清話》卷五〈明人私刻坊刻書〉。

〔註125〕余氏曾刊刻過《三國演義》、《水滸》、《西遊記》、《封神榜》。余氏係自余邵魚（正德、嘉靖年間人）始致力刊刻演義小說，著《列國志傳》，是余象斗的叔父。余文臺曾鑒定刊印《東西晉演義》。其後人余君召曾刊印《皇明開運輯略武功名世英烈傳》。明末余季岳曾刊印《盤石至唐虞傳》、《有夏志傳》、《有商志傳》。

〔註126〕來新夏：《中國古代圖書事業史》，頁289。

氏掃葉山房等。

北京的永順堂似以專刻說唱詞話和小說爲主。〔註127〕金台汪諒書籍鋪刻了不少的書籍，曾在《文選》（嘉靖元年，西元 1522 年刊印）目錄後鑴刻有書目作爲廣告。另如宣武門里鐵匠胡同書鋪，所刻之書多爲日用便覽之通俗用書。〔註128〕

徽州所刻的書籍，約有四類：精鏤繪圖的傳奇小說和話本〔註129〕、小型的日用百科全書、關於便蒙普及教育的一類書籍、有些書鋪則爲徽州商人的著姓有程氏、方氏、黃氏諸家包修宗譜和家譜。〔註130〕

白話小說在由說話人表演的底本演變成爲專供閱讀用的作品後，便盛行於民間，由於廣受大眾的喜愛與歡迎，所以招來許多市井文人投身參與寫作；書商更是大量刊行，以求牟利。尤其是馮夢龍所編寫的《三言》，將宋元以來的簡陋話本帶入文學的領域中。

此時人們對於小說的觀念也產生了變化。有許多文人開始爲小說這種文藝形式說話。〔註131〕雖然大都強調小說的教化作用，但仍然對小說創作產生了正面的影響。加上印刷業有了極大的進展，「特別是沿海的福建、浙江、江蘇一帶，刻書印刷都是以前所不可比擬的，而且出現了專業的編輯，靠稿費謀生的作家」，〔註132〕書商更不惜重金徵求好的書稿，如天啓刻本《明文奇賞》書中曾刊有〈徵啓〉，稱「願與徵者，或封寄，或面授，須至蘇州閶門，問的書坊西西堂陳龍山，當面交付。」明崇禎杭州崢霄館的徵文啓事更詳列徵文內容及擬刻書目以招攬顧客。〔註133〕這些都是促進小說發展的重要因素。

---

〔註127〕在明代宣姓墓中發現了成化七年至十年（西元 1471～1478）北京永順堂用竹紙印造的說唱詞話十一種和一種南戲《白兔記》。

〔註128〕如《新刊南北直隸十三省府州縣正佐首領全號宦林備覽》、《新刊眞楷大字全號縉紳便覽》等。

〔註129〕徽州虬村黃家和項氏爲雕刻版書的能手，所雕刻帶圖的書籍極爲出色，像黃一鳳所刻的《牡丹亭》，項南洲等所刻的《吳騷合編》、《吳歈萃雅》，以及徐文長寫作的《四聲猿》，人物與景色都刻書的十分精緻。故鄭恭《雜記》譽之曰：「明時杭州最盛行雕版書，殆無不出歙人手，繪制皆精絕。」

〔註130〕謝國楨：〈明清時代版本目錄學概述（上）〉，《齋魯學刊》，1981 年第三期，頁 40～46。

〔註131〕如李贄認爲《水滸傳》可以同《莊子》、《屈賦》、《史記》相提並論。

〔註132〕于天池：《明清小說研究》，頁 102。

〔註133〕轉引自袁逸：〈明後期我國私人刻書業資本主義因素的活喔與表現〉，《浙江學刊》，1989 年第三期。

## 四、《三言》刊刻的情形

　　熹宗天啓四年（西元 1624），馮夢龍五十一歲，在這年以前，馮夢龍已就家藏古今通俗小說一百二十種中，選輯三分之一編爲《古今小說》四十卷，〔註 134〕《古今小說》爲《喻世明言》初刻時所用書名。這一年馮夢龍又續輯四十種，題爲《警世通言》。天啓七年（西元 1627），《醒世恆言》四十卷輯成。封面書題道：

> 本坊重價購求古今通俗演義一百二十種。初刻爲《喻世明言》，二刻爲《警世通言》，海内均奉爲鄴架珍玩矣。茲三刻爲《醒世恆言》，種種典實，事事奇觀，總木鐸醒世之意。並前刻共成完璧云。藝林，衍慶堂謹識。

　　《三言》出版後，在當時應相當受到歡迎，因爲隨即有了各種刻本：〔註 135〕

### （一）《古今小說》的刻本

　　1. 明泰昌、天啓間天許齋刻本。題「全像古今小說」。總目前有「古今小說一刻」六字。署綠天館主人評次，首有綠天館主人序。四十卷四十篇。精圖四十葉。記刊工曰：「素明刊」（即劉素明），正文半葉十行，行二十字。扉頁附有天許齋的識語，識語的全文是：

> 小說如《三國志》、《水滸傳》稱巨觀矣，其有一人一事可資談笑者，猶雜劇之於傳奇，不可偏廢也。本齋購得古今名人演義一百二十種，先以三分之一爲初刻云。

　　2. 白紙明本。行款形式悉同上書，卷首序亦同。

### （二）《喻世明言》的刻本

　　有衍慶堂刻本，二十四卷二十四篇。〔註 136〕圖二十四葉。正文半葉十行，行二十字。封面題《重刻增補古今小說》。題「可一居士評」，「墨浪主人校」。序同天許齋刊的《古今小說》的綠天館主人序，惟脫刻「抽其可以嘉惠里耳

---

〔註 134〕古今小說序：「茂陵野史氏家藏古今通俗小說甚富，因賈人之請，抽其可以嘉惠里耳者，凡四十種，畀爲一刻」，鹽谷溫認爲「茂陵野史大概就是馮猶龍了」。

〔註 135〕據孫楷第《中國通俗小說書目》卷三〈明小說部甲〉，及陸樹崙《馮夢龍散論》《《三言》的版本及其他》，頁 10～22。

〔註 136〕此書收《古今小說》二十一篇，當係《古今小說》殘板。加以《警世通言》一，《醒世恆言》二篇，湊成二十四篇。所以孫楷第認爲「此二十四卷本《喻世明言》，乃殘缺不完貿勉強湊合之本，非第一刻之明言也。」

者，凡四十種」的「四」字。扉頁附有衍慶堂梓行的識語。識語的全文是：

> 綠天館初刻古今小說□十種，見者侈爲奇觀，聞者爭爲擊節。而流
> 傳未廣，擱置可惜。今版歸本坊，重加校訂，刊誤補遺，題曰《喻
> 世明言》，取其明言顯易，可以開□人心，相勸于善，未必非世道之
> 一助也。

（三）《警世通言》在當時有三種刻本

1. 最早刻本爲明金陵兼善堂刻本，四十卷四十篇，有圖四十葉，有「素明刊」字樣。半葉十行，行二十字。署「可一居士評」，「無礙居士校」，首天啓甲子（西元 1624 年）豫章無礙居士序。扉頁附有梓行識語，目錄與作品在卷次上有不一致的地方。識語爲：

> 自昔博洽鴻儒，兼采稗官野史，而通俗演義一種，尤便於下里之耳
> 目，奈射利者而取淫詞，大傷雅道。本坊恥之，茲刻出自平平閣主
> 人手校，非警世勸俗之語，不敢濫入，庶幾木鐸老人之遺意，或亦
> 士君子所不棄也。

2. 衍慶堂刻本，此本較爲晚出，四十卷四十篇，有圖四十葉。半葉十行，行二十字。（書已不全，爲殘本。）亦著「素明刊」字樣。題「二刻增補警世通言」，署可一居士評，墨浪主人校，首有無礙居士序。扉頁附有梓行識語，并有「藝林衍慶堂謹識」字樣，識語的內容與兼善堂本全同。篇目、卷次與兼善堂本差異極大。并缺四篇，用古今小說中四篇以補其數。

3. 三桂堂王振華刻本。亦十行，行二十字。〔註137〕題署皆同兼善堂本，梓行的識語，惟「平平閣主人」的「閣」字是「問」字，及多「三桂堂王振華謹識」字樣，篇目、卷次與兼善堂稍有出入。其序雖同署無礙居士，但是，序文的後小半的內容卻不相同。

（四）《醒世恆言》刊刻得最晚，卻流傳最廣，在當時有四種刻本：

1. 此書最早刻本爲明葉敬池刻本，四十卷四十篇。圖四十葉。半葉十行，行二十字，封面右上題「繪像古今小說」。扉頁《醒世恆言》四個大字，署可一主人評，墨浪主人校。首有天啓丁卯（七年，西元 1627）隴西可一居士序。

2. 明葉敬溪刻本，首天啓丁卯隴西可一居士序。圖及行款，悉同上本。惟扉頁右上僅存「繪像」二字。

---

〔註137〕現存三本，皆爲三十六卷，內缺第三十七卷至四十卷。

3. 通行本有衍慶堂本，署可一居士評，墨浪主人校，卷首亦載天啓丁卯隴西可一居士序。序與敬池本相同。無圖，半葉十二行，行二十二字。衍慶堂刻本有兩種，一爲四十卷足本，一爲三十九卷本。三十九卷本目錄亦四十卷。實際少卷二十三〈金海陵縱慾亡身〉一篇，析卷二十〈張廷秀逃生救父〉爲上下篇，作卷二十及二十一，原書卷二十一、二十二改爲卷二十二、二十三。扉頁附有衍慶堂梓行識語。識語已見前文所述。

這些刻書書坊多數是設在蘇州、南京的。這個情形說明，《三言》一經出版，南京地區的書商就競相傳刻，廣泛印行，擁有許多讀者。而與馮夢龍同時的凌濛初所編寫的《初刻拍案驚奇》序，便說明上述的事實：

> 獨龍子猶氏所輯《喻世》等書，……肆中人見其行世頗捷，意余當
> 別有祕本圖書而衡之。

這段話說明了《三言》出版之後，銷路非常好，所以書商爲了牟利，於是慫恿凌濛初把「初本圖書」拿出來印行。

《醒世恆言》是馮夢龍所編小說集《三言》中的最後一部，其中「漢事二、隋唐事十一」、「宋事十一篇」、「明事十五篇」，〔註138〕學者從各方面加以考證，發現《醒世恆言》中明人創作的成份極多，是《三言》中包含明人作品最多的一部，鄭振鐸先生爲《醒世恆言》序言：

> 大抵馮氏纂明言、通言時，古代的材料已將用盡，惟欲足三個四十
> 篇之數，故不能不自己努力著手。雖極力模擬說話人的語氣與格調，
> 而明眼人一讀而知其爲有意的擬作。

學者對於《三言》的篇章進行解析，已有相當豐碩的成果。總而言之，《三言》比起唐人或宋人的短篇小說來，更注重情理，更注重日常生活，對於後來的小說創作帶來深刻的影響。

---

〔註138〕魯迅《中國小說史略》第二十一篇。

# 結　論

　　王士性在遍遊各地後，認爲：

　　　姑蘇人聰慧好古，亦善仿古法而爲之，書畫之臨摹，鼎彝之治淬，

　　　能令眞膺不辨。又善操海內上下進退之權，蘇州人以爲雅者，則四

　　　方隨而雅之，俗者，則隨而俗之。(《廣志繹》卷二〈兩都〉)

可知蘇州的確曾在當時獨領風騷，對於其他地區，的確曾起了帶領風氣的作
用。天啓年間（西元 1621～1627），蘇州府人馮夢龍編作的《三言》開創了編
集、創作擬話本之風氣，代表了話本向擬話本發展的最初階段。二拍之成書
即是受了《三言》之影響。由《三言》至二拍，是一重大的轉變，由集體的
智慧結晶到個人獨力創作，由說話人的技藝轉爲作家的文學創作，由娛樂聽
眾的手段變成了教育諷勸的工具。〔註1〕

　　話本到明代，已經成爲文人染指的對象，不再只是說話人的底稿。在《三
言》的影響下，文人創作擬話本蔚爲風氣。不少文人或整理話本或摹擬《三
言》的題材和體裁，寫作「擬話本」，使話本小說的刊行進入巔峰。短短三十
餘年間，就出現了十多部擬話本小說，形成一個話本小說的創作高潮。明末
清初有不少小說假托是馮夢龍編寫或評定，〔註2〕有的則冠有僞造的墨憨齋的
序文，可見馮夢龍在通俗小說市場的影響力。

---

〔註 1〕　《中國歷代著名文學家評傳》，頁 485。
〔註 2〕　清雍正年間蔀齋主人擬作短篇小說二十四種，托言爲馮夢龍遺稿，題《二刻
　　　　醒世恆言》來招引讀者。蔀齋主人在序言裡說：「墨憨齋所纂喻世、警世、醒
　　　　世《三言》，備擬人情世態，悲歡離合，窮工極變。……予不敢秘，是以梓之。」
　　　　可見雖然馮夢龍已經辭世六七十年，其名字尚流傳在廣大民眾口中，書商或
　　　　是擬作者依舊以馮夢龍作號召，來吸引讀者。

## 一、由話本至擬話本之發展

話本是說話人敷演故事的底本，〔註3〕是以說話人口吻來敘述故事，起初只是備忘的作用，並不供一般人閱讀，隨著說話人一次又一次的講說，話本的內容得以日漸豐富，再加上文人的修飾和潤色，逐漸可供一般人閱讀。而後，更有文人模擬話本的形式而創作的「擬話本」。〔註4〕擬話本是在經濟繁榮的條件下產生的。爲吸引大眾的興盛，普通的市井小民成爲小說的主人公，小說內容多描寫現實的生活。明代的擬話本小說的題材十分豐富，作品取材的範圍極廣，或是取材於史書、筆記雜著，也有根據民間流傳的故事及社會事件編寫而成。

《三言》、《二拍》是明代擬話本小說的代表，是繼承話本小說的傳統，保留話本的形式，但已經是一種案頭閱讀的作品了。其對象已不是聽眾，而是閱讀者，而且不僅侷限於士人，更多的是一般略通文墨的庶民。儘管馮夢龍和凌濛初在改寫和創作時，刪削了供說唱用的詩詞韻文，文字描寫更爲細膩、形象化，但在敘事方式和表現手法，仍屬於話本的傳統，而不同於同時並行的文言小說。〔註5〕

在《三言》之前，明代中葉已有白話短篇小說的刊刻流行，但可知道的是在嘉靖以前未有結集的情形。〔註6〕後來有人將之彙集刊行，成爲話本集。

---

〔註3〕說話人說故事時，是以事爲綱，重視故事情節，娛樂的目的較強，爲了使廣大的聽眾從聽覺得到娛樂，無論是題材、語言及表達形式，都不同於專供文人案頭閱讀的文言小說。白話小說是由說書人口頭敘述發展而來。因爲說書是訴諸聽覺，又必須適應群眾的接受水準，所以它的文化層次和藝術風格都迥異於文言小說。敦煌藏書的發現，其中的《廬山遠公話》和《韓擒虎話本》是現存最早的話本，可爲一證。

〔註4〕原來說藝人之底本過於樸拙、粗糙，必需經過具有較高文化素養的文人加以潤色，文人之改編、加工乃至創作，使得話本逐漸向擬話本發展。

〔註5〕陳炳熙認爲古代文言小說最重要而且維繫不變的根本特色，即在於它的文人性。文人性所指的文人係指與用通俗口語、市俗趣味寫成的通俗作品的作者具有不同要求的另一類作者，是具有高度文化素養的文人，而且有的作者是有名的文學家或史學家。而「文人性」是受到作者和讀者的捍衛，如果所寫的作品缺乏文人性，如語言鄙近、內容俚俗時，便會被撻伐乃至禁止。文言小說是追求典雅和文學意境，不同於話本小說是追求通俗和市民趣味，且有以下的特點：具有作者的個性、選材從文人的興趣出發、其寫作之旨趣在於寄托、表達方式是簡約與含蓄。明清文言小說中的文人情趣，與前代作品一脈相承，有時表現更爲濃熾。見〈論古代文言小說的文人性〉，《南開學報》，1992年第一期。

〔註6〕如熊龍峰是在明代嘉靖、隆慶、萬曆時期一位熱心通俗文學的出版家，所刊

　　《清平山堂話本》即是刊刻於明嘉靖年間的話本小話集，是現存明刊小說集最早的。〔註7〕此書匯集了宋、元、明三代的作品，但並不全爲話本，且洪楩僅是編輯，並未做修改，保存早期話本的文體特徵。應可視爲白話短篇小說由口頭文學向書面轉化的標誌。《清平山堂話本》中的某些篇章後來在《三言》中重覆的出現，〔註8〕可能是馮夢龍編撰《三言》的藍本，但是《清平山堂話本》本身結構笨拙、文字質樸，顯出宋元舊作的風味，而《三言》已多經馮夢龍的潤飾。

　　《三言》中最晚刊刻的《醒世恆言》，所收的宋元話本較《喻世明言》、《警世通言》爲少，除少數可推知爲宋、元遺篇外，其餘絕大多數爲明人所作，多經馮夢龍的修訂和潤飾，甚至可能有馮夢龍所作在內。其故事來源除了取材於史傳和前人小說外，更多的是民間流傳的故事，及當時社會上所發生的事件。這些作品，反映了當時社會生活面貌和人民的思想、感情。此書創作成份較多，描繪更加細膩、生動，不同於《喻世明言》、《警世通言》二書的簡古樸質。

　　所以有系統的話本及擬話本集，遲至天啓始見問世，這就是《三言》的編輯。〔註9〕從《三言》先後編作和刊刻，可以看出由「話本」至文人「擬話本」之進展。崇禎年間（西元 1628～1644），凌濛初受《三言》影響，先後刊刻《初刻拍案驚奇》、《二刻拍案驚奇》二書，〔註10〕因爲「宋元舊種」已被馮夢龍「搜括殆盡」，故「復取古今來雜碎事，可新聽睹，佐談諧者演而暢之」，

　　　　行的四種小説均爲別冊單行，在嘉靖以前，話本一般都是別冊單行，在晁瑮以前的書目和晁瑮的《寶文堂書目》中未見有話本集的著錄，據晁瑮《寶文堂書目》的著錄，小説作別冊單本刊行的，除此四種之外，還有一百餘種。
〔註 7〕洪楩友人田汝成在《西湖游覽志》中提到《六十家小説》，《西湖游覽志》初刻於明嘉靖二十六年（西元 1547），故《清平山堂話本》的成書不會晚於嘉靖二十六年。原爲六十篇，本名應爲《六十家小説》，《清平山堂話本》乃是近人的稱呼，清平山堂爲明代嘉靖間錢塘人洪楩的堂名，洪楩刻書，除此話本集之外，還有《唐詩紀事》、《夷堅志》等。
〔註 8〕馬廉先生曾作了比較，附錄在《清平山堂話本》之末。
〔註 9〕馬幼垣《中國小説史集稿》頁 67。
〔註 10〕第一個起來模倣的是與馮夢龍同時代的凌濛初（西元 1580～1644）。凌濛初二十四歲時曾與馮夢禎到蘇州府吳縣一帶游歷，二人曾合評蘇軾的《禪喜集》。吳興的凌、閔二家發展套色印書，凌濛初正是其中的一份子。天啓七年（西元 1627），當凌濛初寓居南京時，撰成《拍案驚奇》，崇禎元年（西元 1628）尚友堂刊刻《拍案驚奇》四十卷。崇禎五年（西元 1632），刊刻所著《二刻拍案驚奇》三十九卷、附《宋公明鬧元宵》雜劇一卷。

從而改編舊本爲文人創作擬話本，文人擬話本至此而成立。話本的創作主體已由說話藝人逐漸演變爲文人。而以凌濛初之作品與宋元話本相較，在語言上已經出現書面文學的跡象。

經馮夢龍對宋元話本的整理、潤飾，及馮夢龍、凌濛初對話本形式的摹擬創作，後來的擬話本創作者獲得可以遵循的形式，此後，如《三刻拍案驚奇》〔註11〕、《鼓掌絕塵》、《西湖二集》、《石點頭》、《鴛鴦針》、《九雲夢》等，入清後，繼有《清夜鐘》、《醉醒石》、《照世杯》、《豆棚閒話》、《連城璧》、《十二樓》、《人中畫》、《五色石》、《美人書》、《娛目醒心編》、《二刻醒世恆言》等數十餘種擬話本，充斥於明末清初的文學市場。但這些作品幾乎無法脫出《三言》《二拍》的窠臼，所以清中葉以後，創作風氣漸趨衰微。

自明末清初文人參與創作的擬話本小說大量刊行後，零篇的話本越來越少，代之以大量的話本總集和選集的出版。除了擬話本的創作，更有擬話本選集的相繼出現，以署名「抱甕老人」的《今古奇觀》最有影響力，在《三言》《二拍》一度隱逸不彰的情況，後人藉由此本書得以略窺明代白話短篇小說的面貌。

## 二、與現實結合的《三言》

崔桓曾就《三言》與《智囊補》、《古今譚概》、《情史》三書作一比對，發現《三言》中有六篇故事見於《智囊補》；九篇見於《古今譚概》；三十六篇見於《情史》，因此馮夢龍在編作《三言》及此三部書時，無論是題材的特性、內容或情節，都是相互影響。〔註12〕雖然三書與《三言》的文學形式不同，但馮夢龍應是以相同的文學觀念進行編纂的。〔註13〕

《三言》除了反映現實生活的情形外，亦記載了不少真實事件。《三言》中有許多故事是以當時社會上發生的事或廣泛流傳的故事作爲題材，如〈沈小官一鳥害七命〉（《古今小說》卷二六）〔註14〕、〈李秀卿義結黃氏女〉（《古今小說》卷二八）〔註15〕、〈沈小霞相會出師表〉（《古今小說》卷四十）〔註16〕、〈唐解

〔註11〕署名「夢覺道人、西湖浪子」輯的《幻影》三十卷，是較早的擬話本小說，寫成刊刻於崇禎末年。後有人改題書名爲《三刻拍案驚奇》。

〔註12〕其題材多取自歷代筆記小說及前人的雜纂等，也有取史傳等等加以改編，亦有取材於明人的著作。

〔註13〕崔桓，《三言題材研究》，臺灣大學中文所碩士論文，民國74年。

〔註14〕郎瑛《七脩類稿》卷四十五〈沈鳥兒〉條，謂係明英宗天順年間（西元1457~1464）實事。

〔註15〕是明代實事，見《明史》卷三○一〈貞女韓氏傳〉附〈黃善聰傳〉，其時諸事

元一笑姻緣〉（《警世通言》卷二六）、〈況太守斷死孩兒〉（《警世通言》卷三五）、〈喬太守亂點鴛鴦譜〉（《醒世恆言》卷八）〔註17〕、〈劉小官雌雄兄弟〉之入話（《醒世恆言》卷一〇）〔註18〕、〈陸五漢硬留合鞋〉（《醒世恆言》卷一六），〔註19〕是以當時社會上所發生的事件為題材，《警世通言》卷二八〈白娘子永鎮雷峰塔〉，則是根據當時流傳的故事改編的。可見當時的話本小說有迅速反映社會現實的功能。《三言》在當時或許擔任著「社會新聞傳播者」的任務。

除了傳播新聞或訊息外，並在每篇結束處，都以一首詩來加以評論，如《醒世恆言》卷八〈喬太守亂點鴛鴦譜〉文末言：「後人有詩，單道李都範為人不善，以為後戒。詩云：為人忠厚為根本，何苦刁鑽欲害人！不見古人卜居者，千金只為買鄉鄰。又有一詩，單誇喬太守此事斷得甚好：鴛鴦錯配本前緣，全賴風流太守賢。錦被一床遮盡醜，喬公不枉叫青天。」又如《醒世恆言》卷一六〈陸五漢硬留合鞋〉文末言：「時人有詩歎云：賭近盜兮奸近殺，古人說話不曾差。奸賭兩般都不染，太平無事做人家。」話本小說的作者從不放棄評論的職責，永遠對於所描述的事件或現象作出說明和評論。〔註20〕

《三言》中許多事件是明弘治、正德以後的事，甚至有晚至嘉靖、萬曆年間者，許多作品是直接取材於現實生活的，除了取材於當時社會發生的時事新聞外，更多的篇幅是作者將自己對於現實生活的豐富經驗，在作品中具體的描繪出來，所以在作品中明顯的反映了社會生活的種種。如當時的一個重要階層——商人、小販和手工業者，他們或許需要行遠經商，因此，彼此相互援助成了他們極關心之事，而在《三言》中，也反映出這種現象，如〈施

---

多有記述，如《情史》卷二〈王善聰〉條、明黃瑜《雙槐歲抄》卷十〈木蘭復見〉、明焦竑《焦氏筆錄》卷三〈我朝兩木蘭〉條，見吳曉鈴：〈《古今小說》的來源和影響〉，《河北師院學報》（社科版）1991 年第一期。

〔註16〕《明史》卷二〇九〈沈鍊傳〉、江盈科《明十六種小傳》〈沈小霞妾傳〉及馮夢龍《情史》卷四〈沈小霞妾〉條。

〔註17〕見於馮夢龍《情史》，據說是正德年間發生在崑山縣的事。

〔註18〕明吳郡陸粲《庚巳編》的〈人妖公案〉。

〔註19〕無名氏《龍圖公案》、周玄暐《涇林雜記》、祝允明《九朝野記》、陳洪謨《治世餘聞》等中均記有此事。

〔註20〕正如許政揚在其校注的《古今小說》前言中說道：話本小說的作者并不把自己的任務限制於搜采一些奇聞軼事來娛樂聽眾，他們在描繪各種重要的生活現象時，永遠對它們作著說明和評判。他們是生活的證人，也是生活的教師。「言其上世之賢者，可為師，排其近世之愚者，可為戒；言非無根，聽之有益。」（《醉翁談錄》）古代的小說家是這樣重視著他們作品中的褒貶勸懲的意義的。

潤澤灘闕遇友〉中敘述施潤澤拾到一包銀子，原想據為己用，但轉頭一想，「若是客商的，他拋妻棄子，宿水餐風，辛勤掙來之物，今失落了，好不煩惱。……儻然是箇小經紀，只有這些本錢，或是與我一般樣苦掙過日，或賣了紬，或脫了絲，這兩錠銀乃是養命之根……」，施潤澤因為將心比心，於是決定回到拾銀之處等待失主。

又如〈施潤澤灘闕遇友〉、〈徐老僕義憤成家〉、〈蔣興哥重會珍珠衫〉等則反映了當時社會工商發達、經濟繁榮的景象。〈施潤澤灘闕遇友〉中對於絲織業專業市鎮──盛澤鎮，有極生動的描寫：「說話蘇州府吳江縣離城七十里，有個鄉鎮，地名盛澤，鎮上居民稠廣，土俗淳樸，俱以蠶桑為業，男女勤謹，絡緯機杼之聲，通宵徹夜，那市上兩岸綢絲牙行，約有千百餘家，遠近村坊織業成綢匹，俱到此上市。四方商賈來收買的，蜂攢蟻集，挨擠不開，路途無佇足之，……」

反映了當時人棄學從商、棄農從商的現象，如〈十五貫戲言成巧禍〉(《醒世恆言》卷三三)的劉君薦，「先前讀書，後來看看不濟，卻去改業做生意」；又如〈楊八老越國奇逢〉(《古今小說》卷一八)的楊八老，與妻子李氏商議：「我年近三旬，讀書不就，家事日漸消乏。祖上原在閩廣為商，我卻湊些貲本，買辦貨物，往漳洲商販，圖幾分利息以為贍家之資」，而他的妻子十分贊同他的想法，要他「乘此壯年，正堪跋涉，速整行李，不必遲疑也」；對於商人的苦處，馮夢龍深表同情，在〈楊八老越國奇逢〉裡引了古風一首，表露了經商的苦處。對於商人的地位，也不再予以貶低，如〈張孝基陳留錯認舅〉(《醒世恆言》卷一七)的入話，提及一個貴人，「官拜尚書，家財萬貫，生有五個兒子，只教長子讀書，以下四子農工商賈，各執一藝。」因他認為「世人盡道讀書好，只恐讀書讀不了，讀書箇箇望公卿，幾人能向金階走？……農工商賈雖然賤，各務營生不辭倦，諸兒恰好四民良，……」在《三言》中所表現的是傳統的士農工商的等級已經產生變動了。所以《三言》所描述，多以市井小民為主，〔註21〕其中描述商人經商的篇幅頗為不少。除了前所提及外，還有〈蔣興哥重會珍珠衫〉(《古今小說》卷一)、〈賣油郎獨佔花魁〉(《醒世恆言》卷三)、〈徐老僕義憤成家〉(《醒世恆言》卷三五)等。

再看《三言》中所描述的士人。如〈趙春兒重旺曹家莊〉(《警世通言》卷三一)中的曹可成，即是明代讀書人的典型之一。在曹可成耗盡家產，逼

────────────────────

〔註21〕所描寫的人物有手工業者、小販、妓女、乞丐、商人等各種不同階層。

著趙春兒供養自己時，趙春兒說：「你也曾讀書識字，這裡村前村後，少個訓蒙先生，墳堂屋裡又空著，何不聚幾個村童教學，得些學俸好盤用。」道出科舉不第又經濟拮据的讀書人只得失意地過著教書日子，以待轉機的出現。除了做官，似乎沒有其他的出路，最後終究還是由納粟入監，進而上京選官。

另一種典型是〈鈍秀才一朝交泰〉（《警世通言》卷十七）中的馬德稱。馬德稱聰明飽學，「真個文章蓋世，名譽過人」，卻「三場得意，榜上無名」，後家道中落，流落在京，人呼「鈍秀才」，直至中了第十名會魁，「賓朋一向疏失者，此日奔走其門如市」。讀書人如果未考中科舉，不僅生活貧困，周遭之人亦投以輕視的眼光。

在〈老門生三世報恩〉（《警世通言》卷十八）中明白道出當時知識份子對於科舉的態度，他原先是「年年科舉，歲歲觀場，不能得朱衣點頭，黃榜標名」，直到五十七歲才考上秀才，六十一歲考中進士，原先人們勸他就貢，「他就勃然怒起米道：你勸我就貢，止無過道俺年長，不能科第了。……這如今是個科目的世界，假如孔夫子不得科第，雖說他胸中才學。」這些都是當時社會狀況的真實反映。

社會經濟變化，必定引起思想觀念、社會風俗的變化，促使文學觀念也隨之變化。社會經濟之發展，推動通俗文學的發展，許多反映群眾的心理和現實生活的作品相繼產生。與經濟繁及人民娛樂的需要相呼應的是通俗文學的興盛。因為一般人民希望閱讀或演出他們所熟悉的人與事。以馮夢龍等為代表的作家，他們致力於創作，推動了通俗文學的發展。

馮夢龍以畢生精力致力搜集通俗文學作品，在這些作品中，反映了人民的生活與理想。從馮夢龍編作三言，書名都有「世」字，可知，除了保有教化的傳統觀念外，更說明馮夢龍不同於以前中國小說多取材於歷史和傳說，而把眼光轉向了社會現實生活，從現實人世去尋求題材與靈感，又希望從這樣創作來對現實生活產生若干影響。其他的小說的作者、編者、評論者、閱讀者，亦均有此傾向。

擬話本之產生是有一定的條件：包括文人參與、民眾需求、印刷事業發展與書賈們刊刻出版。由馮夢龍的例子來看，適可為這些條件的結合做一例證。從馮夢龍的著作中常有「落魄奔走」（〈情史序〉）、「奔走多難」（〈春秋衡庫發凡〉）的話語，可知他因生活貧困，為謀生存，往往各處奔波。他時常擔任教館的工作，除了教書外，更投入大量時間和心力從事通俗文學作品的搜

集、整理、研究和刊刻的工作。馮夢龍希望使小說由供少數文人閱讀、消遣，轉而被廣大民眾所樂意接受，反映了晚明的廣大人民對文化的需求。

# 參考書目

一、**專書**（依書名筆劃順序排列）

1. 《二刻拍案驚奇》，（明）凌濛初，上海：上海古籍出版社，1985 年 7 月第一版，1988 年 11 月第五次印刷，（明）凌濛初，臺北市：世界書局，民國 64 年 7 月三版。

2. 《七修類稿》，（明）郎瑛，臺北市：世界書局，民國 73 年 10 月再版。

3. 《三言二拍資料》，譚正璧編，上海：上海古籍出版社，1980 年 10 月第一版，1985 年 7 月第八次印刷。

4. 《三家村老曲談》，（明）徐復祚，臺北市：中華書局，民國 59 年，新曲苑第七種。

5. 《大明會典》，（明）李東陽等奉敕撰，申時行特奉敕重修，臺北市：新文豐出版社，民國 65 年。

6. 《小腆紀傳》，（清）徐鼒，臺北市：大通書局，民國 73 年，臺灣文獻叢刊第 138 種，（清）徐鼒撰，（清），徐承禮補遺，臺北市：明文書局，民國 74 年。

7. 《千頃堂書目》，（明）黃虞稷，臺北：藝文書館，1970 年初版。

8. 《士禮居藏書題跋記》，（清）黃丕烈著，潘祖蔭輯，周少川校點，北京：書目文獻出版社，1989 年 8 月北京第一版第一次印刷。

9. 《少室山房筆叢》，（明）胡應麟，臺北市：臺灣商務印刷館，民國 72 年，影印文淵閣四庫全書本，子部雜家七。

10. 《丹青志》，（明）王穉登，臺北市：新興書局，筆記小說大觀十三編五冊，民國 65 年。

11. 《廿二史箚記》，（清）趙翼，臺北：中華書局，民國 68 年，四部備要史

部 339～341。

12. 《中國小說史略》，魯迅，臺北縣新店市：谷風出版社，1989 年。

13. 《中國小說史集稿》，馬幼垣，臺北市：時報文化公司，民國 69 年。

14. 《中國手工業商業發展史》，童書業，臺北市：木鐸出版社，民國 75 年 9 月初版。

15. 《中國古代印刷史》，羅樹寶，北京：印刷工業出版社，1993 年 3 月第一版第一次印刷。

16. 《中國古代經濟史稿》第三卷（宋元明部分），李劍農，武昌：武漢大學出版社，1990 年。

17. 《中國古代圖書事業史》，來新夏等著，上海：上海人民出版社，1990 年 4 月第一版第一次印刷。

18. 《中國古書版本研究》，新文豐出版公司編輯部，臺北市：新文豐出版公司，民國 73 年 2 月初版。

19. 《中國印刷史》，張秀民，上海：上海人民出版社，1968 年 9 月第一版第一刷。

20. 《中國通俗小說書目》，孫楷第，臺北市：木鐸出版社，民國 72 年 7 月初版。

21. 《中國資本主義萌芽問題討論集》續編，谷風出版社編輯部，中和市：谷風出版社，1987 年。

22. 《中國資本主義發展史》（第一卷　中國資本主義的萌芽），吳承明，許滌新主編，中和市：谷風出版社，1987 年。

23. 《中國歷代小說論著選》（上），黃霖、韓同文選注，南昌：江西人民出版社，1982 年 10 月第一版，1982 年 10 月江西第一次印刷。

24. 《中國歷代戶口、田地、田賦統計》，梁方仲，上海：上海人民出版社，1980 年，1985 年第三刷。

25. 《中國歷代的勞動市場》，趙岡、陳鍾毅，臺北市：臺灣商務印書館，民國 75 年 12 月。

26. 《中國歷代作家小傳》下冊（第一分冊），湖南師範學院中文系古代文學教研室編，長沙：湖南人民出版社，1985 年 6 月第一版第一次印刷。

27. 《中國歷代著名文學評傳》第四卷，山東大學文史哲研究所主編，濟南：山東教育出版社，1985 年 2 月第一版第一次印刷。

28. 《中國畫論類編》，俞崑編著，臺北：華正書局，民國 73 年。

29. 《中國藏書家考略》，楊立誠、金步瀛合編，俞運之校補，上海：上海古籍出版社，1987 年 4 月第一版第一次印刷。

30. 《天啓崇禎兩朝遺詩》，（明）陳濟生輯，臺北市：世界書局，民國 54 年。

31. 《日知錄集釋》，（清）顧炎武著，（清）黃汝成集釋，臺北市：世界書局，民國 63 年五版。

32. 《水東日記》，（明）葉盛著，臺北市：臺灣學生書局，民國 54 年。

33. 《今世說》，（明）王晫，叢書集成初編，北京：中華書局，1985 年北京新一版。

34. 《今古奇觀》，（明）抱甕老人輯，臺北市：世界書局，民國 57 年 11 月再版，（明）抱甕老人輯，臺北：文源書局，民國 63 年 10 月再版。

35. 《太平廣記鈔》，（明）馮夢龍評纂，莊葳、郭群一校點，河南：中州書畫社，1982 年 10 月第一版，1982 年 11 月第一次印刷。

36. 《文徵明集》，（明）文徵明著，周道振輯校，上海：上海古籍出版社，1987 年 10 月第一版，1987 年 10 月第一次印刷。

37. 《文徵明與蘇州畫壇》，江兆申，臺北：國立故宮博物院，民國 66 年 1 月初版。

38. 《古今小說》，（明）馮夢龍，臺北市：世界書局，民國 47 年 5 月初版（據明天許齋本影印），（明）馮夢龍，上海：上海古籍出版社，1987 年 11 月第一版，1988 年 11 月第二次印刷（據世界書局本重印），（明）馮夢龍編，許政揚校注，臺北：里仁書局，民國 80 年 5 月。

39. 《古今譚概》，（明）馮夢龍撰，劉德權校點，福州：海峽文藝出版社，1985 年 11 月第一版第一次印刷。

40. 《古今圖書集成》職方典，（清）陳夢雷編，臺北鼎文書局，民國 66 年 4 月初版。

41. 《古本平評小說集》（上）（下），路工、譚天合編，人民文學出版社，1983 年 4 月北京第一版第一次印刷。

42. 《古籍版本概要》，陳宏天，臺北：洪葉文化事業公司，1992 年 10 月初版一刷。

43. 《石林燕語》，（宋）葉夢得，臺北市：新興書局，筆記小說大觀二十八編四冊，民國 68 年。

44. 《石點頭、西湖佳話》，（明）天然癡叟撰、（清）古吳墨浪子撰，臺北市：世界書局，民國 57 年 5 月再版。

45. 《五雜俎》，（明）謝肇淛，臺北：新興書局，筆記小說大觀八編六冊、七冊，民國 64 年。

46. 《西湖遊覽志》，（明）田汝成，臺北市：世界書局，民國 52 年 5 月初版。

47. 《西湖遊覽志餘》，（明）田汝成，臺北市：世界書局，民國 71 年 12 月再版。

48. 《西樵野記》，（明）侯甸，上海：上海文藝出版社，1990 年 5 月（收入《明

人百家》第十五帙）。

49. 《四友齋叢記》，（明）何良俊，臺北：新興書局，筆記小說大觀十五編七冊，民國 66 年。

50. 《四庫全書總目提要》（武英殿本），（清）永瑢、紀昀等撰，臺北：臺灣商務印書館，民國 72 年 10 月初版。

51. 《江南通志》，（清康熙），臺北市：京華書局，民國 56 年 8 月初版。

52. 《江南園林志》，童寯，臺北縣：文海出版社，沈雲龍主編，近代中國史料叢刊續編七十六輯，民國 63 年。

53. 《曲海總目提要》，董康，臺北市：新興書局，民國 74 年。

54. 《曲錄》，王國維，臺北：藝文印書館，民國 60 年 1 月再版。

55. 《曲律》，（明）王驥德，中國戲曲研究院編校，1960 年第一版第二次印刷，中國古典戲曲論著集成四。

56. 《列朝詩集小傳》，（清）錢謙益，上海：上海古籍出版社，1983 年 10 月新一版。

57. 《有學集》，（清）錢謙益，臺北市：臺灣商務印書館，四部叢刊正編集部，民國 68 年。

58. 《初刻拍案驚奇》，（明）凌濛初，臺北市：世界書局，民國 64 年 12 月三版，（明）凌濛初，上海：上海古籍出版社，1985 年 7 月第一版，1988 年 11 月第五次印刷。

59. 《初學集》，（清）錢謙益，臺北市：臺灣商務印書館，四部叢刊正編集部，民國 68 年。

60. 《豆棚閑話》，（清）艾衲居士編，上海：上海古籍出版社，1983 年 3 月第一版，1985 年 6 月第二次印刷。

61. 《吹景集》，（明）董斯張，上海市：上海古籍出版社，1995 年。

62. 《吳社編》，（明）王穉登，臺北市：新興書局，筆記小說大觀四編六冊，民國 63 年。

63. 《吳風錄》，（明）黃省曾，上海：上海文藝出版社，1990 年 5 月（收入《明人百家》第五十二帙）。

64. 《吳郡二科志》，（明）閻秀卿，臺北：新興書局，筆記小說大觀十八編四冊，民國 66 年。

65. 《吳郡人物志》，（明）張大復，明文書局印行，周駿富輯，明代傳記叢刊，綜錄類四十八。

66. 《吳騷合編》，（明）張琦選輯，臺北市：臺灣商務印書館，四部叢刊廣編，民國 70 年。

67. 《花當閣叢談》，（明）徐復祚，臺北市：新興書局，筆記小說大觀十六

編二冊,民國 66 年。

68. 《姑蘇名賢小紀》,(明)文震孟,明文書局印行,周駿富輯,明代傳記叢刊·綜錄類四十二。

69. 《姑蘇名賢後紀》,(清)褚亨奭,明文書局印行,周駿富輯,明代傳記叢刊,綜錄類四十五。

70. 《姑蘇名賢續紀》,(明)文秉撰,明文書局印行,周駿富輯,明代傳記叢刊·綜錄類四十四。

71. 《姑蘇志》,(明)王鏊,臺北市:臺灣學生書局,民國 54 年 11 月初版。

72. 《明太祖實錄》,黃彰健校勘,中文出版社。

73. 《明世宗實錄》,黃彰健校勘,中文出版社。

74. 《明史》,(清)張廷玉等纂修,臺北:藝文印書館。

75. 《明代文學批評研究》,簡錦松,臺北市:臺灣學生書局,民國 78 年。

76. 《明代江南市民經濟試探》,傅衣凌,中和市:谷風出版社,1986 年 9 月。

77. 《明神宗實錄》,黃彰健校勘,中文出版社。

78. 《明政統宗》,明涂山撰,善本書籍,藏於中央研究院歷史語言研究所傅斯年圖館。

79. 《明清史偶存》,洪煥椿,南京大學出版社,1992 年 5 月第一版第次印刷。

80. 《明清小說研究》,于天池,北京:北京師範大學出版社,1992 年 7 月第一版第一次印刷。

81. 《明清平話小說選》第一集,路工編,上海:上海古籍出版社,1958 年 3 月第一版,1986 年 3 月新一版第一次印刷。

82. 《明清經濟史研究》,陳學文,臺北縣新莊市:稻米出版社,民國 80 年 12 月初版。

83. 《明清時代商人及商業資本》,傅衣凌,中和市:谷風出版社,1986 年。

84. 《明清散曲作家匯考》,莊一拂編著,浙江古籍出版社,1992 年 7 月第一版第一次印刷。

85. 《明清資本主義萌芽研究論文集》(上)(下),臺北縣新店市:谷風出版社,民國 76 年 9 月。

86. 《明詞綜》,(清)陸費逵總勘,臺北市:中華書局,四部備要集部,民國 59 年 6 月臺二版。

87. 《明會要》,楊家駱主編,臺北市:世界書局,民國 61 年 10 月三版。

88. 《明詩綜》,(清)朱彝尊,臺北市:世界書局,民國 59 年,歷代詩文總集第十三冊。

89. 《明詩紀事》,(清)陳田,臺北市:中華書局,民國 60 年 7 月臺一版。

90. 《明畫錄》，（清）徐沁，北京：中華書局出版發行，1985 年北京新一版，叢書集成初編。

91. 《金陵瑣事》，（明）周暉，臺北市：新興書局，筆記小說大觀十六編三冊，民國 66 年。

92. 《客座曲談》，（明）顧起元，臺北市：中華書局，民國 59 年，新曲苑第十二種。

93. 《松江府志》，（清）宋如林等修，孫星衍等纂，臺北：成文出版社，民國 59 年 5 月臺一版。

94. 《庚巳編》，（明）陸粲，新興書局，筆記小說大觀十六編五冊，民國 66 年。

95. 《迪功集》，（明）徐禎卿，臺北市：臺灣商務印館，影印文淵閣四庫全書本，集部別集二四。

96. 《珂雪齋集》，（明）袁中道撰，錢伯城校點，上海：上海古籍出版社，1989 年 1 月第一版第一次印刷。

97. 《南詞新譜》，（明）沈自晉，臺北：臺灣學生書局，民國 73 年 8 月影印初版，善本戲曲叢刊第三輯。

98. 《皇明文衡》，（明）程敏政輯，臺北市：臺灣商務印書館，四部叢刊集部 098，民國 68 年。

99. 《弇州山人四部稿》，（明）王世貞，臺北：偉文圖書出版社有限公司，民國 65 年 6 月，明代論著叢刊。

100. 《書林清話》，葉德輝，臺北：世界書局，民國 63 年。

101. 《袁中郎全集》，（明）袁宏道，臺北：偉文圖書出版社有限公司，民國 65 年 9 月，明代論著刊第二輯

102. 《雪濤小書》，（明）江盈科，收入《古今詩話叢編》，臺灣：廣文書局，1971 年 9 月

103. 《陳淳研究》，陳葆真，臺北：國立故宮博物院印行，1978 年 12 月初版。

104. 《情史》，（明）馮夢龍，岳麓書社，1986 年 9 月第一版，1991 年 10 月第二次印刷。

105. 《貧士傳》，（明）黃姬水，北京：中華書局出版，1985 年北京新一版，叢書集成初編。

106. 《陸子餘集》，（明）陸粲，臺北市：臺灣商務印書館，影印文淵閣四庫全書本，集部二一三，民國 72 年。

107. 《梅村家藏稿》，（清）吳偉業，臺北市：臺灣商務印書館，四部叢刊正編集部，民國 68 年。

108. 《梅花草堂曲談》，（明）張大復，臺北：臺灣中華書局，新曲苑第十一

種。

109. 《國朝獻徵錄》，（明）焦竑，臺北：臺灣學生書局，民國 73 年 12 月再版。

110. 《國寶新編》，（明）顧璘，臺北市：新興書局，筆記小說大觀十八編四冊，民國 66 年。

111. 《麻城縣志》前編，（民國）余晉芳纂，臺北：成文出版社，據民國 24 年鉛印本影印，民國 64 年。

112. 《寓圃雜記》，（明），王錡，上海：上海文藝出版社，1990 年 5 月（收入《明人百家》第五十八帙）。

113. 《湧幢小品》，（明），朱國楨，臺北：新興書局，筆記小說大觀二十二編七冊，民國 67 年。

114. 《湖州府志》，（清）宗源瀚修，同學潛等纂，成文出版社，據清同治十三年刊本影印。

115. 《黃州府志》，（清）英啟修、鄧琛纂，成文出版社，據清光緒十年刊本影印，民國 65 年。

116. 《崑新兩縣續修合志》，（清）金吳瀾等修，汪堃等纂，成文出版社，據清光緒六年刊本影印。

117. 《喻世明言》，（明）馮夢龍，北京：人民文學出版社，1958 年 4 月北京第一版，1989 年 6 月北京第四次印刷，（明）馮夢龍，臺北：鼎文書局，民國 67 年 4 月再版。

118. 《無聲詩史》，（清）姜紹書，臺北：明文書局，明代傳記叢刊·藝文類。

119. 《散曲研究》，任二北，收錄於《元曲研究》乙編，臺北市：里仁書局，民國 73 年 9 月。

120. 《潛研堂文集》，（清）錢大昕，臺北：臺灣商務印書館，四部叢刊正編 089，民國 68 年。

121. 《馮夢龍散論》，陸樹崙，上海：上海古籍出版社，1993 年 5 月第一版第一次印刷。

122. 《馮夢龍研究》，陸樹崙，復旦大學出版社，1987 年。

123. 《馮夢龍詩文》，橘君輯注，福州：海峽文藝出版社，1985 年。

124. 《馮夢龍集》，高洪鈞輯，石家莊：河北人民出版社，1992 年 3 月第一版第一次印刷。

125. 《馮夢龍與三言》，容肇祖等著，臺北市：木鐸出版社，民國 72 年 9 月初版。

126. 《復古派與明代文學思潮》，廖可斌，臺北市：文津出版社，民國 83 年 2 月初版。

127. 《智囊》，（明）馮夢龍，成都：巴蜀書社，1986 年 11 月第一版，1990 年

4 月第二次印刷。

128. 《堅瓠集》《堅瓠續集》，（清）禇人穫，臺北：新興書局，筆記小說大觀二十三編八、九冊，民國 68 年。

129. 《萬曆會計錄》，（明）張學顏等撰，北京：書目文獻出版社，北京圖書館古籍珍本叢刊（史部‧政書）。

130. 《萬曆野獲編》、《萬曆野獲編補遺》，（明）沈德符，臺北市：新興書局，筆記小說大觀十五編六、七冊，民國 66 年。

131. 《新列國志》，（明）馮夢龍著，胡萬川校註，臺北市：聯經出版公司，民國 70 年 8 月初版。

132. 《觚賸》、《觚賸續編》，（清）鈕琇，臺北市：新興書局，筆記小說大觀三十編五冊，民國 68 年。

133. 《福寧府志》，（清）朱珪修，李拔纂，清乾隆二十七年修，光緒六年重刊本，臺北：成文出版社，民國 56 年 12 月臺一版。

134. 《農政全書》，（明）徐光啓，臺北：臺灣商務印書館，民國 72 年，影印文淵閣四庫全書，子部農家類。

135. 《話本小說概論》，胡士瑩，臺北：丹青圖書公司，民國 72 年 5 月初版。

136. 《閱世編》，（清）葉夢珠，臺北市：木鐸出版社，民國 71 年 4 月初版。

137. 《嘉定縣志》，（明）韓浚等修，明萬曆三十三年刊本，臺北市：臺灣學生書局，中國史學三編第四輯。

138. 《壽寧縣志》，（清）趙廷機修，柳上芝纂，清康熙二十五年刊本，臺北：成文出版社，民國 63 年臺一版。

139. 《圖書印刷發展史論文集》，喬衍琯、張錦郎編輯，臺北：文史哲出版社，民國 64 年 9 月初版。

140. 《圖書館古籍編目》，北京大學圖書館學系、武漢大學圖書館學系合編，北京：中華書局，1989 年 3 月第一版第五刷。

141. 《震川文集》，（明）歸有光，臺北：臺灣商務印館，民國 72 年，影印文淵閣四庫全書本，集部別集。

142. 《震澤縣志》，（清）陳和志、倪師孟等纂，清乾隆十一年修，臺北：成文出版社，清光緒十九重刊本影印。

143. 《鄭因百先生八十壽慶論文集》，臺北：臺灣商務印書館，民國 74 年 6 月初版。

144. 《鄭開陽雜著》，（明）鄭若曾，臺北：成文出版社，民國 60 年 4 月臺一版。

145. 《廣博物志》，（明）董斯張，臺北：臺灣商務印書館，影印文淵閣文庫全書本，子部類書二。

146. 《履園叢話》,(清)錢泳,臺北:新興書局,民國63年,筆記小說大觀二編五冊。

147. 《穀山筆麈》,(明)于慎行,臺北市:學海出版社,民國58年2月初版。

148. 《醒世恆言》,(明)馮夢龍,臺北:鼎文書局,民國67年11月再版,(明)馮夢龍,臺北市:世界書局,民國72年1月三版,(明)馮夢龍編,顧學頡校注,臺北市:里仁書局,民國80年5月,(明)馮夢龍編,丁如明標校,上海:上海古籍出版社,1992年12月第一版第一次印刷。

149. 《衡曲麈談》,(明)張琦(楚叔),中國古典戲曲論著集成四,中國戲曲研究院編校,中國戲劇出版社出版,1960年2月第一版第二次印刷。

150. 《戲瑕》,(明),錢希言,臺北市:新興書局,民國66年,筆記小說大觀十七編二冊。

151. 《應天府鄉試錄》,(明)王鏊等編,明弘治年間刊本,臺北:臺灣學生書局,民國58年12月初版,明代登科錄彙編第四冊。

152. 《藏書紀事詩》附補正,(清)葉昌熾撰,王欣夫補正,上海:上海古籍出版社,1989年9月第一版第一次印刷。

153. 《蘇州府志》,(清)李銘皖等修·馮桂芬等纂,清光緒九年刊本,臺北:成文出版社,民國59年。

154. 《蘇談》,(明)楊循吉,上海:上海文藝出版社,1990年5月(收入《明人百家》第二十九帙)。

155. 《警世通言》,(明)馮夢龍,臺北市:世界書局(據明金陵兼善堂本影印刷),(明)馮夢龍,臺北:鼎文書局,民國63年12月初版,(明)馮夢龍,上海:上海古籍,1987年11月第一版,1988年11月第二次印刷(據世界書局本重印),(明)馮夢龍編,顧學頡校注,臺北:里仁書局,民國80年5月。

156. 《續文獻通考》,(清)清高宗敕撰,臺北:臺灣商務印書館,民國76年9月,十通第八種。

157. 《續通典》,(清)清高宗敕撰,臺北:臺灣商務印書館,民國76年9月,十通第二種。

158. 《鐵琴銅劍樓藏書目錄》,瞿鏞編,臺北:廣文書局,民國56年8月初版。

159. 《顧曲雜言》,(明)沈德符,臺北:臺灣商務印書館,民國72年,影印文淵閣四庫全書集部四三五。

160. 《顧曲麈談》,吳梅,臺北市:廣文書局,民國51年7月初版。

161. 《顯志堂集》,(清)馮桂芬,臺北縣永和市:文海出版社,民國63年,沈雲龍主編,近代中國史料叢刊續編第79輯。

## 二、博碩士論文

1. 《三言題材研究》，崔桓，臺灣大學中文所碩士論文，民國 74 年。

2. 《宋元明話研究》，李本耀，師範大學國文所碩士論文，民國 62 年 6 月。

3. 《明人詩畫合論之研究》，鄭文惠，政治大學中文所碩士論文，民國 77 年 6 月。

4. 《明代性靈說研究》，王頌梅，東吳大學中文所博士論文，民國 80 年 6 月。

5. 《明代書坊研究》，陳昭珍，臺灣大學圖研所碩士論文，民國 72 年 6 月。

6. 《明代進士之研究——社會背景的探討》，董立夫，政治大學政治所碩士論文，民國 79 年 6 月。

7. 《明代蘇州文學與繪書藝術之交流》，林琦妙，政治大學中文所碩士論文，民國 80 年 7 月。

8. 《袁中道研究》，邱美珍，逢甲大學中文所碩士論文，民國 81 年 6 月。

9. 《梁辰魚及其作品》，朱昆槐，臺灣大學中文所碩士論文，民國 61 年 6 月。

10. 《馮夢龍生平及其對小說的貢獻》，胡萬川，臺北：政治大學中文所碩士論文，民國 62 年 6 月。

11. 《馮夢龍所輯民歌研究》，鹿憶鹿，臺北：東吳大學中文所碩士論文，民國 74 年。

## 三、單篇論文

1. 〈"三言二拍"所表現的明代歷史的新變遷〉，馮天瑜、涂文學，《史學集刊》，1984 年第二期。

2. 〈中世紀文壇巨星馮夢龍〉，謬詠禾，《蘇州大學學報》（哲社版），1985 年第四期。

3. 〈《古今小說》各篇的來源和影響〉，吳曉鈴，《河北師院學報》（社科版），1991 年第一期。

4. 〈印刷術對書籍成本的影響〉，翁同文，《清華學報》新六卷一期，1967 年 12 月。

5. 〈江南市鎮文化面面觀〉，樊樹志，《復旦學報》）（社科版），1990 年第四期。

6. 〈江蘇書院述略〉，白新良，《南開學報》，1993 年第一期。

7. 〈再論明代中後期的棄學經商之風〉，方志遠、黃瑞卿，《江西師範大學學報》（哲社版），1993 年第一期。

8. 〈宋元明清書院概況〉，曹松葉，《中山大學語言歷史研究所周刊》第十集第一一一至一一五期。

9. 〈祁彪佳著作考〉，應裕康，《木鐸》十一期，民國 76 年 12 月。

10. 〈祁彪佳的生平及其傳記資料〉，應裕康，《高雄師院學報》第十五期，民國 76 年 3 月。

11. 〈明中葉"奢能致富"的經濟思想〉，陳學文，《浙江學刊》，1984 年第四期。

12. 〈明代中後期雕版印刷的成就〉，華人德，《蘇州大學學報》（哲版社），1988 年第三期。

13. 〈明代牙行淺論〉，韓大成，《社會科學戰線》，1986 年第二期。

14. 〈明代以前書籍交易及書價考〉，袁逸，《浙江學刊》，1992 年六期。

15. 〈明代私家藏書概略〉，袁同禮，《文史集林》，第四輯，臺北：木鐸出版，民國 70 年 1 月。

16. 〈明代吳中藏書家錢允治生卒考〉，丁志安，《文獻》第二十一輯，1984 年 6 月。

17. 〈明代刻書述略〉，李致忠，《文史》第二十三輯。

18. 〈明代刻書的特色〉，潘美月，《鄭因百先生八十壽慶論文集》（臺北：臺灣商務印書館，民國 74 年 6 月初版），頁 259～260。

19. 〈明代刻書最多的建寧坊〉，張秀民，《文物》，1979 年 6 月。

20. 〈明代的鋪戶及其買辦制度〉，唐文基，《歷史研究》，1983 年第五期。

21. 〈明代後期文言小說刊行概況〉（上）、（下），謝碧霞譯，《書目季刊》，十九卷二、三期，民國 74 年 9 月、12 月。

22. 〈明代絲織生產力初探〉，史宏達，《文史哲》，1957 年第八期。

23. 〈明末市民反封建鬥爭〉，齊功民，《文史哲》，1957 年第二期。

24. 〈明清江南市場結構及歷史價值初探〉，王家范，《華東師範大學學報》（哲社版），1984 年第一期。

25. 〈明清江南消費風氣與消費結構描述 —— 明清江南消費經濟探測之一〉，王家范，《華東師範大學學報》（哲社版），1988 年第二期。

26. 〈明清江南市鎮的絲業與棉業〉，趙岡，《大陸雜誌》八十二卷三期，民國 80 年 3 月。

27. 〈明清江南儒士群體的歷史變動〉，周學軍，《歷史研究》，1993 年第一期。

28. 〈明清時代版本目錄學概述〉（上）、（下），謝國楨，《齊魯學刊》，1981 年第三期。

29. 〈明清時代南方地區的專業生產〉，劉翠溶，《大陸雜誌》第五十六卷第三、四期合刊，民國 67 年 4 月。

30. 〈明清時期江南市鎮的發展〉，何榮昌，《蘇州大學學報》，1984 年第三期。

31. 〈明清時期商品經濟對社會生活的影響〉，張民服，《中州學刊》，1991年第六期。

32. 〈明清時期商業經營方式的變化〉，汪士信，《中國經濟史研究》，1988年第二期。

33. 〈明清時期蘇州的會館和公所〉，呂作燮，《中國社會經濟史研究》，1984年第二期。

34. 〈明後期我國私人刻書業資本主義因素的活躍與表現〉，袁逸，《浙江學刊》，1989年第三期。

35. 〈明馮夢龍的生平及其著述〉，容肇祖，《嶺南學報》二卷二期，1932年。

36. 〈明馮夢龍的生平及其著述續考〉，容肇祖，《嶺南學報》二卷三期，1932年。

37. 〈明萬曆時刻書價格〉，巔鈔，《中華日報》，民國43年3月20日六版。

38. 〈明嘉靖朝察院和武定侯郭勛爲什麼刊刻《水滸》？〉，陳美林，《文史哲》，1976年第一期。

39. 〈研究馮夢龍編纂民歌的新史料——俞琬綸的《打棗竿》小引〉，馬泰來，《中華文史論叢》，1986年第一輯。

40. 〈近十餘年來三言二拍研究之回顧〉，王立言、苟人民，《文史知識》，1993年第十期。

41. 〈從智囊、智囊補看馮夢龍〉，胡萬川，《中國古典小說研究專集》一（靜宜文理學院中國古典小說研究中心編，臺北市：聯經出版事業公司，民國68年8月初版，民國80年8月第二次印行）。

42. 〈從馮夢龍《山歌》看明後期吳中社會風尚〉，徐建華，《上海師範大學學報》，1993年第三期。

43. 〈許自昌家世生平著述刻書考〉，劉致中，《文獻》，1991年第二期。

44. 〈馮夢龍《三言》新證——記明刊《小說》（五種）殘本〉，袁行云，《社科學戰線》，1982年第一期。

45. 〈馮夢龍之生卒年〉，王重民，《中華文史論叢》，1985年第一期。

46. 〈馮夢龍及其創作〉，馬興榮，《華東師範大學學報》，1985年第四期。

47. 〈馮夢龍及其對民間文學的貢獻〉，路工，《訪書見聞錄》，上海：上海古籍出版社，1985年8月第一版第一次印刷。

48. 〈馮夢龍生平拾遺〉，高洪鈞，《天津師大學報》，1984年第一期。

49. 〈馮夢龍生平新探〉，釗君、煜圭，《福建師大學報》（哲社報），1982年第四期。

50. 〈馮夢龍生平著述及其時代特點〉，魏同賢，《中華文史論叢》，1986年第二期。

51. 〈馮夢龍交游探微〉，楊曉東，《文學遺產》，1989 年第五期。

52. 〈馮夢龍《西堂初稿序》考〉，高洪鈞，《天津師大學報》，1987 年第三期。

53. 〈馮夢龍年譜引論〉，徐朔方，《浙江學刊》，1992 年第六期。

54. 〈馮夢龍身世新探〉，楊曉東，《文史雜志》，1993 年第二期。

55. 〈馮夢龍社籍考〉，金德門，《中華文史論叢》，1985 年第一期。

56. 〈馮夢龍的紳志略及其他〉，伏琛，《江海學刊》，1963 年第一期。

57. 〈馮夢龍師友錄〉，朱澤吉，《河北師院學報》（哲社版），1988 年第一期。

58. 〈馮夢龍研究七十年〉，袁志，《福建論壇》（文史哲版），1993 年第五期。

59. 〈馮夢龍研究六十年〉，傅承洲，《文史知識》，1991 年第四期。

60. 〈馮夢龍「情教說」試論〉，陳萬益，《漢學研究》六卷六期，民國 77 年 6 月。

61. 〈馮夢龍詩輯〉，汪正末，《天地》六期，1944 年 3 月。

62. 〈馮夢龍的《春秋衡庫》及其遺文遺詩〉，范煙橋，《江海學刊》，1962 年第九期。

63. 《馮夢龍和三言》，謬詠禾，《文獻》，1985 年第二期。

64. 〈馮夢龍與文震孟〉，馬泰來，《中華文史論叢》，1984 年第一期。

65. 〈馮夢龍與老門生〉，苑坪玉，《貴州社會科學》，1985 年第一期。

66. 〈馮夢龍與《金瓶梅》〉，魏子雲，《漢學研究》六卷一期，民國 77 年 6 月。

67. 〈馮夢龍與東林復社〉，胡小偉，《文學遺產》，1989 年第三期。

68. 〈馮夢龍與復社人物〉，胡萬川，《中國古典小說研究專集》一（靜宜文理學院中國古典小說研究中心編，臺北：聯經出版事業公司，民國 68 年 8 月初版，民國 80 年 8 月第二次印行）。

69. 〈馮夢龍與復社名單〉，姚政，《中華文史論叢》，1987 年第一期。

70. 〈馮夢龍與《壽寧待誌》〉，馬幼垣，《小說戲曲研究》第九集，清大人文學院中語系主編，聯經出版，民國 79 年初版。

71. 〈馮夢龍著述考補〉，謝巍，《文獻》第十四輯，1982 年 12 月。

72. 〈《馮夢龍著述考補》訂補〉，謝巍，《文獻》，1985 年第二期。

73. 〈《馮夢龍著述考》補遺〉，高洪鈞，《津圖學刊》，1985 年第 1 期。

74. 〈馮夢龍著作編年與考證〉，傅承洲，《煙臺大學學報》，1989 年第一期。

75. 〈馮夢龍《墨憨齋詞譜》輯佚〉，錢南揚，《中華文史論叢》，第二期，1962 年 11 月。

76. 〈晚明文壇巨擘——馮夢龍〉，周五純，《古典文學知識》，1993 年 1 月，

頁 84～88，210。

77. 〈詞隱先生年譜及其著述〉，凌敬言，《燕大文學年報》，第五期。

78. 〈閩本考〉，葉長青，《圖書館學季刊》，二卷一期，民國 16 年 12 月。

79. 〈傳統小說的版畫插圖〉，胡萬川，《中外文學》十六卷十二期，民國 77 年 5 月。

80. 〈試析明代蘇松地區的田賦量〉，卜國群，《中國經濟史研究》，1987 年第四期。

81. 〈試論"三言"中明代"擬話本"的思想特徵〉，徐仲元，《內蒙古大學學報》，1960 年第二期。

82. 〈漫論馮夢龍的文學觀〉，郭曉飛，《江西大學學報》（社科版），1982 年第三期。

83. 〈編纂高手，評論大師──從《古今譚概》看馮夢龍的編輯成就〉，徐振輝，《河南大學學報》（社科版），1993 年第三十三卷第三期。

84. 〈論古代文言小說的文人性〉，陳炳熙，《南開學報》，1992 年第一期。

85. 〈論明中期才士的傲誕之習〉，暴鴻昌，《求是學刊》，1993 年第二期。

86. 〈論明代江南的園林〉，王春瑜，《中國史研究》，1987 年第三期。

87. 〈論明清時期的商業發展與文化發展〉，王日光，《廈門大學學報》（哲社版），1993 年第一期。

88. 〈論馮夢龍的小說理論〉，潘世秀，《文學遺產》，1986 年第六期。

89. 〈論馮夢龍的情教觀〉，方勝，《文學遺產》，1985 年第四期。

90. 〈諸城丘家與《金瓶梅》〉，馬泰來，《中華文史論叢》，1984 年第三輯。

91. 〈歷代刻書工價初探〉，楊繩信，中國印刷史料選輯第三輯（上海新四軍歷史研究會印刷印鈔分會編，印刷工業出版社，1991 年 9 月第 1 版第 1 次印刷），頁 553～567。

92. 〈關於《三言》的纂輯者〉，野孺，《文史集林》第五輯（臺北：木鐸出版社）。

93. 〈關于明清通小說作者別號問題〉，孫京榮，《西北師大學報》（社科版），1991 年第二期。

94. 〈關於馮夢龍的身世〉，野孺，《文史集林》第五輯（臺北：木鐸出版社）。

95. 〈關於馮夢龍〉，小野四平著，魏仲佑譯，《中國古典小說研究專集》五（靜宜文理學院中國古典小說研究中心編，臺北市：聯經出版事業公司，民國 71 年 11 月初版）。

96. 〈關於《馮夢龍著述考補》──《馮夢龍著述考補》補正〉，易名，《文獻》，1985 年第二期。

97. 〈蘇州的刻書與藏書〉，許培期，《文獻》，二十六期，1985 年 4 月。

98. 〈蘇州歷史上的刻書和藏書〉，葉萬忠，《古籍論叢》，頁 403～419，1982 年。

99. 〈蘇州戲曲音樂家群的崛起與追求〉，薛若鄰，《蘇州大學學報》（哲社版），1985 年第四期。

100. 〈蘇松棉布業市鎮的盛衰〉，樊樹志，《中國經濟史研究》，1987 年第四期。

《水滸後傳》研究

趙淑美　著

## 作者簡介

趙淑美，臺灣台中人。國立中興大學中國文學系畢業，後進入東海大學中文研究所碩士班就讀。在研究所期間，受教於知名學者李田意和羅錦堂二位教授，對於中國文學史、中國古典小說、元曲等的研究，涉獵頗深。尤其專長於中國古典小說。因畢業論文為《水滸後傳研究》，故而陸續發表了一系列有關《水滸傳》續書研究的文章，分別刊登於《修平學報》上。

現今從事於教職，為台中縣大里市修平技術學院教師。

## 提　　要

水滸英雄自征方臘回來後，個個早已安居樂業，誰知朝廷中的奸佞小人，仍要興風作浪，惹事生非，致使英雄們不得不起來反抗，因而再次的聚集在一起。英雄們雖然懲治了這些奸佞惡人，但仍阻止不了童貫等人的誤國，而道君皇帝在宋江等人被害後，仍然執迷不悟。欽宗更聽信郭京等人的話，不理國事，終於把整個美好河山，白白送掉，以致身陷敵人之手，百姓亦遭塗炭。

梁山泊英雄們原是抱著滿腔熱血，想要抵禦外侮，報效國家。然而，當情勢無法挽回時，再加上朝廷的高宗，本有中興的指望，不料仍用一般奸佞之臣。既是正人君子遭受排擠，加上國內已無立身之地，英雄們只好前往海外投靠李俊，以成就另一番大事業。

既身遭亡國之痛，又認識了失國的經驗教訓，陳忱因而極力在書中，發揚水滸英雄的愛國精神，與鼓吹民族氣節，並且寄託了他的理想，因為陳忱所要告訴世人的，是他要表揚忠義之士。這些忠義之士，不是朝廷上的近臣勳戚，而是草野鄉民，他們才是真正的英雄豪傑。故而讓他們終能在海外立國，期能早日驅逐敵人，光復神州，以續創另一番豐功偉業。所以海外的暹羅，就是英雄們興復宋室的根據地，同時也是陳忱企望「反清復明」，而託旨遙深的真意所在。

# 目次

# 前　言

　　中國古典小說的發展，至明清兩代，已達蓬勃興盛的地步，其作家之多、作品之豐，可謂盛極一時。其中包括幾部家喻戶曉之作品，也有續書產生。如明朝四大奇書中，《水滸傳》的續書，有：陳忱《水滸後傳》、俞萬春《結水滸傳》（亦名《蕩寇志》），以及青蓮室主人的《後水滸傳》。

　　這些續書之中，陳忱的《水滸後傳》，尤其相當突出，因為此書雖寫北宋末年的殘局，實則諷刺明末清初的現實。作者一方面批判明末政治社會的黑暗與腐敗，並斥責當時權奸的誤國，與貴倖的無能。另一方面，也真實的述說清朝殘酷統治的暴行。因此，他極力在本書中，表現出強烈的「反清復明」的企望。同時，更把救國復國的希望，寄託在民間草澤英雄的身上，以此來積極提倡愛國思想及民族氣節。尤其書中所寫的海外的暹羅國，更是暗寓著鄭成功以臺灣為反清復明的根據地。而這也就是明末愛國有志之士的寄託所在。所以《後傳》一書，不論在內容或思想等方面，均有其獨特之處。

　　本論文共分四章。第一章敘述作者之生平及版本之問題；第二章探究本書之主題；第三章就作者文字技巧方面，作一分析；第四章結論，試就本書在內容思想、藝術方面的成就，及對後世戲曲的影響，作一綜合整理。

# 第一章 《水滸後傳》的作者及版本

## 第一節 作 者

### 一、生 卒

　　《水滸後傳》，八卷四十回，原書題「古宋遺民著，雁宕山樵評」。「雁宕山樵」即陳忱，「古宋遺民」，乃陳忱爲了託古而自稱的。陳忱之生平，由史傳之記載，[註1] 得知情形如下：

---

〔註 1〕陳忱之生平，見於史傳之記載不多，據目前所知，計有以下幾種：
　　（a）清、汪曰楨撰《南潯鎮志》、〈志十二〉人物一：陳忱，字遐心，號雁宕山樵，其先自長興遷潯，閱數傳至忱。（研北居瑣錄。）讀書晦藏，以賣卜自給。（范志。）究心經史，稗編野乘無不貫穿。（董志。）好作詩文，鄉薦紳咸推重之。惜貧老以終。詩文雜著俱散佚不傳。（瑣錄。）
　　〈志卅五〉志餘三：《南潯備志》陳雁宕忱，前明遺老，韓純玉近詩兼逸集，以身名俱隱稱之。生平著述並佚，唯後水滸一書，乃遊戲之作；託古宋遺民刊行。清咸豐九年（西元 1859 年）刊本。史語所。
　　（b）清、宗源翰等修，周學濬等纂，同治十三年《浙江湖州府志》卷五十九、文略四：陳忱，雁宕詩集。詩兼小序：忱字遐心，號雁宕，烏程人，詩人隱逸者。……。雁宕與予同處城闉間，相去止里許，生平未識其面，並不聞其名，沒後始見其詩及雜著小說家言。驅策史冊典故，若數家珍。而鬱鬱無聊、骯髒不平之氣，時復盤旋於楮墨之上。亟覓其全集，已零落不能多得矣。台北：成文出版社。1970 年 11 月
　　（c）清、郭式昌修，汪曰楨纂修《光緒烏程縣志》卷三十六：陳忱，字遐心，號雁宕山樵。居貧賣卜自給，究心經史，稗編野乘，無不貫穿。好作詩文，驅策典故，若數家珍。而無聊不平之氣，時復盤旋于楮墨之上，鄉薦紳咸推重之。身名俱隱，餓窮以終。詩文雜著，多散佚不傳。
　　清光緒七年（西元 1881 年）刊本。台北：故宮。

　　陳忱，字「遐心」，號「雁宕山樵」亦稱「古宋遺民」，浙江烏程（今「吳興縣」）南潯鎮人。生於萬曆四十一年（西元 1613 年）二月二十四日。〔註 2〕家境頗爲貧窮，平日只好以賣卜爲生。年少時，「博聞強識，好作詩文」，〔註 3〕不僅勤奮治學、致力創作，對於經史稗編野乘，也能深入研究，瞭若指掌。由於他學備經史、知識淵博，因而當地的人士非常的推崇他，但陳忱從不列當地鄉紳之林，且淡泊名利，絕意仕進，因而沒有科舉功名或仕歷。雖平日不得不靠賣卜來維持生計，生活朝不保夕，難以維持，但他寧願「窮餓以終」，安貧自若。陳忱因與當地人士不常往來，故與他同居一地，相去里許的人，在他生前既難識其面，也不聞其名，可見他生平隱沒不彰，少爲世人知曉。明亡入清後；陳忱不願屈從敵人，於是埋名隱姓，不肯出仕。在慟心國難之餘，寧願以遺民終老。從他所作的〈九歌〉一詩：「……風波絕險終不顧，長鑱托命恆苦飢。掉頭豈復念妻子，懷沙哀郢知者稀……。」即可明顯看出，他固然經常處於飢寒愁苦的生活中，甚而連妻子也無力顧及。但他仍強烈地懷念故國，堅持恢復之期望，甚至不惜以死殉國，有如愛國詩人屈原，在「懷沙」、「哀郢」中表現之思想。他決不向民族的敵人，乞求功名富貴，而且，他躬自實行詩中之誓言。另一方面，陳忱並積極參加復國之運動，此即是他加入「驚隱詩社」之舉。驚隱詩社中的成員，有多人曾參加抗清之活動，故陳忱此時雖然隱淪不出，但他加入社集，可見他仍積極的參與籌劃反清復明的運動。雖然後來驚隱詩社不得不解散，然而陳忱堅苦自守的清高志節與力圖恢復的愛國之舉，卻益加堅定，

　　　　（d）清、沈彤《震澤縣志》：國初吾邑之高蹈而能文者，相率爲驚隱詩社。四方同志咸集。……可考者：苕上沈祖孝雪樵，陳忱雁宕。玉峰歸莊元恭，顧炎武甯人。……跡其始起，蓋在順治庚寅。諸君以故國遺民，絕意仕進，相與遯迹林泉，優游文酒，角巾方袍，時往來於五湖三泖之間。見清、汪曰楨撰《南潯鎮志》〈志卅六〉志餘四。

〔註 2〕陳忱〈九歌〉詩中，有「嗚呼我生萬曆時」（其一），「我今潦倒垂半百」（其七）之句，題下自注「壬寅初夏作」。按壬寅爲清康熙元年，上溯半百應爲萬曆四十年壬子。又，〈壬辰初度，再歎鏡中白髮〉一詩云：「十年伏草莽，山川鑒寒素。」壬辰爲順治九年。按中國人年齡以始生爲一歲的計算慣例推知，陳忱應生於萬曆四十一年（即西元 1613 年）。至順治九年壬辰（西元 1652 年），恰爲他四十初度。而康熙元年壬寅（西元 1662 年），他正好年垂半百。陳忱並有「仲春二十四日爲四十九歲初度」一詩。由以上可得知：陳忱生於萬曆四十一年二月二十四日。參見熊德基〈陳忱與《水滸後傳》〉一文，收於《文學遺產增刊》第七輯。香港：聯合出版社。西元 1978 年 3 月。

〔註 3〕清、鄧之誠著《骨董瑣記、續記、三記》頁 426〈雁宕山樵〉一文。台北：中國書堂。西元 1980 年 5 月。

始終不渝。

由陳忱〈九歌〉詩及清康熙甲辰陳氏原刻本《水滸後傳》原序〔註4〕得知，陳忱於五十歲時寫成《水滸後傳》一書，序中有云：「必其垂老奇窮，顛連痼疾，孤煢絕後，而短褐不完，藜藿不繼」，〔註5〕顯然此為他後期之生活寫照。《水滸後傳》一書，最早刊於康熙甲辰，〔註6〕陳忱於付梓前還作了序，可見此時他仍活著。按康熙甲辰為康熙三年，即西元一六六四年。且莊廷鑨之「明史案」亦於康熙二年（西元1663年）判決，〔註7〕遭處決及遣戍的人極多，陳忱有「禽言」詩四首，描述此次文字獄之慘狀。足證康熙三年時，陳忱仍舊健在。然而，在這種嚴厲的處境下，陳忱不得不深自韜晦，因而與他同住一城之遺老韓純玉，亦無法知其生活詳情。直至他死後，才得見他的遺稿。〔註8〕故陳忱之卒年，已無法確知，從其晚年沈痾纏身、貧困潦倒，及零丁孤苦等之淒涼境遇看，陳忱並非「長壽以終」，此後他活著的時間，似乎不會長久。

陳忱的著述，有：雁宕雜著、雁宕詩集二卷、續二十一史彈詞，及曲本癡世界、小說《水滸後傳》〔註9〕等。但現僅存《水滸後傳》一書，其他已全部亡佚。另外，尚有陸心源《吳興詩存》、周慶雲《潯溪詩徵》〔註10〕二書中，共輯得一百零六首詩。又，《後傳》首回開頭，有趙宋一代史事長歌一首，尚可考見其「廿一史彈詞」之部份。

按：明及清初有三陳忱，同姓名。一即雁宕山樵，字遐心，烏程人；一為陳恪之從弟，字克誠，號醉月，歸安人，著《宿松縣志》、《瓦缶集覽勝紀》、

---

〔註4〕陳周昌著〈略論《水滸後傳》的作者陳忱〉一文中，云：清康熙甲辰陳氏原刻本《水滸後傳》一書中，有〈《水滸後傳》原序〉，此乃「劉修業據法國巴黎圖書館藏本抄件而來」。參見《明清小說研究》第一輯，頁313。北京：中國文聯出版公司。西元1985年8月。

〔註5〕陳忱著《水滸後傳》卷首之序文。清、紹裕堂刊本，美國哈佛大學漢和圖書館藏本微卷。西元1988年10月。

〔註6〕同註4。頁313。

〔註7〕謝國楨著《明清之際黨社運動考》頁212。台北：商務印書館。西元1978年2月。

〔註8〕陳田著《明詩紀事》卷十四陳忱條引「韓純玉詩兼」。台北：鼎文書局。西元1971年9月。又，汪曰楨《南潯鎮志》志廿九著述一，亦載有此事。

〔註9〕汪曰楨《南潯鎮志》志廿九著述一云：「陳忱，雁宕雜著（佚）。雁宕詩集二卷（未見）。」及志三十著述二：「彈詞則有陳忱續廿一史彈詞。曲本則有陳忱癡世界。……陳忱後水滸。……。」

〔註10〕清、陸心源輯《吳興詩存》，清光緒十六年（庚寅）序刊本。史語所。周慶雲《潯溪詩徵》四十卷，民國6年（丁巳）夢坡室刊本。史語所。

《游集見湖錄》。順治中，又有一陳忱，字用亶，秀水人，甲午副貢，著《誠齊詩集》、《不出戶庭錄》、《讀史隨筆》、《同姓名錄》、《東寧紀年》等書。此事汪曰楨《南潯鎮志》志十二記載頗詳。另見於《兩浙輶軒錄補遺（一）》，及清光緒《嘉興府志》、楊鳳苞《南彊逸史跋》。〔註11〕因前人不察，故記載每多牽涉，因而范來庚於道光二十年續修之《南潯鎮志》，亦誤認陳雁宕著《讀史隨筆》一書。紀昀修《四庫全書》，亦犯同樣錯誤，《四庫全書總目提要》卷一百四十三子部小說家類存目〔註12〕云：

> 讀史隨筆六卷，國朝陳忱撰。忱字遐心，秀水人。

又，世界書局出版之《中國人名大辭典》亦云：

> 陳忱，清、秀水人。字遐心，有《讀史隨筆》。

以上均是著者不加細察，因襲前人，故而犯錯，特於此作一辨正。

## 二、時代環境及思想

陳忱青少年時期，正值明朝政治腐敗已極，各地流寇竄起作亂，滿清迅速崛起，開始窺視中原之時。此種以嚴重內擾和外患為特徵之苦難時代，對於年輕陳忱之思想，有重大影響。因明朝自萬曆後，政治愈腐朽無能，屢屢不能抵禦滿州之侵略，終於失陷撫順、瀋陽、遼陽等重要邊地；且對人民殘酷壓榨，有增無減，人民因而飽受極大之痛苦。故而陳忱發覺：萬曆、天啓與崇禎三朝，竟與北宋滅亡前之情形，極為相似。〔註13〕明神宗荒怠政事，又役數萬工匠和民伕營造定陵，從山東臨清搬運「壽工礦」，從河南浚縣搬運花斑石，從湖廣川貴運來大木，並花費白銀八百餘萬兩，歷時六年建成。此與北宋末年徽宗之昏庸荒淫，征運「花石綱」建造艮嶽相較，何其相似！且熹宗更昏庸無道，政事決於宦豎。魏忠賢「自內閣六部，四方總督巡撫，遍置死堂」。底下爪牙，有「王虎、王彪、十狗、十孫兒、四十孫」之稱謂。且魏忠賢自掌東廠，排除異己，鎮壓人民。〔註14〕至思宗時，大規模的民變因

〔註11〕清、郭式昌修，汪曰楨纂修《光緒烏程縣志》卷三十六。清光緒七年（西元1881年）刊本。台北：故宮。
〔註12〕清、紀昀撰《四庫全書總目提要》。台北：商務印書館。西元1985年5月。同註4。頁313。
〔註13〕同註4。頁313。
〔註14〕李光璧著《明朝史略》第五章、第四節「東林黨和閹黨之爭」，頁154、155。台北：帛書出版社。西元1985年6月。

而產生，流寇李自成竟以明末土地高度集中，賦稅苛重之狀況為病，訂其政治綱領與反抗策略。又採先占關中為據點，經由山西、宣化攻取北京之進軍路線，終於西元一六四六年三月攻取北京，結束明朝腐朽統治。〔註 15〕此種社會歷史現象，通過陳忱之冷眼觀察，使得他對於現實生活中，許多重大的問題，有更為深刻之理解。「究心經史」的陳忱，遂將「鬱鬱無聊，骯髒不平之氣」，凝聚於筆端，發而為文，寫成《水滸後傳》一書。《後傳》雖寫宋事，實則針對明朝腐敗之政治而發，此即是陳忱「借古諷今」之手段。

　　明亡後，陳忱為了表明他永不屈服異族的志節，於是他寄情於山水，因為只有山水能使他忘記一切的憂患，也能安慰他的故國之思。因此，他寫下了多首的詩，吐露他的心胸，如「題東池草堂」、「人日立春」、「題白雀寺畫壁歌」，以及「春日田居」等詩。他又以讀離騷來堅持節操——「叩絃讀楚騷，黯然二三子。」（南溪秋汎）；以梅花來自喻品格——「橫枝直枝無俗骨，獨令老榦凌寒風。」（雪湖畫梅歌）縱然如此，山水林木也只能作為陳忱心靈上暫時的寄託而已，對於故國的思念，卻有增無減，無法忘懷。這種感情，也更深沈的表現在他的詩中，如：「嗚笛激清淚，宿怕近城頭」（秋夜宿蓮花莊）、「故國愁仍在，登臨暮角哀」（南城晚眺），及「過報國寺」等詩均是。而故國的人民，故國的種種事情，更令陳忱這位明朝遺民，在無限感慨之餘，不禁要眼淚縱橫滿面了。

　　滿清統治中國後，對明代的遺民志士，不斷施以威脅利誘，企圖徹底鎮壓與消滅中國人民之愛國意識。然而，遺民志士終不肯屈服，紛紛參加了抗清的起義行動。尤其是由士人所組成的「社集」，表面上雖然是以文會友的結社，實際上是一種抗清的地下秘密組織。〔註 16〕陳忱也參加了「驚隱詩社」，其中的成員，有顧炎武、歸莊、吳宗潛、潘檉章、顧有孝、沈祖孝等數十人。社友每年祀祭屈原、陶潛、林逋。由此可知，他們惓惓不忘故國，表面上雖為「詩社」，實際上乃是愛國遺民們的一種團結組織。而陳忱與這些社友，也有多首贈答之作。

　　陳忱目睹經清兵破壞後之江南百萬田莊廬舍，盡為一片灰燼，千百萬人民成為無家可歸之流浪者。此種慘絕人寰之景象，遂入於陳忱詩中：「休說舊

---

〔註 15〕同註 14。第六章、第三節「明末的民變」，頁 189～193。
〔註 16〕謝國楨著〈明末清初的學風〉一文。見謝國楨《明末清初的學風》。北京：人民文學出版社。西元 1982 年 6 月。

時王與謝，尋常百姓亦無家」（歎燕）、「行藏休問及，四海永無家」（贈燕中韓石畊）。此二詩表明了在現實生活中，國家與人民之命運，原是密切地聯繫在一起。故國覆滅，故國的千萬人民，不論其為高官貴人或尋常百姓，都會遭到敵人的迫害，是以他對於這些苦難的人民，寄予深切之同情。

清朝定鼎後，為鎮壓海外與沿海地區人民之反抗，及遺民志士之通海，因而實行極為凶殘之「遷界政策」。將沿海之山東、江蘇、浙江、福建、廣東等五省地區人民「居室」，放火焚燒，片石不留。而所遷之民，流落無歸，顛蹈於道者，不可勝計，遂造成濱海數千里無復人烟。〔註17〕陳忱對清朝此種滔天罪行，在「亦顛移居溽北，同天倪長文過贈」詩中，曾云：「海甸無甯居，誰當任其咎？吾廬多播遷，亦復念我友……。」可知他對清朝此種「遷界」之暴行，是加以嚴厲譴責的。同時，對流離失所之被害者，也寄以懇摯之懷念。

鑑於清朝以嚴厲的手段統治，以致使人民遭受到極大的痛苦，陳忱在痛恨感慨之餘，也將它一一的寫入詩中：「浮雲終日蔽，何日望長安」（秋霖）、「人危兵燹後，地凍雪晴時」（過寶雲寺）、「萬里盡晦陰，暫且棲心魂。跬步即遭蹶，我寧閉我門」（雪中喜俞山人過宿）等。這些都是他對清朝統治者最嚴厲的控訴。原來，「新不如舊」，新朝代雖帶來新氣象，但是卻極端的壓迫人民，殘害人民，這實在是比舊朝代有過之而無不及。此即是陳忱在「妾薄命」一詩中，所發現且要告訴世人的事實真相。

體認到現實的真相後，陳忱於是渴切地盼望恢復故國，他將這種希望寄託在南明王朝上，深切期待能出現一「中興」局面。但結果落空，故而在痛定思痛的心情下，寫成〈九歌〉，訴出他內心之悲憤：

　　金陵王氣猶籠蔥，五馬渡江一化龍。……，孝陵鴉集啼白晝，行人
　　回首歌麥秀。（弘光）
　　江南半壁已崩裂，處小朝廷尚求活，……，青苔白骨沒野蒿，檻猿
　　籠鳥何所逃。（隆武）
　　……。三軍慟哭王業銷，萬事忽然如瓦解，點蒼山前蠻烟愁，玉蕊
　　吹墮西風秋。（永曆）

陳忱認為：從弘光、隆武到永曆，國勢日趨危殆，竟終至覆滅，此與父老們之期望，恰恰相反，因而他感到無限悲慟。南明王朝之所以崩潰，與當時大臣為

---

〔註17〕徐扶明〈《水滸後傳》作者陳忱的愛國思想〉一文，見《水滸研究論文集》。
　　　　北京：作家出版社。西元 1957 年 3 月。

自己私利而叛國降清,及內部將相不知團結,實有密切關係。因此,對馬士英、阮大鋮、方國安、鄭芝龍等人的醜行,陳忱極爲憤恨,尤其對清朝之殘酷破壞,更有無比的仇恨。此即是他在這幾首詩中,流露出來之思想情感。此外,陳忱有「閱羅隱」詩一首,由詩中可知他對晚唐詩人羅隱,稱越王錢鏐爲「尙父」一事的立場。詩云:「餘杭山水役精魂,末世才人眼界昏。憔悴感恩依尙父,可憐尙父事朱溫。」陳忱認爲錢鏐臣服叛唐自立,反復無常的朱溫,已屬不齒。而羅隱有眼無識,反稱錢鏐爲尙父,實有損令名。由此可見,陳忱乃一具有明辨是非、嫉惡如仇,及強烈正義感與民族自尊心的學者作家。故陳田於《明詩紀事》中,曾云:「遯心苦吟類郊島,大節似宋桑。集中九歌,激烈悲壯,聲出金石。」〔註18〕可知他對陳忱的人格與思想,推崇備至。

順治十六年(西元 1659 年),鄭成功與張煌言聯軍,大舉北伐,從海外攻入長江,收復鎮江、南京附近,及安徽部分地區,各地義軍紛紛響應。他們每到一處,人民即爭相傳告,遮道歡迎,「皆謂中興」。陳忱和廣大人民一樣,以極度興奮心情,歌出「擬杜少陵收京」一詩:

> 渤澥風雲合,樓船蔽遠天。檣移楊子樹,旗拂秣陵煙。諸將橫戈進,
>
> 羈臣藉草眠。遙瞻雙闕外,正與楚烽連。

此詩突出描繪了鄭成功與張煌言聯軍之浩大聲勢,和雄偉氣魄。及其在反清戰爭之背後,更有各地義軍起來呼應,與廣大人民之支持。此詩題爲「擬杜少陵收京」,可見陳忱當時之熱烈希望與喜悅心情。

由全國各地義軍此仆彼起的抗清之舉,加深了陳忱復興明朝的信心與期望。雖然處於清朝的統治下,他仍常以恢復故國自勉:「右軍嘯咏登臨日,回首中原何所思」(昇山)、「丈夫生死安足計,但求一寸乾淨地」(九歌)。更經常以此策勵友輩,如:「夜過吳東籬西山話舊」、「寄懷魏雪竇」等詩,即是鼓勵吳宗潛、魏耕等人,堅持抗清之活動。〈九歌〉詩中亦云:「……抱膝長吟環堵中,草澤自有眞英雄。」陳忱已意識到草澤英雄,有著荊軻震撼暴秦之意氣,能擔負起復仇之重大事業,但卻埋沒草澤中,無法受到人們重視,他不能不有所感慨。故而,對於這些草澤英雄之肝膽相照,給予熱情敬重,並寄以深切希望。順治十八年(西元 1661 年),鄭成功收復臺灣,〔註19〕此一歷史事件,給江南抗清人民,以極大鼓舞。陳忱正從此一事件,看出反清復

---

〔註18〕陳田著《明詩紀事》卷十四,頁 14。台北:鼎文書局。西元 1971 年 9 月。
〔註19〕齊召南、阮福、蕭一山等撰《國史年表》。台北:世界書局。西元 1985 年 4 月。

明之可能性，不禁寫下了「遺民不識中興主，猶喚康王是九哥」（康王寺）、「欲擬報恩何處去，西風吼地雪花高」（倭刀）等詩句，以表達他的立場。並將此一希望，寄託《水滸後傳》一書中，李俊等梁山泊好漢身上，並賦予草澤英雄以「海外立國」發展之道路。

《水滸後傳》所反映的現實，就是陳忱所經歷之內憂外患、國家滅亡，及滿清統治三個時代。於此書中，更可看出：一個愛國知識分子之熾熱情感，一種對國土淪喪之悲憤情緒，以及一個正直儒者之理想意願，而此即是陳忱整個思想之反映。

## 三、交　遊

當清兵南下，大江南北的人民和愛國志士，都紛起義軍對抗，他們都有國家滅亡、民族淪胥、文化陵夷之痛。而當時的士人，有的誓死抗敵，粉身以報；有的堅不出仕，遁隱山林；亦有閉門不出，著述託意。且明朝士人，盛行結社，詩社之多，遍及大江南北。〔註20〕其結社之目的，最初本為研摩時文，後有演變為富政治色彩之結黨。然當國家陷於存亡危急之秋時，詩社中人，遂領導諸多抗敵救國運動，例如：幾社的領袖陳子龍、夏允彝，起兵松江；復社成員顧炎武、吳其沆等，起兵崑山。而大江南北起義抗清的領導者，也大半出於社集中的人士。〔註21〕至無力抵抗時，他們也仍堅定不屈，寧可以遺民終老，於結社吟和之際，以託故國黍離之思，以抒故國舊君之感。故陳豪楚「兩浙結社考」云：

> 竊考宋元明以來，士子結社之盛，遍于大江南北。或處易代之後，寄故國黍離之思于吟詠，或因詩以通聲氣，分朋黨而立門戶，所謂無事而樂，未足以概一般社集之宗旨也。至若明之季年，吾甬社集大興，各以氣節學問相砥礪。清兵南下，孤臣志士，結寨抗命，至死不屈者，又皆莫非詩社中人。則向之結社者，豈非所以借吟詠而友志士，安可以無事而樂蓋之哉。〔註22〕

〔註20〕「因之雲間有幾社，浙西有聞社，江北有南主，江西有則社。又有歷亭、席社。而吳門別有羽朋社、匡社，武林有讀書社，山左有朋大社，並合于吳，統合于復杜。」謝國楨著〈明末清初的學風〉一文，引朱彝尊《靜志居詩話》。見謝國楨《明末清初的學風》。北京：人民出版社。西元 1982 年 6 月。
〔註21〕同註20。謝國楨著〈明末清初的學風〉一文。
〔註22〕黃志民撰《明人詩社之研究》頁 19，引《浙江省立圖書館刊》四卷一期。政

由此可知，明末的士人，堅苦卓絕，絕不屈服，其節烈忠貞，亙古未有。

　　明亡以後，陳忱已逾「而立」之年，因不願爲滿清王朝的順民百姓，遂與同邑中顧炎武、歸莊、葉桓奏、王錫闡等人，組成「驚隱詩社」，四方同志咸集，一時影響頗大。驚隱詩社又名「逃之盟」，是當時「幾社」而外，松江最大的詩社。〔註23〕主盟者爲葉桓奏、吳炎等人，社友共有五十人之多，均爲三吳、太湖、和杭嘉湖等地區之人士。該社「起於順治庚寅，終於甲辰」。〔註24〕即創始於順治七年（西元 1650 年），此時清朝平定全國已四、五年，陳忱及其友人，拒絕出仕清朝，並參加「驚隱詩社」，寄跡林泉，以詩酒自娛。甚而敢於穿戴「角巾方袍」，此應爲一種反抗行爲，有如《水滸後傳》序中所云：「肝腸如雪，意氣如雲，秉志忠貞，不甘阿附。」〔註25〕此孤高鯁介，不屈投降之高尚氣節，也正是當時陳忱的生動寫照。且「驚隱詩社」又名「逃之盟」，意即作暫時的逃避，而含有潛謀再舉的意義。詩社每歲端陽祀屈原，重陽祀陶潛，除夕祀林逋、鄭思肖。社友集聚於松陵（今吳江）唐湖古風莊，〔註26〕在慷慨悲歌中，以血和淚寫成多首愛國詩篇。

　　陳忱友人，有因文字獄而受株連者，有因參與抗清組織而犧牲者，更有志節高超、貞堅不渝而隱逸出家者。現分述如下：

## （一）因文字獄而受株連者

### 1. 吳炎、潘檉章

　　滿清於政權初步穩定後，製造種種殘暴獄案，且將其充軍邊地，籍沒爲奴隸。甚至慘無人道，加以屠殺，以使政權穩固。陳忱的杜友吳炎、潘檉章等人及其家屬，因受「莊廷鑨」史案之牽連，亦遭此種迫害。吳炎。字赤溟，天才矯拔，文筆勁健，善詩文。明亡後棄諸生而隱居，以教爲生。潘檉章，字檉木，年十五補同鄉弟子員。明亡後亦棄去，隱居韭溪，致力學問。因此通貫百家，天文地理、皇極太乙之學，也無不通曉，尤專精史事。〔註27〕

　　　　大中文研究所碩士論文。西元 1972 年 6 月。

〔註23〕同註7。頁 208。

〔註24〕清、楊鳳苞《秋室集》中，〈書南山草堂遺集後〉一文。光緒十一年湖州陸心源刻本。史語所。

〔註25〕同註5。

〔註26〕同註24。

〔註27〕吳炎及潘檉章之生平，參見謝國楨著《明末清初的學風》中，〈顧炎武與驚隱詩社〉一文，作者分別引自潘檉章著（潘耒增補）《松陵文獻》「人物志、隱

莊氏史案之原委，乃因明天啟年間，湖州李國楨作《明史概》一書，此書又名《明書》。內容有：明書大事記、大政記、大訓記，均係天啟時所刻。餘未刻者，有列朝諸臣傳，開國、遜國諸臣二列傳。後來湖州莊廷鑨得未刻之稿，於是召集賓客，董而理之，且易名爲《明史輯略》。所請編纂之人，共有吳越名士十八人。〔註28〕此書於順治十七年（西元1660年）刊行，頗行於世。當時烏程令吳之榮以勒詐不遂，首先告訐。莊廷鑨於康熙二年碎屍。除查繼佐、范鑲、陸圻因自請檢舉，未及於難外，凡當日參校列名者，如潘檉章、吳炎等人，及其親屬刻工皆罹禍，其妻孥充邊。潘、吳二人列名參校，同被磔於杭州弼教坊，株連遣戍者百餘人。其獄始於順治十八年，至康熙二年判決，爲清初最慘酷之文字獄。

對於社友遭此奇禍，陳忱於悲痛之餘，寫下了最嚴厲的控訴：「期若不來應有故，隔無幾日便如年。登堂誰讀三千卷，結社唯知十八賢」（壬寅初秋重集東池）、「造字無端弊日興，夜中聞哭鬼收憎。秦皇縱使多貪暴，未必當時焚結繩」（咏史），以及「故國山川千里夢，一天風雨萬家貧。雖然念亂無長策，莫待臨危憶故人」（壬寅初春偶成）。按：壬寅爲康熙元年，離莊氏史案之發生已近兩年，此案受牽連的人頗多，陳忱在詩中一再指責清廷的殘酷無情，爲了達其統治之目的，不惜犧牲無辜之人民，此種視人民爲草芥之舉，實令人痛心疾首不已。

### 2. 吳敬夫、吳宗潛

當時因莊氏史獄而同受株連者，爲閔聲《嶺雲集》詩獄。黃宗羲《南雷文約》卷二閔君墓誌銘云：

> 君好苦吟，與吳敬夫批選唐詩，名《嶺雲集》。敬夫與聞莊史，其選詩讐校姓氏，有徽人范希曾者富室也。奸人遂居爲奇貨，以逆案脅之，而君與吳宗潛牽連下獄。〔註29〕

吳敬夫因選詩而入獄，吳宗潛亦因閔聲案而受牽連，陳忱有「敬夫移居西村」，及「香谷上人投詩敬夫，清新可讀，因同過訪」詩二首，「夜過吳東籬，西山話舊」詩一首，即是鼓勵與安慰吳敬夫、吳宗潛（字東籬），堅持抗清之舉。

陳忱一再譴責了清朝殺戮橫暴的情形，在這些慷慨激昂的詩句中，可以

逸傳」。及凌淦編《松鈴文錄》卷十七。

〔註28〕同註24。〈記莊廷鑨史案本末〉一文。

〔註29〕同註7。頁213、214。

看出他對反清復明的意志是堅強的，決不因偶爾的失敗而灰心。因此，在文字獄的悲憤氣氛中，他仍懷抱著樂觀的精神，「不知天地間，正始尚全備」（香谷上人投詩敬夫，清新可讀，因同過訪），正是陳忱不斷用來勉勵社友與自己的座右銘。

## （二）參與抗清活動者

### 1. 魏　耕

魏耕，號「雪竇山人」，能讀書故入學為諸生。明亡後棄去，結交賢豪義俠，欲為大事。曾參與太湖吳易領導之抗清活動。吳易後來失敗，為清軍所殺（汪日楨《南潯鎮志》志卅六）。魏耕幸得逃脫，後與歸安錢纘曾居茗谿，閉戶為詩，然仍與浙皖山砦通聲氣。嘗遣死士致書鄭成功，謂海道甚易，南風三日可抵鎮江。西元一六五八年（順治十五年），成功果如其言，幾下南京。耕復遮道留成功之部將張煌言，請入英霍山寨，以圖再次舉義。至西元一六六三年（康熙二年），為孔孟文所告發，被執至錢塘與纘曾磔死，妻子盡沒於官。其友購其骨葬之西湖南屏，後改葬於尋隱石人峰下，改題曰：「長白山人之墓」。並與楊文琮、張煌言，合稱為「三忠之墓」。〔註 30〕當年魏耕曾參與吳易抗清之舉，失敗後亡走，陳忱亦有「寄懷魏雪竇」一詩，詩云：「君懷誠磊落，我意卻淒清。……近跡有如此，無由知遠情」。可見陳忱也極力讚揚魏耕的起義。

### 2. 顧炎武、歸莊

顧炎武，本名絳，乙酉改名炎武，字寧人，又嘗名圭年，或署曰「蔣山傭」，學者稱為亭林先生，崑山人。性耿介絕俗，與里中歸莊，同遊復社，有「歸奇顧怪」之稱。〔註 31〕順治二年五月，清兵已渡江，此時大官多投降，而下吏諸生及復社中人，則紛紛起義抗清。「炎武應崑山令楊永言之徵，與嘉定諸生吳起沆及歸莊共起兵。奉故鄖撫王永祚，浙東授為兵部司務。事既不克，永言遁去，其沆死之，炎武與莊幸得脫。」〔註32〕此次抗清義軍失敗後，炎武便經常到吳江，而與「驚隱詩社」中的人士有來往，他曾有以「吳江八尺」為題，追憶吳其沆的詩句。後來因吳江氣節之士，如吳振遠等人與浙東

〔註30〕徐鼒著《小腆紀傳》卷五十二義士類。台北：學生書局。西元 1972 年 11 月。及蘇雪林著《南明忠烈傳》第八章。台北：商務印書館。西元 1969 年 1 月。

〔註31〕同註 30。徐鼒著《小腆紀傳》。

〔註32〕孫靜菴撰《明遺民錄》卷二十六。台北：明文書局，西元 1985 年 5 月。

抗清義師，還保持著往來，因此他能得知一些海上的消息，於是寫下了「盼延平使至」的詩句：「長看白日下蕪城，又是孤雲海上生。」顯然是期待著鄭成功的海上義師來到。〔註33〕康熙二年，亭林至山西訪友，至汾陽得知友人潘檉章、吳炎遭莊氏史案之禍，非常悲憤，就在旅舍中遙祭他們，並有詩悼之：「一代文章亡左馬，千秋仁義在吳潘。」〔註34〕康熙七年，亭林又遭獄禍，有山東萊人姜元衡訐告其主黃培詩獄，株連二、三十人。又以吳人陳濟生所輯《忠義錄》，誣亭林所作。炎武在燕京聞之，便急赴濟南投到。繫獄半年，「富平李因篤為告急於有力者，親赴歷下解之，獄始白。」〔註35〕

亭林先生負有經世之志，故所著作多為致用之書。也因其抱亡國之痛，故所發皆慷慨悲歌之作。雖然如此，在悲痛之餘，他仍堅持著樂觀英勇的志氣，盼望著明室中興；「大將臨江日，中原望捷時。兩河通詔旨，三輔急王師。轉戰收銅馬，還兵飲月支。從軍無限樂，早賦仲宣詩」（亭林詩集）。可知其民族氣節，至死不渝。陳忱亦深受其影響，「荊卿入秦何足多，遂令白虹能貫日。抱膝長吟環堵中，草澤自有真英雄（九歌）。」陳忱也期待著義師推翻暴政的時刻，早日到來。

歸莊，字元恭，亦崑山人，明諸生太僕寺丞有光曾孫。平素負才使氣，善罵人。入復社後，對於各種書籍，無所不窺，古文更深得有光家法。後來清兵破崑山，曾與顧炎武同應楊永言義師之役。仲兄昭，為史可法幕客，後亦隨可法死揚州，叔兄亦為長興亂民所害。亂定，奉母隱居，遂不出。嘗作《萬古愁》曲子，乃悼明亡之作，其詞「瑰瑰恣肆，與古之聖賢君相，無不詆訶。而獨痛苦於桑海之際，為世所傳誦，擬之離騷天問。」〔註36〕歸莊於崇禎中，改名祚，明亡後，或稱歸妹、歸來乎，表字或稱元功、園公、懸弓。歸莊與炎武交往友善，炎武曾有詩贈莊。後莊死，炎武哭以詩云：

　　弱歲始周遊，文章相砥礪。中年共墨衰，出入三江汭。悲深宗國墟，

　　勇盡澄清計。不獲騁良圖，斯人竟云逝。〔註37〕

其見重如此，可見兩人相交之深。

陳忱所入之「驚隱詩社」，因、潘二人罹莊氏史案之禍，復有社友多人參

〔註33〕同註27。〈顧炎武與驚隱詩社〉一文。
〔註34〕同註27。〈顧炎武與驚隱詩社〉一文。
〔註35〕同註32。
〔註36〕《清史列傳》卷七十。台北：中華書籍編輯部。
〔註37〕同註36。

與抗清之役，於是爲世人所注目。詩社最後於康熙三年解散。

## （三）隱逸出家者

明末士人之抗清，有的積極參與復國運動，有的消極不屈服，而殉節自殺，也有砥礪氣節，隱居不仕者。陳忱諸多友人，如顧茂倫、俞山人、韓石耕、趙天來、崔湘畹、香谷上人、陳天倪、周天頑、華天民、沈雪樵、徐松之、北山上人等，均是不屈之遺民，或出家爲方外。他們並不是消極而隱退，況且，明末遺民多托迹空門，故傅山詩云：「山中不誦無衣賦，遙伏黃冠拜義旗。」最足以表明他們的志節。原來他們出家是爲掩護志謀恢復故國的企圖，而非其本願。〔註38〕陳忱與這些友人，也各有寄達之作，從而表明了自己忠誠堅貞之志，及對故國的沈痛之思。

陳忱處清朝屢興文字獄之世，友輩多人遭受殘害，自己亦知「客到須藏草，詩多行路難」（雜感），但他不畏威脅迫害，仍繼續在他的詩中，將這種事實，一一反映出來。由此可知，陳忱是一位具有非常強烈的愛國心，及民族氣節的人。所以對於諸多遭受迫害的無辜者，他致以哀憐及關懷；對於清朝統治者，他亦予以正義之制裁。進而逼眞的述說當時故國亡滅——「覆巢毀卵眞難堪」的客觀事實。

驚隱詩社在當時也和其他大江南北詩社一樣，其社友或積極響應海上義師，或蓄志密謀，作恢復之事業。〔註39〕雖然後來不得不解散，但社友仍等待適當之時機，再圖義舉。陳忱亦深受影響，因而潛心著述，力圖恢復。於是藉著《水滸後傳》一書，以砥礪氣節，發抒理想，並昭示世人。在剩餘的梁山泊諸人身上，他看到了眞正的草澤英雄，在海外的暹羅國，他更看到了明室復興的新希望。而這也就是陳忱寫作《水滸後傳》一書的苦心孤詣。

# 第二節 版 本

## 一、成書經過

《水滸後傳》成書之年代，陳忱採用托古手法，稱之爲「古宋遺民」著，並云：「至遺民不知何許人，以時考之，當去施、羅之世未遠，或與之同時，

---

〔註38〕同註16。
〔註39〕同註16。

不相為下，亦未可知。元人以塡詞小說為事，當時風氣如此。」〔註 40〕陳忱首先即虛構一位與施耐庵、羅貫中之世未遠，或同時之作者，欲使不明底細之人，相信此書為一元人之作品。然而清去元之世已遠，三百年前之一部小說何以能完整無損保存著，又何以能為人發現，此均須周詳解釋，方能自圓其說。因而陳忱又運用「紬繹」與「證訂」之法，又云：「而此稿近三百年無一知者，聞向藏括蒼民家，又遭儈父改竄，幾不可句讀。余懸重價久而得之，細加紬繹，匯訂成編，倘遇有心人，剞劂傳世，定勿使施、羅耑美於前也。」〔註 41〕此玄虛奧妙之說法，令人頓起疑心，難以相信其真實性，尤其《水滸後傳》卷首之序文有「萬曆戊申秋杪雁宕山樵譔」〔註 42〕等字，即把陳忱之托古手法暴露無遺。按萬曆戊申即萬曆三十六年（西元 1608 年），而陳忱則生於萬曆四十一年（西元 1613 年），可知此種假托手法，有其用意存在。

從明末清初之時代背景觀之，陳忱對於《水滸後傳》採托古手法，實與當時禁燬《水滸傳》一書有關。蓋因明末流賊四處作亂，烽火遍地，亦有占聚梁山泊，作為叛亂之根據地者，朝廷以為此乃《水滸傳》一書，傳佈反叛之思想，故於明崇禎十五年六月，嚴禁「滸傳令」〔註 43〕中，嚴飭「山東府道有司，勒石清地，務令降丁各集里甲，勿使仍前占聚」；又令「各省直巡按及王城御史，凡坊間家藏《滸傳》並原版，盡令速行燒毀，不許隱匿」。入清之後，雖禁燬《水滸傳》令，於清高宗乾隆十八年頒布，然清初為鎮壓明末遺民及有志之士之反抗，於是大興文字獄，其受株連之廣之多，可謂空前。而陳忱所參與之「驚隱詩社」，亦有受史案株連，竟至於同社之詩友，也因此事而罹難，故陳忱之《水滸後傳》，即寓有不滿清朝之統治，及反清復明之企望。更透過情節與人物，將故國之思和亡國之恨，明顯地反映出來。陳忱乃煞費心思，採用了此種托古手法。

考陳忱〈九歌〉詩中，有「我今潦倒垂半百……草澤自有真英雄」等句，及清康熙甲辰陳氏原刻本《水滸後傳》序，〔註 44〕得知：《水滸後傳》乃陳忱

〔註 40〕陳忱著《水滸後傳》八卷四十回本卷首「論略」。清・紹裕堂刊本。美國哈佛大學漢和圖書館藏本微卷。西元 1988 年 10 月。

〔註 41〕同註 40。

〔註 42〕同註 40《水滸後傳》卷首序文。清・紹裕堂刊本。

〔註 43〕陳周昌著〈略論《水滸後傳》的作者陳忱〉一文。引東北圖書館編《明清內閣大藏史料》上冊。見《明清小說研究》第一輯。頁 323。北京中國文聯出版公司。西元 1985 年 8 月。

〔註 44〕同註 43。頁 313：「清康熙甲辰陳氏原刻本《水滸後傳》之序文，乃「劉修業

五十歲時之作品，其自序云：

> 必其垂老奇窮，顛連痼疾，孤煢絕後，而短褐不完，藜藿不繼，屢
> 憎於人，思沈湘蹈海而死，必非紆青拖紫，策堅乘肥，左娥右綠，
> 阿堵堆塞，飽饜酒肉之徒，能措一辭也。〔註45〕

由上可知，陳忱乃「白髮孤燈續舊編」（《水滸後傳》引首長詩，清·紹裕堂刊本），他在寫作此書時，已「垂老奇窮，顛連痼疾，孤煢絕後」。所謂「垂老」，當指已進入五十之齡，此時他疾病纏身，難以治癒，孤苦零丁，苦度歲月。此種生活境遇，就一熟讀經史、學識淵博之學者與作家而言，可謂難堪至極，因而他興起「窮愁潦倒，滿眼牢騷，胸中塊磊，無酒可澆」〔註46〕之感慨，遂將「牢騷」與「撩抑不平之氣」，凝聚筆端，抒發出來，此即是他深沈故國之思與亡國之恨。

《水滸後傳》刊刻於康熙甲辰，陳忱於付梓之前，亦自寫序文。〔註47〕按康熙甲辰爲康熙三年（西元 1664 年），此時雖然貧病交加，生活窮苦，但陳忱始終頑強度過，因而「窮餓以終」。

## 二、版　本

　　《水滸後傳》的舊刊版本，目前所知，見於著錄的只有兩種。〔註48〕此兩種版本，在文字上有不同之處：一是陳忱原著的八卷四十回本，每卷五回。一是清乾隆三十五年，蔡奡（元放）批評的十卷四十回本，每卷改成四回。

　　陳忱的原刊本，最早刊於清康熙三年。序文只有一篇，即〈宋遺民原序〉。此序文之大意，在指責宋江爲「盜蹠之後身」，雖然「替天行道」，但多「假仁假義」，因此「不保其身」。這種結果，是宋江自取的，是不能怪罪別人。而剩餘的水滸英雄，無一人是黑旋風、魯提轄、武行者，也「皆如宋江之假仁假義」，所以在國家將亡之時，也不能「擴清中原之亂臣賊子，而挽頹波於末世」。這種觀點，顯然與《後傳》中，褒揚頌讚英雄們能「忠義兩全」，表現民族氣節之主旨，完全相反。後來之刊本，不載此一序文，而另置一篇，

　　　　據法國巴黎圖書館藏本抄件」而來。
〔註45〕同註42。
〔註46〕同註42。
〔註47〕「序文」的問題，詳見本論文二、「版本」一文。
〔註48〕孫楷第著《中國通俗小說書目》，臺北：廣雅出版有限公司。西元 1983 年 10 月。
　　　　大塚秀高著《增補中國通俗小說書目》，日本：汲古書院，西元 1987 年 5 月。

稱爲〈《水滸後傳》序〉，末了並題「萬曆戊申秋杪鴈宕山樵譔」，又加上六十六條的論略。此一序文，在說明作者著書之本意，因「窮困潦倒，滿眼牢騷」，故借水滸殘局，來抒發胸中塊磊。並表明自己是「肝腸如雪，秉志忠貞，不甘阿附」的人。因而這部書是「傲慢寓謙和，隱諷兼正規」，並非要故意漫然罵人。這個論點，正符合了此書之主旨。

同一本書，爲何會有二篇意義完全相反的序文呢？可能是原刊本最早刊刻於清康熙三年，而在康熙二年，正好發生了一件牽連百餘人的文字獄，即「莊廷鑨史案」。〔註49〕此獄始於順治十八年，至康熙二年判決，〔註50〕而陳忱參加的「驚隱詩社」中，社友如：吳炎、潘檉章等人，也遭遇了這場浩劫。後來，因此案株連甚廣，同社詩友有罹難的，驚隱詩社也就在康熙三年解放了。〔註51〕由於文字獄之餘波未止，因此陳忱作了與《後傳》主旨相反的序文，並稱爲〈宋遺民原序〉。後來此書重新刊刻，陳忱捨棄〈宋遺民原序〉，而另作一篇與原書立意相同的〈《水滸後傳》序〉，並題上自己的名字——萬曆戊申秋杪鴈宕山樵譔，再加上六十六條論略。或者，〈宋遺民原序〉是別人作的，並非陳忱所作。因目前無確實之證據，故不能斷眞正的作者是誰。

陳忱八卷四十回本之版本，有以下幾種：

### 1. 清康熙三年刊本——英國博物館、日本早稻田大學藏

無圖。半葉九行，行二十一字。版心下題「元人遺本」。卷首並有「康熙甲辰仲秋鑴」字樣。〔註52〕康熙甲辰爲康熙三年，此康熙三年之刊本，應爲最早之刊本。此刊本有一序文，題〈宋遺民原序〉。〔註53〕

### 2. 日本天理大學圖書館節山文庫藏本

刊者不詳。正文前面有〈宋遺民原序〉，卷一開頭題「古宋遺民著　鴈宕山樵評」。

---

〔註49〕謝國楨著，《明清之際黨社運動考》，頁 211。臺北：商務印書館。西元 1978年 2 月。

〔註50〕同註41，頁 212。

〔註51〕沈彤著，《震澤縣志》收於汪曰楨著，《南潯鎮志》志卅六，清咸豐九年（西元 1859 年）刊本。史語所。

〔註52〕同註40。大塚秀高著，《增補中國通俗小說書目》，頁 161：「清康熙三年刊本」。

〔註53〕同註43。另，臺北：里仁書局編的《水滸資料彙編》（西元 1981 年 7 月出版）一書頁 61，亦載有劉修業所稱的「《水滸後傳》原序」之序文，據此序文，與三多齋刊本之〈宋遺民原序〉，及天理圖書館藏本之〈宋遺民原序〉作一對照，則實爲同一文。故劉修業所稱之〈《水滸後傳》原序〉，應更改爲〈宋遺民原序〉。

本文版面，長十八點五公分，寬十三公分。半葉九行，行二十字。版心上部爲書名，魚尾下寫卷數、回數。版心下有「元人遺本」字樣。每回版面上有眉批。各回終了有評語，如第一回之評語：石碣村若不近梁山泊，阮小七未必去祭奠云云。

此版本之封面已佚，存第一至第三十八回。第三十八回末尾、三十九、四十回均缺。

3. 三多齋刊本——上海師範學院、東京大學東洋文化研究所倉石文庫、天理圖書館藏

此刊本共有四冊，刊年不詳。封面中央題「《水滸後傳》」四個大字。右上角寫「古宋遺民著」。左下角有「三多齋梓行」五字。上欄外題「鴈巖山樵評」。在左下角有一朱印，上寫「羊城十八甫　機器書局　森寶閣發兌」字樣。第一冊卷首，有〈宋遺民原序〉之序文。本文版面，長十九點七公分，寬十三點五公分。半葉十三行，行三十字。其他的版式及眉批，均與天理圖書館節山文庫所藏之版本相同。

4. 紹裕堂刊本——分爲無圖、有圖兩種

（1）無圖——北京大學、東京大學文學部、東京文理大學、筑波大學藏

版心下題「元人遺本」，卷首有「《水滸後傳》」序，題「萬曆戊申鴈宕山樵譔」。封面有「秣陵蔡元放批評繡像」字樣。卷八末題「紹裕堂新刻《水滸後傳》八卷終」等字。半葉九行，行二十字。北京大學之藏本，有封面。版心下有「元人遺本」之文字。此四字應爲補刻上去的，可能是蔡元放批評之十卷本刊行後，書商用古版刻成，再附加上去的。〔註54〕

（2）有圖——戴不凡、美國哈佛大學燕京學社漢和圖書館、中國社會科學院文學研究所藏

封面題「繡像水滸後傳」，卷首有「《水滸後傳》序」，序文末題「萬曆戊申秋杪　鴈宕山樵譔」。並有「論略」六十六條，末尾題「樵餘偶識」。圖像有十二頁，共二十四圖，亦置於卷首。卷一題「古宋遺民著　鴈宕山樵譔」。每回回末亦有評語，如：第四回：古云貌陋心險，杜興竟不其然信乎，等等。卷八末有「紹裕堂新刻《水滸後傳》八卷終」字樣。

本文版面，版心上部爲書名，魚尾下寫卷數、回數。半葉十二行，行二

〔註54〕大塚秀高著，《增補中國通俗小說書目》，頁161「紹裕堂刊本」（無圖）。

十八字。

另外，中國社會科學院文學研究所，藏有二本，其中一本，圖樣只存八葉。版式亦爲半葉十二行，行二十八字。刊者未詳，因爲封面已被削去。但是第四十回末二葉，爲後來所補刻，成爲半葉十二行，行三十字。另一本未見，可能是紹裕堂刊本。

民國建立後，各書局陸續出版了排印本，〔註55〕分別是：

（1）《水滸後傳》不分卷四十回──上海亞東圖書館

本書全名爲《水滸續集》，民國十三年二月初版。分爲上、下二卷，上卷爲「征四寇」，摘取一百十五回本《水滸傳》（即《英雄譜》）中，第六十七回以後之部分，共計四十九回。〔註56〕下卷則爲《水滸後傳》，卷首有胡適〈水滸續集兩種序〉一文。在第四十四回之後，加上鴈宕山樵之《水滸後傳》序，以及摘錄六十六條「論略」中，首尾各二條之文。

此排印本是以八卷四十回本爲底本，但校點者汪原放、章希品對於原版本，在某些地方，有加以增削，最主要的有四處：

（一）第四回──削去敘述馮舍人與趙玉娥情事之韻文，自「淫心久熾」至「情波汎溢沒藍橋」，共計八十八字。

（二）第二十三回──姚平仲本率領二萬雄兵，攻打駝牟岡之金營，但最後盡皆陷沒，只剩得一人一騎，於是往青城山尋仙訪道。原文爲：「至孝宗年間……范成大……在青城山遇著姚平仲……跨著青騾……如飛而去。蓋眞得道者，有古風一篇紀其異云」。校點者接此句後，加上一首詩做爲補充。此詩乃引自《宣和遺事》中，載有姚平仲一事，陸放翁爲此而題之「青城山上清宮」壁詩，此詩云：「造物困豪傑，意將使有爲。……金骨換綠髓，欻然松杪飛」。陸放翁詩集《劍南詩稿》卷七，亦載有此詩。

（三）第四十回──李俊欲建一壇羅天大醮，報答神明，追薦宋公明等，於是「殿上擺設得十分莊嚴」。校點者在此句話，加上「至啓醮，這日公孫勝主壇，披錦襴鶴氅，星冠象簡，一日三朝，焚符誦咒，

〔註55〕鳥居久靖著，《水滸後傳覺之書》一文。載日本天理學報第四十八期（天理教教組八十年祭紀念特集第二分冊）。西元 1961 年 1 月。

〔註56〕胡適著，《胡適文存》第二集，〈水滸續集兩種序〉一文，臺北：遠東圖書公司，西元 1985 年 1 月。

　　道眾諷經禮懺」。共計三十三字。此三十三字，是採用蔡元放的十卷四十回本中的文字，加以補上的。

（四）第四十回——敘述高麗王到丹霞宮，拜公孫勝為師之情形，校點者前後也增加了約四十字之多。

　　至於其他部分，只作了一、二字小小的改動，限於篇幅，不能一一列出。

（2）《水滸後傳》不分卷四十回——上海大達圖書公司

　　本書於民國二十三年三月初版。封面題《水滸續集》。卷首有署名「朱太忙」簡介之文章，並有鴈宕山樵之《《水滸後傳》序》及〈論略〉。增刪之部分，與亞東本相同。

（3）《水滸後傳》不分卷三十五回——北京寶文堂書店

　　一九五五年十一月刊行，分上、下兩冊。前有「出版者的話」，認為本書自三十五回後，內容有崇拜皇帝的思想、荒唐迷這的封建思想，以及淫穢的描寫，這些對於讀者是有害的，因而予以刪節。故從第三十回後，便加以更改。而每回均有名詞、故事、難語句的註解。

　　今將前述之舊刊本，其版面、行數、版心，以及序文、圖像，做一圖表如下，由於資料無法收集齊全，故而只能做簡單的介紹。

### 《水滸後傳》八卷四十回舊刊本簡介

| 刊本項目 | 康熙三年刊本 | 天理圖書館節山文庫藏本 | 三多齋刊本 | 紹裕堂刊本（無圖） | 紹裕堂刊本（有圖） |
|---|---|---|---|---|---|
| 版面 | 未詳〔註57〕 | 長十八點五公分、寬十三公分 | 長十九點七公分、寬十三點五公分 | 未詳〔註58〕 | 未詳〔註59〕 |
| 行數 | 半葉九行，行二十字 | 半葉九行，行二十字 | 半葉十三行，行三十字 | 半葉十二行，行二十八字 | 半葉十二行，行二十八字 |
| 版心 | 題「元人遺本」 | 題「元人遺本」 | 題「元人遺本」 | 題「元人遺本」 | 無 |
| 序文 | 宋遺民原序 | 宋遺民原序 | 宋遺民原序 | （萬曆戊申鴈宕山樵）《水滸後傳》序 | （萬曆戊申鴈宕山樵）《水滸後傳》序 |

〔註57〕曾透過各種管道，想進入日本早稻田大學圖書館閱覽此一版本，該圖書館均婉拒。他日若有機會，必親至此館，詳加研究。

〔註58〕所遭遇之情形，與早稻田大學圖書館同。

〔註59〕此版本為微縮膠卷，故無法正確計算出。

| 圖像 | 無 | 無 | 無 | 無 | 有十二葉共二十四圖 |
|---|---|---|---|---|---|
| 眉批 | 未詳 | 有 | 有 | 無 | 無 |

　　陳忱原書，雖因刊刻系統之不同，而分別有兩篇序文，但是此二篇序文，在後來的刊本中很可能把它們放在一起，也許這兩篇序文，在較早的刊本裏，是並存的。日本著名的小說家瀧澤馬琴，（西元 1767～1848 年），在他所著的《半閒窗談》一書中云：

> 著作堂主人云，（陳忱）原本八卷，蔡嚣釐爲十卷。明萬曆戊申秋、鴈宕山樵自序並古宋遺民僞序有之。蔡嚣重刻時，削去舊序二編而附載自己序文。是故使原本開鑴歲月泯滅不傳，此可憾也。〔註60〕

瀧澤馬琴也曾見到兩篇序文，同刊於一個版本中。或許後來的書商，便將兩篇序文分開，所以形成一個版本只刊載一種序文的情形了。

　　及至清人蔡嚣，便將陳忱原本的八卷四十回，改爲十卷四十回。蔡嚣，字「元放」，號「野雲主人」。〔註61〕此本經改訂後，回目及文字，均和陳忱原本不同。其不同之處，最主要的有兩點：

　　（1）原本每卷五回，全書八卷共四十回。蔡元放改爲每卷四回，全書十卷共四十回。

　　（2）原本有〈宋遺民原序〉、鴈宕山樵之《《水滸後傳》序》，以及〈論略〉六十六條。蔡元放完全削去，而改爲自己寫的「序文」及「讀法」。

　　今將陳忱原本中的卷數及回目，與蔡元放的改訂本，作一對照表如下：

### 陳忱八卷四十回本，與蔡元放十卷四十回本，卷數及回目對照表

| 陳忱八卷四十回本 | 蔡元放十卷四十回本 |
|---|---|
| 卷之一　第一回<br>阮統制感舊梁山泊　張別駕激變石碣村 | 卷之一　第一回<br>阮統制梁山感舊　張幹辦湖泊尋災 |
| 第二回<br>毛孔目橫吞海貨　顧大嫂直斬豪家 | 第二回<br>毛孔目橫吞海貨　顧大嫂直斬豪家 |
| 第三回<br>病尉遲閒住受餘殃　欒廷玉失機同入夥 | 第三回<br>病尉遲閒住遭殃　欒廷玉失機入夥 |

〔註60〕　同註55。
〔註61〕　同註48。孫楷第著，《中國通俗小說書目》，頁30，卷二。

| | |
|---|---|
| 第四回<br>鬼臉兒寄書罹重禍　趙玉娥錯配遇多情 | 第四回<br>鬼臉兒寄書罹禍　趙玉娥衒色招奸 |
| 第五回<br>老管營少妾殺命　撲天雕舊僕株連 | 卷之二<br>第五回<br>老管營蹇遭橫死　撲天鵰冤被拘囚 |
| 卷之二<br>第六回<br>飲馬川群英興舊業　虎峪寨鬭法辱黃冠 | 第六回<br>飲馬川李應重興　虎峪寨魔王鬭法 |
| 第七回<br>李良嗣條陳因賜姓　鐵叫子避難暫耕名 | 第七回<br>李良嗣條陳賜姓　鐵叫子避難更名 |
| 第八回<br>燕子磯玉貌惹奇殃　寶帶橋金蘭逢故友 | 第八回<br>萬柳莊玉貌遭殃　寶帶橋節孀遇故 |
| 第九回<br>混江龍賞雪受祥符　巴山蛇截湖徵重稅 | 卷之三<br>第九回<br>混江龍賞雪受祥符　巴山蛇截湖徵重稅 |
| 第十回<br>墨吏貪贓賠錢縱獄　豪紳聚歛加利償民 | 第十回<br>墨吏賠錢受辱　豪紳斂略傾家 |
| 卷之三<br>第十一回<br>駕長風群雄開霸業　射鯨魚一箭顯家傳 | 第十一回<br>駕長風群雄圖遠略　射鯨魚一箭顯家傳 |
| 第十二回<br>金鰲島興兵圖遠略　暹羅國危困乞和親 | 第十二回<br>金鰲島開基珍暴　暹羅國被困和親 |
| 第十三回<br>翻海舶天涯遇知己　換良方相府藥佳人 | 卷之四<br>第十三回<br>救水厄天涯逢故人　換良方相府藥佳人 |
| 第十四回<br>安太醫遭讒先避跡　聞參謀高隱款名賢 | 第十四回<br>安太醫遭讒避跡　聞參謀高隱留賓 |
| 第十五回<br>大征戰耶律淳奔潰　小割裂左企弓獻詩 | 第十五回<br>大征戰耶律奔潰　小割裂企弓獻詩 |
| 卷之四<br>第十六回<br>潯陽江悶和酒樓詩　柳塘灣快除雪舟恨 | 第十六回<br>潯陽樓感舊題詞　柳塘灣除兇報怨 |
| 第十七回<br>穆春血濺双峰廟　扈成計敗三路兵 | 卷之五<br>第十七回<br>穆春喋血双峰廟　扈成計敗三路兵 |

| | | | |
|---|---|---|---|
| 第十八回<br>鎮三山遭冤入登雲　焦面鬼謀妻落枯井 | | 第十八回<br>黃統制遭枉歸山　焦面鬼謀妻落井 | |
| 第十九回<br>啓兵端輕納平州城　逞神力奪轉唐猊甲 | | 第十九回<br>納平州王豳招兵　逐強徒徐晟奪甲 | |
| 第二十回<br>呼延灼父子透重圍　美髯公良朋解險厄 | | 第二十回<br>賣楊劉汪豹累呼延　失保定朱全投飲馬 | |
| 卷之五 | | 卷之六 | |
| 第二十一回<br>撲天鵰火燒萬慶寺　小旋風冤困滄州牢 | | 第二十一回<br>李應火燒萬慶寺　柴進仇陷滄州牢 | |
| 第二十二回<br>破滄州豪傑重逢　困汴京奸雄遠竄 | | 第二十二回<br>破滄州義友重逢　困汴京奸臣遠竄 | |
| 第二十三回<br>跨青騾英雄尋退步　演六甲兒戲陷神京 | | 第二十三回<br>喪三軍將材離火宅　演六甲兒戲陷神京 | |
| 第二十四回<br>換青衣二帝慘蒙塵　獻黃柑孤臣完大義 | | 第二十四回<br>獻青子草野全忠　贖難人石交仗義 | |
| 第二十五回<br>野狐舖正言折王進　大明府巧計救關勝 | | 卷之七<br>第二十五回<br>折王進小乙逞雄談　救關勝大名施巧計 | |
| 卷之六 | | | |
| 第二十六回<br>小相逢古殿話新愁　大征戰松坡獲全勝 | | 第二十六回<br>逢天巧荒殿延英　發地雷寺基殲賊 | |
| 第二十七回<br>渡黃河叛臣因授首　進鴆酒狹路巧相逢 | | 第二十七回<br>渡黃河叛臣顯戮　贈鴆酒奸黨凶終 | |
| 第二十八回<br>橫衝營良馬識故主　靖忠廟養卒奉英靈 | | 第二十八回<br>橫衝營良馬歸故主　郿城店小盜識新英 | |
| 第二十九回<br>還道村法斬郭道士　紫髯伯術護美髯公 | | 卷之八<br>第二十九回<br>還道村兵擒郭道士　紫髯伯義護美髯公 | |
| 第三十回<br>陰陽設計鐵扇離殃　南北兩寨金鰲聚義 | | 第三十回<br>聚登雲兩寨朝宗　同泛海群雄辟地 | |
| 卷之七 | | | |
| 第三十一回<br>馬國主遊春逢羽客　共丞相訪道遇番僧 | | 第三十一回<br>國主遊春逢羽客　共濤謀逆遇番僧 | |
| 第三十二回<br>慶生辰龍舟觀競渡　簒寶位綺席進霞丹 | | 第三十二回<br>慶生辰龍舟觀競渡　簒寶位綺席進霞丹 | |

| | 卷之九 |
|---|---|
| 第三十三回<br>薩頭陀役鬼燒海舶　混江龍誓志守孤城 | 第三十三回<br>頭陀役鬼燒海舶　李俊誓志守孤城 |
| 第三十四回<br>大復仇二兇同授首　權統攝傑士盡歸心 | 第三十四回<br>大復仇二兇授首　議嗣統眾傑歸心 |
| 第三十五回<br>日本國借兵生釁　青霓島煽亂興師 | 第三十五回<br>日本國借兵構釁　青霓島煽亂殲師 |
| 卷之八<br>第三十六回<br>振國威勝算平三島　建奇功異物貢遐方 | 第三十六回<br>振國威勝算平三島　建奇功異物貢遐方 |
| 第三十七回<br>徐神翁詩驗金鰲島　宋高宗駕困牡蠣灘 | 卷之十<br>第三十七回<br>金鰲島仙客題詩　牡蠣灘忠臣救駕 |
| 第三十八回<br>武行者敘舊六和塔　宿太尉敕封暹羅王 | 第三十八回<br>武行者僧房敘舊　宿太尉海國封王 |
| 第三十九回<br>丹霞宮三真修靜業　金鑾殿四美結良緣 | 第三十九回<br>丹霞宮三真修靜業　金鑾殿四美結良緣 |
| 第四十回<br>大聚會弟兄同宴樂　好結果君臣共賦詩 | 第四十回<br>薦故觀燈同宴樂　賦詩演戲大團圓 |

　　蔡元放之十卷本，最早刊於清乾隆三十五年，也分成「有圖」、「無圖」兩種，〔註62〕以後陸續有其他刊本。茲分述如下：

### 1. 清乾隆三十五年序刊本——有圖

　　書名為《繡像《水滸後傳》》。有圖十二葉。行格為半葉九行，行二十五字。

### 2. 乾隆三十五年序刊本——無圖

　　封面中間題「重訂《水滸後傳》」六個大字，右側上寫著「秣陵蔡元放批評」。卷首有「評刻《水滸後傳》敘」、「讀法」及「目錄」，大要如下：

　　（1）敘文——「太上立德，其次立功，其次立言。斯三者皆亙古而不朽者也……彰癉勸懲之旨也夫」。共計八百四十二字。末尾題「大清乾隆三十五年歲次庚寅、金陵憨客蔡昴元放甫題于野雲之支瞬居中」等字。

　　（2）讀法——開頭即寫「《水滸後傳》卷首　金陵憨客野雲主人外書」。共計四十條。行格為半葉九行，每行二十四字。

　　（3）目錄——前寫「古宋遺民著　鴈宕山樵評」，將陳忱原來之文字，

---

〔註62〕同註48。大塚秀高著，《增補中國通俗小說書目》。及島居久靖著，《水滸後傳覺之書》一文。

加以修改。並且每卷改爲四回，十卷共計四十回。

　　本文版面，長二十二點五公分，寬十五點五公分。每卷卷首，均題「古宋遺民鴈宕山樵編輯」「金陵憨客野雲主人評定」兩行字，並排整齊。行格爲半葉九行，行二十五字。並有行間註，均爲雙行並排。每回回目後正文前，均有評語。

　　3. 乾隆三十五年序刊本——木活字本

　　無圖。半葉十一行，每行二十七字。爲小字本。

　　4. 不分卷四十回——申報館排印本

　　日本天理圖書館，節山文庫藏本。刊於清光緒三年（西元 1877 年）仲春，爲十冊的小型本。卷首前有蔡元放敘、目錄及讀法。版面長寬度及每卷首之題字、每回正文前之評語等，均與乾隆三十五年之序刊本（無圖）相同。

　　行格爲半葉十一行，行二十七字。

　　5. 不分卷四十回——大道堂刊本

　　刊於清光緒五年（西元 1879 年）。封面題「秣陵蔡元放批評」「大道堂梓」。首頁有「姑蘇原板」的篆文圖章。此書大概在江蘇刊刻的。

　　6. 不分卷四十回——上海、上海古籍文學出版社排印本

　　此書刊於西元一九五六年。以光緒三年申報館排印本爲底本，並參校光緒五年大道堂之刊本。

　　7. 不分卷四十回——臺北、世界書局排印本

　　此書爲民國五十二年（西元 1963 年）一月版。編入《中國通俗小說名著》中。

　　蔡昇修改陳忱原本之後的十卷四十回本，除回目、序文、讀法、評語等項目，已如前述。另外，最重要的地方，則在「文字」這一部分，今採用兩個版本，作一比較，此二版本，分別是：

　　（1）陳忱八卷四十回本——紹裕堂刊本。封面題《繡像《水滸後傳》》，有圖像十二葉，共二十四圖。版心上題「《水滸後傳》」，單魚尾，白口，四周單欄，字體爲橫輕豎重的「匠體字」。半葉十二行，行二十八字。本書爲美國哈佛大學燕京學社、漢和圖書館藏本。

　　（2）蔡昇批評十卷四十回本——臺北、天一出版社。據國立臺灣大學圖書館所藏，清乾隆三十五年大字圈點刊本景印。民國六十四年六月出版。

　　無圖。版心上題「《水滸後傳》」，單魚尾，白口，四周單欄，字體亦爲橫輕豎重的「匠體字」。半葉九行，行二十五字。

　　兩個版本經校對後，得知蔡元放之十卷本，其文字有修改、減少、增加、以及文句調換等情形。而大幅度更動的地方，有第八、十一、二十八、三十、三十一、三十四、三十五、四十等八回。其他的只是字句或多或少的變動而已。今舉幾例，如下表。又，陳忱八卷四十回本，簡稱爲「陳本」，蔡元放十卷四十回本，簡稱爲「蔡本」。

一、文字減少

| 第八回 | 陳本 | 笙歌鼎沸，遠遠望去，宛如一隻燕子撲在江面，遊人不絕，題詠極多。但見山摯（勢）玲瓏，石上都裝螺子黛。苔痕鮮媚，路旁盡貼翠花鈿。下廠萬里長江，遠縈若帶。上倚千里高嶂，近列如屏。遠遠見龍城鳳闕，茫茫吐海市蜃樓。香車寶馬往來，士女賽神仙。酒肆茶坊囉列，珍饈誇富貴。 |
|---|---|---|
| | 蔡本 | 笙歌鼎沸，庄邊緊靠城河，四路舟車，有求（往來）熱鬧。 |
| 第八十二回 | 陳本 | 便是段景住西番得來的照夜玉獅子。被曾頭市奪去，與教師史文恭曾坐。後來盧俊義殺了史文恭，那照夜獅子，宋公明極其愛他。 |
| | 蔡本 | 是段景住在西番得來的照夜玉獅子。宋公明極其愛他。 |

二、文字增加

| 第三十回 | 陳本 | 我們身邊這一包銀子，不消還了，鄆哥可拿去零碎使用。 |
|---|---|---|
| | 蔡本 | 我們身邊的那一包銀子，都用完了嗎？鄆哥道：久已用完了。前日賷發山上眾人還不勾，及後進濟州，各項使費，倉卒中不好煩絮小將軍，是小人有日前積下的幾十兩銀子，打算討一房妻小用的，都添上使了。呼延鈺道：既如此，先與你一百銀子，作零碎使用，如今既隨我去，將來在我身上，還你一房妻小便了。 |
| 第三十一回 | 陳本 | 大凡忠臣爲朝廷幹功立業，本必天神來祐。奸權圖謀社稷，反有惡魔相助 |
| | 蔡本 | 看官們聽著：大凡一代開基創業之君，天必生一般奇材異能之人扶助，就是那草寇擾亂江山，權奸圖謀篡弒，也必定有幾個凶魔惡煞，做了羽翼，方纔鬧得起來，這是自然之理數也。 |

### 三、文句調換

| 第十一回 | 陳本 | 有一百匹戰馬，牛羊成群。 李俊自稱征東大元帥，一應曉諭，用大宋宣和年號，出榜安撫居民。……百姓盡皆感仰。當下祭天地，大排筵宴慶賀。正飲酒之間，只見守隘口軍士，解兩名蠻女來。 |
|---|---|---|
| | 蔡本 | 有一百匹戰馬，牛羊成群。 李俊等大喜，當下祭賽天地，大排筵宴慶賀。正飲酒之間，只見守隘口軍士，解兩名蠻女來。……次日起來，李俊自稱征東大元帥，一應曉諭，用大宋宣和年號出榜安撫居民。 |
| 第三十五回 | 陳本 | 革鵬道：一言為定，我就去日本借兵，你三島准備器械船隻，剋日取齊，不可遲悞，當下歃血定盟，革鵬竟取路到日本。 |
| | 蔡本 | 那日本國，在大海島中，……又名倭國。十二州共有十萬雄兵，虎踞海外。那倭王鷙戾不仁，黷貨無厭。高麗國與他附近，常過去搶直（奪）。……革鵬道：一言為定，你三島准備器械船隻，剋日取齊，不可遲悞。當下歃血定盟，只候日本兵到不題。 |

### 四、文字修改

| 第三十四回 | 陳本 | 李俊把兵屯住，各城門下守獲薩頭陀「要患之緊。分付畢，同眾將入官朝見。國母謙謝收復之晚。幸中國諸將軍來到，方纔破得，國母致謝道，逆臣悖亂，國王宴駕，蒙大將軍、各位將軍，盡心竭力，始得雪恨。高將軍先入城來，足見忠貞，大將軍另加重賞。李俊等亂出，將丞相府改作元帥府，請各位住下」。第三日，清水澳諸人到了。 |
|---|---|---|
| | 蔡本 | （各城門守定，捱門搜緝）薩頭陀「不題。卻說李俊把兵分屯各門，同眾將入城，將丞相府改做元帥府，與眾人權且住下。使花逢春入宮致意候安。蕭妃叫請大將軍相見，面謝。次日，花逢春引了李俊進朝，蕭妃先已在殿上，西邊垂簾，請李俊在東邊，蕭妃在簾內說道：逆臣悖亂，國主宴駕，……那二件事，明日舉行，公孫勝等去了。」第三日，清水澳諸人到了。 |
| 比　較 | | (1) 陳本原文，自「薩頭陀」以下，至「請各位住下」，共計一百字。<br>(2) 蔡本修改後，自「薩頭陀」以下，至「公孫勝等去了」，共計六百五十四字。 |
| 第四十回 | 陳本 | 柴進繙了幾頁，「見有水滸記，問是頭什麼故事，那副末稟道，此是千歲與各位爺的，出處是周美成學士填詞。國主道：我們所做的事，難道就有戲文演他？梨園道：恐內中不便，小的們不敢。國主道：何妨。……先是吏巾圓領宋公明登場， |

| | | |
|---|---|---|
| | | 到智取生辰槓，阮小七不覺指手劃腳起來。宋公醉歸後，是怒殺閻婆借，國主拍案道：那淫婦該殺。演至江州劫法場，戴宗道：我那時已是死數了，不料尚有今日。……直演到宋公明衣錦還鄉。柴進道：虧他情節件件做到，回想起來，真是一夢，再有誰人把後本接上，我們今日同賞元宵，是大團圓了」。正是歡娛嫌夜短。 |
| | 蔡本 | 柴進與李俊繙了幾頁，「原要點一本邯鄲夢傳，卻見戲目上有個定海記，問是甚麼故事，那副末稟道：此是虬髯公下海，在扶餘國封王故事，是周美成學士填詞。國主道：我們所做的事，正有些與虬髯公相似，就演他罷。優人開了場，演出虬髯公路見不平，救了被難的父女兩個。李俊道：這虬髯公便是與我們一般的義氣，只是出身比我們正氣些。……演到劉文靜下碁，虬髯公會小秦王，燕青道：前日牡蠣灘救駕，也是遇著真命天子了。……演到虬髯公兵伐扶餘國，殺賊為王，李俊道：這卻比我們直捷許多，不像我們費了許多周喵，眾人大笑。團過圓，國主道：這一本戲，竟像是與我們寫照一般，如何這等相像得緊，也是奇事。大家又飲了幾杯」。正是歡娛嫌夜短。 |
| 比　較 | | (1) 陳本，自「見有水滸記」以下，至「是大團圓」了，共計一百一十九字。<br>(2) 蔡本修改後，自「原要點一本邯鄲夢傳」，至「大家又飲了幾杯」，共計五百六十七字。 |

　　從以上的例子可以看出，陳忱原本的文字，較為遒健簡勁，極為生動，無論是寫人物，或是狀事態，都能貼切妥當，其下筆有如行雲流水，「行於所當行，止於所不可不止」，可謂傳神之至。此外，陳忱也是一位詩人，因此書中的詩句極多，尤其是描繪風景之處，詞句極為優美，處處寫景如畫，令讀者彷彿也置身於其中。而經蔡元放修改後的文字，雖然在意義方面，較陳忱原文為完整，但有些地方極為冗長，令人頗有「畫蛇添足」之感。另一方面，蔡元放又非常主觀的隨意增加、削減文字，甚至調換文句，大幅修改更動文字。如此，一方面影響書中情節的進行，另一方面，也與作者的原意相反，因而時時令讀者也感到厭煩不已。尤其從三十四回以後，幾乎每回的文字、情節，都有大加修改的地方，實有「畫虎不成反類犬」之憾，甚至日人龍澤馬琴，也要說是「不如原本精細有趣」。〔註63〕再者，由於陳忱是明末之遺民，因此書中常常有假借水滸英雄，而表現懷念、稱讚明朝君主的詞句；但是蔡

---

〔註63〕同註55。

元放由於身處清朝，所以不得不把這些具有「思念故明」的思想的文字，加以一一更改。例如第三十四回中，描述宋高宗，由金鰲島乘船回國的情形：

> 皆辭大將軍，放了號砲開洋，只見雲端裡隱隱兩條黃龍，張牙舞爪，迤邐先行。起一陣和風，下幾點微雨。……眾人齊道：聖天子有萬靈呵護。只看兩條黃龍，亦護聖駕而去。

蔡元放改為：

> 皆辭大將軍，登舟放了號砲開洋。海面上起一陣和風，下幾點微雨。……眾人齊道：聖天子有萬靈呵護，此去必然福祚延長。

而最明顯的例子，應為第四十回末，陳忱原文為黎園要演一齣「水滸記」，這齣戲也就要把《前傳》的事，重新再敘述一遍，以表明本書《後傳》，的確是承續《前傳》而作的。而蔡元放若不加以更改的話，則有贊成《後傳》仍是繼承了「官逼民反」主旨的嫌疑。況且，清高宗於乾隆十八年，頒布禁燬《水滸傳》的命令，〔註64〕因而，當陳忱的原文寫著：「……，柴進道：虧他情節件件做到。……」更有鼓勵民眾反抗之意。故而，蔡元放只得把這齣「水滸記」，改為另一齣情節與原來不相干的「定海記」了，更何況扶餘國是在海外，而不在國內。

　　總之，蔡元放修改原文之意，一方面是主觀意識作祟，有賣弄文章之嫌，另一方面，也應與他所處的時代環境，有著密切的關係。

　　本論文採用的紹裕堂刊本，係一微卷，因原書存放年代久遠，故製成膠卷後，有缺頁的地方，分別是第十回、第二十二回，這幾處則無法與蔡元放修改本，作一比較。此外，尚有落字、錯字、文字顛倒的地方，但情形並不嚴重。而蔡元放的本子，也發現有錯字、文字顛倒，只不過是極為少數。

---

〔註64〕同註43。

# 第二章 《水滸後傳》的主題研究

## 第一節 因果報應

在中國傳統的觀念中,深植著一個信念,那就是相信自然或神明的報應。尤其是佛教傳入後,因果報應的觀念,更深入人心。因而一般人更深信「天」(自然或神明)必定遵循著果報的原則,它對於人世間的善行與惡行,功勞與過失,分別給予獎賞或懲罰。這種善有善報,惡有惡報的觀念,就是中國傳統社會關係——「報」的基本模式之一,〔註1〕也是維護人際關係的重要法則。

《前傳》中,宋江及梁山泊英雄,一片忠君愛國之心,招安之後,為朝廷策功建名,東征西討。而征方臘之後,沒於王事者過半,結果卻落得功高而不賞,負屈含冤而死。其餘三十二人,亦皆憂愁放廢而四分五落。此一悲慘結局,實令人扼腕不已。天地人世間最不公平的事,莫過於此了。〔註2〕尤其迫害梁山泊英雄的六賊——蔡京、蔡攸、高俅、童貫、王黼、梁師成,非但沒有得到應得的懲罰,反而依舊欺君罔上,把持朝政,此事令人更覺忿忿不平。《後傳》中,蔡京等「六賊」,對於梁山泊英雄,仍繼續加以仇視、迫害;在朝廷中又嫉賢妒能,陷害忠良,以致金人入侵,汴京失陷。他們實為敗國奸臣,民族罪人,但天道運行有常,無論如何,上天必定遵循還報的原

---

〔註 1〕 楊聯陞著,段昌國譯〈報——中國社會關係的一個基礎〉。見《中國思想制度論集》,頁 358。台北:聯經出版公司。西元 1977 年 8 月。

〔註 2〕 蔡元放批評《重訂《水滸後傳》》卷首「讀法」第一條:「天罡地煞出世一番,并無一個好收成結果,天道人事之不平,孰過于此。」台北:天一出版社。西元 1975 年 6 月。

則，「六賊」既陷害有功於朝廷的梁山泊英雄，最後也會遭受上天的懲罰；況且，神明報應往往與現世報應是攜手合作的，[註3]基於這種理念，作者於是便安排開封府尹所派的勇士王鐵杖，在雍邱驛誅殺王黼、楊戩、梁師成等人。以及李應、燕青等梁山泊英雄，在中牟縣除奸，將四賊（蔡京、蔡攸、高俅、童貫）一一灌以鴆酒，使他們也得到應有的報應。

不僅如此，作者更以鋒利的筆觸，對於那些奸臣賊子、貪官污吏、豪紳惡霸，以及淫僧妖道、流氓無賴等，也都加以無情的揭露和鞭撻，並予以最嚴厲的批判，讓他們受誅伏法，死而後已。例如搶奪扈成貨物的毛太公孫子毛孜，江州的「雙峰三虎」：道士焦若仙、無賴竺大立，以及村中保正袁愛泉等，皆是作惡多端的人，最後也得到悲慘的下場。甚至詐欺人民，危害國家的惡僧妖道，如：林靈素徒弟「郭京」、萬慶寺和尚「曇化」，及暹羅國番僧「薩頭陀」，他們也是死有餘辜的人。因郭京推薦李良嗣，以致與虎結交，引狼入室，開傾覆宋室二百年基礎之端；萬慶寺和尚曇化，則暗蓄尼姑，強占婦女；番僧薩頭陀，則與暹羅國丞相共濤，謀逆篡位。此類僧道，禍國殃民，終究也遭致身亡的命運。由上可知，惡有惡報的因果報應的主題，於此更加的明顯。

其實，《後傳》中有這種懲惡的主旨，實與陳忱所處的時代背景有關。明朝萬曆年間，神宗在政治上，不僅不視朝政，不批答章疏，中外缺官也不加以遞補。[註4]並且喜好財貨，又不知節制的大肆聚斂，以致開啟明朝亡國的禍端。[註5]為了搜刮錢賊，不僅拷掠宦官，[註6]更派遣他們到各處去採辦，[註7]於是這些宦官到處縱橫騷擾，恣意掠奪，天下百姓因而遭到塗炭，[註8]除了極盡搜刮斂財之能事外，神宗日常生活，也極為奢侈，[註9]以致各地的民變、盜賊四處蜂起。明熹宗更為愚昧童蒙，一切政事均委任宦官魏忠賢。魏忠賢廣植黨朋，橫暴無忌，不但掌握政權、軍權，干預朝政，又不斷排斥異己，陷害

---

〔註3〕 同註1，頁363。

〔註4〕 孟森著《明代史》第七章「萬曆之荒怠」，頁292。台北：國立編譯館中華叢書編審委員會出版。西元1979年12月。

〔註5〕 同註4。頁294。

〔註6〕 李光璧著《明朝史略》，頁146。第五章第三節「明皇室的腐朽和官僚機構的癱瘓」。台北：帛書出版社。西元1985年6月。

〔註7〕 同註4。頁295～298。

〔註8〕 同註4。頁295～298。

〔註9〕 清張廷玉等撰《明史》卷二十及卷二十一神宗本紀：「詔取太倉銀充閱陵賞賚」。及「詔取太倉銀籌備諸皇子婚。」台北：鼎文書局。1975年8月。

忠良。〔註 10〕由於熹宗的庸懦，致使「忠良慘禍，億兆離心。」〔註 11〕思宗即位後，雖沈機獨斷，慨然有為，但個性「剛愎自用，卞急多疑」，〔註 12〕又吝於用財，喜好誅戮大臣，不能接納正直之士，入閣者也以卑劣之徒為多。〔註 13〕這種揠苗助長的作風，終於引起大規模的民變，加速明朝的滅亡。

明末政治固由於國君昏惰荒怠而日益混亂，然而，道士的媚君欺眾，也是促成國家綱紀日漸隳壞的原因之一。尤其明世宗，因希冀長生而信奉道教，沈溺於方士之說，〔註 14〕對於道士邵元節、方士陶仲文，甚加禮遇，〔註 15〕雖然引起廷臣的諫諍，卻因此有被削籍、〔註 16〕杖死的。〔註 17〕於是再也無人敢言，反而爭相阿諛諂媚。終世宗一世，因好神仙之說，故信奉道教不懈。〔註 18〕並且，親小人而遠賢臣，使得奸人充斥擅權，以致百餘年富庶治平的基業，逐漸衰微。〔註 19〕此外，光宗也迷信「仙方」之事，終導致身亡。〔註 20〕無怪乎明自世宗、神宗以降，國家綱紀日漸廢弛，雖有剛明英武之君，也難以復振。〔註 21〕總之，國君的沈溺不拔，固然令人感歎，而道士的禍國殃民，實為罪魁禍首，這是無庸置疑的。

「天道福善禍淫」，上天對於人世間的功與過，有罰則必有賞，正如《易經》上所說：「積善之家，必有餘慶。積不善之家，必有餘殃。」擅作威福的「六賊」既已遭受上天的懲罰，而功在朝廷的梁山泊英雄，也必定得到上天的獎賞。故而在《後傳》中，那些剩餘的梁山泊英雄，雖然繼續遭受蔡京等一班奸黨的迫害，但英雄們仍本著仁義忠信之心，及英雄豪傑的才力，平日扶危救困，濟弱鋤強。他們曾把豪紳丨自變貪污的銀子，分給佃戶，賠還魚稅，拯救了太湖的魚民；在敵人入侵，國難當頭的時候，他們也團結一致，

---

〔註 10〕孟森著《明代史》，頁 334～340。第八章「天崇兩朝亂亡之炯鑒」。

〔註 11〕同註 9。卷二十二「熹宗本紀贊」。

〔註 12〕蕭一山著《清代通史》，頁 270。第二編「明清之興替與滿州典制述要」。台北：商務印書館。西元 1967 年 7 月。

〔註 13〕同註 10。頁 377。

〔註 14〕孟森著《明代史》，頁 244。第六章「議禮」。

〔註 15〕同註 14。頁 245、247。

〔註 16〕清張廷玉等撰《明史》卷十八「世宗本紀」二。

〔註 17〕同註 16。卷十七「世宗本紀」一。

〔註 18〕同註 14。頁 250。

〔註 19〕同註 16。卷十八「世宗本紀」贊。

〔註 20〕同註 16。卷二十一「世宗本紀」。

〔註 21〕同註 16。卷二十二「熹宗本紀」贊。

奮勇抗敵，站在最前線的黃河渡口，不斷的打擊敵人。甚至在海外的金鰲島，個個也救駕銘勳，愛國報君。由於英雄們不僅立功，更兼立德，致使他們得以成就另一番轟轟烈烈的偉大事業，在海外終能「大團圓」，而得到善報。如此一來，在「報」的公平原則之下，梁山泊英雄最終的結局，也就是神明報應與現世報應的最好證明。此外，書中所出現的其他小人物，如解救柴進的小牢子吉孚與唐牛兒，改過向善的鄆哥，以及宋江的義僕江忠、王媒婆等人，也都因行善而得到善報。

總之，上天是人類最終的判決者，它給人間世界提供不斷的指示，並且監視著人間的一切事情。因而，「勿以善小而不爲，勿以惡小而爲之」，因爲「善有善報，惡有惡報」，這種因果報應是昭然不爽，不容置疑的。這就是《後傳》一書中，不斷出現的主題旋律之一。

## 第二節　忠義兩全

「正義終必伸張，邪惡必然銷蝕」，這是神明對人間善惡最終的判決，因此那些禍國殃民的蔡京等六賊，終於伏誅而得到惡報。梁山泊英雄也得以海外立國得到善報。這種美滿大團圓的結局，使得英雄們終於能夠忠義兩全，足以百世流芳，而爲後世人的楷模。

《前傳》中，梁山泊英雄雖然想要盡忠於朝廷，以行正義之道。但是當時朝廷皇帝皆昏庸不明，加以奸佞當道，英雄們反而因此而獲罪。所以，「當『忠』與『義』都受到威脅，無所安頓之時，水滸之筵席，便不得不散了。」〔註22〕尤其宋江繼盧俊義之後，爲奸臣所害，飲了御賜毒酒後，仍表示「寧可朝廷負我，我忠心不負朝廷」。此事更深刻的反映出「忠義難容世」的現實真相。這種悲劇結局，實令人扼腕而感嘆不已。然而，最主要的原因，就是《前傳》作者，將梁山泊英雄，全部看成是造反的盜匪草寇。因爲造反，他們才需要接受招安。但招安後，又有大功於朝廷，且未萌絲毫異志的英雄，竟敵不過現實世界中，權奸小人的陷害。原來，在現實世界中，他們只不過是一群「亡命反寇之徒」，無怪乎要遭到悲慘的命運。

《後傳》作者陳忱，卻極力贊揚梁山泊英雄，說梁山泊一百八人，雖在

---

〔註22〕張淑香著〈從驚天動地到寂天寞地——水滸全傳結局之詮釋〉。台北：中外文學月刊十二卷十一期。西元 1984 年 4 月。

綠林，都是心懷忠義，正直無私。在書中，他借昔日張順部下的一名嘍囉許義的口，稱讚宋江對待下人，如同手足一般。又借道君皇帝之口，說宋江是個忠義之士，爲朝廷建立許多功勞，連宿太尉也讚揚義士們忠義立心，替天行道，可說是人中豪傑。甚至全家被梁山泊英雄斬殺殆盡的扈成，也不禁說：先前認爲梁山泊的人是亡命反寇之徒，誰知一個個是頂天立地的好男子，不僅疏財仗義，路見不平，甚至毫無苟且的念頭，爲著朋友，也死生不顧的。由此可見，作者對他們全部都洋溢著讚美之辭。

英雄們平日在社會中主持正義，如：樂和曾智脫落入虎口的花夫人和秦夫人；燕青從金兵手中，解救盧二員外的妻女；李俊於清水澳，救起遇難的安道全；及李應等人在滄州，救出柴進與眷屬等等，這就是魯智深式的「殺人須見血，救人須救徹」的義俠精神，在此得到了發揚光大。因而王進，這位梁山泊昔日的寇仇，也因折服於英雄們的見義勇爲，最後也加入梁山英雄的行列。所以公道原在人心，力行仁義的英雄，是人們樂於稱頌的。而梁山泊英雄忠義正直、患難相助，以及捨己爲人的高尚情操，在本書中得到了淋漓盡致的描繪。

梁山泊英雄平日不但主持正義，更能忠心耿耿，報效國家。所以在國難當頭，民族危急的關鍵時刻，能夠挺身而起，赴湯蹈火的愛國志士，不是「近臣勳戚」，而是在於草野中的「賢才傑士」。在本書中，作者描述朝廷中的近臣勳戚，平日只會欺壓人民，作威作福。當敵人一來，便立即屈膝投降，認賊作父，甚至賣身求榮，想做兒皇帝。通過王黼、楊戩等的生動對話，作者維妙維肖地刻劃了他們醜惡的一面：

> 王黼笑道：實不瞞兩位先生說，我已使小兒王朝恩，到金營去與元帥粘沒喝說了，道不日攻破汴京，擄二帝北去，立異姓之人爲中國之主。……安知我不在議立之中。……楊戩、梁師成聽了，喜動顏色，稱讚道：王老先生眞有旋轉乾坤手段。(清·紹裕堂刊本第二十二回)

由此可知，權奸們這種禍國殃民的累累罪行，致使大好河山淪陷了，他們實在是國家民族的罪人。這些賣國奸賊醜陋不堪，卑劣至極的言行，與梁山泊英雄的奮起抵抗、積極救國的行動，形成一種強烈的對比。因此，當金兵南下時，「四賊」(蔡京父子、高俅、童貫)雖然已死，但是他們的黨羽依然存在。如大臣張邦昌、秦檜、劉豫等，卻不加抵抗的投降金人，賣國求榮當了漢奸：張邦昌更被金人立爲傀儡楚帝，劉豫被立爲齊帝。但是梁山泊好漢們，

堅決不肯投降，在抗金救國的戰爭中，再接再厲，英勇可嘉。

首先，在黃河一帶，他們就有一連串的防禦行動，以阻止敵人渡河。雖然後來汴京不幸失陷，二帝被擄，康王即位於南京。但是當時人心思宋，大江南北，豪傑並起，期望能收拾敗殘之局，以待北定中原之日。而梁山泊英雄，更是屢次的出來勤王救國，以表達其忠君愛國的赤忱。故而李應、燕青、楊林、關勝、朱仝等，於萬慶寺大破劉猊的金兵；又於黃河渡口，誅殺叛臣汪豹，打敗金國大將烏祿的兵馬等等。不僅如此，勤王救國的隊伍也擴大了，昔日的王進、欒廷玉、扈成等人，以及一批小將後起之秀，也加入了反抗敵人侵略的戰爭行列，這就是他們愛國意識的流露。甚至當燕青、楊林兩人，巧送青子與黃柑，給被囚在金營中的徽、欽二帝時，連道君皇帝也不禁要稱讚他們：

> （道君皇帝）嘆口氣道：朝內文武官僚，世受國恩，拖金曳紫，一朝變起，盡皆保惜生命，眷戀妻子，誰肯來這裡省視！不料卿這般忠義，可見天下賢才傑士，原不在近臣勳戚中。（清、紹裕堂刊本第二十四回）

原來，抗金的英雄不在朝廷之上，而在草澤之中。只有李俊、燕青等梁山泊英雄，才是對抗敵人的中堅力量，所以作者把民族復興的希望，完全寄託在他們身上。由此可知，對於梁山泊英雄，作者有著無比的讚揚，與深深的期許的。

雖然英雄們在抗金的戰爭中並無結果，但是都不願當漢奸與奴隸，屈辱於外人，寧可「沈湘蹈海」，到海外孤島上去生活，以保持民族氣節。就如御醫安道全所說的：「強如在中國東奔西走，受盡腌臢的氣！」（清、紹裕堂刊本、第三十回）因而登雲山、飲馬川兩寨的英雄，於是一起前往「金鰲」聚義，故有牡蠣灘打敗金將阿黑麻的戰役，解救了宋高宗，又有擊退暹羅國大將沙龍的干擾事件。後來，高宗感念英雄們的愛國精神與民族氣節，因而派遣宿太尉「海國封王」，頒賜恩典，加以褒揚一番。並道：「據他們逞一時之勢，而今安在哉！」（清、紹裕堂刊本第三十八回）此話諷刺那些不顧民族節操，只求認賊賣國的奸佞之臣，不啻一針見血。柴進也認為：多少的巨族世家，受到朝廷的深恩厚澤；一旦遇到變故，便改轅易轍，對敵人頌德稱功，依然氣昂昂為佐命之臣。作者譴責敗國奸臣，可說不遺餘力了。而《後傳》英雄們，「報國一身都是膽，交情千載只論心」，正是這種愛國精神與堅毅的民族氣節，贏得了後世無數人的讚賞。

陳忱之所以極力揚《後傳》中的英雄,怒斥禍國的奸佞,實在是因他身遭亡國之痛。原來,崇禎十七年,李自成攻陷北京,明思宗殉國之後,明朝已正式滅亡。但是一些有志之士,不願明朝就此結束,仍想繼續延續明祚,於是終於有「南明王朝」的產生。當時,福王即位於南京,年號弘光。然而,一切政治大權卻操在馬士英及阮大鋮的手中。馬士英獨握大權,每日以鏟鋤正人,引領兇黨爲務。〔註23〕阮大鋮更是極力結交太監,引進閹黨,〔註24〕明比爲奸,弄得政治混亂,黨獄繁興。不久,清兵直下江南,史可法於揚州被俘而殉國,朝中勳戚及大臣卻投降清人,馬士英也率兵逃往浙江,以致福王被擒,終招殺害。〔註25〕此外,黃道周、鄭芝龍等人,雖擁立唐王聿鍵稱帝,年號隆武,〔註26〕但鄭芝龍爲一己之私利,竟與洪承疇互相勾結,唐王也因此在汀州爲清軍所害。〔註27〕這些悲慘的事實眞相,令陳忱不禁要斥責貴幸的無能,憤恨權奸的誤國了。基於這種體認,於是他把復興明室的希望,轉而寄託在民間草澤英雄身上。因爲每當國家處於危急存亡之秋時,能夠挺身報國,抵禦外侮,充分表現出愛國精神與民族氣節的,往往就是這些草澤英雄。況且,陳忱也親自目睹了當時的事實,那就是南明王朝的魯唐二王政權傾覆後,東南沿海人民,和愛國的士大夫分子,以及將領與官吏,也在極其艱苦的環境下,仍繼續抗清。例如鄭成功、張煌言堅持抗清之舉動,將近有二十年之久,〔註28〕他們堅苦卓絕的反抗侵略,屢次給予敵人嚴重的打擊,並鼓舞了人民抗敵的意志和決心,充分發揮了愛國精神與民族氣節。所以陳忱在讚揚這些草野忠貞之士與抗敵英雄之餘,轉而把匡復明室的希望,完全寄託在他們身上。這也正是陳忱通過現實的體驗,所得來的眞理。

身遭亡國之痛的陳忱,在哀悼明朝滅亡之時,終於認識到一個事實:在時局動蕩,國家易鼎之際,能挺身出來救亡圖存的,不是那些勳戚朝臣,而是庶人平民。也只有這些草野的忠貞之士,才是眞正的愛國抗敵的英雄。故而陳忱

〔註23〕孟森著《明代史》,頁382,第九章「南明之顚沛」。台北:國立編譯館中華叢書編輯委員會。西元1979年12月。
〔註24〕同註23。頁381。
〔註25〕同註23。頁383。
〔註26〕李光璧著《明朝史略》,頁210,第七章、第二節「清軍侵入江南與東南的抗清」。台北:帛書出版社,西元1985年6月。
〔註27〕同註26。頁210~211。
〔註28〕同註26。頁213~219。

賦予梁山泊英雄，能夠「忠義兩全」，這也與他所處的時代背景有關，因爲每當
國家遭遇到外患，瀕於存亡危急之時，經常就會令人產生有意識的愛國熱誠與
效忠精神。這種「國家安危主題」的小說，便是敘述這些人心激盪，熱血奔騰
的時代。〔註29〕陳忱於是賦予這些梁山泊英雄，人人「忠義兩全」，不僅使他們
「具有史詩形態的道德象徵」，同時也具有「自負的氣概，高貴的率眞，從容的
態度，並且自覺他們所應表現的英勇與規範行爲。」〔註30〕正是這樣，梁山泊
英雄在盡忠行義之後，得以海外立國，作者終於賦予《後傳》，有一圓滿浪漫的
喜劇結局。

　　總之，鑒於當時君主的昏庸無能，以致政治混亂至不可收拾的地步，明末
學者顧炎武便把國家興亡的責任，寄託於人民群眾的力量上，因此提倡「天下
興亡，匹夫有責」之說，來強調人民群眾，以及個人在歷史上的重要性。〔註31〕
錢穆先生在一篇題目爲「晚明諸儒之學風與學術」的演講詞中，也指出：顧炎
武曾云：「有亡國，有亡天下。」易姓改號謂之亡國，亡天下是將一切做人的道
理忘了。保國必先保天下，保天下，匹夫之賤，皆有其責。此即所謂「天下興
亡，匹夫有責。」〔註32〕此段話極爲正確，而身爲明末遺民的陳忱，更能深刻
的體會到這一事實，因而透過《後傳》，他極力提倡「忠」與「義」，藉著從修
養個人的品德開始做起，期能恢復社會上的倫理道德秩序，然後才能推而廣之，
求得國家安定，天下太平。陳忱此一思想，實是受到當時學風之影響，因爲晚
明之學風，具有「經世致用」之特點，〔註33〕當時之學者，身遭亡國之痛，故
已有跳脫君子小人之爭，而著眼於天下百姓之禍福者，〔註34〕因而，宋明儒在
道德哲學──大學的八個條目中，雖喜講「格、致、正、誠」，晚明則轉而講「修、
齊、治、平」。〔註35〕這種向外落實，不懸空偏在理論上，以實際的行爲來實踐

〔註29〕 馬幼垣著《中國小說史集稿》頁81，〈中國講史小說的主題與內容〉一文。台
　　　　北：時報文化出版公司。西元1987年3月。
〔註30〕 同註29。
〔註31〕 謝國楨著《明末清初的學風》中，〈明末清初的學風〉一文。北京：人民文學
　　　　出版社。西元1982年2月。
〔註32〕 錢穆〈晚明諸儒之學風與學術〉（下），頁7。見《人生》十九卷第八期。台北：
　　　　人生雜誌出版社。
〔註33〕 劉莞莞撰《復社與晚明學風》，頁97，第四章、第四節「晚明學風」。政大中
　　　　研所碩士論文。西元1985年6月。
〔註34〕 同註33。頁98。
〔註35〕 同註32。頁9。

保國保天下，就是晚明儒者所極力倡導的。這也就是陳忱《後傳》一書中，「忠義兩全」的水滸英雄，所要努力以赴的終極目標。

## 第三節 理想政治

　　梁山泊英雄既因行善而得到善報，故得以為人民主持正義，為國家捨命盡忠，真正做到了「忠義兩全」，的確令人讚賞不已。也因為他們能忠義兩全，所以為人們開拓出一理想的政治遠景。此一理想政治，不是無所作為，消極靜止的形態，而是積極進取，充滿樂觀，動態的「烏托邦」。

　　《前傳》中，水滸英雄在忠義不能兩全之下，故只落得悲劇收場。此一結局，固然是作者以「亡命反寇之徒」的眼光，來看待英雄，因而使他們遭致悲慘的命運。另一方面，也是作者受囿於當時的政治觀。因而英雄們最後也只能接受當時現實世界的殘酷事實。《後傳》作者，則以讚賞與期待的態度，來看待梁山泊英雄。因為他們個個都是頂天立地的好男子，不僅對朝廷盡忠，即使在敵人入侵之時，也堅決抵抗，不肯投降，以保持民族氣節。最後雖在海外立國，卻仍誓死效忠宋室，並圖謀恢復故土。由此可見，陳忱為《後傳》創造出一美好理想的政治境界，這種具有前瞻性的政治觀，實較《前傳》更為進步。在本書中，作者嚴厲的指責，由於誤國的權奸，嫉賢妒能，使忠臣良將不能為國出力，致使大好河山「土崩瓦解」，不可收拾，這是愛國志士最為傷心的事。於是他不得不抒發他的「亡國之恨」，因而通過小說，他把這種感情，非常直接的表現了出來。在敵人侵略占領下的京城，從楊林和燕青的眼中，只見「萬戶蕭條，行人稀少，市肆不開，風景淒慘。」（清、紹裕堂刊本，第二十四回）這些淒涼的景象就是陳忱「亡國孤臣空飲恨，讀殘青史暗銷魂」的悲涼之感的生動寫照了。不僅如此，敵人在搜刮金銀財物，俘獲大批人質後，仍不滿足，又敲骨吸髓，勒索無度，甚至連婦孺老弱，也備受摧殘。因而在書中，陳忱除了描寫侵略者的種種暴行外，也極力的顯示出民眾所遭受到的無數苦難。「青衣行酒重遭辱，野老江頭聲自吞」，對於亡國奴所受的屈辱，令作者痛苦欲絕，終於忍不住而老淚縱橫了。這就是陳忱通過小說，來寄託故國之思和亡國之恨的苦心孤詣。然而陳忱的故國之思，實是痛感明末奸臣誤國，政治腐敗，因而招致了一代王朝的傾覆。〔註36〕故《後傳》

---

〔註36〕陳周昌著〈略論「《水滸後傳》」的作者陳忱〉。見《明清小說研究》第一輯。

雖然寫的是南北宋之際的人物和事件，實際上是「借古喻今」。在書中，作者借柴進和燕青的對話，即已暗示了這種影射：

> 柴進回頭向北道：可惜錦繡江山，只剩得東南半壁。家鄉何處？祖宗墳墓遠隔風煙……，對比茫茫，只多得今日一番嘆息。燕青道：譬如沒有這東南半壁，傷心更當何如？（清、紹裕堂刊本，第三十八回）

這「譬如」一語，令人肝腸寸斷，哀惋欲絕，因為覆巢之下已無完卵。這也正是陳忱，這位明朝遺老「故國之思」的沈痛心情的表露。

陳忱既身遭亡國之痛，因而遐思在海外另闢一新天地。又因目睹明末社會風氣頹廢，政治衰敗已極，無法再加以澄清與挽救，故欲創造一新的社會。並提倡人間正義及民族精神，以作為心靈上的寄託。〔註37〕加以當時鄭成功於順治十八年（西元 1661 年），收復臺灣後，便極力的開墾建設，以期作為反清復明的根據地。此事給予陳忱極大的啟發，於是他使李俊等梁山泊英雄，在敵人入侵、神州失陷之後，便前往海外的暹羅立國，〔註38〕並伺機圖謀興復宋室。況且，鄭成功收復臺灣一事，不但反映了當時東南海上，仍保有許多抗清據點的客觀事實，同時也反映了當時廣大人民，不願屈服於異族的統治。〔註39〕而南明王朝，更是陳忱希望「復興明室」的寄託所在，但又何嘗不是陳忱「避地之意」的人生理想的寄託呢？

透過作品，陳忱描繪出他的人生理想：樂和初到暹羅國時，但見街市熱鬧，人物喧闐，宮殿壯麗，槐柳成行。這些情景，均與中華無異。又藉扈成的口，極力的讚揚暹羅國的山川風物、民生富庶，也與中國相似。所以李俊在征服金鰲島後，一切曉諭，均用大宋年號，所頒布的綱紀律令，禮樂制度，也均依中國法度。不僅如此，甚至後來宋高宗派遣宿太尉，到暹羅國冊封李俊等人後，柴進、燕青也決議，暹羅國此後仍奉宋朝正朔，一切文移，俱用紹興年號，並建立祖廟，按時享祀。開設學校，並設春秋二祭。而一切祭享朝會、聘問嫁娶、禮儀衣冠制度，悉照宋朝。凡此種種，均在在的顯示了海

---

北京：中國文聯出版公司。西元 1985 年 8 月。

〔註37〕張健著〈讀「《水滸後傳》」──中國的「烏托邦」〉。台北：《幼獅月刊》四十卷第三期。西元 1974 年 9 月。

〔註38〕胡適著《胡適文存》第二集〈水滸續集兩種序〉一文。台北：遠東圖書公司。西元 1985 年 11 月。

〔註39〕熊德基著〈陳忱與《水滸後傳》〉一文。見《文學遺產增刊》第七輯。香港：聯合出版社，西元 1978 年 3 月。

外的暹羅國，就是陳忱所尋覓到的「桃源」，也是他理想中的文明世界。他終
於讓水滸英雄，在幾經搏擊，處置奸臣之後，終能在暹羅立國。在這塊樂土
上，他們經營自己的事業，宜室宜家。這樣總算爲了英雄們尋了個好結局，
也爲英雄們伸了口冤氣，更爲同情這些英雄的人民，吐了口不平之氣，寄託
了人民的一種美好的願望。

　　此一海外的烏托邦──《後傳》中所描述的暹羅國，並非是消極、出世，
靜態性的樂園性神話，而是積極、入世，具有前瞻、動態性的理想國。〔註40〕
透過書中燕青與李俊的一段對話，我們便可明瞭這種精神：

> 天下者，天下人之天下，非一人之天下。賢明繼世，多有傑起。堯
> 舜之時，不傳於子，而傳於賢。大將軍即宜聽受。（清、紹裕堂刊本、
> 第三十四回）

由此可見，作者的思想，實近於「大同世界」，亦即主張理想的政治，應是「天
下爲公」、「選賢與能」。更與黃宗羲《明夷待訪錄》中的〈原君〉篇，有互相
呼應之處。〈原君〉篇云：

> 有生之初，人各自私也，人各自利也。天下有公利而莫或興之；有
> 公害而莫或除之。有人者出，不以一己之利爲利，而使天下受其利。
> 不以一己之害爲害，而使天下釋其害。〔註41〕

這一段話是在說明，當初的人類社會，每個人都是自私自利，沒有人要爲大眾
求取公利。而國君的產生，就是爲了替人民「興公利，除公害」。換句話說，是
爲了替廣大的人民謀福利的。黃宗羲這種思想，就是反對專制的政體，〔註42〕
而近於「天下爲公」的觀念。此外，〈原君〉一文中又指出，中國自秦漢以後，
國君即將君權視爲個人的私產。〔註43〕從此以後，國君不再爲人民謀福利，反
而只顧自己的享受，因而爲人民帶來極大的痛苦。由此看來，惟有能替人民求
得公利的賢明之士，才足以統治萬民。這種觀念，也與大同世界中，「選賢與能」

---

〔註40〕參見張惠娟〈樂園神話與烏托邦〉一文。張文認爲《水滸後傳》是一部闡揚
　　　　人生如夢，鼓吹隱遁退避的消極、出世的作品。台北：《中外文學》月刊第十
　　　　五卷第二期，頁82、84。西元1986年8月。
〔註41〕黃宗羲著《明夷待訪錄》頁2，〈原君〉篇。台北：中華書局。西元1966年3
　　　　月。
〔註42〕劉岱編──中國文化新論〈思想篇〉一《理想與現實》，頁132，張端穗師〈天
　　　　與人歸──中國思想中政治權威合法性的觀念〉一文。台北：聯經出版公司。
　　　　西元1987年2月。
〔註43〕同註42。頁132。

的主張相似。由此可知，陳忱的政治理想，就當時君主專制發展到最高峰的時
代而言，是頗具革命性與前瞻性的。其政治基本精神，是入世而積極的，所強
調的，並非是只顧一己私利的獨善其身，而是推己及人、兼善天下，力求整個
社會國家的福祉。所以燕青勸李俊接受王位，因為只有李俊是才德並茂的賢能
之士，也只有他才具備領袖的資格。況且，立君之意是為天下，而天下非一人
可治，也非一君所私有。所以個人的價值意義，也必得置於大我的架構中，始
得肯定。因而在「大同世界」中，它追求的是一個「人盡其才」，人人得以發揮
所長的幸福理想社會，並且也是以求取大眾利益為前提的創造、貢獻的經濟制
度。故燕青一再對李俊說：「家有主，國有王，必要一人統理，方得國治家和。」
所以無論就國君或個人而言，都必須參與社會上一切的政治、經濟、文化等活
動。如此一來，這個社會才能具有積極入世的前瞻性及動態性，也才得以稱之
為「理想國」。

　　由此看來，陳忱的烏托邦，並非沈湎於過去，而是著眼於未來，他企圖
為未來的進步，作無歇止的躍進。所以梁山泊英雄，雖在暹羅立國，但他們
仍著宋朝衣冠，仍作宋室臣僚。當宋高宗遣宿太尉到暹羅國來封賞英雄時，
也稱說讚他們：作東南之保障，為山海之屏藩。這也意謂著：英雄們在海外
立國，一方面做為宋室的屏藩保障，一方面則在伺機打回中原，期能早日收
復失土。所以「立國暹羅」，並無損於宋室之聲名。高宗也能深切體會到英雄
們的苦心孤詣，故有宿太尉賣敕封王之舉，對於梁山泊英雄，高宗也極為稱
讚與期許的。

　　另外，張惠娟女士在〈樂園神話與烏托邦〉一文中，又認為：《水滸後傳》
與《希夷夢》二書，流露出隱遁、出世的思想。以《水滸後傳》而言，則通
篇宣揚虯髯客式的撒手中原、遠走海外，更稱「尋仙訪道，作世外之遊，是
英雄退步的本色。」其所呈現者為樂園神話之本質，殆無疑義。〔註44〕這大
概是張女士未將此書讀完，以致遽下論斷。《後傳》一書，絕無贊同隱遁的尋
仙訪道的思想。對於僧道的欺詐愚弄人民，甚至危害國家，陳忱深惡痛絕。
故而在《後傳》中，除去幾位象徵性的高僧高道，如羅真人、智真長老，以
及梁山泊舊人公孫勝之外，真正以文學形象出現者，有郭京、曇化、與薩頭
陀等，此三人均以反面人物出現。他們因平日作惡多端，禍國殃民，作者最
後均予以嚴厲的制裁。又，公孫勝為除倭兵，曾經作法祈雪，以致凍死多人。

────────────

〔註44〕同註40。頁 82、84、90。

陳忱於是借一道士之口，指責他這種作法太苛毒了。由此可見，陳忱殊惡佛道，豈有贊同「去作化外之遊」的出世退縮之思想？故張文此說未免以偏概全，思慮欠周。《後傳》實具樂觀、積極之精神，顯然可見一斑。

陳忱所以極力在《後傳》一書中，賦予人世、積極的梁山泊英雄，在海外創建一專注、動態，且具前瞻性的「烏托邦」，實與當時晚明的學風有關。錢穆先生在「晚明諸儒之學風與學術」的講詞中指出：儒家的風範與學術，因時而異。漢與唐不同，北宋又與南宋不同。明亡後，學者親歷亡國之痛，無路可走，但絕處逢生，遂產生極偉大的學術。此時因清人入主，嚴禁公開講學，晚明清初諸儒乃自講學轉而杜門著述，他們是「以隱淪兼經綸。」〔註45〕故晚明學者，其人雖隱淪不出，但仍在講治國、平天下，講經綸世業之學，其學卻極端積極，此乃晚明儒之特別處。明末遺民既不與清廷合作，於是將其經世理想託諸著述，以待來者。如顧炎武作《日知錄》、黃宗羲作《明夷待訪錄》、顧祖禹作《讀史方輿紀要》……等，他們扶持正義，堅持眞理，其奮進之精神，始終不渝。故而明代政權雖亡，其民族精神之昂揚，民族文化之承傳，皆靠遺民們為之中流砥柱，故錢穆先生亦云：「晚明風節，盛冠前史。」陳忱也以艱貞刻勵，堅苦自守，慨然以《後傳》一書，做為其經世之志。

總之，明末遺民的隱遁，並非消極避世，乃在積極研究學問，以求經世致用。陳忱一方面以靦顏事仇的小人自戒，以砥礪氣節。一方面對於變節無恥的人，則大加撻伐。他始終堅苦卓絕，永不屈服，因為他對明朝之恢復，仍抱著樂觀積極的期望。也正因為未來是可以期待與計畫，所以他相信天道循環不已，善惡報應分明，人們惟有敦尚節義、忠心報國，凝聚健全堅定的人倫秩序，才能保有國家天下。未來既是可以期待的，故海外的烏托邦，是「一個理想與現實交織，美好與醜惡交融，所構築的一個活潑的園地。」未來也是可以計劃的，故陳忱的《後傳》一書，能正視「現實」的一切缺失，希冀藉由「虛構」來引領「現實」踏出舊門檻，以至二者終融合為一。」〔註46〕由此看來，《後傳》的主題思想是嚴肅而積極的，《後傳》也絕不是無聊的遊戲之作，〔註47〕而是作者經歷坎坷，有感於世，用「心」寫出來的作品。

---

〔註45〕錢穆〈晚明諸儒之學風與學術〉（上）一文。見《人生》第十九卷、第六期，頁2。台北：人生雜誌出版社。

〔註46〕同註40。頁80。

〔註47〕俞樾著《茶香室續鈔》卷十三：「水滸一書，乃遊戲之作，託古宋遺民刊行。」台北：廣文書局。西元1969年3月。

# 第三章 《水滸後傳》的寫作技巧分析

## 第一節 情節論

　　情節，是作者根據因果關係所安排的事件，〔註1〕它是小說內容的要素，它如同人物的骨架，支撐著小說的整個身軀。若是小說所敘述的人物或事件，能激起讀者的想像和創造力，並從中獲得喜悅或悲哀，一種持久不散的審美情緒，這種情節，便是具有高度戲劇性的情節。〔註2〕換言之，它是通過「情感的共鳴和淨化」，來激起人們的審美感，〔註3〕所以它也是具有審美藝術特徵的情節。

　　《後傳》中的情節，也具有高度的戲劇性，所以作者也說：「有高於《前傳》之處，有勝於《前傳》之處。」〔註4〕現將它的特點，敘述如後。

### 一、情節的內涵

　　作者對於情節的安排，是以國內與國外兩大部分，作互相交叉式的進行。國內主要敘述的是：英雄們再上梁山的經過。雖然昔日的梁山泊好漢，早已散在四方安居樂業，但是當政的蔡京、童貫一班奸黨，仍繼續陷害他們，致

---

〔註1〕 William Kenney 著《小說的分析》第一章「情節」，頁9。台北：成文出版社。
　　　　西元 1979 年 6 月。
〔註2〕 吳士余著〈談水滸情節的戲劇性〉。上海師範學院學報。西元 1983 年、第三
　　　　期。
〔註3〕 同註2。
〔註4〕 陳忱著《水滸後傳》卷首「論略」。清、紹裕堂刊本。美國哈佛大學漢和圖書
　　　　館藏本微卷。西元 1988 年 10 月。

使英雄們只好再次聚義，再上梁山。因此「兵分二路」進行，孫新、孫立、阮小七等人，首先齊集在登雲山，而李應、裴宣、楊林等，便暫居在飲馬川。從而其餘的英雄，便逐一的向這兩個據點聚集。另一主要情節，則著重描述在太湖居住的李俊。由於常州太守與鄉宦互相勾結，霸佔太湖不許百姓捕魚，李俊在懲治他們，為百姓除害之後，終於認識到「在太湖裡頭做事業，是再也沒有好結果」。再加上李俊想起宋江在夢中送給他的詩，有「金鰲背上起蛟龍，徼外山川氣象雄」二句話，於是便毅然的率領花逢春、樂和等人出海。他們先征服了金鰲島，以做為日後創立事業的基礎。然而，促使飲馬川與登雲山二支義軍，乘舟泛海的主要原因，卻是他們遭受到國破家亡的慘痛。雖然英雄們曾奮起抵抗敵人，並且不斷的加以反擊，但仍無法挽回頹勢，於是只好共同泛海，追隨李俊去了。

《前傳》中，由於一班奸黨不斷的迫害英雄，致使英雄一一上了梁山。《後傳》中的情節也是如此，作者為了替梁山泊英雄及人民洩憤，於是便安排了四件大事，〔註5〕因而使得本書的情節，具有高度獨特的戲劇性。第一件便是李俊等人懲治剝削人民的貪官呂志球，以及惡霸巴山蛇丁自燮的事情。李俊因看不慣兩人私自霸佔太湖，不許人民捕魚，於是便起來反抗，卻為呂志球逮捕，幸賴樂和將他救出。李俊更乘機嚴懲了兩人，要他們替「貧民納了秋糧，分給佃戶，賠還魚稅」，同時也救了太湖所有的百姓。這種救人兼懲人的情節，的確是奇中有奇，頗富戲劇性。第二件事，就是燕青與楊林到金營中，探視道君皇帝的經過。因皇帝昏聵，聽信蔡京、童貫等奸佞之言，致使中原失守，徽、欽二帝也被押往金國。那些奸臣猾吏也紛紛變節投敵，不僅與金人勾結，更為虎作倀的殘害人民。在這種水深火熱之際，梁山泊英雄，便組成義軍，一方面保國衛民，一方面抗擊敵人。尤其當燕青得知道君皇帝被囚在駝車岡後，便冒著重重危險，大膽深入刀鎗羅列，戒備深嚴的金營中，探視道君皇帝，並獻上黃柑青子，藉以表達大宋子民的「草野孤臣」的愛國之心。而這金營，是個血流汩汩，滿地人頭，令人心驚膽喪、不寒而慄之地。然而燕青居然能從容不迫，神色自若的進出其間，的確令人驚奇不已。第三件事，便是最精彩、最令人拍手稱快的審判「四賊」之情節。作者先安排王黼、梁師成、楊戩三人，在流放到雍邱驛時，便為開封府尹聶昌所派遣的勇士王鐵杖刺殺，而為天下人申冤。接著就是在中牟縣，梁山泊英雄便展開一

〔註5〕同註4。

場審判四賊——蔡京、蔡攸、童貫、高俅的經過情形。首先是李應出來指責蔡京，接著是王進、柴進等人，屬聲疾辭的數落高俅、童貫的罪行。加上裴宣舞著寒光閃閃的雙劍，以及燕青欲邀高俅相撲取樂，使得四賊先是「魂飛魄散」、「頓口無言」，接著「面如土色」，終於「跪下哀求」。最後英雄們揪著他們的耳朵，每人灌了一杯鴆酒，判決嚴懲了禍國殃民的「四賊」。這一段情節，作者以犀利明快的文字，順暢無比的節奏，寫成了全書最飛揚聳動的大塊文章，〔註6〕可說是極盡跌宕能事。以上三件事情，都是緊扣著國內這一主線的發展，而逐一展現的情節，可說是環環入扣，引人入勝。

　　第四件大事，便是英雄們在牡蠣灘救駕之功。此一情節，作者將它安排在本書情節的另一條主線——海外這一部分，也就是英雄們最後在海外開基創業的情形。李俊、樂和先到達海外，取得金鰲島後，花逢春所入贅的暹羅國丞相共濤，是蔡京、童貫一類的人，心懷不軌欲篡奪王位，以致掀起另一場戰爭。此外，更有日本國興兵搆釁，以及青霓、白石、釣魚三島的叛亂，這就是李俊等人遭遇到海外戰爭的延續。幸賴英雄們的同心合力，終於敉平了這些戰爭。英雄們原以為從此天下安寧，誰知金兀朮命阿黑麻率兵追擊宋高宗，直追到牡蠣灘來。梁山泊英雄於是奮勇同心，打敗阿黑麻，救了高宗。高宗因感念英雄們忠義兩全，並救駕有功，於是大加封賞，李俊因而被冊封為暹羅國王。而英雄們在海外開基創業，也得以樹立了鞏固的礎石。此段情節，高潮迭起，緊張驚險，極為精彩動人。

　　作者安排以上四組情節，為的是要表明《後傳》中的忠義，不僅是指忠於國家的愛國主義而已，更進一步的是要彰顯民族的偉大氣節，是與國家存亡的命運相連繫的，因而實具有另一層更深的意義。

## 二、情節的驚險

　　此外，本書處處也可見到驚險的情節，因為奇險的情節，也可以使讀者得到一種精神上的愉悅和享受，〔註7〕也才能產生故事性和藝術魅力。

　　《後傳》中的情節，也具有驚險性。例如李應、柴進、關勝等人受害，

---

〔註6〕　張健著〈讀「《水滸後傳》」——中國的「烏托邦」〉。台北：幼獅月刊第四十
　　　　卷第三期。西元 1974 年 9 月。
〔註7〕　葉朗著《中國小說美學》第三章、二十「不險則不快，險極則快極」——情
　　　　節要適應讀者的美感心理。頁 119。台北：里仁書局。西元 1987 年 6 月。

在千鈞一髮之際，偏有「許多機關作用，將他們從萬死一生中救出。」〔註8〕先說柴進的遭遇：柴進爲滄州太守高源所陷，連家眷也被監禁。高源爲高廉的兄弟，因《前傳》中，宋江破高唐州時，殺害他一家人，因而懷恨柴進，欲置他於死地，便命令獄卒，將他在獄中害死。當柴進從獄卒吉孚的口中，得知自己將被殺死時，嚇得魂飛魄散，一字也說不出來，只是淚如泉湧，冤苦填塞，如萬箭穿心。此時，眼見柴進自己一步步走向死亡之路，他也逐漸哭不出來，彷彿魂魄也已飛舉半空，神情呆滯，如死人一般。等到後來吉孚把他帶出監獄，回到自己家中，並說明拯救他的原因後，柴進才恍然大悟，如死去還魂一般的向吉孚拜謝。此段情節，曲折起伏，驚險離奇，作者在急煞人處，卻故意慢慢寫出，使讀者也擔憂不少，而且驚嚇不已。再說到關勝的情形：關勝因勸諫劉豫不可妄自稱尊，以免貽譏後世，遂被綁赴法場斬殺。而燕青、楊林雖在現場，卻無計可施，只得暗自叫苦不已。正當危急之際，傳奉官卻飛馬來到，叫聲：「刀下留人！」燕青、楊林才鬆了口氣，趕忙去問個究竟。然而，關勝依舊被囚禁著，而撻懶有三萬大兵駐紮在此，楊林想回去山寨中引兵前來營救，也不可能。正在這種山窮水盡之時，誰知事情偏有湊巧，當燕青、楊林在酒店飲酒時，一位軍官在酒醉之際，掉了一塊金人使用的木夾，燕青偶然拾得，便用這塊木夾到金營中，安然的救出關勝。

以此所敘述的情節，可謂節節生奇，層層追險，讓讀者讀一字嚇一字，讀一句嚇一句，心弦也跟著繃緊不已。直到事情分曉後，才得以鬆弛下來。這種情節，較《前傳》中好漢被陷，除了梁山泊的救兵外別無他法，實另有一層勝境。

## 三、情節的曲折

本書的情節，除了具有驚險性之外，曲折之處也極多，其中最具波瀾起伏、耐人尋味的，則有二處：一是蔣敬的銀子失而復得的經過，另一處就是李俊最終在暹羅爲王一事。原來，蔣敬做生意賺得的銀子，在建康被一位叫中山狼甘茂的無賴，在大街上要強行奪取，因爲甘茂說，他曾在梁山泊被劫了千金的資本。所以今天遇見蔣敬，便要向他討取。此時恰巧戴宗替童貫傳遞文書，也來到建康。在路上遇見此事，便替蔣敬解圍，蔣敬的銀子於是失

---

〔註8〕 同註4。

而復得。隨後蔣欲往江州，卻在船上又被兩名船夫劫走，差點也賠上性命，幸被一名老尼救起。後來，他到潯陽樓喝酒，意外的遇見了穆春。爲了這一包銀子，穆春於是在柳塘灣除凶報怨，殺了船夫陸祥、天狗星姚瓊，以及雙峰廟喋血，除掉雙峰三虎。經過種種的曲折翻騰之後，這些銀子才又重回蔣敬的手中。這一段情節，可說是一波未平，一波又起，險象叢生，的確十分精彩。至於李俊暹羅爲王一事，也是寫得波瀾起伏，曲曲折折。李俊原本在太湖打漁爲生，因反抗太守被捕入獄，便離開中國，到海外去創業。在海外又經歷了金鰲島被圍困，暹羅國叛變，以及白石等三島作亂之事件，再加上牡蠣灘救駕一事，最後才得以在暹羅爲王。此段情節可說是峰迴路轉、柳暗花明，故事的發展，有時既在人的意料之中，有時又出人意料之外，極盡曲折起伏，也增強了小說的故事性。

　　情節既是事件的因果關係，因而在本書中，梁山泊英雄在國內的種種遭遇即是「因」，在海外的結局則爲「果」。作者安排這些事件發生的前因後果，運用了高超的藝術技巧，展現了情節的傳奇、驚險與曲折的特色。又運用了伏筆與照應的手法，使得情節具有回旋起伏，步步跌宕的情勢和戲劇效果。尤其是本書的結局，作者不僅依時間及因果關係等要素，而是根據故事的需要，所創造出來的一個圓滿結局。〔註9〕此一結局，即是李俊等梁山泊英雄，終能在海外的暹羅，創造出一番轟轟烈烈的偉大事業。此一海外桃源，即是作者在故事上所要建立的一個理想的烏托邦。在這烏托邦的世界裡，一切並非消極放任、悲觀無爲，而是充滿積極活動、樂觀奮鬥，不斷向前瞻望的世界。它期待未來，鄙視停滯不動，這就是暹羅──海外的烏托邦的眞正面貌。換言之，作者讓英雄們在海外，終於建立了一個復興的據點，爲人們重新燃起希望的火焰。它更爲所有大宋子民，展現出早日北伐中原，驅逐金人，收復河山的美麗遠景。

　　總之，透過作者精心巧妙的安排，《後傳》中各種特定的情節，均能充分達到感情的淨化作用，同時也達到高度的戲劇性。作者在這一方面的寫作，可說是十分成功的。

# 第二節　人物論

　　一部小說寫得成功與否，人物的描寫是極爲重要的因素，《三國演義》、《水

〔註9〕同註1，頁9。

滸傳》、《紅樓夢》等書，之所以受到群眾的喜愛，就在於作者成功地塑造了眾
多的人物形象，並注意到人物性格的多層次描寫，同時臧否人物也有分寸。《水
滸傳》中人物形象的鮮明性、傳奇性，使得它在藝術方面也有很大的成就。所
以清初的金聖嘆曾說：「《水滸傳》寫一百八個人性格，眞是一百八樣。」〔註10〕
又說：「人有其性情，人有其氣質，人有其形狀，人有其聲口。」〔註11〕這都是
由於作者的生花妙筆，賦予這些人物各具特色，各有獨特的性格。

　　作爲《水滸傳》的續書，在寫作上是頗爲困難的。正如作者所說：「《前
傳》鏤空繪影，增減自如。《後傳》按譜塡詞，高下不得。《前傳》寫第一流
人，分外出色。《後傳》爲中材以下，苦心表微。」〔註12〕儘管有這些困難，
但《後傳》並未因此而減色。許多人物除了保持著《前傳》中，原有的性格
與面貌外，作者另外又賦予這些英雄新的面目，及新的道德，使得他們的性
格更加豐滿深刻，並在新的環境中，有更進一步的發展。

## 一、人物形象的改變

　　《前傳》中剩餘的梁山泊英雄，早已散在四方，各自安居。誰知「機括
一動，輻輳聯合」，終於在《後傳》中重聚在一起。這些重新聚義的英雄，在
陳忱的苦心經營下，均以嶄新的面貌出現。換言之，英雄們無論在外在的容
貌，或是內在的道德方面，均有所損益改變。

　　李俊本是潯陽江上的漁戶，因識見卓犖，雄才大略，最後得以南面稱雄。
在本書中，容貌的改變最爲明顯：李俊駕船欲往國外另尋發展，在韭山門遇
見張順的部下許義。許義一見李俊，便對他說：「李頭領，你那時還黑瘦，如
今肥白多了。又長出虯髯，幾乎認不出來了。」杜興與扈成、欒廷玉初次相
見，杜興即對扈成說：「隔了幾年，大官人你也蒼老了些，不比那時標致了。」
扈成也說：「杜主管，你長得飽滿，不見呲牙露嘴哩！」此外，英雄們也自《前
傳》中，打家劫舍的勇猛粗魯形象，改變成文質兼備的人。如柴進是「金枝
玉葉的好男子」固不用說，蔣敬的「文武全備」，樂和的「丰姿俊雅，一團和
氣」。安道全是「氣象儒雅的人」，聞煥章是「骨格清奇的正人君子」等皆是。

〔註10〕 葉朗著《中國小說美學》頁86，引金聖嘆著《第五才子書施耐庵水滸傳》序
　　　　三──「讀第五才子書法」。台北：里仁書局。西元1987年6月。
〔註11〕 同註10。
〔註12〕 陳忱著《水滸後傳》卷首〈論略〉。清、紹裕堂刊本。美國哈佛大學漢和圖書
　　　　館藏本微卷。西元1988年10月。

甚至梁山小將，個個也是溫文儒雅的人，花逢春是「面如傅粉，脣若塗硃」的風流儒將，徐晟是「眉目清秀，面白脣紅」的英俊人物，宋安平是「神清骨秀」的文弱書生。由此可見，梁山泊英雄在《後傳》中，均以嶄新的面貌出現。

外貌容顏的改變，並非是《後傳》英雄之所以能流芳百世的原因，最主要的，則是高尚的品德。在本書中，他們個個心懷忠義，正直無私。平時對國君忠心耿耿，當國難當頭，民族危急的關鍵時刻，他們挺身而起，赴湯蹈火，絕不變節降敵。因此李應、關勝、朱仝等人，在黃河渡口，打敗金國大將，誅殺叛臣。又在萬慶寺大破金兵等等，就是英雄們愛國行動的最好明證。此外，燕青、楊林冒死向囚在金營中的道君皇帝，進獻「黃柑青子」，以及李俊、呼延灼在金鰲島的牡蠣灘，打敗金將阿黑麻的圍困，解救了宋高宗等事件，也都是英雄們忠肝義膽的自然流露。即使在平日，他們更扶危救困，仗義疏財。杜興、楊林路見不平，為忠厚的李管營，除掉了謀害他的馮舍人，穆春替雙峰鎮除去了害人無數的「雙峰三虎」。樂和從王宣慰府中，解救花家母子，燕青也從金人手中，以八百兩銀子救出了盧家母女。其中最值得一提的，就是李俊懲治貪官呂志球及豪紳丁自燮，替百姓發「公憤」之事。讓丁自燮把平時貪贓的十萬兩漁稅銀子，拿出來替百姓代繳秋糧，並把三千多斛穀子，分散給百姓，以及不許丁家霸佔太湖等。英雄們這種以廣大人民利益為前提的作法，實與《前傳》中，「論秤分金銀，異樣穿紬錦」，〔註13〕人人只顧欲求屬於他本身生存的享受，迥然不同。況且，李俊、樂和只是嚴懲他們，並不加以殺害，因為濫殺則不仁。《前傳》中李逵舉起扳斧排頭破去的做法，作者顯然不贊成，因而人肉饅頭的描寫，在《後傳》中也決不會出現。〔註14〕由此可見，英雄們具有正直無私，與推己及人的仁義道德，顯現英雄們的確已自《前傳》中成長不少。占了金鰲島後，李俊命樂和頒下律令：「殺人者償命，奸盜杖七十，錢糧行什一之法。」〔註15〕這就是真正的文明法治社會。它推行的是「法律之前，人人平等」的制度，以及創造、貢獻的經濟。另一方面也表明了英雄們已摒棄在《前傳》中，

---

〔註13〕 李卓吾先生批評《忠義水滸傳》一百卷一百回，第十五回「吳學究說三阮撞籌，公孫勝應七星聚義」。台北：天一書局。中國善本小說叢刊。西元 1985年 5 月。

〔註14〕 蕭相愷著〈陳忱《水滸後傳》雜議〉一文。見《明清小說研究》第一輯。北京：中國文聯出版社。西元 1985 年 8 月。

〔註15〕 同註 12，《水滸後傳》第十一回。

一切劃除異己的狹隘感情，和無理性的恐怖行為，〔註16〕進而奉行禮法，約束自我，成為一個理智的文明世界中的人。

　　總之，作者分別賦予《後傳》英雄新的面貌與新的道德，改變了他們「綠林好漢」、「亡命反寇」的舊有形象，使其具有文質兼備的君子風度，以及為帝王大臣的恢宏氣度。無怪乎武松見了這些昔日的弟兄，不禁說到：「你們回去，想盡是暹羅大官哩！」〔註17〕作者重新塑造這些英雄人物，的確是十分成功的。

## 二、人物範圍的擴大

　　小說家所創造出來的人物，形形色色，千奇百狀。為了易於區分，可將它分成兩種：一是扁平人物，二是圓形人物。扁平人物是依循著一個單純的理念或性質而被創造出來，而圓形的人物絕不刻版枯燥，他在字裡行間流露出活潑的生命。〔註18〕《後傳》中的人物，也可分成這兩種。分述如下：

　　浪子燕青，是本書中寫得最成功的人物之一。他可說是最佳的圓形人物。《前傳》中，燕青忠於主人玉麒麟盧俊義，辦事敏捷，身懷絕技。具有忠、敏、慎三大美德。〔註19〕最後辭榮祿而甘隱退，的確是個智力過人的俊秀人物。而在《後傳》中，他成為梁山泊義軍中的決策人物，「忠肝義膽，妙計入神」，儼然是第二個「吳用」。這一形象，正是《前傳》中，「百伶百俐，道頭知尾」的「巧慧」性格的進一步發展。從以下的事情，即可看出他這種性格特徵：道君皇帝為金人羈留，屯紮在駝牟岡。燕青為報昔日御賜赦書之恩，與楊林二人捧著藤絲紫漆小盒，內放黃柑青子，取「苦盡甘來」之意，把它獻給道君皇帝。兩人來到金營，只見刀鎗戈戟密密重重，充滿肅殺之氣。目睹遍地人頭，血流成渠，耳聽悲笳吹起，吶喊陣陣，防彿鬼哭神嚎，地動山搖，令人驚心動魄，毛骨悚然。此種情景，連平日殺人不貶眼的楊林，也顫抖不已，燕青卻神色自若的向金兵打話，終於得以進入營中，見到道君皇帝。他這種冒死無畏的精神，顯示出具有「泰山崩於前而目不瞬」的膽量器識。

〔註16〕樂衡軍著〈梁山泊的締造與幻滅──論水滸的悲劇嘲弄〉一文。見中國古典文學論叢冊三《神話與小說之部》頁157。台北：中外文學月刊社。西元1976年5月。
〔註17〕同註12，《水滸後傳》第三十八回。
〔註18〕佛斯特著、李文彬譯《小說面面觀》第四章「人物」下。頁59、68。台北：志文出版社。西元1987年6月。
〔註19〕鄭瑞山著《水滸傳人物論》，東海大學中文研究所碩士論文。西元1975年6月。

此外，燕青亦擅長各地方言，對於「諸路鄉談」，無有不能，無有不會。並熟
悉各地的風土人情，在《前傳》中曾立了許多功勞。〔註 20〕這種多見廣識、
多才多藝的機巧，在《後傳》中發揮的更加淋漓盡致。他因偶然拾得金人木
夾，加上能說合式的金話，便巧妙地做出了大名府救關勝、金營中救盧夫人
母女，以及在黃河渡口南邊，破了金將烏祿的營寨，擒住叛臣汪豹等事。當
京師淪陷時，蔡京父子及高俅、童貫等，逃亡至中牟縣，燕青便安排了一場
由眾英雄逐一審判這些奸臣的精彩好戲，將這「四賊」一一灌以鴆酒，終替
好漢們出了一惡氣。再次的證明了燕青的膽識過人。李俊要推辭王位，燕青
卻說道：「家有主，國有王，必要一人統理，方得國治家和。」他就是這種胸
襟開闊，器識遠大的好漢子。此外，又勸李俊納妃，免得暹羅國成了純陽之
氣所鍾的「鰥國」。在在的顯示他另有幽默風趣的一面。他更建議眾英雄中未
有室家的人，應宜婚配，更具有「推己及人」的偉大胸懷。總之，作者將燕
青心計靈巧，膽識超人的天巧星性格，刻畫得維妙維肖。

與燕青同為義軍中的靈魂人物之一的樂和，也是足智多謀的圓形人物。
樂和雖是小牢子出身，但心巧氣和，見機而作。在《前傳》中，只是一般的
聰明伶俐。但在本書中，卻變得靈活智謀、遠見卓識。首先，他在王駙馬府
中，風聞朝廷「凡係梁山泊招安的，不論居官罷職，盡要收管甘結」，便趁個
空隙，伺機逃走了。到了建康，用計救了花家母子。到太湖，又因惡霸丁自
燮及呂太守彼此納賄，霸佔太湖，捉了李俊，樂和又扮做虞侯，巧妙的救出
了李俊。也使得奸吏劣紳「傾倒宦囊、倍償民利」，得到應得的懲罰。故樂和
也是個機警多智，且宅心仁厚的人。後來他佐李俊到海外創立基業，取清水
澳、金鰲島，運籌幄幄，指揮若定。並為李俊日後在暹羅的事業，奠下了鞏
固的基礎。因而李俊能夠在暹羅為王，樂和實為居功首位的人。後金鰲島遭
薩頭陀圍攻，李俊潰不成軍，幾乎自刎，幸賴樂和相勸，故最後終能絕處逢
生，轉危為安。再次的印證了樂和是個膽大心細，臨危不亂的人，因而樂和
的機智膽識，實不亞於燕青。

李俊在《前傳》中，雖只是潯陽江上的漁戶，但他卻是個胸懷大志、特

---

〔註20〕《前傳》中，燕青曾打著開封的鄉音，巧妙地回答東京城門軍漢的盤查。還
會改作浙人鄉談，騙開了陳將士的莊門。參見百回本《水滸傳》中，第七十
二回「柴進簪花入禁院，李逵元夜鬧東京」，及第九十一回「張順夜伏金山寺，
宋江智取潤州城」。

立獨行的人。故自征方臘回來後，即不願朝京受職，與童威、童猛兄弟，來尋向日在太湖結義的費保等四個好漢，隱居去了。本書中，因巴山蛇丁自變與呂太守勾結，李俊即當面指責道：

> 那太湖是三州百姓的衣食飯碗，你為一郡之主，受朝廷大俸大祿，不愛惜百姓，反作權門鷹犬，禁作放生湖，平分魚稅，我等不過為百姓發公憤。〔註21〕

這種急公好義、嫉惡如仇的英雄本色，是何等的胸襟！當朝廷仍為一般奸臣把持，對於有功於國的梁山英雄，仍處處迫害時，樂和便早已看出端倪，便勸李俊到海外去別尋事業，李俊道：「正合我意。」又接著說道：「我當初聽得說書的講一個虬髯公，……去做了扶餘國王。……不如出海再作區處，不要在這裡與那班小人計較了。」〔註22〕李俊的確是一個有雄心壯志、不凡抱負的人，故有此豪語。後來李俊終於率領群雄駕長風出海，圖謀遠略，眾人跟著他一起征服清水澳、金鼇島、暹羅等，經歷了無數次的驚險災難，大小戰役，這些均一再的凸顯李俊領袖群倫的才華，並使他們成為眾英雄的一股向心力。尤其牡蠣灘救駕一事，凝聚了英雄們的大忠與大勇，終於使得李俊能夠海國封王，名垂奕世，並贏得高麗國結為兄弟之邦。李俊雄才大略，識見卓犖，輔弼得人，因而終能南面稱雄。

除上述諸人外，其他如特重義氣、智勇雙全的扈成，以及雄才大略、神勇過人的呼延鈺等，也都屬於圓形人物。作者賦予他們無窮的活力，每次一出場，就能予人新鮮的感覺，使得這些人物顯得異常逼真動人。

扁平人物的性格，雖然固定不為環境所動，但絕不單調枯燥，反而饒富人性深度，〔註23〕在本書中，這類人物頗多。例如：活閻羅阮小七，依舊是「大碗酒，大塊肉」。在第一回中，因憤恨蔡京手下擅作威福，欺凌百姓的張幹辦，「一時興起，開除了他」，活畫出嫉惡如仇，豪爽粗獷的個性。鬼臉兒「杜興」，原打算安穩的過日子，但遇見了忠厚的老管營被害，忍不住終於拔刀而起。是個誠樸安分，卻又富於血性的漢子。再如小遮攔「穆春」，柳塘灣殺陸祥之事，信手成功，何等俐落！揭陽嶺除姚璜何等決烈！雙峰廟喋血，更是猛勇潑辣；在登州遇見了焦面鬼這個流氓，便不聲不響的順手殺了，消

---

〔註21〕同註12。《水滸後傳》第九回。
〔註22〕同註12。《水滸後傳》第十回。
〔註23〕同註20。頁63。

滅了禍根，更顯得穆春的精明幹練。大刀「關勝」，更是正諫劉豫，至死不屈，其忠義存心，視死如歸的個性，令人印象深刻。

扁平人物雖然簡單易辨，但他們都有一種躍躍欲出的生氣，顯得自然逼真，令人信服。圓形人物則處處流露出活潑的生命，可以適合任何情節的要求。透過本書，我們看到了這兩種人物躍然紙上，而且相互輝映。作者成功的塑造出豐富而生動的人物。

在《前傳》中，作者只著重描寫天罡諸星，如宋江、武松、林冲、吳用等人，對於地煞及其餘諸人，僅止於輕描淡寫而已。至《後傳》中，作者「蓋為罡煞兩字，發其輝光。」〔註24〕他將水泊殘剩諸人，一一聚攏過來，使得人人盡其所長，建功銘勳，朱仝、朱武、楊林、蔡慶、戴宗、孫立等人，皆有傑出特殊的表現。不僅如此，即使在《前傳》中，與梁山泊有關的人物，也予以收錄。如《前傳》中的鐵棒欒廷玉，在「三打祝家莊」中讓他走掉了。在本書中，因徒弟扈成之計，和孫之、孫新等人，一起上了登雲山。王進是《前傳》中最早出現的東京八十萬禁軍教頭，可是他離京到延安去，僅在路上教了個徒弟九龍紋史進，便再也沒有表他。《後傳》中，寫他認識了奸臣弄權的真面目，使得他也走上了飲馬川起義的道路。後來與金兵作戰，發揮了老將的積極作用。至於其他的小人物，如曾替宋江頂替殺人罪名的唐牛兒，幫武大捉奸，賣雪梨為生的鄆哥，昔日在梁山泊管糧料的江忠，以及替閻婆惜做媒的王婆等，在《後傳》中也個個均有作用。

## 三、增添新一代的人物

除了替原有人物增添光彩外，作者另加入了新的一代英雄人物，即花逢春、呼延鈺、徐晟、宋安平四位公子。花逢春熟習六韜三略，更擅百步穿楊之箭。曾射得一鯨魚，解救了搖晃不已的李俊船隊。又在暹羅國射落天鵝，此正是花榮神箭家傳有人。而呼延鈺的雙鞭，與徐晟的金鎗，各為一絕。他們在梁山老將的指揮和帶動下，繼承父志，在黃河一帶抵抗金人的入侵，又在「臥虎岡」遇到金將阿黑麻的「橫衝營」，救出宋安平，並奪回二匹駿馬。讓人覺得他們矯捷靈變，智勇過人，真是年少英雄，後生可畏。又曾在還道村智擒鄆城知縣郭京，以及除掉曾頭市曾塗的兒子曾世雄等。這些為民除害、英勇抗敵的行動，

〔註24〕蔡元放批評《水滸後傳》十卷四十回本卷首「敘文」。台北：天一出版社。西元1975年6月。

均不輸於梁山泊英雄。此正顯示了新一代的英雄，正不斷的成長、茁壯。

作者不僅刻畫了書中人物個性的特徵，同時也創造了這些人物共同的特性——忠義兩全。例如阮小七遇見顧大嫂，談起毛豸搶奪扈成的貨物，她馬上主張斬草除根。再遇見鄒潤，他也乾脆回答要立即勦除。滄州太守高源，搜括金銀，公報私仇，楊林、呼延灼等人，也將他除去，並救出柴進一家人。顯示了英雄們嫉惡如仇、見義勇爲的性格。當金兵渡河後，李應、燕青提議去投靠宗澤抗敵，全體一致贊成。此外，李俊又在金鰲島解救了被金兵圍困的宋高宗，柴進、燕青等人並護駕回到杭州。這些事情，也一再的印證了梁山泊英雄，個個都是忠義兩全，頂天立地的好男子。

總之，《後傳》作者，賦予梁山泊英雄嶄新的面目與道德，人人也能忠義兩全，使得他們的個性與形象，較《前傳》更爲堅實，更爲飽滿。並創造了圓形人物與扁平人物，刻畫出多樣的人物性格，藉以表達複雜的人生真相。更擴大了人物描寫的範圍。上自皇帝宰臣，下至吏員平民，也都一一加以錄用。同時，也照應到梁山小將，使得新一代的英雄人物，也加入起義的行列。因而《後傳》中的人物，個個鮮明生動，靈活真實，呈現出多樣性，的確較《前傳》更勝一籌。

## 第三節　語言論

小說家在創作時，必須藉助於語言文字的媒介，才能出現可供讀者閱讀的作品。因爲它要用語言去創造表現現實的事件、自然現象，以及塑造人物形象等等過程。如果作家能夠運用富於具體形象的語言，並表現得恰到好處，便能把小說中的人物寫活，也能把故事寫得生動感人，所以語言也是構成小說作品的要素之一。

小說中的語言，總是經過作家挑選或加工過的，因此往往具有一些特點。《後傳》中的語言，也是經過作者匠心獨運的成果。今列出較具有代表性的幾項，逐一說明。

### 一、準確性

語言的準確性，並不是抽象邏輯的準確性，而是具體形象的準確性。〔註25〕

---

〔註25〕葉朗著《中國小說美學》頁 134，第三章二六「油晃晃」與「明晃晃」——小

也就是說：用最富有表現力的字、句，把客觀事物恰如其份的表現出來。〔註26〕
從塑造人物來說，也就是善於描摹各個人物的聲容口吻，而把該人物的性格特
徵，恰到好處的表現出來。例如：

　　阮小七在遇到牛督監要將黃信關在囚車中，從登雲山經過時，便對他說：
「莫說你這蠢牛，便是宋官家在此經過，也要脫下天平冠做當頭！」金將阿
黑麻領兵要來改打登雲山，阮小七馬上說：「怕他鳥！待他來，殺得他罄盡。
奪轉東京，大家輪坐！」以上這些，都準確的描摹出，阮小七不畏權勢的個
性，及充滿火辣辣的暴躁脾氣。穆春第一次遇到蔣敬時，便對他說：「我不說
虛話了，其實身邊沒有一釐銀子。」在雙峰廟除掉「雙峰三虎」後，一直說
著：「那些狗頭都被我打倒了，好快活！」在得知無惡不作的焦面鬼，想要加
害聞煥章後，在路途上遇到他，便喝到：「你要香噴噴的老婆，叫你先吃碗板
刀麵著！」順手也將他除掉了。作者準確的刻畫了穆春的為人行事，是何等
的乾脆俐落。

　　扈成與阮小七來到顧大嫂開設的酒店時，顧大嫂請他們到後面小亭上坐。
兩人「只見桌上供著一瓶劍葉菖蒲，幾朵蜀葵花，加上流水潺潺，好不清幽。」
生動的刻畫出顧大嫂依舊是「粗獷於外，而精細於內。」〔註27〕等到他聽說扈
成的貨物被毛豸搶去，便立刻說到：「斬草除根，何不先下手奪回這擔貨物，還
了扈叔叔，也顯得與故世的三娘情分。」的確快人快語，義氣干雲。

　　此外，對於書中其他人物的外形和心理，作者也描繪的十分生動。如：
錢歪嘴的老婆巫氏，故意罵雷橫的母親，讓戴宗碰釘子：「我家沒什麼朱統制，
這老厭物有許多兜搭，回他去便了！」活畫出潑辣婦人的嘴臉。而暹羅國妖
僧薩頭陀，居然對丞相共濤說：「我不用素齋，只要羊羔燒肉。」等等，都是
十分明顯的例子。

　　總之，作者不僅善於描繪人物的性格外貌，人物說活時的語調神色，即
使是一切內心世界的狀態，也都靠人物的語言動作，以及環境的氣氛，把它
描繪出來。因而能更準確、更生動的「傳」出人物的「神」，〔註28〕使得人物

　　　說語言的準確性。台北：里仁書局。西元 1987 年 6 月。
〔註26〕貫文紹、徐召勛著《中國古典小說藝術欣賞》頁 47。〈古典小說的語言〉一文。
　　　台北：里仁書局。西元 1984 年 8 月。
〔註27〕鄭瑞山著《水滸傳人物論》。東海大學中文研究所碩士論文。西元 1975 年 4
　　　月。
〔註28〕孫遜著〈明清小說論綱〉一文。見《明明清小說論稿》，上海：古籍出版社。

的語言，極其生動而多變，豐富而多彩。

## 二、喜劇性

這裡的喜劇性，是指「極趣之筆」，也就是指語言的幽默性、喜劇性。
〔註 29〕因小說的語言，除了準確性和生動、精鍊之外，若能具有喜劇性，
必能包含更豐富、更深刻的內容，使讀者在閱讀的時候，更能產生一種輕快
感和喜悅感，從而獲得更深的美感享受。以下即是這種例子：

郭京與馬俊、張雄領兵去攻打飲馬州，被李應等人打敗，他只好流落當
乞丐。後來遇見趙良嗣，趙良嗣卻認為郭京出軍失利，是個「沒時運的鈍貨」，
若要提攜他，恐怕「有礙前程」，只好草草打發他走了。李俊、費保在太湖打
翻了丁自變的小船。船上的人向丁自變報告此事時，當著他的面對他說：「小
的們查他，大罵要剝老爺的皮，與百姓除害。」樂和用計懲治呂太守，所以
當倪雲、高青颺的一聲拔出短刀，明晃晃的架在呂太守的頸上時，呂太守早
已嚇得「三十個牙齒捉對兒相打。」樂和卻說：「呂太守，你不要慌。」又，
盧師越欲誣陷安道全，在蔡京面前，他居然也說：「『那蔡京奸賊，碎割了他，
方快我心。』安道全如此的毀罵。」柴進因被吉孚從滄州牢中救出，只得藏
身在唐牛兒的家中。唐牛兒的鄰居到他房子裡面一看，卻說：「炕上窩藏的是
『柴』，卻沒有『進』。我家裡柴毛也沒有！」還有郟哥，一心想要替王婆做
媒，撮合她與江忠兩人。王婆卻說：「我纔七十三，要嫁老公，還要後生些。
那裡要這老滯貨！」江忠不甘平示弱，也回她一句：「我一生不娶老婆，也不
要你這老咬蟲！」

上述這些例子，都是極為風趣、幽默的對話。也由於作者匠心獨運，因
而書中的語言，處處精妙，詼諧幽默，可說是充滿了高度的喜劇性。

## 三、方言土語

為了創造人物形象，以及敘述整個故事的進行，作者大量的汲取民間日
常口語中的詞彙，使得書中的語言簡潔生動，同時也流露出質樸酣暢的特性。

杜興向楊林形容趙玉娥，時常向他賣弄風情：「單是小奶奶『喬張做致』，

---

西元 1986 年 9 月。
〔註29〕同註 25。頁 141。第三章「極險之情」與「極趣之筆」——小說語言的喜劇
性。

有些不尷尬，好生看不得。」郭京走進一家客舍，店裡有一老人。正患瘧疾，他向郭京說到：「要米做飯，自去打火。我正發『擺子』，動彈不得。」吉孚爲救被囚在獄中的柴進，便向小牢子謊稱滄州太守高源，實在糊塗之至，一會兒命令要在獄中處死柴進，一會兒又下令要帶他去問話，吉孚說道：「這相公好不『鶻突帳』！又要帶柴進到內衙去。」唐牛兒的鄰居小甲，形容他的房子極小，不可能藏有囚犯。小甲對左鄰右舍說道：「這『丟丟』小房子，藏隱不得。」宋清在金營中巧遇朱仝，向他形容此地囚禁犯人的地方，極爲骯髒。他說到：「虧得遇著皇甫先生，得這所安身！外面『鏖糟』得緊。」。〔註30〕

　　由上可知，作者巧妙的吸收了民間日常生活中的方言土語，使得書中的語言不僅眞切自然，也格外的意味深長。

## 四、詩詞韻語

　　小說本屬於散文型體裁，其中的語言也應爲散文。〔註31〕但在古典小說中，經常加入一些韻文，這些韻文，通常都是用來補充散文所敘述的對象，也是組成完美的藝術形象的要素。

　　在《後傳》中所穿插的韻文，包括詩、古風，以及類似詩歌的押韻文字等。例如：阮小七殺了張幹辦後，作者即寫道：「正是：書詩逐牆壁，奴僕且旌旄。」這兩句話是感嘆朝廷的用人不當，因蔡京屬下的張幹辦，平日不爲百姓做事，卻只會狐假虎威，專門欺壓百姓，像這樣的人，豈可爲百姓父母？更可嘆的是，那些眞正具有才華，且飽讀詩書的儒者，卻被摒棄不用，不爲朝廷所重視。這實在是作者感到最悲哀的事，也是作者以此來諷刺明末現實的弦外之音。〔註32〕李俊在縹緲峰飲酒賞雪，從空中掉下一塊石板，上寫一首四言詩：「替天行道，心存忠義。金鰲背上，別有天地。」此詩即把《後傳》的主題，提綱挈領的表達出來。此詩說明了心存忠義的梁山泊英雄，日後必能在海外的金鰲島創建出另一番的豐功偉業。這塊石板由李俊拾得，也正暗寓著李俊日後將是英雄們的領袖。這首詩的確顯現了作者寫作技巧的高超不凡。又，樂和、李俊在懲治了呂太守與丁自變後，作者引名賢的詩一首，歎息道：「爲富由來是不仁，可憐象

〔註30〕以上諸例，參見田宗堯著《中國古典小說用語辭典》中，頁 968、1400、1445、311、1429。台北：聯經出版公司。西元 1985 年 3 月。

〔註31〕同註 26。頁 67。七詩詞韻語。

〔註32〕蕭相愷著〈陳忱「《水滸後傳》」雜議〉一文。見《明清小說研究》第一輯。北京：中國文聯出版社。西元 1985 年 8 月。

齒自焚身。綠林反肯持公道，愧殺臨刑金谷人。」這首詩也是指責那些貪吏豪紳，平日只知貪婪聚斂，為富不仁，卻忍心坐視百姓生活於困苦之中。而能挺身出來，真正主持公道的，卻要期待於綠林中的好漢了。作者諷刺明末官吏殘酷的壓迫虐擾人民，並強占田地，〔註33〕可謂不遺餘力。

此外，書中尚有多處，不能一一列舉。這些詩歌韻語，不但能調劑作品的密度與節奏，〔註34〕還能增加作品的韻味、風趣，展現了藝術形象的美感。

總之，由於作者的廣採博搜，兼容並蓄，因而使得本書的語言，具有準確性、精鍊、生動，以及幽默性等特徵。無論是描摹人物的聲容，或描繪事物的狀態，都能維妙維肖，十分傳神。再加上熔合了諺語、俗語、成語、修飾語、詩歌、韻文等於一爐，因而創造出最為豐富生動的語言，彷彿如從山陰道上行，有應接不暇、美不勝收之感，可說是達到了搖曳生姿、豐富多彩的境地。

---

〔註33〕 李光璧著《明朝史略》，頁 157～161。第五章、第五節「萬曆天啓間的城市市民，反抗礦稅監的問題，和白蓮教之亂」。台北：帛書出版社。西元 1985 年 6 月。

〔註34〕 同註 26。頁 288。七詩詞韻詞。

# 第四章　結　論

## 第一節　《水滸後傳》在內容思想上的成就

　　《前傳》中，天罡地煞一百零八位梁山好漢，在經歷了氣勢磅礴，雷霆
萬鈞的聚義，到「狂飆式的席捲掠戰」，〔註1〕而至招安、破遼、征方臘後，
不僅大半為國犧牲，而且宋江、盧俊義又負屈含冤而死；剩餘的三十二人，
也如脫線之珠，離條之葉，散居四方。此種凋零殘落的結局，實在令人感慨
無窮，唏噓不已。因而《後傳》作者陳忱，為替英雄「泄憤」，〔註2〕於是將
剩餘的人，重新聚集起來，「使其另建一番功業，另受一番榮華，同歸一處，
以討後半世收成結果，作美滿大團圓，以大快人心。」〔註3〕

　　《後傳》之作，無論在內容或思想方面，均有超越《前傳》的地方。就
內容而言，豐富而有變化，較之《前傳》出色不少。英雄們自征方臘回來後，
個個早已安居樂業，誰知朝廷中的奸佞小人，仍要興風作浪，惹事生非，致
使英雄們不得不起來反抗，因而也再次的聚集在一起。登雲山有孫立、孫新、
鄒潤、阮小七等人，飲馬川有李應、樊瑞、楊林、杜興等人，他們便繼續與
這些奸佞周旋。而處處迫害英雄的人，除了朝廷的奸賊以外，尚有謀財害命

---

〔註1〕張淑香著〈從驚天動地到寂天寞地──水滸全傳結局之詮釋〉。台北：中外文
　　　　學月刊等十二卷、第十一期。西元 1984 年 4 月。
〔註2〕陳忱著，《水滸後傳》論略第二條──清、紹裕堂刊本。美國哈佛大學漢和圖
　　　　書館藏本微卷。西元 1988 年 10 月。
〔註3〕蔡元放批評，《水滸後傳》十卷四十回本卷首讀法第一條。台北：天一出版社。
　　　　西元 1975 年 6 月。

的強盜、詐賭詐騙的流氓惡霸、作威作福的地方官吏，甚至朝廷「六賊」的黨羽。他們如網如絡，無處不在，沆瀣一氣，似狼像虎的殘害善良，最後英雄們也一一加以懲罰，讓他們得到應有的報應，以伸張人間正義，為百姓除害。英雄們處罰的這些人，個個均是害民誤國，或是與英雄們有著舊仇新恨的人，他們為天理人情所不容，所以必須加以除去，﹝註4﹞此種懲治惡人之舉動，較《前傳》中寫殺人之事，其中雖有應得死罪，但卻有無辜之可憐人，更為合情合理。這也就是惡有惡報的下場。

英雄們雖然懲治了這些奸佞惡人，但仍阻止不了童貫等人的誤國，而道君皇帝在宋江等人被害後，仍然執迷不悟。欽宗更聽信郭京等人的話，不理國事，終於把整個美好河山，白白送掉，以致身陷敵人之手，百姓亦遭塗炭。當時，朝廷有李綱和種師道等人，不顧性命挺身而出，力諫欽宗不可聽信奸佞之言，和金人和議。作者刻畫這些忠臣義士，個個慷慨直言、視死如歸，更凸顯了他們處於亂世之中，一片忠貞愛國的精神。

當汴京淪陷後，英雄們於是奮起抗敵，愛國不落人後。在黃河一帶，他們紛紛的給予金人迎頭痛擊，其「忠君愛國」的精神，再次的表露無遺。不僅如此，連梁山小將，也加入了抗敵的行列，即連昔日的王進、扈成、欒廷玉，也擔當保國禦敵的責任，從而擴大了抗敵的陣容，加強了抗敵的實力。英雄們這種抗金之行動，即是《前傳》中，「征遼」之舉的延伸，更是作者極力凸顯英雄們愛國精神，與民族氣節之表徵。因在《前傳》中，「征遼」情節的產生，魯迅認為：「然破遼故事，慮非始作于明，宋代外敵憑陵，國政弛廢，轉思草澤，蓋亦人情，故或造野語以自慰。」﹝註5﹞這些話極有道理，因為當一國的人民，在遭受外敵侵凌，而政府無力抵抗，以及關係著民族興衰存亡之時，便會把希望寄託在草澤英雄的身上，這原是一種民族意識的表現。﹝註6﹞所以當道君皇帝被羈留在金營中時，燕青甘冒著生命的危險，到營中去探視他，以稍盡人臣之義，並獻上「黃柑青子」，由此證明，作者竭力的闡明「草野布衣」的愛國精神；不僅如此，這些梁山泊好漢，也都是大宋子民的「草澤英雄」。陳忱在小說中如此的描寫，在他的詩中，也堅定的說：「草澤自有真英雄」（〈九歌〉之七），

---

﹝註4﹞ 同註3讀法第四條。
﹝註5﹞ 魯迅著《中國小說史略》。北京：人民文學出版社。西元1973年1月。
﹝註6﹞ 蕭相愷著，〈百回本水滸後半部思想價值之我見〉。見《明清小說研究》第三輯。北京：中國文聯出版公司。西元1985年12月。

因為，陳忱也發現，明末清初的社會，和《後傳》中所反映的北宋末年的社會，居然極其相似！

梁山泊英雄們原是抱著滿腔熱血，想要抵禦外侮，報效國家。然而，當情勢無法挽回時，再加上朝廷的高宗，本有中興國家的指望，不料仍用一般奸佞之臣。既是正人君子遭受排擠，加上國內已無立身之地，英雄們只好前往海外投靠李俊，以成就另一番大事業，也強如在國內受盡惡人的欺凌。況且，暹羅國是個富庶之地，其風土、食物、人情，也與中華無異。英雄們於是乘風破浪，到海外與李俊共同聚義。

陳忱終為《後傳》英雄，尋找到一塊海外「桃源」，讓歷盡千辛萬苦，為人民除去誤國奸佞的梁山泊好漢，在那塊樂土上，經營自己的事業，這海外的「桃源」，就是陳忱理想中的烏托邦。它是充滿著無窮的希望與期待的樂土，也是一個文明禮樂的社會。在這塊樂土上，人人都能貢獻自己的聰明才力，積極入世的參與社會上的一切活動，樂觀努力的來建設他們的理想國。

既身遭亡國之痛，又認識了失國的經驗教訓，陳忱因而極力在書中，發揚水滸英雄的愛國精神，與鼓吹民族氣節，並且寄託了他的理想，因為陳忱所要告訴世人的，是他要表揚忠義之士。這些忠義之士，不是朝廷上的近臣勳戚，而是草野鄉民，他們才是真正的英雄豪傑。「時窮節乃見，一一垂丹青」，這就是陳忱對這些《後傳》英雄的肯定與讚美，故而讓他們終能在海外立國，期能早日驅逐敵人，光復神州，以續創另一番豐功偉業。所以海外的暹羅，就是英雄們興復宋室的根據地，同時也是陳忱企望「反清復明」，而託旨遙深的真意所在。

# 第二節 《水滸後傳》在藝術上的成就

做為一部續書的《水滸後傳》，它不僅在思想內容方面，和《水滸傳》有著連續性，而且在藝術上，也有著繼承和模擬的性質。但仍有它獨具的特點，無論在人物的刻畫，語言的運用，抑或是情節上，都能另闢蹊徑，自成一格。

在人物描寫方面，作者對於《前傳》中剩餘的三十二人，除了讓他們保持原有的性格與面貌外，並替他們增添一番光彩，因而寫得燦爛奪目，光芒四射。〔註7〕作者改變了他們「打家劫舍」、「亡命反叛」之徒的舊有形象，賦

---

〔註7〕張健著〈讀「《水滸後傳》」——中國的「烏托邦」〉一文。台北：幼獅月刊四

予他們的新的面目，及新的道德。例如李俊，雖是潯陽江上的漁戶，但識見遠大，為人豪邁寬宏，他能成為《後傳》中英雄的領袖，一方面是他勇於創建，首先到海外一展雄圖，具有開創之功；另一方面是他存心忠義，輔弼得人，﹝註 8﹞兼有救駕之功，故可稱得上是「君主之選」。樂和遇事見機而行，在王駙馬府中聞風先走，到建康又乘機救了花逢春母子，到太湖又救了李俊；並設計使貪官豪紳，受到應得的懲罰，這些事都顯出他的機警多智。再如阮小七，因在僻路失母，一遇見孫新，只是焦急，連酒也不肯吃，依舊是直爽急躁的個性。穆春在柳塘灣、揭陽嶺、雙峰鎮等地除凶，也顯示出他嫉惡如仇、剛烈勇猛的個性。而燕青，向道君皇帝獻「黃柑青子」，表現出忠肝義膽的行為，勸李俊接受王位，又顯現出他風趣幽默的另一面，可說是書中最活躍、最生動的人物。作者不僅刻畫出正面人物，對於反面人物的個性，也刻畫的極為真實、生動，例如寫呂志球的貪污、丁自燮的霸道，張邦昌、劉豫的叛宋順金，林靈素，郭京、薩頭陀的欺誑妖邪等等，對於這些奸臣貪官、流氓無賴，作者在深惡痛絕之餘，也都一一加以譴責。

《後傳》中的梁山泊英雄，已自《前傳》中成長了許多。作者描寫他們，個個急功好義、見義勇為，當弟兄有難，他們極力去拯救。如：救關勝、花逢春母子、李俊、宋清等；當百姓受苦，他們也挺身而出，如：李俊懲治巴山蛇救太湖的漁民，燕青拯救落入金人手中的盧家母女，李應火燒萬慶寺，為民除掉貪淫凶惡的和尚曇化等皆是。甚至當國家有難時，英雄們也肩負起保國抗敵的責任。在金兵渡河後，李應、燕青等人，便去投效宗澤以抗敵。作者酣暢淋漓的描繪了英雄們患難與共，為國為民的精神，同時也貫徹了魯智深「救人須救徹」的俠義胸襟。

此外，梁山小將的表現也非常出色，他們行事端正，智勇雙全，在國難當頭、外敵入境時，也奮勇的加入了殺敵的行列。並從金將阿黑麻的「橫衝營」中，拯救了宋安平，又奪回宋江生前的坐騎「照夜玉獅子」，以及當年呼延灼征梁山泊時，徽宗御賜的「踢雪烏雕馬」。在鄆城縣，也為人民除去趙能的兒子「百足蟲」、鄆城團練曾世雄，以及演六甲遁法陷東京的郭京，因而救出了宋清夫婦。這些都顯示出：梁山泊英雄後繼有人。

---

十卷第三期。西元 1974 年 9 月。
﹝註 8﹞陳忱著，《水滸後傳》卷首「論略」。清、紹裕堂刊本。美國哈佛大學漢和圖書館藏本微卷。西元 1988 年 10 月。

作者不僅刻畫人物深入，甚至適度的褒貶人物，〔註9〕讓那些貪官污吏、豪紳惡霸等，欺凌人民的惡人，得到應有的鞭撻懲罰；對於那些忠臣良史、善人君子，則竭力頌揚、讚美不已，以達到彰善癉惡，勸懲褒貶的目的，〔註10〕俾能有益於世道人心。〔註11〕

另外，書中的語言，也豐富多彩十分生動，它具有準確性，也就是善於描摹人物的聲容口吻，如寫安道全稱讚李俊，說他「必有大福」，李俊便說：「一勇之夫，放膽做去，禍福在所不較。」，又說：「什麼非常富貴，大碗酒、大塊肉是有得吃！」這都足以表現出他是一個生性豪邁的人；又如李逵罵戴宗：「你這廝好不忠義，卻與童貫這奸賊遞文書麼！」也依舊是一副「鐵牛」的脾氣。除準確性外，也具有生動形象及精鍊的特色，前者如描寫武松見到昔日的眾兄弟，衣服未穿好，就趕忙提了袖口，向眾人作揖，活畫出仍具有不做作的「英雄本色」；後者如敘述李應等人，為救柴進，便暫時撤離滄州的情形，只見「旌旗倒捲，戈戟橫肩，拔營盡去」，這簡潔的字句，便生動的表達出大隊的人馬一齊離去，以及刀鎗戈戟等兵器與旗幟，也跟著一掃而空的景象。再者，書中更處處充滿幽默、趣味的語言，令讀者在閱讀的時候，也能產生愉快及喜悅之感；作者更運用修飾語與比喻，具體傳神的描述出人物的內心思想感情，以及客觀外在的事物。另一方面，作者也大量的使用諺語、俗語、方語、土語等，使得書中的語言，具有真切自然的特色；同時又穿插了詩歌等韻文，展現出豐富的藝術形象美感。總而言之，作者廣泛的展現了語言的特色，擴大了語言的內容，可說大大增強了作品的藝術性。

再就情節與結構而言，在情節上具有驚險性與曲折性，首回作者即寫阮小七因殺死張幹辦，於是一一引出梁山泊剩餘的英雄，重新再次聚義，終於成就了這部「續英雄譜」。柴進、關勝等人，在面臨生死攸關的緊要時刻，卻能化險為夷，其充滿扣人心弦的緊張氣氛，使得情節充滿「驚險性」。再如蔣敬江中失財而又復得的經過，以及李俊、樂和等在暹羅國的征討情形，也都離奇曲折，起伏跌宕，在情節上可說是具有「曲折性」。作者更用伏筆與照應，使情節能夠前後一貫，發展合理，也增加了本書的藝術魅力。至於情節的安排，作者分成

---

〔註9〕 李靈年著，〈陳忱的《水滸後傳》〉。見《中國古代通俗小說閱讀提示》。江蘇：人民出版社。西元1983年6月。

〔註10〕 蔡元放批評，《水滸後傳》十卷四十回本，卷首讀法第三十六條。台北：天一出版社。西元1975年6月。

〔註11〕 同註10。卷首之序文。

國內與國外兩條線索,交互進行。國內則敘述梁山泊英雄,在登雲山及飲馬川重新聚集的經過;國外則描寫李俊先至金鰲島創業,及征服暹羅國的情節;國內英雄有一場抗金的戰爭,國外的李俊等人,也遭遇到對抗奸臣的戰事,這兩場的戰爭,是遙相呼應的,作者這樣的安排,可說巧妙之至。最後作者終讓這些忠義兩全的梁山泊英雄,能海外的暹羅立國,尋覓到理想中的烏托邦世界。

　　總之,作者的文字簡鍊,運筆精妙,使得全書的人物鮮活而卓特,語言生動而逼真。並且情節具有高度的戲劇性,結構緊密。無論是寫人、寫景,或描繪各種事態,都能縱敘自如,搖曳生姿,〔註 12〕在藝術上的成就,可說是十分豐富而多采多姿了。

# 第三節　《水滸後傳》對後世戲曲的影響

　　《前傳》中,梁山泊一百零八位英雄好漢,在破遼征方臘凱旋歸來後,原本應有封官授爵、享受榮華富貴的喜劇結局,誰知竟變成眾英雄或被害、或亡去,或遠遁的悲劇結果,令所有喜愛這本小說的人,感到無限的悲慨悵惘,難以釋懷。因而對於倖存的人,該如何安排他們,而那些亡過之人,又應給予何種評價。針對這個問題,終使得有志之士,寫成了《水滸》的續書。

　　《後傳》作者陳忱,就是對《水滸》結局的不滿者,他對梁山泊英雄的屢建功勳,卻得不到應有的賞賜,甚至使得宋江等人,負屈貪冤而死,感到憤慨無窮。於是他期望著那些劫後餘生的,和死難的英雄後裔們,能繼承先烈的遺業,誅鋤強暴,剷除奸凶,〔註 13〕並開創基業,進而使人人都能得到富貴,安享尊榮,〔註 14〕以補《前傳》未了的事業。〔註 15〕

　　《水滸後傳》一書,對於梁山泊英雄的讚許與稱揚,可謂酣暢淋漓,而剩餘的三十二人,終能完成宋江未完成的事業。此書一方面令讀者歡欣鼓舞,一方面對於後世「水滸續書」的出現,具有助長風氣的作用,並對後代的戲曲,產生了深遠的影響。

---

〔註12〕同註 7。
〔註13〕蔡元放批評,《水滸後傳》十卷四十回本卷首序文。台北:天一出版社。西元 1975 年 6 月。
〔註14〕同註 13。
〔註15〕陳忱著,《水滸後傳》卷首〈宋遺民原序〉。三多齋刊本。日本:東京大學東洋文化研究所倉石文庫藏本。

陳忱《水滸後傳》一書，首先刊刻於清康熙三年，〔註 16〕其後，有另外兩本《水滸》續書，〔註 17〕也分別出現。一本是刊刻於清乾隆年間的《後水滸傳》，〔註 18〕另一本則是刊刻於清咸豐元年的《結水滸傳》。〔註 19〕《後水滸》一書，魯迅的《中國小說史略》一書，以及鄭振鐸有關中國文學史的諸書，均未曾提及。〔註 20〕惟清康熙時人劉廷璣的《在園雜誌》卷三裏，曾謾罵《後水滸傳》一書，文詞乖謬，不足以成爲一部續書。〔註 21〕此書後來於一九六五年二月，在大連圖書館發現，〔註 22〕其書不分卷，共四十五回，書中題「青蓮室主人輯」，有「采虹橋上客題於天花藏」的序。因有「天花藏」和「素政堂」兩方印，故有些學者推斷，「青蓮室主人」與「采虹橋上客」，亦即是「天花藏主人」。〔註 23〕《後水滸傳》雖以「水滸」爲名，實際上是寫南宋楊么在洞庭湖起義的故事，〔註 24〕書中敘述宋江、盧俊義等梁山泊英雄，本爲天上的星宿，又再次的下界轉生，成爲楊么、王摩等洞庭英雄。所以書中的人物，並非《前傳》中原有的人物，故不能眞正的算是《水滸》的續書。

另一本《結水滸傳》，共分七十卷七十回，另有結子一回，亦名《蕩寇志》，作者是清道光年間的俞萬春，此書立意與《水滸》相反，書中梁山泊的各個英雄，最後的結局竟是「非死即誅」，〔註 25〕作者不僅責罵他們爲強盜巨寇，更是深惡痛絕，一心一意要斬盡殺絕，因而此書也不能算是《水滸》的續書。

由於這幾本續書的出現，使得《水滸傳》流傳的更爲廣泛，以致在明、清二朝，均有禁毀《水滸》一書的禁令，〔註 26〕可見當時《水滸傳》的流行，

---

〔註 16〕 見本論文第一章、第二節。
〔註 17〕 大塚秀高著，《增補中國通俗小說書目》。日本：東京，汲古書院。西元 1987 年 5 月。
〔註 18〕 同註 17。
〔註 19〕 同註 17。又魯迅著，《中國小說史略》。（北京：人民文學出版社。西元 1973 年 1 月）中亦提及。
〔註 20〕 林辰著，〈第一部寫楊么起義的小說──罕見孤本《後水滸許》〉一文。見《明清小說研究》第二輯。北京：中國文聯公司。西元 1985 年 12 月。
〔註 21〕 同註 20。
〔註 22〕 同註 20。又大塚秀高著，《增補中國通俗小說書目》一書中亦著錄。
〔註 23〕 同註 20。鳥居久靖著，〈《水滸後傳》覺之書〉一文中，亦認爲《後水滸傳》之作者，爲明末的天花藏主人。見日本「天理大學學報」第四十八期。西元 1961 年 1 月。
〔註 24〕 同註 20。
〔註 25〕 魯迅著，《中國小說史略》。北京：人民出版社。西元 1973 年 1 月。
〔註 26〕 王利器輯錄，《元明清三代禁毀小說戲曲史料》。上海：古籍出版社。西元 1981

以及文人寫作《水滸傳》的續書，也具有重大的影響。

　　作為明代四大奇書之一的《水滸傳》，經過數百年來廣為流傳之後，梁山泊一百零八位好漢，已成為大家耳熟能詳、津津樂道的英雄人物。因而以水滸英雄人物故事為戲劇題材的，不勝枚舉，由元朝至清朝，包含雜劇、傳奇和有些作家不守規格的創作短劇等體裁均有，而在內容方面也十分豐富。加上陳忱的《水滸後傳》一書，更有推波助瀾的作用。歷來的曲籍，例如：《錄鬼簿》、《輟耕錄》、《太和正音譜》、《錄鬼簿續編》、《遠山堂曲品劇品》、《新傳奇品》、《也是園書》、《傳奇彙考》、《曲錄》〔註27〕等書，也均有著錄。由此可見，有不少的劇作家，依據個人的興趣，從小說中摘取部份，敷演成各種不同面貌的水滸劇，這是水滸故事發展演變中的另一支流。

　　明代，水滸故事之流傳演進，可說是達到空前鼎盛的局面，嚴敦易在《水滸傳的演變》一書中，〔註28〕曾云：

　　　　除了說話、圖畫等等，相輔而行的文藝形式外，又有各種的水滸人
　　　　物的地方戲曲，甚至作為賭博用具的葉子戲，也用水滸人物來作為
　　　　內容的代表。像張岱的《陶庵夢憶》所記：農村祈雨演水滸戲扮人
　　　　物，竟到了尋真的「黑矮漢、稍長大漢、頭陀……」等等，形貌宛
　　　　肖的人，大索「城郭鄉村」與「鄰府州縣」，重價聘請的地步。

我們即可推見當時的社會上，對於水滸故事風靡一時的程度了。至於傳奇方面，則以「寶劍記」、「水滸記」、「義俠記」，以及「虎囊彈」等，最為有名。〔註29〕

　　清代，雖曾數度頒布禁毀《水滸傳》小說戲曲的禁令，但關於《水滸傳》的劇本，仍續有創造和發展。楊紹萱在〈論水滸傳與水滸戲——自歷史上梁山泊人民運動說起〉一文中，認為在清代中葉乾隆以後，崑腔戲已逐漸沒落，代之而起的亂彈戲、梆子、皮黃，特別是秦腔在黃河流域興起之際，《水滸傳》故事在舞台劇中，有一突出的發展，就是產生了幾個描寫梁山泊後代人物的劇本，並且在舞台上極為流行。〔註30〕因陳忱在《水滸後傳》一書中，除描

　　　　年2月。
〔註27〕謝碧霞著，《水滸傳戲曲二十種研究》，第一章第二節。台北：國立台灣大學
　　　　文學院出版。西元1980年6月。
〔註28〕嚴敦易著，《水滸傳的演變》。北京：作家出版社。西元1957年3月。
〔註29〕同註27。
〔註30〕楊紹萱著〈論水滸傳與水滸戲——自歷史上梁山泊人民運動說起〉一文。見

述梁山泊剩餘的三十二位英雄外，尚且提到呼延鈺、徐晟等四位梁山小將。
由此可知，清朝所產生的描寫梁山泊後代人物的戲曲，必然是受到《水滸後
傳》一書的影響。以下簡略介紹這些當時極為流行的劇本：

1. 慶頂珠

此劇名首見《聽春新詠》中。寫蕭恩父女反抗呂志球、丁自燮，擅征魚
稅的故事。蕭恩父女襲殺丁府之後，官兵追趕，蕭恩自殺而救出女兒逃走。
後來京戲改名為「打漁殺家」。蕭恩之名不見《水滸後傳》。論者謂係阮小五
的音轉。

按：在陳忱的《後傳》中，不見蕭恩之名，更非阮小五的音轉。因阮小
五在《前傳》中早已身亡，《後傳》中也不見其名，更無遺留女兒。而反抗丁
自燮、呂志球擅征魚稅的人，是居住在太湖中的李俊，及其結義的費保、倪
雲等人。故此劇的人名及故事情節，與《後傳》略有出入。

2. 艷陽樓

寫徐寧之子青面虎徐世英等，反抗高俅之子高登。殺了高登之後，徐世
英及其妹飛珠卻失散。

按：《後傳》中徐寧之子名徐晟，並非徐世英，徐晟無妹，且並未出現高
俅之子。因而此劇的人名與故事，均是杜撰。

3. 白水灘

寫穆弘之子穆玉璣，誤打抱不平，錯打了玉面虎徐世英。

按：在《前傳》中，穆弘也早已身亡，故在《後傳》中不再出現，更無
兒子穆玉璣，故此劇之人名與故事，也屬虛構。

4. 通天犀

寫穆玉璣被州尹劉志敏陷害，徐世英劫獄將穆玉璣救出。

按：此劇與前劇一樣，同屬虛構。

5. 昊天關

寫李俊率領梁山泊兒女們，詐開昊天關的故事。

按：在《後傳》中，李俊不曾率梁山泊的兒女們，去詐開昊天關，所以
此劇的情節也是杜撰的。

以上這幾個劇本，都是當秦腔在黃河流域興起之時，流行在舞台上的戲

___

《水滸研究論文集》。北京：作家出版社。西元 1957 年 3 月。

曲，〔註31〕雖然大部份的人物與劇情，和《後傳》不相符合，但是受到《後傳》的影響，卻是無庸置疑的。〔註32〕

此外，在平劇中也有演《水滸後傳》之劇目，〔註33〕分別是：

### 1. 打漁殺家

阮小二易名爲蕭恩，與女桂英打魚爲生。後土豪丁自燮催討漁稅，李俊、倪榮加以斥責。縣官逼迫蕭恩至丁府賠禮，蕭恩因假獻慶頂珠爲名，殺死丁府全家。此劇一名「慶頂珠」，又名「討漁稅」，取《水滸後傳》中李俊事改編而成，爲京劇優秀劇目之一。漢劇、蒲劇、山東梆子此均有此劇目，川劇有「打漁招親」，豫劇「蕭恩打漁」，河北梆子、蘇州梆子有「慶頂珠」，結尾有「蕭恩自刎」情節，湘劇、晉劇、滇劇都有此劇目。

按：《後傳》中並無阮小二及其女桂英，亦無倪榮，且蕭恩殺死丁府全家，也與原書的情節不合，因李俊雖然反抗丁自燮的擅征漁稅，但最後只讓丁自燮拿出銀子，替人民代繳糧稅，並沒有殺害他。再由各地的地方戲曲均上演這齣戲，可見此劇流傳極爲廣泛。

### 2. 雙賣藝

花榮之子花逢春，因父死，流蕩江河賣藝，到平王鎮遇阮三，與他比武，李俊、倪榮替兩人排解相認。蕭恩因殺死了丁自燮後，被官兵擒獲，其女桂英便攜弟逃走，至平王鎮也與花逢春格鬥，李俊、倪榮趕勸止，夫妻終於相認。

按：此劇與《後傳》中的故事情節，也完全不合，因花逢春後來娶暹羅國的玉芝公主，也不曾在平王鎮賣藝。所以劇中人物除李俊、花逢春外，其餘全是虛構。

### 3. 賣藝訪友

梁山石勇之子化龍，因流落江河，便藉賣藝訪友。後與花逢春、蕭恩之女桂英三人，剪除惡霸閭三釣及其爪牙，爲民除害。

按：此劇也是作者杜撰的，人物除花逢春外，其餘的人，均不見於《後傳》。

### 4. 昊天關

李俊與童威、童猛、費保、倪榮等，再次起義，欲奪昊天關，因守將趙

---

〔註31〕同註30。
〔註32〕同註30。
〔註33〕陶君起著，《平劇劇目初探》，第十一章「宋代的故事戲」。台北：明文書局。西元1982年7月。

義勇悍，不能力取，因得花逢春之助，終於成功。漢劇、徽劇都有此劇目。

按：此劇亦不見於《後傳》，且無倪榮、趙義等人。

### 5. 太湖山

李俊、花逢春、索超等佔領太湖山，遇安道全救了聞建章之女。後眾人共奪金鰲島，並殺了秦檜之姪秦樹。此劇一名「金鰲島」。

按：此劇與《後傳》中的情節，也完全不合，更無索超、聞建章及其女，與秦樹等人。

### 6. 艷陽樓

高球之子高登，仗勢欺人，搶奪徐寧之女佩珠。後徐寧之子士英，與花榮子花逢春，秦明子秦仁，呼延灼子呼延豹等人，夜入高府，在艷陽樓救出佩珠，並合力殺死高登。此劇一名「拿高登」。晉劇、河子（應爲「北」字）梆子有此劇目。

按：此劇不見於《後傳》。且高球應爲「高俅」，人物除花逢春之外，其餘亦不見《後傳》中。

以上所介紹的戲曲，係就《後傳》中取材，再加以敷演而成，有些情節與書相似，有些則完全不同，甚至人名也有與之不合的，但是作者穿鑿附會的創作苦心，的確是深受《後傳》一書的啓示與影響；況且這些戲曲，流行於全中國各地，廣受人民的喜愛，因而陳忱的《後傳》一書，可說是不僅眞正繼承《水滸》一書而來，並且是唯一的一本續書。

在國家易鼎，時局動蕩之際，明末遺民雖然處在這種困苦的環境中，他們並不完全絕望，仍然圖謀恢復故國。〔註34〕陳忱雖然也絕意仕進，身名俱隱，但也同樣有恢復故國的期望。〔註35〕對於明末政治的腐敗，與社會的黑暗，以致敵人入侵的事實，固然令陳忱哀痛不已；而滿清政府以殘酷的手段，來欺壓迫害人民，更使陳忱感到極端的憤恨。於是他不斷的在他的詩裏一一加以指責，並且大膽眞實的加以披露滿清的罪行，讓世人都能眞正的認清滿清政府的面目與手段，藉以喚醒民眾的愛國心及民族氣節。他更不畏敵人的威勢，一再的在詩中，流露出極爲強烈的愛國意識與堅強的勇氣。甚至表示

〔註34〕謝國楨著，〈明末清初的學風〉一文。見謝國楨《明末清初的學》。北京：人民出版社。西元1982年6月。

〔註35〕徐扶明著，〈《水滸後傳》作者陳忱的愛國思想〉一文。見《水滸研究論文集》。北京：作家出版社。西元1957年3月。

要效法當時愛國志士，以身殉死的決心。由此可以看出，陳忱實具有寧死不屈，與忠貞不二的高尚人格。尤其鄭成功收復臺灣這一歷史事件，給陳忱以極大的鼓舞，於是他樂觀的燃起恢復故國的希望，他將這一希望，寄託在《水滸後傳》中，李俊等梁山泊英雄的身上。一方面賦予他們「海外立國」發展的道路，另一方面，更期待英雄們早日驅逐敵人，收復河山，興復宋室。這固然是陳忱亡國之痛的曲折反映，更是他爲明末遺民，構建了一個「反清復明」根據地的苦心孤詣。因而《後傳》雖寫梁山泊剩餘諸人，人物猶是《前傳》諸人，而其事則非《前傳》之事，可以相提並論。〔註36〕況且，《後傳》之作，在於闡揚「善有善報，惡有惡報」的因果報應觀念，並提倡表揚「忠義兩全」的行爲。同時，更爲人們開拓了一個充滿無限希望與積極前進的理想國。所以在李俊等忠肝義膽的梁山泊英雄身上，在海外富庶安定的暹羅國，我們看到了人間正義得以被發揚，民族精神得以被延續，〔註37〕一個眞正禮樂文明的社會、前瞻樂觀的「烏托邦」，得以建立存在。陳忱終爲這混亂動蕩的世界，保留了一絲的期待與希望；爲這黑暗荒謬的大地，重新建立了一座理想的精神殿宇；也爲陷於泥濘濁世掙扎的人類，提供一盞灼照未來坦途的明燈。雖然「種種事物都使世界不幸，但我們切望世界幸福。」〔註38〕陳忱的《水滸後傳》，的確爲人類勾勒出這樣一個崇高理想的境界。

〔註36〕蔡元放批評，《水滸後傳》十卷四十回本卷首序文。台北：天一出版社。西元1975年6月。
〔註37〕張健著〈讀「《水滸後傳》」——中國的「烏托邦」〉一文。台北：幼獅月刊四十卷第三期。西元1974年9月。
〔註38〕泰蒙（J. L. Talmon）著〈烏托邦理想與政治〉一文中，引法國作家喬治·杜哈美（George Duhamel）的話，見喬治·凱特布（George Kateb）編《現代人論烏托邦》一書。孟森譯。台北：聯經出版公司。西元1982年7月。

# 參考書目

## 一、原 料

### （一）與《水滸後傳》相關者

1. 蔡元放批評，《水滸後傳》十卷四十回，清·乾隆三十五年序刊本，台北：天一出版社。西元 1975 年 6 月。

2. 李卓吾先生批評《忠義水滸傳》一百回，明、容與堂刊本，台北：天一出版社，收於《明清善本小說叢刊》，西元 1985 年 5 月。

3. 陳忱著《水滸後傳》八卷四十回，清、紹裕堂刊本。美國哈佛大學漢和圖書館藏本微卷。西元 1988 年 10 月。

### （二）其他原料

#### 甲、史籍類

1. 《南潯鎮志》，清·汪曰楨撰，咸豐九年（西元 1859 年）刊本，台北：史語所。

2. 《秋室集》，清·楊鳳苞，清光緒十一年（西元 1885 年），湖州陸心源刻。台北：史語所。

3. 《建炎以來繫年要錄》，李心傳，台北：商務印書館，西元 1937 年 4 月。

4. 《清代通史》，蕭一山，台北：商務印書館，西元 1967 年 7 月。

5. 《南明忠烈傳》，蘇雪林，台北：商務印書館，西元 1969 年 1 月。

6. 《浙江湖州府志》，清·宗源瀚等修、周學濬等纂，台北：成文出版社，西元 1970 年 11 月。

7. 《小腆紀傳》，徐鼒，台北：學生書局，西元 1971 年 11 月。

8. 《明史》，清·張廷玉等撰，台北：鼎文書局，西元 1975 年 6 月。

9. 《宋代興亡史》，張孟倫，台北：商務印書館，西元 1979 年 8 月。

10. 《明代史》，孟森，台北：國立編譯館，中華叢書編審委員會，西元 1979 年 12 月。

11. 《明清史資料》（上冊），鄭天挺，天津：人民出版社，西元 1980 年 6 月。

12. 《宋史》，元‧脫脫等著，台北：鼎文書局，西元 1981 年 6 月。

13. 《宋史紀事本末》，陳邦瞻，台北：里仁書局，西元 1981 年 12 月。

14. 《明遺民錄》，孫靜菴，台北：明文書局，西元 1985 年 5 月。

15. 《明朝史略》，李光璧，台北：帛書出版社，西元 1985 年 6 月。

16. 《明清之際黨社運動考》，謝國楨，台北：商務印書館，西元 1987 年 2 月。

## 乙、文學類

1. 《吳興詩存》，陸心源輯，清光緒十六年（西元 1890 年）序刊本，台北：史語所。

2. 《潯溪詩徵》，周慶雲輯，西元 1917 年夢坡室刊本，台北：史語所。

3. 《明詩綜》，朱彝尊，台北：世界書局，西元 1962 年 2 月。

4. 《明夷待訪錄》，黃宗羲，台北：中華書局，西元 1966 年 3 月。

5. 《中國文學研究》，鄭振鐸，香港：古文書局，西元 1967 年 6 月。

6. 《茶香室續鈔》，俞樾，台北：廣文書局，西元 1969 年 3 月。

7. 《明詩紀事》，陳田，台北：鼎文書局，西元 1971 年 9 月。

8. 《古董瑣記、續記、三記》，鄧之誠，台北：中國書堂，西元 1980 年 5 月。

9. 《胡適文存》第二集，胡適，台北：遠東圖書公司。西元 1985 年 1 月。

10. 《中國文學論集》，徐復觀，台北：學生書局，西元 1985 年 1 月。

11. 《古典戲曲存目彙考》，莊一拂，台北：木鐸出版社，西元 1986 年 9 月。

## 二、工具書

1. 《中央研究院歷史語言研究所普通線裝書目》，台北：歷史語言研究所，西元 1970 年 11 月。

2. 《台灣公藏普通線裝書目書名索隱》，中央圖書館編印，台北：中央圖書館，西元 1982 年 1 月。

3. 《東京大學東洋文化研究所漢籍分類目錄》，東京大學東洋文化研究所，東京：東京大學東洋文化研究所，西元 1983 年 3 月。

4. 《中國通俗小說書目》，孫楷第，台北：廣雅出版社，西元 1983 年 10 月。

5. 《京都大學人文科學研究所漢籍目錄》，人文科學研究協會編，京都：京都大學人文科學研究所，西元 1983 年 12 月。

6. 《中華民國台灣地區公藏方志目錄》，王毅德，台北：漢學研究資料及服務中心。西元 1985 年 3 月。

7. 《中國古典小說用語辭典》，田宗堯，台北：聯經出版公司，西元 1985 年 3 月。

8. 《四庫全書總目提要》，清、紀昀，台北：商務印書館，西元 1985 年 5 月。

9. 《叢書子目類編》，文史哲出版社編，台北：文史哲出版社，西元 1986 年再版。

10. 《增補中國通俗小說書目》，大塚秀高，東京：汲古書院，西元 1987 年 5 月。

# 三、專　書

## （一）小說戲曲類

1. 《水滸傳的演變》，嚴敦易，北京：作家出版社，西元 1957 年 3 月。

2. 《水滸研究論文集》，作家出版社編，北京：作家出版社，西元 1957 年 3 月。

3. 《中國小說史略》，魯迅，北京：人民出版社，西元 1973 年 1 月。

4. 《神話與小說之部》，王夢鷗等著，收於《中國古典文學論叢》冊三，台北：中外文學月刊社，西元 1976 年 5 月。

5. 《小說的分析》，Willian Kenney，台北：成文出版社，西元 1977 年 6 月。

6. 《水滸戲曲二十種研究》，謝碧霞，台北：國立台灣大學文學院出版，西元 1980 年 6 月。

7. 《元明清三代禁燬小說戲曲史料》，王利器輯錄，上海：古籍出版社，西元 1981 年 2 月。

8. 《水滸資料彙編》，台北：里仁書局，西元 1981 年 7 月。

9. 《水滸爭鳴》第一輯，湖北：水滸研究會編，西元 1982 年 4 月。

10. 《平劇劇目初探》，陶君起，明文書局，西元 1982 年 7 月。

11. 《話本小說概論》，胡士瑩，台北：丹青圖書公司，西元 1983 年 5 月。

12. 《中國古代通俗小說閱讀提示》，鄭云波、吳汝煜編，江蘇：人民出版社，西元 1983 年 6 月。

13. 《歷代小說序跋選注》，台北：文鏡書局，西元 1984 年 6 月。

14. 《中國古典小說藝術欣賞》，賈文昭、徐召勛，台北：里仁書局，西元 1984 年 8 月。

15. 《水滸傳的來歷、心態與藝術》，孫述宇，台北：時報文化公司，西元 1984 年 10 月。

16. 《小說美學》，吳功正，江蘇：人民出版社，西元 1985 年 6 月。

17. 《水滸爭鳴》第四輯，湖北：水滸研究會編，西元 1985 年 7 月。

18. 《明清小說研究》第一輯，北京：中國文聯公司，1985 年 8 月。

19. 《中國文學中的小說傳統》，台北：木鐸出版社，1985 年 9 月。

20. 《明清小說研究》第二輯，北京：中國文聯公司，1985 年 12 月。

21. 《明清小說研究》第三輯，北京：中國文聯公司，1985 年 12 月。

22. 《中國小說史》，孟瑤，台北：傳記文學出版社，西元 1986 年 1 月。

23. 《明清小說論稿》，孫遜，上海：古籍出版社，西元 1986 年 9 月。

24. 《中國小說史集稿》，馬幼垣，台北：時報文化公司，西元 1987 年 3 月。

25. 《小說面面觀》，佛斯特著、李文彬譯，台北：志文出版社，西元 1987 年 6 月。

26. 《中國小說美學》，葉朗，台北：里仁書局，西元 1987 年 6 月。

## （二）其 他

1. 《中國思想與制度論集》，楊聯陞著、段昌國譯，台北：聯經出版公司，西元 1977 年 8 月。

2. 《明末清初的學風》，謝國楨，北京：人民出版社，西元 1982 年 2 月。

3. 《現代人論烏托邦》，喬治·凱特布（George Kateb）著、孟祥森譯，台北：聯經出版公司，西元 1982 年 7 月。

4. 《理想與現實》，劉岱主編，收於《中國文化新論》思想篇一，台北：聯經出版公司。西元 1987 年 2 月。

## 四、論文期刊

1. 〈晚明諸儒之學風與學術〉（上）、（下），錢穆，台北：《人生》雜誌：十九卷六期、八期。

2. 〈《水滸後傳》覺之書〉，鳥居久靖，日本《天理大學學報》第四十八期，西元 1961 年 1 月。

3. 《明人詩社之研究》，黃志民，政大中文研究所碩士論文，西元 1972 年 6 月。

4. 〈讀《水滸後傳》──中國的烏托邦〉，張健，台北：《幼獅月刊》四十卷三期，西元 1974 年 9 月。

5. 《水滸傳人物論》，鄭瑞山，東海大學中文研究所碩士論文，西元 1975 年 6 月。

6. 〈明末遺民詩人的民族思想〉，謝康，台北：《書和人》第三二七期，西元 1977 年 2 月。

7. 〈陳忱與《水滸後傳》〉，熊德基，香港：《文學遺產增刊》第七輯，西元 1978 年 3 月。

8. 〈水滸的創作傾向及其客觀思想〉，朱靖華，北京：《文學評論叢刊》第三輯，西元 1979 年 7 月。

9. 〈關於兩種《後水滸》的現實主義〉，刁云展，瀋陽：《社會科學輯刊》，西元 1981 年 1 月。

10. 〈談「水滸」情節的戲劇性〉，吳士余，上海：《上海師範學院學報》，西元 1983 年 9 月。

11. 〈從驚天動地到寂天寞地——水滸全傳結局之詮釋〉，張淑香，台北：《中外文學》十二卷十一期，西元 1984 年 4 月。

12. 〈我國古典作家論小說技巧〉，馬成生，北京：《文史哲》第四期，西元 1985 年。

13. 《復社與晚明學風》，劉芫芫，政大中文研究所碩士論文，西元 1985 年 6 月。

14. 〈樂園神話與烏托邦〉，張惠娟，台北：《中外文學》十五卷二期，西元 1986 年 8 月。

# 附錄一：《水滸》續書──《後水滸傳》略論

## 壹、前　言

　　陳忱的《水滸後傳》，讓尚未死去的梁山英雄立國海島，期能早日驅逐敵人，光復神州，以續創另一番豐功偉業；這不僅替英雄「泄憤」，也大快人心。而青蓮室主人，更為宋江等英雄的一腔忠義，捨生忘死，效命朝廷，結果竟飲恨吞聲，慘死奸佞之手的結局，為之氣悶結胸，想替被害英雄平反這段冤情，於是續寫了這部《水滸後傳》。在《後傳》中，他創造了梁山英雄宋江轉生為楊么，盧俊義轉生為王摩，「復聚異世」的故事，以懲奸除凶，為忠良吐一口悶氣；另一方面，也使英雄投效在岳飛之下，以助其抗金殺敵。可見此書同樣是替水滸英雄仗義執言，更表揚了他們忠君愛國的思想。

## 貳、版本與作者寫作背景

### 一、版　本

　　《後水滸傳》凡十卷四十五回，正文卷首題「新鐫施耐庵先生藏本，後水滸傳」，「青蓮室主人輯」。卷首有序，末署「采虹橋上客題於天花藏」。後附印章二顆，一為「素政堂」，一為「天花藏」。卷首有圖像三十七幅，正文每半頁八行，每行二十字。清乾隆年間素政堂刊本。此書是罕見的孤本，現藏於大連圖書館。〔註1〕

　　關於《後水滸傳》，不見於清廷查禁書目，魯迅的《中國小說史略》，鄭振鐸關於中國文學史的諸著，均未曾提及。惟康熙時人劉廷璣的《在園雜誌》

---

〔註 1〕《增補中國小說書目》大塚秀高編著。東京，汲古書院，西元 1987 年 5 月。

卷三裡，曾說：《後水滸傳》是一片邪污之談，文詞乖謬，尙狗尾之不若也。
由於這一番言詞，才給後世研究者留下了一條線索。〔註2〕

## 二、作者寫作背景

　　《後水滸傳》的作者是誰？現在尙不得而知。書中只題「青蓮室主人輯」，
有「采虹橋上客題於天花藏」的序，並有「天花藏」和「素政堂」的兩方印。
這就是說，「青蓮室主人」與「采虹橋上客」，亦即是天花藏主人。天花藏主
人張勻，生於明末，以編述序小說活躍於清順治年間和康熙前期（康熙二十
年以前）。〔註3〕作者的本意是借宋徽宗，來憑弔明崇禎的覆滅。他懷著「女
眞雖興宋不亡，江山傾圮忠臣整」（第四十五回）的耿耿忠懷，發出「設朝廷
有識，使之當恢復之任，吾見唾手燕雲，數人之功，又豈在武穆下哉」（原序）
的慨歎。故而這樣內容的作品，產生於順治年間，作者自然是不敢留下眞實
姓名的；刻印者也只得假托「新鐫施耐庵先生藏本」的名義出版。

## 參、主題思想

### 一、抗敵禦侮的民族色彩

　　作爲《水滸》的續書，一般的研究者，仍把英雄被逼上梁山的眞正原因
——奸佞當道，官逼民反，作爲《後水滸傳》的主旨所在。這是窄化了此書
的主題思想。其實，《後水滸傳》中官逼民反的精神，與《水滸傳》畢竟是
不同的。《後傳》中以重要篇幅，描寫宋室與金人的戰爭；由於宋軍慘敗而
不得不納貢求和，但國庫空虛，便大量向民間搜括。後來康王建業，金兵南
渡，因而抵抗金兵的民族意識，自然影響了這些水滸英雄，並且在楊么的思
想上產生了作用。他不僅時常關心宋、金的戰勢，甚至願投效在岳飛帳下，
助其抗金殺敵；更期望英明的皇帝，能重用他們去抗敵禦侮；所以作者高呼
著「女眞雖興宋不亡」。故而洞庭水滸英雄，把殺貪官、除惡誅奸做爲自己
的使命，而這除惡鋤奸，卻帶有一種濃厚的，對抗外族入侵的民族色彩。

### 二、批判皇帝的嚴厲態度

　　前人的文章中，均認爲楊么等人因見了高宗皇帝，便向他陳說了一番忠

---

〔註2〕　〈關於《後水滸傳》〉，吳曉玲著。《社會科學輯刊》，西元1983年第三期，頁139。
〔註3〕　〈天花藏主人到底是誰〉，胡萬川著。《中國古典小說研究專集》，台北聯經出
　　　　版社。西元1983年7月。

良之言，若能遠讒去佞，近賢用能，則願歸服為良民；故高宗聽後，甚為喜悅，賜以御酒，並勸他早日歸順。這種願意接受朝廷招安的觀點，就是本書承繼《前傳》中「忠君愛國」的思想。然而，本書作者的本意並不在此，觀看《序文》中即可看出，作者以嚴厲的語氣，批判的態度，指責君王因「聽信讒諛」，終至「沉晦喪亡」。這不就指出因宋主的昏庸無能，以致有如此的天維觸折，實是令人歎息痛恨之至。此即是作者深受明末清初的學者，如顧炎武、黃宗羲等人的影響，尤其黃宗羲的〈原君〉一文，強調國君的職責在為天下人興公利，除公害；而今弄得天下人不得安寧，豈非國君之過？故而作者目睹了亡國的慘痛，並借此以指責批判明朝的皇帝，以作為後世之借鏡。

## 肆、寫作技巧──人物與情節

### 一、人物論

#### （一）生動的形象

本書對於洞庭英雄的人物描寫，也有較《前傳》生動而進步的地方，如對領袖人物的描寫。《前傳》中的宋江，其形象比較抽象，因而顯得蒼白無力；而《後水滸傳》中的楊么卻不同，他處處表現出與人民群眾共患難的精神。例如他挺身而出的指責官位權重的賀太尉，不該強佔了柳壤村的風水，因而被捕入獄；遇到貧窮孤弱的老人的豬被搶走，也路見不平的打了搶豬的惡霸等。這些都顯現出楊么是個有膽識又喜歡扶危濟貧的個性，可說是具體而生動的人物形象。

#### （二）獨創的性格

《後傳》中，作者描寫人物的動作和心理活動，也有其獨特的筆法。例如馬靈，初看似乎可說是摹擬《後水滸傳》中的李逵，魯莽坦直，但卻比李逵有見識、有思想，他的智識又遠出「前知神」、「賽神仙」這些識天機的軍師們之上，這又更非李逵可比。其它如寫武藝出眾、嫉惡如仇的將門之子邰元；為人寬厚，義薄雲天的軍官孫本；所向無敵、英勇抗金的將領游六藝、滕雲等等；也都各具特色，各有獨特的性格。

### 二、情節論

本書中的最後一回，寫朝廷派岳飛替換圍剿洞庭湖的張浚、吳玠、吳璘三將，讓岳飛直接對楊么等人用兵。作者卻獨創出一巧妙的方法，他讓楊么

在勢窮力孤的危急關頭，帶領眾首領下到軒轅井底，去尋找「羅眞人」詢問前途時，忽然前面沖起一道黑煙，將三十六人一陣昏迷，撲地皆倒，脫去骸殼，各現本來面目。一時三十六天罡，七十二地煞相逢於穴中，不復出矣。這種結局，避免了一場屠殺，可說是「神龍見首不見尾」，〔註4〕的確具有高度的戲劇性。類似的手法，在三十八回也使用過，使得書中的情節安排，頗為引人入勝。

再者，洞庭水滸英雄，在幾次與岳飛水上作戰的情節上，作者繪聲繪影，刻畫得頗為聲勢浩瀚；尤其描寫輪船在水中行進的速度，有如風捲雲奔一般，滿溢著作者寫作時代「西學東漸」的氣氛，更增添了幾分眞實感。

## 伍、本書之特色

《後水滸傳》之所以成為一部成功的續書，自有其特殊之處，以下從各方面加以分析和探討。

### 一、就作者所處之時代環境而言

本書作者天花藏主人張勻，生於明末清初，在其所著之書（《合刻天花藏才子書》）序文中曾自言，其年輕時，是位滿腹經綸，一腔才思之人；後因時運不濟，抑鬱多時。加以目睹明朝的滅亡，實肇因於皇帝的昏庸；於是欲藉烏有先生，以發洩其黃粱事業，並一吐胸中之浩氣，故而有此書之作。《後水滸傳》序文中云：「奈何君王不德，使一體之人，皆成敵國，豈不令人歎息，千古興嗟，宋室之無人也。」可見作者的本意，其實是借宋高宗來諷刺歎息明崇禎皇帝的不德，以致招來滅亡，並作為後世的借鑒。

### 二、就文化層面分析解讀而言

#### （一）通俗文學之特點

《水滸傳》中一百零八位英雄好漢，最終的結局竟是被奸人一一的謀害，以致不得善終。此種結局，頗令人不滿，於是有借題發揮、續成新篇者，以宣洩作者各自胸中塊壘；同時也表明他們對《水滸》一書的評價。王國維曾指出：「吾國人之精神，世間的也，樂天的也，故代表其精神之戲曲小說，無往而不著此樂天之色彩；始於悲者終於歡，始於離者終於合，始於困者終於亨；非是而欲饜閱者之心，難矣。」在《後傳》中，作者創造了梁山英雄宋江轉生為楊

么，盧俊義轉生爲王摩，「復聚異世」，再舉義旗造反，以「殺奸戮佞，爲忠良吐氣」。這無疑是替《水滸》廣大之讀者，抒發長久以來鬱積的一口怨氣。

### （二）輪迴果報之觀念

本書讓《前傳》中的宋江、盧俊義等人，轉世爲楊么、王摩，復聚異世，在洞庭揭竿而起的種種歷程，正是中國傳統觀中，輪迴及因果報應觀念的反映。觀之清朝時期小說類之續書，如《續金瓶梅》、《後西遊記》、《後紅樓夢》、《續紅樓夢》等書，莫不充斥著輪迴、果報的思想。正如《易經》上所說的：「積善之家，必有餘慶；積不善之家，必有餘殃。」上天對於人世間的功過，有罰則必有賞。這種輪迴果報的思想，早已深植國人的心中，故而本書之作者，轉化此種思想：「前之梁山，後之洞庭，皆成水滸，以聚不平之義氣。」（《後水滸傳》序）此即爲接續《前傳》的重要關鍵。

## 三、就藝術成就之特色觀點而言

本書雖是續書之作，但與其它續書相較，有其超越且獨特之處：

### （一）與《水滸傳》比較

本書雖然在人物與情節等方面，與《水滸》雷同之處極多，但在主題思想方面，如反對招安、批判皇帝，與強調抗金的民族意識，均是《前傳》中未曾觸及之主題。

### （二）與其它續書比較

前所述之其它續書，如《續金瓶梅》等，其主旨或強調善惡果報之思想；或補訂一圓滿之結局；或完全模仿前書之作等；皆沿襲前書之窠臼，鮮少反映作者所處之時代背景。《後水滸傳》一書之作者，身處國家易鼎之際，嘆息興嗟於亡國之痛，故欲藉此書以作爲後世之借鑑，因爲「以古爲鏡，可以知興替」，前事不忘，後人宜加以反省深思。這也就是作者的苦心孤詣。

總之，經由上述的分析探討，《後水滸傳》一書，無論在內容主題或藝術技巧等方面，作者都能另闢蹊徑，自成一格，有其匠心獨運之成就。

## 陸、結　語

《後水滸傳》既是一部續書，故而在內容思想、基本精神等方面，和《前傳》有著密切的連續性。然而，本書在各個方面，均有超越《前傳》的地方，如前所述者。由於此書被發現的時間很短，歷來研究的人較少；再加以前人

的研究範圍，仍不脫其承續《前傳》中，官逼民反、懲奸殺佞等思想；甚而遭人誤會、謾罵為「邪污之談」；故而有重新加以研究、探討的必要。這不僅可使世人知道它的真正內容，更可對它重新給予評價，而把它歸類為《水滸傳》的一部續書，使它在小說史上，佔有一席之地，更有研究的價值。

雖然，《後水滸傳》在某些方面，顯然還是不能和經過長期流傳而整理成書的《水滸傳》相比的，例如全書在結構方面，以及情節的摹仿上；這些是作者的才力不濟，因此，仍有敗筆之處。

總之，《後水滸傳》一書，不僅為研究古代小說者，提供了新的珍貴資料，也為我們評價明末清初小說，開創了一條新路。

# 參考書目

## 一、版　本

1. 《後水滸傳》，青蓮室主人輯。鄭公盾校點。瀋陽：春風文藝出版社，西元 1985 年 4 月。原本藏大連圖書館。

## 二、辭　書

1. 《中國古典小說藝術欣賞辭典》，段啟明編。北京：北京師範大學出版社。西元 1991 年 4 月。

2. 《中國古代小說百科全書》，北京：中國大百科全書出版社編輯部編。中國大百科全書出版社。西元 1993 年 4 月。

## 三、專　書

1. 《中國小說史略》，魯迅著。北京：人民文學出版社。西元 1973 年。

2. 《水滸資料匯編》，台北：里仁書局。西元 1981 年 7 月。

3. 《水滸資料匯編》，朱一玄、劉毓忱編。天津：百花文藝出版社。西元 1981 年 8 月。

4. 《中國古典小說研究專集6》。台北：聯經出版社。西元 1983 年 7 月。

5. 《古本稀見小說匯考》，譚正璧、譚尋編。浙江：文藝出版社。西元 1984 年 11 月。

6. 《明清小說論叢》第三輯。瀋陽：春風文藝出版社。西元 1985 年 6 月。

7. 《明清小說研究》第一輯。北京：中國文聯公司。西元 1985 年 8 月。

8. 《明清小說研究》第二輯。北京：中國文聯公司。西元 1985 年 12 月。

9. 《水滸爭鳴》第四輯。湖北：水滸研究會編。武漢大學出版社。西元 1985 年 7 月。

10. 《水滸書錄》，馬蹄疾編著。上海：古籍出版社。西元 1986 年 7 月。

11. 《增補中國通俗小說書目》，大塚秀高編著。東京：汲古書院。西元 1987 年 5 月。

12. 《水滸爭鳴》第五輯。張國光編。湖北：武漢大學出版社。西元 1987 年 8 月。

13. 《第一屆國際明代戲曲小說研討會論文集》，台北，西元 1987 年 8 月。

14. 《天花藏主人及其才子佳人小說之研究》，李進益著。中國文化大學中國文學研究所碩士論文。西元 1988 年。

# 附錄二：《水滸》三傳對政治、時局、君主看法的歧異

## 壹、前　言

　　《水滸傳》中，梁山泊一百零八位英雄好漢，在破遼征方臘凱旋歸來後，原本應有封官授爵、享受榮華富貴的喜劇結局，誰知竟變成眾英雄被害、或亡過，或遠遁的悲劇結果，令所有喜愛這本小說的人，感到無限的悲慨悵惘，難以釋懷。因而對倖存的人，該如何安排他們，而那些亡過的人，又應給予何種評價。針對這個問題，終使得有志之士，寫成了《水滸》的續書，那就是陳忱的《水滸後傳》，以及青蓮室主人的《後水滸傳》二書。

　　陳忱的《水滸後傳》，讓剩餘的梁山英雄立國海島，期能早日驅逐敵人，光復神州，以續創另一番豐功偉業，替英雄「泄憤」。而青蓮室主人的《後水滸傳》，則以梁山英雄宋江轉生為楊么，盧俊義轉生為王摩，「復聚異世」；一方面懲奸除凶，一方面投效在岳飛之下，以助其抗金殺敵。

　　何以《前傳》與兩部續書的結局，有如此大的差異呢？其實是與作者所處的時代背景有關，也就是因為政治觀點——國家觀念的不同，故而影響了這三本書的結局。本文採用的文本為：《忠義水滸全傳》一百二十回明袁無涯原刊本、陳忱著《水滸後傳》八卷四十回清紹裕堂刊本、青蓮室主人輯《後水滸傳》十卷四十五回清乾隆間素政堂刊本。現在逐一探討其原因。

## 貳、《水滸傳》

### 一、主題思想

　　水滸一百零八位英雄之所以會被逼上梁山，實肇因於亂自上作及朝有奸佞，小說中的前十三回，描寫了魯達、林沖、楊志三個人被逼迫上了梁山，即明確且深刻的傳達了政治無道的信息，也明確的揭示了社會動盪不安的原因。

### （一）亂自上作

　　魯達個性嫉惡如仇、見義勇為，為了金氏父女，連提轄官也不要，打死了鎮關西，被逼當了和尚。為搭救林沖，大鬧野豬林，連和尚也做不成，只好到二龍山落草。林沖是東京八十萬禁軍槍棒教頭，起初對高衙內的欺侮、高俅的陷害甚至殺害都一再忍讓。直到高俅派陸謙、富安到滄州火燒草料場，再次欲置他於死地，林沖才忍無可忍，開了殺戒；也是在有國難投、有家難奔的情況下，憑藉柴進的一封薦書，投奔梁山。楊志是三代將門之後，又是武舉出身，做過殿司制使，有一身的好武藝。但生活於腐朽混亂的宋徽宗時代，處處碰壁，無所施展。在遭受外族侵略的多事之秋，他沒有被派去鎮守邊關，反為耽於逸樂的皇帝押送石頭。花石綱被劫，他一再努力欲求復職，卻被高俅斥退，流落街頭。後來為變賣祖傳寶刀被欺，殺了牛二，被充軍大名府。遇到大名府梁中書賞識，又派他護送生辰綱到東京給蔡京祝壽。誰知又遇晁蓋等人打劫，最後也走投無路，不得不上了梁山。

　　魯達、林沖、楊志這三個人，有一個共同點，那就是他們不是一般的平民，而是軍官，在當時的社會上小有地位。他們皆被逼上梁山，以致於成為盜寇，這意味著國家的政治出了問題，也造成了社會的動盪不安，究其原因，實與高俅的發迹有關。

　　高俅原本是個幫閑浮浪之人，平日喜好吹彈歌舞、刺槍使棒、相撲頑耍，也懂詩書詞賦，尤其擅於踢球，但論仁義禮智，信行忠良，卻是不會。誰知竟能透過商人、學士、皇親、親王的一路推薦，得到皇帝的賞識，還當上了殿帥府太尉。當官後，高俅就展開了挾私報復，把八十萬禁軍教頭王進，逼得連夜逃離京城。而高俅這樣的人都能當上大官，竟是徽宗皇帝一手提拔培養的。不僅如此，徽宗皇帝還聽信讒言，任憑迫害梁山泊英雄的蔡京、蔡攸、童貫、王黼、梁師成等人，把持朝政，嫉賢妒能陷害忠良，以致弄得朝政黑暗、社會不安。

由此來看，《水滸傳》強烈的表達亂自上作，政治無道，如上述的楊志等人，以及關勝、呼延灼，秦明等，他們一心希望為朝廷出力，但在腐朽的朝廷裡，全部政權掌握在排除異己的「六賊」之中，連一部分的文官武將的忠心也不能實現，因而不得不落草。這也就說明了梁山泊英雄雖然想盡忠於朝廷，以行正義之道，但是當時皇帝皇昏庸不明，加以奸佞當道，英雄們反而因此獲罪。

### （二）朝有奸佞

宋江是梁山泊英雄的領袖，其思想行為直接關係著梁山事業的成敗。《水滸傳》中的宋江，是個農家子弟，自幼「曾攻經史」，因此，忠孝的觀念對他影響很大。他走上造反之路，其主要原因：一是情勢所逼不得不然，一是宏偉志向難以施展，不得不暫借水泊以棲身。他原本希望憑藉自己的本事，作出一番大事業，以圖日後「為國立功」，「名垂青史」。然而朝政不明，奸臣當道，使其抱負無法實現。潯陽樓一頓悶酒，使他吐露了真情。題反詩後，自己反陷於極端危險之中。最後被判斬罪，幸被眾好漢所救，方保全性命，他想做忠臣孝子而不得，才不得已求其次，上了梁山。

宋江上了梁山後，憑藉自己的才能膽識和在江湖上的聲譽，吸引了眾多好漢加入，給山寨帶來了興旺發達的氣象。梁山泊在其領導下，接連打了不少勝仗，震動了朝廷。但他心中固有的忠孝觀念，絲毫未有改變。他口口聲聲稱道君皇帝「至聖至明」，只是「奸臣當道，讒佞專權」。反覆剖白自己：「小可宋江怎敢背負朝廷，只被貪官污吏逼得如此」，因而是「權借水泊棲身」，「專等朝廷招安」。接受朝廷招安後，為朝廷征遼、平田虎、討王慶、伐方臘，這些舉動，都是他盡忠報國忠義思想的體現。尤其他拒絕遼國侍郎的招降：「縱使宋朝負我，我忠心不負宋朝。日後縱無功賞，也是青史留名」。雖然宋江對國家立了許多汗馬功勞，但奸臣仍不放過他，讓他飲了毒酒，他臨死時尚怕李逵造反，壞了他半生清名，也讓李逵喝了毒酒，並對他說：「我為人一世，只主張『忠義』二字，不肯半點欺心。今日朝廷賜死何幸，寧可朝廷負我，我忠心不負朝廷」。

從全書的總體來看，宋江的忠義，對梁山泊的興旺發達，起了積極的作用，但也因為奉行忠義，自己也落得個悲劇的結局。宋江的全忠，最後竟導致了失敗和悲劇，這不就等於告訴人們，真正扼殺忠的，竟是忠的對象本身，這實在是太悲涼了。

## 二、作者的政治觀

小說的開頭揭示了亂由上作；小說的主體描寫了忠義可嘉；而小說的結局卻感嘆忠義終究不能取得勝利；忠義在皇帝的昏聵，奸佞的橫行面前，只是一股小小的力量，它只是在蓼兒洼那個地方能起些作用。

所以《水滸傳》一書，大膽的揭露了昏君佞臣致使國家動盪的原因，而金聖嘆可說是《水滸傳》作者的知音，他寫到：「乃開書未寫一百八人，而先寫高俅者，蓋不寫高俅便寫一百八人，則是亂自下生也；不寫一百八人先寫高俅，則是亂自上作也。亂自下生，不可訓也，作者之所必避也。亂自上作，不可長也。作者之所深懼也。」〔註1〕

因此，當「忠」與「義」都受到威脅，無所安頓之時，水滸的筵席，便不得不散了。〔註2〕故而亂自上作，不可長也。《水滸傳》的作者，在本書中深刻的揭露了道君皇帝的縱容，與默許奸佞小人的胡作非爲，其微言大義，已昭然若揭，值得後人加以深深的思考。

# 參、《水滸後傳》

《前傳》中，水滸英雄在忠義不能兩全之下，故只落得悲劇收場。這當然是作者受圍於當時的政治觀，因而英雄們最後也只能接受當時現實世界的殘酷事實。陳忱的《水滸後傳》，除了譴責現實政治的黑暗，同時也讚揚了剩餘梁山英雄的草野孤忠。在書中不僅除掉了陷害宋江的六賊，更讓英雄們立國海島，做出比前番在梁山泊上更覺轟轟烈烈、驚天動地的事業來。

## 一、主題思想

《水滸後傳》一書的作者陳忱，生於萬曆四十一年（西元 1613 年）二月二十四日。〔註3〕家境頗爲貧窮，平日只好以賣卜爲生。年少時，博聞強識，好作詩文，不僅勤奮治學、致力創作，對於經史稗編野乘，也能深入研究，瞭若指掌。陳忱青少年時期，正值明朝政治腐敗已極，各地流寇竄起作亂、滿清迅速崛起，開以窺伺中原之時。此種以嚴重內憂和外患爲特徵之苦難時代，對於年輕陳忱之思想，有重大影響。因明朝自萬曆後，政治愈腐朽無能，

---

〔註1〕馬蹄疾，《水滸資料彙編》。頁 129。北京：中華書局，西元 2005 年 3 月。
〔註2〕張淑香，〈從驚天動地到寂天寞地──水滸全傳結局之詮釋〉。台北：中外文
　　　學月刊十二卷十一期，西元 1984 年。
〔註3〕參見拙作《水滸後傳研究》一書。

屢屢不能抵禦滿州之侵略，終於失陷撫順、瀋陽、遼陽等重要邊地；且對人民殘酷壓榨，有增無減，人民因而飽受極大之痛苦。故而陳忱發覺：萬曆、天啟與崇禎三朝，竟與北宋滅亡前之情形，極為相似。〔註4〕

至思宗時，大規模的民變因而產生，流寇李自成竟以明末土地高度集中，賦稅苛重之狀況為病，訂其政治綱領與反抗策略。又採先占關中為據點，經由山西、宣化攻取北京之進軍路線，終於西元一六四六年三月攻取北京，結束明朝腐朽統治。此種社會歷史現象，通過陳忱之冷眼觀察，使得他對於現實生活中，許多重大的問題，有更為深刻之理解。「究心經史」的陳忱，遂將「鬱鬱無聊，骯髒不平之氣」，凝聚於筆端，發而為文，寫成《水滸後傳》一書。

在《前傳》中，由於一班奸黨不斷的迫害英雄，致使英雄一一上了梁山。《後傳》中的情節也是如此，但作者為了替梁山泊英雄及人民泄憤，於是安排了兩件大事，即是懲奸除兇與忠義兩全。

### （一）懲奸除兇

本書開頭第一回即寫李俊等人懲治剝削人民的貪官呂志球，以及惡霸巴山蛇丁自變的經過。李俊因看不慣兩人私自霸佔太湖，不許人民捕魚，於是便起來反抗，卻為呂志球逮捕，幸賴樂和救出。李俊更乘機嚴懲了兩人，要他們「替貧民納了秋糧，分給佃戶，賠還魚稅」，同時也救了太湖所有的百姓。另一件是審判「四賊」的情節。

在二十七回，作者先安排王黼、梁師成、楊戩三人，在流放到壅邱驛時，便為開封府尹聶昌所派遣的勇士王鐵杖刺殺，而為天下人申冤。接著就是在中牟縣，梁山泊英雄便展開了一場審判四賊——蔡京、蔡攸、童貫、高俅的經過情形。首先是李應出來指責蔡京，接著是王進、柴進等人，厲聲疾辭的數落高俅、童貫的罪行。加上裴宣舞著寒光閃閃的雙劍，以及燕青欲邀高俅相撲取樂，使得四賊先是「魂飛魄散」、「頓口無言」，接著「面如土色」，終於「跪下哀求」。最後英雄們揪著他們的耳朵，每人灌了一杯鴆酒，判決嚴懲了禍國殃民的「四賊」。

### （二）忠義兩全

因皇帝昏聵，聽信蔡京、童貫等奸佞之言，致使中原失守，徽、欽二帝也被押往金國。那些奸臣猾吏也紛紛變節投敵，不僅與金人勾結，更為虎作倀的

---

〔註4〕同註3。

殘害人民。在這種水深火熱之際，梁山泊英雄，便組成義軍，一方面保國衛民，一方面抗擊敵人。尤其當燕青得知道君皇帝被囚在駞牟岡後，便冒著重重危險，大膽深入刀鎗羅列，戒備深嚴的金營中，探視道君皇帝，並獻上黃柑青子，藉以表達大宋子民的「草野孤臣」的愛國之心，故而道君皇帝要讚歎道：「朝內文武官僚，世受國恩，拖金曳紫，一朝變起，盡皆保惜生命，眷戀妻子，誰肯來這裡省視！不料卿這般忠義，可見天下賢才傑士，原不在近臣勳戚中。」（24回）

另外，在第三十七回中，作者更安排了英雄們在牡蠣灘救了宋高宗。李俊、樂和等英雄因中原失守，於是先到海外取得金鰲島。而花逢春所入贅的暹羅國丞相共濤，是蔡京、童貫一類的人，心懷不軌欲篡奪王位，以致掀起另一場戰爭，幸賴英雄們的同心合力，才加以敉平。而金兀朮竟命阿里麻率兵追擊宋高宗，直追到牡蠣灘來。梁山泊英雄於是奮勇同心，打敗阿里麻，救了高宗。高宗因感念英雄們忠義兩全，並救駕有功，於是大加封賞，李俊因而被冊封爲暹羅國王。這使得英雄們在海外開基創業，得以樹立了鞏固的基礎。而英雄們的海外立國，一方面作爲宋室的屏藩保障，一方面則在伺機打回中原，期能早日收復失土。所以「立國暹羅」，並無損於宋室之聲名，高宗也能深切體會到英雄們的苦心孤詣。對於梁山泊英雄，高宗也極爲稱讚期許的。

由此看來，抗金的英雄不在朝廷之上，而在草澤之中。也只有梁山泊英雄，不僅對朝廷盡忠，即使在敵人入侵之時，也堅決抵抗，不肯投降，以保持民族氣節。最後雖在海外立國，卻仍誓死效忠宋室，並圖謀恢復故土。由此可見，陳忱爲《後傳》創造出一美好理想的政治境界，這種具有前瞻性的政治觀，實較《前傳》更爲進步。

## 二、作者的政治觀

陳忱痛感明末奸臣誤國，政治腐敗，因而招致了一代王朝的傾覆，故遐思在海外另闢一新天地。所以《後傳》雖然寫的是南北宋之際的人物和事件，實際上是「借古喻今」。

目睹了明末社會風氣頹廢，政治衰敗已極，無法再加以澄清與挽救，故陳忱欲造一新社會。並提倡人們正義及民族精神，以作爲心靈上的寄託。〔註5〕加以當時鄭成功於順治十八年（西元1661年），收復臺灣後，便極力的開墾建設，以期作爲反清復明的根據地。此事給陳忱極大的啟發，故在書中有李俊等

---

〔註5〕張健著〈讀《水滸後傳》——中國的「烏托邦」〉。台北：《幼獅月刊》四十卷第三期。西元1974年。

梁山泊英雄，在暹羅立國之事。況且，鄭成功收復臺灣一事，不但反映了當時東南海上，仍保有許多抗清據點的客觀事實，同時也反映了當時廣大人民，不願屈服於異族的統治。〔註6〕而南明王朝，更是陳忱希望「復興明室」的寄託所在，但又何嘗不是陳忱「避地之意」的人生理想的寄託呢？

海外的暹羅國，正是作者心中的理想國，〔註7〕透過燕青與李俊的一段對話，便可以明瞭：

> 天下者，天下人之天下，非一人之天下。
>
> 賢明繼世，多有傑起。
>
> 堯舜之時不傳於子，而傳於賢。
>
> 大將軍即宜聽受。（第三十四回）

由此可見，作者的政治思想，實近於「大同世界」，亦即主張理想的政治，應是「天下爲公」、「選賢與能」。陳忱的這種政治理想，就當時君主專制發展到最高峰的時代而言，是頗具革命性與前瞻性的。

透過《水滸後傳》一書，陳忱已指出立君之意是爲天下，而天下非一人可治，也非一君所私有。所以個人的價值意義，也必得置於大我的架構中，始得肯定。故而國君應明白自己應有的責任，並應任用賢能之士。同理，也只有才德並茂的賢明之士，才具備領袖的資格。就其深層意義而言，這種政治的基本精神，應是入世而積極的，它所強調的並非只顧一己私利的獨善其身，而是推己及人，兼善天下，力求整個社會國家的福祉。

「家有主，國有王，必要一人統理，方得國治家和。」（34回）陳忱的這幾句話，即表明了無論就國君或個人而言，都必須參與社會上一切的政治、經濟、文化等活動。如此一來，這個社會才能具有積極入世的前瞻性及動態性，也才得稱之爲「理想國」。陳忱在《水滸後傳》中，已找到了治國之方，也找到了政治的理想國。

## 肆、《後水滸傳》

在《水滸傳》中，始終貫穿著以愛國爲前提的忠義思想，作爲它的續書，這部小說的背景，卻放在對抗外族的戰爭上，然而其基本精神，仍是相通的。

---

〔註6〕熊德基，〈陳忱與《水滸後傳》〉。《文學遺產增刊》第七輯。香港：聯合出版社，西元1978年。

〔註7〕參見拙作《水滸後傳研究》。東海大學中文研究所碩士論文。西元1989年。

此書不僅描寫了政治無道，英雄們被逼上梁山的事情，也描寫了英雄們強烈的愛國主義精神。故而本書的主要情節，可分爲兩個部分：一是抗金禦敵的民族色彩，二是批判皇帝的嚴厲態度。

## 一、主題思想

### （一）抗金禦敵的民族色彩

在這部小說中，所有的貪官污吏、豪強富商、宵小流氓，無不都是投降賣國、勾結敵人、卑鄙無恥的民族罪人。例如身爲朝廷重臣的賀太尉，負守土禦敵之責，然而他在邊關上卻畏敵如虎，反而陷害英勇抗敵的將領，爲侵略者敞開國門；且一心想著「擁兵自固，若金人一來，則反宋歸金，保全富貴」。另有商人董敬泉，他乘國家危難之機，用金銀向金人謀求了一個大官職。奴僕夏不求，也買了一個萊州領軍的官職，成了金人的凶惡鷹犬。再看秦檜，在徽欽二帝被擄走時，他也在被擄之列，後來他叛降投敵，金人將他放歸南朝。他還對高宗說：「今欲天下無事，只須南自南，北自北」。只這寥寥數語，便將一個遺臭萬年的奸佞之臣的醜惡形象活活畫出。所以梁山泊英雄楊么等人的起義，是帶有非常明顯的打擊賣國賊的愛國主義性質的行動。對於這些貪官污吏、奸佞讒臣的民族罪人，梁山泊英雄舊恨新仇，是勢不兩立，痛殲盡誅，而本書的除惡鋤奸，實富有一種濃厚的民族色彩。

本書也以重要的篇幅，描寫宋室與金主的戰爭：由於宋軍慘敗而不得不納貢求和，但國庫空虛，爲了每年向金國納貢一百四十萬兩的定例，便大量向民間搜刮。後來康王建業，金兵南渡，因而抵抗金兵的民族意識，自然影響了這些水滸英雄，並且在楊么的思想上產生了作用。在敵人入侵之際，在楊么的帶領下，英雄們於是積極參與抵抗外族的行列，他們以實際的行動，企圖挽救國家，並願投效在岳飛帳下，助其抗金除奸。更期望英明的皇帝，能重用他們去抗敵禦侮。最後雖然失敗了，但在國家易鼎之際，他們卻能真正的參與救國的行動，並表現出忠貞的民族氣節，與朝中的奸佞之徒相比，是迥然不同的。故而洞庭水滸英雄，把殺貪官、除惡誅奸作爲自己的使命，而這除惡鋤奸，卻帶有一種濃厚的，對抗外族入侵的民族色彩。

## 二、批判皇帝的嚴厲態度

楊么向來心志，以爲國家喪亡，實因主昏。主昏則奸佞生，主若不昏，滿朝盡是忠良，雖有天意亦可挽回。可知當初徽宗昏德，信用童貫、蔡京、

高俅、楊戩，引禍自害。欽宗聽信王豹等人，竭盡庫藏，搜刮民間，終不免於喪亡。故而他把國家衰弱、政治腐敗、貪官酷吏橫行的罪責，全部歸之於皇帝，這是多麼深刻的認識，多麼強烈的批判！

對於南宋高宗偏安一隅，不圖恢復北方失地，不積極實行抗戰政策，楊么等人更痛加批判。第四十一回描寫高宗在國難當頭之時，仍然每逢月夕花陰，帶領嬪妃近侍，游幸西湖，遇花賞花，遇景賞景，便憤慨的說：「人講無忠君愛國之念，猶不思父兄處於何地！而猶然覓景尋歡效兒女之樂，蹈前人之喪亡，英主固若是耶？」又說：「江山半屬他人，既不能恢復，亦宜作偏安計，怎還是這般閑游，奢華靡費，使民間效尤，將來東南豈得安枕？」這些話情詞愷切，大義凜然，憂國憂民之心溢於言表。因此楊么不顧自身的安危，以行醫治病為名闖進宮中，當面斥責皇帝：「近信讒言，棄父兄於沙漠，遠忠良於草野；日擁吳姬，湎於酒色；將西湖為行樂之場，得染沈疴。棄社稷之重，忘君父之仇，為君而若是耶！」在廟堂之上，義正辭嚴的指斥君過，大膽無畏的批判皇帝，這在中國古典小說之林中，恐怕是絕無僅有的。

楊么的痛斥君過，是希望「君能悔過，遠讒去佞，近賢用能，挽回宋室」，完全出於一片愛國的熱忱。甚至高宗也受了感動，當面稱讚楊么：「具此忠君愛國之念，誠當今勇義之士」。這何嘗不是他忠君愛國思想的表露呢！

## 二、作者的政治觀

本書的作者天花藏主人張勻，生於明末，以編述序小說活躍於清順治年間和康熙前期（康熙二十年以前）。〔註8〕在本書的序文中云：「奈何君王不德，使一體之人，皆成敵國，豈不令人歎息，千古興嘆，宋室之無人也。」可見作者的本意，其實是借宋高宗來諷刺歎息明崇禎皇帝的不德，以致招來滅亡。「設朝廷有識，使之當恢復之任，吾見唾手燕雲，數人之功，又豈在武穆下哉！」無怪乎作者要以嚴厲的語氣，批判的態度，指責君王因「聽信讒諛」，終至「沈晦喪亡」，這不就指出因皇帝的昏庸無能，以致有如此的天維觸折，實令人歎息痛恨之至。

作者這種敢於嚴厲批判皇帝的態度，是因身處國家易鼎之際，嘆息興嗟於亡國之痛，故藉此書以作為後世的借鑑，因為「以古為鏡，可以知興替」，前事不忘，後人宜加以反省深思。

---

〔註 8〕胡萬川，〈天花藏主人到底是誰〉。《中國古典小說研究專集6》。台北：聯經出版社。1983年。

# 伍、《結語》

　　《水滸》三傳之作者所以塑造出梁山英雄，完全是與作者所處的時代背景有關。李贄在《忠義水滸傳》序中，也認為《水滸》是一部「憤書」；而《水滸》作者的恨，是不著重於自己個人的窮通出處，而著重於整個國家是否選賢任能。故而作者敢於替嘯聚山野的英雄仗義執言。《水滸傳》的作者，雖然對道君皇帝不無微詞，但它通過宋江形象的塑造及英雄們悲劇結局的安排，企圖告訴人們，即使是對這樣的昏君，也得無條件地盡忠，同時又懷著沈痛而又不無讚許的感情，讓他在「寧教朝廷負我，我忠心不負朝廷」的感嘆中了此一生，這都說明作者是把忠君作為無法超越的最高原則，即使付出最大的代價，也不能犧牲這種原則。由此看來，在儒家學說的影響下，作者對國家長治久安的問題，雖提出深層的思考，但在歷史背景的經驗之下，卻得不到真正的解決的方法，因而這種思考，飽含著深深的痛苦和迷惘，這才是《水滸傳》作者的深層意蘊。

## 一、理想政治選賢與能

　　兩部續書的作者，他們對《水滸傳》中的奸佞橫行君主昏庸國家腐敗的情形，早已憤懣塡胸，因此在《水滸後傳》及《後水滸傳》中，多次的把昏君與奸臣聯繫在一起進行批判，在對待皇帝的態度上，明顯的反對宋江所奉行的愚忠。他們用嚴厲批判的態度，抨擊封建君主專制制度，大膽提出「為天下之大害者，君而已矣」（黃宗羲〈原君〉）這樣的論斷，故而陳忱在書中深藏「縱有忠心也無用處」的讓水滸英雄們去海外開基的情節，並藉著燕青的話表達出一種反對家天下，君王之位唯有德者居之的思想。天花藏主人張勻更讓英雄們投效在岳飛帳中，助其抗金除奸。這樣的處理結局，對《水滸傳》所宣揚的愚忠，是有所突破的。

## 二、國家興亡匹夫有責

　　陳忱與張勻，實是痛恨明末奸臣誤國，政治腐敗，因而招致一代王朝的傾覆，故而敢於在書中，嚴厲的譴責奸臣妒賢嫉能，暴君亂政誤國，就當時的歷史環境，的確是難能可貴的。在當時，明末學者，以顧炎武、黃宗羲、王夫之三人為首，提出了「經世致用」的思想宗旨，「實事求是」的態度精神，對於自然界的現界和社會的狀況，以及政治的弊端，均作深入的調查研究。更鑒於當時君主的昏庸無能，而提出了民主的學說，尤其把國家興亡的責任，

寄託於人民群眾的力量，所謂「國家興亡，匹夫有責」，特別強調人民群眾以及個人在歷史上所起的作用。有了這樣深刻的體認，故而兩部續書的作者，在他們的書中，雖寫的是南北宋之際的人物和事件，實際上是借古以喻今。

由此看來，《水滸後傳》及《後水滸傳》的作者，他們能夠勇於面對天崩地解的亡國事實，他們擔當起興衰救弊的責任，透過寫作著書，企圖建立新的秩序，期能推而廣之，以求得社會安定祥和，國家天下太平。這也就是兩部續書中，作者賦予「忠義兩全」的水滸英雄，所要努力以赴的終極目標。

# 參考書目

## 一、版　本

1. 青蓮室主人輯，《後水滸傳》十卷四十回。瀋陽：春風文藝出版社，西元1985年。

2. 《忠義水滸全傳》一百二十回本，明、袁無涯原刊本。台北：聯經出版社，1987年。

3. 陳忱，《水滸後傳》八卷四十回，清、紹裕堂刊本，1988年。

## 二、專　書

1. 〈天花藏主人到底是誰〉，胡萬川，《中國古典小說研究專集6》，台北：聯經出版社，西元1973年。

2. 《明清小說研究》第一輯。北京：中國文聯公司。西元1985年8月。

3. 《明清小說研究》第二輯。北京：中國文聯公司。西元1985年12月。

4. 《明清小說論叢》第三輯，瀋陽：春風文藝出版社，西元1985年。

5. 《水滸爭鳴》第四輯。湖北：水滸研究會編。武漢大學出版社。西元1985年。

6. 《水滸爭鳴》第五輯。湖北：武漢大學出版社。西元1987年。

7. 《水滸後傳研究》，趙淑美，東海大學中國文學研究所碩士論文，西元1989年。

8. 《水滸資料彙編》，馬蹄疾，北京：中華書局，西元2005年。

## 三、期　刊

1. 張健，〈讀「《水滸後傳》」——中國的「烏托邦」〉。台北：《幼獅月刊》40卷第3期。西元1974年。

2. 熊德基，〈陳忱與《水滸後傳》〉。《文學遺產增刊》第七輯。香港：聯合出版社，西元1978年。

3. 刁雲展，〈關於兩種《後水滸》的現實主義〉，瀋陽：《社會科學輯刊》，西元 1981 年。

4. 張淑香，〈從驚天動地到寂天寞地——水滸全傳結局之詮釋〉。台北：《中外文學月刊》12 卷 11 期。西元 1984 年。

5. 陳惠琴，〈激憤而悲涼的儒學演繹——《水滸傳》的國家觀解讀〉，《明清小說研究》總 78 期，江蘇：社會科學院，西元 2005 年 4 期。

# 附錄三：明遺民與小說創作──以陳忱、張勻為例

## 一、前　言

　　明朝末年，由於君主的驕奢昏庸，宦官的擅政專權，致有流寇四起，女眞興起等種種的內憂外患，終使得明朝加速的滅亡。明末的遺民目睹了政治的晦暗，經歷了國家的滅亡，造成他們無可彌補的傷痛；加以處於這樣大變動的時代，於是有不甘於做清朝的子民，暗地裡從事反清復明的工作；也有科場失意，懷才不遇，流落民間。尤其明末學子平日喜好結社講學、臧否人物，崇尚標新立異，獨抒己見，甚至影響著社會的輿論。於是他們藉著小說戲曲的創作，以抒寫懷抱，傾吐自己的心聲和哀樂，期能在其中找到自己理想的境界。

　　自從李贄提倡「童心」說後，認爲「童心」爲人的本來面目，爲社會價值的最高標準，提倡以「人」爲本，以「己」爲本，藉著文章把自己的眞性情、眞感情表現出來，小說已逐漸受到當時人們的重視。甚至當時的小說家，也把小說看成是「六經國史之輔」（可一居士《醒世恒言序》），說它「足以翼經而贊經」（西湖釣叟《結金瓶梅序》），指出小說與經史的共同性，於是林瀚、蔣大器、胡應麟、袁宏道、馮夢龍等人，紛紛提出對小說異於傳統的見解，因為他們認識到小說有經史不能代替的作用，尤其是通俗小說，它有貼近民眾與感動民眾的價值，它的目的是要使人「觸性性通，導情情出」。再加上馮夢龍、凌濛初等人實際投入小說的創作，因而小說題材的變化和開拓，促進了小說的大量興起，盛極一時，蔚爲大觀。由此可知，明末的遺民與小說創

作的興起，有著密不可分的關係。

## 二、陳忱與小說創作

　　要談到陳忱與小說創作的關係之前，首先必須先明瞭他參與驚隱詩社的背景與目的。

　　自從滿清統治中國後，對明代的遺民志士，不斷施以威脅利誘，企圖徹底鎮壓與消滅當時人民的愛國意識。然而，遺民志士終不肯屈服，紛紛參加了抗清的起義行動。尤其是由士人所組成的「社集」，表面上雖然是以文會友的結社，實際上是一種抗清的地下秘密組織。何以「社集」會成為抗清的組織呢？原來明朝士人平日喜歡以文會友，詩酒唱和，提倡風雅，自明嘉靖以來，結社之風非常興盛。〔註1〕明萬曆三十二年顧憲成、高攀龍創辦東林書院，其講學的宗旨，在於評論朝政，衡量公卿，極力提倡「論學以世為體，相與講求性命，切磨德義，念頭不在世道上，即有他羨，君子不齒」。〔註2〕繼東林之後，天啓末年太倉人張溥、張采，及蘇州人楊維斗共同創辦了應社，認為學子應互相砥礪名節，「共興復古學，將便異日者，務為有用」，故而改名復社。當時有氣節而知名的人士，像幾社的領袖陳子龍、夏允彝，皖中的名士吳應箕、劉城、方以智等人，都參加了復社，於是大江南北各地方的社集，全都併入了復社，也擴大了復社的規模；而明末的遺民和學者，多半出於復社中的人士。明末的結社，有它的組織和目標。他們既申之以盟誓，還規定了立身處世的方向和諾言，嚴定各種界限，是非分明，養成了社員堅貞不屈的節操，而蔚為一時的風氣。

　　在一六四五年，清兵直下江南之時，許多社集中的領袖，如幾社的陳子龍，復社的顧炎武和吳其沆，更在各地紛紛起兵抗拒清兵；而大江南北起義抗清的領導者，也大半出於社集中的人士。後來清廷於一六六〇年（順治十七年）頒布了嚴禁社盟的命令，因而這些公開的結社，遂轉變為地下秘密的抗清活動，其中較有名者，如蘇州的葉恒奏、顧炎武等所舉辦的驚隱詩社，廣東屈大均為首的西園詩社，池光文等在台灣所結合的海外幾社。他們或是積極響應海上的義師，或是蓄志密謀作恢復明朝的事業，甚至影響到東北和台灣。

　　目睹了國破家亡的悲慘情形及清朝的嚴厲統治，這些明末的遺民志士，

〔註1〕謝國楨，《明末清初的學風》頁8。北京：人民出版社1982年。
〔註2〕同註1，頁7。

除了繼續起義抗清外，對明朝崇禎皇帝的昏庸無能及剛愎自用，有著各種各樣不同的看法；有些學者，如黃宗羲等，對於君主起了懷疑，因而有〈原君〉的論證；顧炎武更從君主專制中，對於國家政權，提出了積極的看法，主張「以天下之權寄於天之下人」，而反對「盡天下一切之權而收之上」。〔註3〕

有些志士如黃淳耀、王夫之、錢秉鐙等人，既不甘心於清朝，有著抗清的決心；也不滿意於明朝，對其懷著無限的憤慨；於是將他們的思想及言論，著述成書。

順治元年（西元1644年），滿清進入北京，進而統治了全國，在政權初步穩定後，爲了消除漢人的民族意識，以及由此而產生的對明朝的眷念和對清政府的反感情緒，清政府除了大興文字獄外，在文化方面還實行了嚴厲的禁書政策。尤其對那些具有反清或穢淫思想的小說、戲曲，更是屢屢禁毀。但清政府的禁書政策，並沒有從根本上消除漢人的反清思想和民族情緒，一些明朝遺民，尤其是那些不得志的知識分子，對清朝政府有著強烈的不滿情緒，他們或絕意仕進，浪迹江湖，或一生優遊文酒，過著窮困潦倒的生活。其中一些人對當時的社會黑暗、政治腐敗、人民的痛苦，有著不同程度的認識。由於他們內心對清政府有著強烈的憤慨，於是借寫小說的方式，對當時朝政進行揭露和批判，並以此抒發對明朝的懷念和傷感情緒，「千秋萬世恨無極，白髮孤燈續舊編」（陳忱《水滸後傳》第一回），就是這些遺民或落魄文人發憤著書的心理寫照。其中以清初出現的兩部《水滸傳》續書——《水滸後傳》及《後水滸傳》，以及《金瓶梅》的續書——《續金瓶梅》，就是最好的例子。

原來，宋朝歷史上金兵南下爭戰，與清兵入關有著驚人的相似之處；從明末到清朝建立的亂世時期裡，清軍南侵的種種暴行，與反映北宋末年社會的《水滸傳》、《金瓶梅》等小說所描寫的情形，也有許多的相似之處：政治腐敗、民生凋敝的社會背景相似；北宋宦豎童貫、明末閹人魏忠賢的專權擅政相似；北宋末年金人入侵，致使徽、欽二帝被擄，與明朝末年清兵南侵，而使國破家亡，也極爲相似等等。所以那些明末遺民便借寫續書爲名，在續書中曲折地表達了他們的抗清意識，及對現實社會的批判，也寄寓了更深沈的亡國之痛。

《水滸後傳》一書的作者陳忱，即是明末的遺民。明代及清初，共有三陳忱，同姓同名。一即雁宕山樵，字遐心，烏程人，即《水滸後傳》一書的

---

〔註3〕 同註1，頁33。

作者；一爲陳恪之從弟，字克誠，號醉月，歸安人，著《宿松縣志》、《瓦缶集覽勝紀》、《游集見湖錄》。順治中，又有一陳忱，字用宣，秀水人，甲午副貢，著《誠齋詩集》、《不出戶庭錄》、《讀史隨筆》、《同姓名錄》、《東寧紀年》等書。此事汪曰楨《南潯鎮志》志十二記載頗詳。另見於《兩浙輶軒錄補遺（一）》，及清光緒《嘉興府志》、楊鳳苞《南彊逸史跋》。〔註4〕因前人不察，故記載每多牽溷，因而范來庚於道光二十年續修之《南潯鎮志》，亦誤認陳雁宕著《讀史隨筆》一書。紀昀修《四庫全書》，亦犯同樣錯誤，《四庫全書總目提要》卷一百四十三子部小說家類存目〔註5〕云：

　　讀史隨筆六卷，國朝陳忱撰。忱字退心，秀水人。

又，世界書局出版之《中國人名大辭典》亦云：

　　陳忱，清‧秀水人。字退心，有《讀史隨筆》。

這些均是著者不加細察，因襲前人，故而犯錯，實有釐清的必要。

　　陳忱，字「退心」，號「雁宕山樵」，亦稱「古宋遺民」，浙江烏程（今「吳興縣」）南潯鎮人。生於萬曆四十一年（西元 1613 年）二月二十四日。〔註6〕家境頗爲貧窮，平日只好以賣卜爲生。年少時，博聞強識，好作詩文，不僅勤奮治學、致力創作，對於經史稗編野乘，也能深入研究，瞭若指掌。由於他學備經史、知識淵博，因而當地的人士非常的推崇他，但陳忱從不列當地鄉紳之林，且淡泊名利，絕意仕進，因而沒有科舉功名或仕歷。雖然平日不得不靠賣卜來維生，生活朝不保夕，難以維持，但他寧願「窮餓以終」，安貧自若。

　　明亡入清後，陳忱不願屈從敵人，於是埋名隱姓，不肯出仕，在慟心國難之餘，寧願以遺民終老。從他所作的「九歌」一詩：「……風波絕險終不顧，長鑱托命恆苦飢。掉頭豈復念妻子，懷沙哀郢知者稀……。」即可明顯看出，他固然經常處於飢寒愁苦的生活中，甚至連妻子也無力顧及，但他仍強烈地懷念故國，堅持恢復之期望，甚至不惜以死殉國，有如愛國詩人屈原，在「懷沙」、「哀郢」中表現的思想。他決不向民族的敵人，乞求功名富貴，而且，他躬自實行詩中的誓言。另一方面，陳忱並積極參加復國之運動，此即是他加入「驚隱詩社」之舉。「驚隱詩社」中的成員，有顧炎武、歸莊、吳宗潛、

---

〔註4〕清、郭式昌修，汪曰楨纂修《光緒烏程縣志》卷三十六。清光緒七年（西元 1881 年）刊本。台北：故宮。

〔註5〕清、紀昀撰《四庫全書總目提要》。台北：商務印書館。1985 年 5 月。

〔註6〕參見拙作《水滸後傳研究》一書。

潘檉章、顧有孝等數十人。社友每年祀祭屈原、陶潛、林逋。由此可知他們
惓惓不忘故國，表面上雖爲「詩社」，實際上乃是愛國遺民們的一種團結組織。
而陳忱與這些社友，也有多首贈答之作。驚隱詩社中的成員，有多人曾參加
抗清之活動，故陳忱此時雖然隱淪不出，但他加入社集，可見他仍積極的參
與籌劃反清復明的運動。而驚隱詩社中的成員吳炎、潘檉章，因受「莊廷鑨」
史案之牽連，而慘遭殺害，使得「驚隱詩社」不得不解散。莊氏史案的原委，
乃因明天啓年間，湖州李國禎作《明史概》一書，此書又名《明書》。內容有：
〈明書大事記〉、〈大政記〉、〈大訓記〉，均係天啓時所刻。餘未刻者，有〈列
朝諸臣傳〉、〈開國、遜國諸臣二列傳〉。後來湖州莊廷鑨得未刻之稿，於是召
集賓客，董而理之，且易名爲《明史輯略》。所請編纂之人，共有吳越名士十
八人。〔註7〕此書於順治十七年（西元 1660 年）刊行，頗行於世。當時烏程
令吳之榮以勒詐不遂，首先告訐。莊廷鑨於康熙二年碎屍。除查繼佐、范鑲、
陸圻因白請檢舉，未及於難外，凡當日參校列名者，如潘檉章、吳炎等人，
及其親屬刻工皆罹禍，其妻孥充邊。潘、吳二人列名參校，同被磔於杭州弼
教坊，株連遭戍者百餘人。其獄始於順治十八年，至康熙二年判決，爲清初
最慘酷之文字獄。

　　對於社友遭此奇禍，陳忱於悲痛之餘，寫下了最嚴厲的控訴：「期若不來
應有故，隔無幾日便如年。登堂誰讀三千卷，結社唯知十八賢（壬寅初秋重
集東池）、「造字無端弊日興，夜中聞哭鬼收憎。秦皇縱使多貪暴，未必當時
焚結繩」（咏史）、「……丈夫生死安足計，但求一寸乾淨地。」（九歌）陳忱
在詩中一再譴責了清朝殺戮橫暴的情形。在這些慷慨激昂的詩句中，可以看
出他對反清復明的意志是堅強的，決不因偶爾的失敗而灰心。因此，在文字
獄的悲憤氣氛中，他仍懷抱著樂觀的精神，「不知天地間，正始尚全備」（香
谷上人投詩敬夫，清新可讀，因同過訪），正是陳忱不斷用來勉勵社友與自己
的座右銘。

　　雖然後來驚隱詩社不得不解散，然而陳忱堅苦自守的清高志節，與力圖
恢復的愛國之舉，卻益加堅定，始終不渝。

　　陳忱青少年時期，正值明朝政治腐敗已極，各地流寇竄起作亂、滿清迅
速崛起，開始窺伺中原之時。此種以嚴重內憂和外患爲特徵之苦難時代，對

---

〔註 7〕 清、楊鳳苞《秋室集》中，〈記莊廷鑨史案本末〉一文，光緒十一年湖州陸心
　　　　源刻本・史語所。

於年輕陳忱之思想，有重大影響。因明朝自萬曆後，政治愈腐朽無能，屢屢不能抵禦滿州之侵略，終於失陷撫順、瀋陽、遼陽等重要邊地；且對人民殘酷壓榨，有增無減，人民因而飽受極大之痛苦。故而陳忱發覺：萬曆、天啓與崇禎三朝，竟與北宋滅亡前之情形，極為相似。〔註8〕

至思宗時，大規模的民變因而產生，流寇李自成竟以明末土地高度集中，賦稅苛重之狀況為病，訂其政治綱領與反抗策略，經由山西、宣化攻取北京，終於西元一六四六年三月取北京，結束明朝腐朽統治。此種社會歷史現象，通過陳忱之冷眼觀察，使得他對於現實生活中，許多重大的問題，有更為深刻的理解。「究心經史」的陳忱，遂將「鬱鬱無聊、骯髒不平之氣」，凝聚於筆端，發而為文，寫成《水滸後傳》一書。《後傳》雖寫宋事，實則針對明朝腐敗之政治而發，此即是陳忱「借古諷今」之手段。

陳忱目睹清兵破壞後之江南百萬田莊廬舍，化為一片灰燼，千百萬人民成為無家可歸之流浪者。此種慘絕人寰之景象，遂入於陳忱詩中：「休說舊時王與謝，尋常百姓亦無家」〈歎燕〉、「行藏休問及，四海永無家」〈贈燕中韓石畊〉。此二詩表明了在現實生活中，國家與人民之命運，原是密切地聯繫在一起。故國覆滅，故國的千萬人民，不論其為高官貴人或尋常百姓，都會遭到敵人的迫害，是以他對於這些苦難的人民，寄予深切之同情。

順治十六年（西元 1659 年），鄭成功與張煌言聯軍，大舉北伐，從海外攻入長江，收復鎮江、南京附近，及安徽部分地區，各地義軍紛紛響應，他們每到一處，人民即爭相傳告，遮道歡迎，「皆謂中興」。陳忱與廣大人民一樣，以極度興奮心情，歌出「擬杜少陵收京」一詩：

> 渤澥風雲合，樓船蔽遠天。牆移楊子樹，旗拂秣陵煙。諸將橫戈進，
>
> 羈臣藉草眠。遙瞻雙闕外，正與楚烽連。

此詩突出描繪了鄭成功與張煌言聯軍之浩大聲勢，和雄偉氣魄，及其在反清戰爭之背後，更有各地義軍起來呼應，與廣大人民之支持。此詩題為「擬杜少陵收京」，可見陳忱當時之熱烈希望與喜悅心情。

由於全國各地義軍此仆彼起的抗清之舉，加深了陳忱復興明朝的信心與期望。雖然處於清朝的統治下，他仍常以恢復故國自勉：「右軍嘯咏登臨日，回首中原何所思」〈昇山〉、「丈夫生死安足計，但求一寸乾淨地」〈九歌〉。更經常以此策勵友輩，如「夜過吳東籬西山話舊」、「寄懷魏雪竇」等詩，即是

---

〔註8〕 同註6。

鼓勵吳宗潛、魏耕等人，堅持抗清之活動。「九歌」詩中亦云：「……抱膝長吟環堵中，草澤自有眞英雄。」陳忱已意識到草澤英雄，有著荊軻震撼暴秦之意氣，能擔負起復仇之重大事業，但卻埋沒草澤中，無法受到人們重視，他不能不有所感慨，故而對於這些草澤英雄之肝膽相照，給予熱情敬重，並寄以深切之希望。順治十八年（西元 1661 年），鄭成功收復台灣，〔註9〕此一歷史事件，給江南抗清人民以極大鼓舞。

陳忱正從此一事件，看出反清復明之可能性，不禁寫下了「遺民不識中興主，猶喚康王是九哥」〈康王寺〉、「欲擬報恩何處去，西風吼地雪花高」〈倭刀〉等詩句，以表達他的立場；並將此一希望，寄託《水滸後傳》一書中，李俊等梁山泊好漢身上，並賦予草澤英雄以「海外立國」發展之道路。

《水滸後傳》一書所反映的現實，就是陳忱所經歷之內憂外患、國家滅亡，及滿清統治三個時代。於此書中，更可看出：一個愛國知識分子之熾熱情感，一種對國土淪喪之悲憤情緒，以及一個正直儒者之理想意願，而此即是陳忱整個思想之反映，而這也正是陳忱寫作此書的苦心孤詣。

陳忱終爲《後傳》英雄，尋找到一塊海外「桃源」，讓歷盡千辛萬苦，爲人民除去誤國奸佞的梁山泊好漢，在那塊樂土上，經營自己的事業，而這海外的桃源，就是陳忱理想中的烏托邦。既身遭亡國之痛，又認識了失國的經驗教訓，陳忱因而極力在書中，發揚水滸英雄的愛國精神，與鼓吹民族氣節，並且寄託了他的理想，因爲陳忱所要告訴世人的，是他要表揚忠義之士。這些忠義之士，不是朝廷上的近臣勳戚，而是草野鄉民，他們才是眞正的英雄豪傑。「時窮節乃見，一一垂丹青」，這就是陳忱對這些《後傳》英雄的肯定與讚美，故而讓他們終能在海外立國，期能早日驅逐敵人，光復神州，所以海外的暹羅，就是英雄們興復宋室的根據地。故而在海外富庶安定的暹羅國，我們看到了人間正義得以被發揚，民族精神得以被延續，〔註10〕一個眞正禮樂文明的社會、前瞻樂觀的「烏托邦」，得以建立存在。這固然是陳忱亡國之痛的曲折反映，更是他爲明末遺民，構建了一個「反清復明」的根據地。

陳忱藉著《水滸後傳》一書，爲這混亂動蕩的世界，保留了一絲的期待與希望；爲這黑暗荒謬的大地，重新建立了一座理想的精神殿宇；也爲陷於

---

〔註 9〕 同註6。
〔註10〕 同註6。

泥濘濁世掙扎的人類，提供一盞灼照未來坦途的明燈。由此可知，《後傳》一書，即是陳忱企望 「反清復明」，而託旨遙深的真意所在。

## 三、張勻（天花藏主人）與小說創作

天花藏主人張勻，明末清初浙江嘉興（秀水）人，字宣衡，號鵲山，秀水諸生。〔註11〕年輕時，也曾懷有鴻鵠之志，想要一展長才，無奈事與願違，功名失意，潦倒落魄，因此轉而從事於小說戲曲之創作，「借烏有先生，以發洩其黃梁事業」。他的小說在當時風行一時，戲曲也很受時人歡迎。他平日喜以天花藏主人和素政堂主人為其名號，但在為《後水滸傳》一書作序時，卻使用「彩虹橋上客」，在《新鐫批評綉像錦傳芳人間樂》序文則署為：「錫山老叟題於天花藏」，這兩個名號可算是較為特殊的。〔註12〕

張勻所創作的小說，有《後水滸傳》、《梁武帝西來演義》，以及編、述、撰、題序的小說，如《玉嬌梨》、《飛花詠》、《定情人》、《賽紅絲》、《金雲翹傳》、《玉支璣》、《麟兒報》、《兩交婚》、《畫圖緣》、《平山冷燕》等。除前二書外，其餘合稱之為「才子佳人」小說。

可見張勻不但自己創作才子佳人小說，而且還時常為人作序，如《麟兒報》，及青心才子編之《金雲翹傳》。而煙霞散人所編之《幻中真》一書，張勻也在序言中對人生之離合悲歡，以及善善惡惡有所感觸，並以因果報應警惕世人應為善祛惡。〔註13〕此外，他也從事戲曲的改編工作，更是書坊主人。加之他不但創作小說及戲曲，更藉由書坊主人的身分，大量的印製刊刻，使得通俗小說，尤其是才子佳人小說，在清初風靡一時。當時的作家除天花藏主人張勻之外，另有蘇庵主人及煙水散人，故而這一類的作品，多達三、四十部，其中與張勻有關之作品，就達十三部之多，可見當時才子佳人小說之興盛流行，而張勻可說是這股潮流的推動者。

天花藏主人張勻生於明末，但他活躍於文壇，寫作這些書的時候，應已是順治晚期，康熙初年了。〔註14〕他另有傳奇二十種行世，也深受大家的喜

〔註11〕 胡萬川，〈天花藏主人到底是誰〉。《中國古典小說研究專集6》台北：聯經出版社，1983年。
〔註12〕 李進益，《天花藏主人及其才子佳人小說之研究》。中國文化大學中研所碩士論文，1988年。
〔註13〕 同註12。
〔註14〕 同註11。

愛，傳播盛行一時。

## （一）《後水滸傳》

身爲明末遺民的張勻，目睹經歷了由於國君昏惰荒怠而日益混亂的政治，以及國家綱紀日漸隳壞的原因，都是因爲親小人而遠賢臣，使得奸人充斥擅權，以致百餘年富庶治平的基業，逐漸衰微。國君的昏庸無能，固然令人感歎，而那些權奸小人的禍國殃民，實爲罪魁禍首。原來，崇禎十七年，李自成攻陷北京，明思宗殉國之後，明朝已正式滅亡，但是一些有志之士，不願明朝就此結束，仍想繼續延續明祚，於是終於有「南明王朝」的產生。當時，福王即位於南京，年號弘光。然而，一切政治大權卻操在馬士英及阮大鋮的手中。馬士英獨握大權，每日以鏟鋤正人，引領兇黨爲務。阮大鋮更是極力結交太監，引進閹黨，朋比爲奸，弄得政治混亂，黨獄繁興。不久，清兵直下江南，史可法於揚州被俘而殉國，朝中勳戚及大臣卻投降清人，馬士英也率兵逃往浙江，以致福王被擒，後遭殺害。此外，黃道周、鄭芝龍等人，雖擁立唐王聿鍵稱帝，年號隆武，但鄭芝龍爲一己之私利，竟與洪承疇互相勾結，唐王也因此在汀州爲清軍所害。〔註 15〕這些悲慘的事實真相，令張勻不禁要斥責貴幸的無能，憤恨權奸的誤國了。基於這種體認，於是他把復興明室的希望，轉而寄託在民間草澤英雄身上。因爲每當國家處於危急存亡之秋時，能夠挺身報國，抵禦外侮，充分表現出愛國精神與民族氣節的，往往就是這些草澤英雄。況且，當時南明王朝的魯唐二王政權傾覆後，東南沿海人民，和愛國的士大夫分子，以及將領與官吏，也在極其艱苦的環境下，仍繼續抗清。例如鄭成功、張煌言堅持抗清之舉動，將近有二十年之久，〔註 16〕他們堅苦卓絕的反抗侵略，屢次給予敵人嚴重的打擊，並鼓舞了人民抗敵的意志和決心，充分發揮了愛國精神與民族氣節。所以張勻在讚揚這些草野忠貞之士與抗敵英雄之餘，轉而把匡復明室的希望，完全寄託在他們身上。這也正是張勻通過現實的體認，所得來的真理。

基於這樣的體認，張勻終於寫成了《後水滸傳》一書。此書是寫宋江、盧俊義等梁山英雄好漢，被賊臣害死後，轉世托生爲楊么、王摩等人，繼而在洞庭湖君山水滸聚義造反，以殺賊官、懲奸佞，並投效在岳飛帳下，助其抗金殺敵。本書的主題有二，一是抗敵禦侮的民族色彩，二是批判皇帝的嚴

〔註15〕 同註 6。
〔註16〕 同註 6。

屬態度。

《後水滸傳》寫到，楊么、王摩出生後，由於金兵的燒殺擄掠，而使他們母子、兄弟失散，楊么充軍到北地，看到和聽到的也多是金人南侵所製造的血淚事件；不久，徽欽二帝被金人擄獲，北方山河落入金人手中。這種悲慘的亡國之痛，激起了楊么等人強烈的愛國精神。然而，身為朝廷重臣的賀太尉，不思盡忠報國，竟還陷害忠臣，存著降敵求榮的反叛之心。商人董敬泉以金銀賄賂金人，謀得一個大官職。奴僕夏霖，賣身投靠金人，恣意橫行，為虎作倀。王豹趁汴京失守，自立為王，稱霸一方。秦檜搜刮民財，為得京官而枉刑屈法。這些權奸佞臣，或依勢欺人，強取豪奪；或貪贓枉法，行賄受賂；凡此種種，不僅使南宋瀕臨滅亡的巨大苦難，也造成了社會的動盪不安。於是作者通過對楊么的形象塑造，讓英雄再次聚義，以戮佞鋤奸：「目前只因宋室無人，權奸用事，以致豪傑散生，耗其元氣。英雄到此，必戮佞扶忠，做番事業，方不虛生」。正是基於這種認識，楊么等水滸英雄，決定投效在岳飛之下，來達到拯民於水火倒懸，救國於狂瀾既倒的目的。

再者，對於高宗皇帝被秦檜及一般獻媚之人所蠱惑，「只圖苟安」、「忘仇尋樂」，楊么憤懣填膺，氣湧如山，於是暗隨郭凡進宮醫病，向高宗皇帝表明自己對時局的看法：「孰知在廷臣子以退避為得計，倡和議為愛君；近信讒言，棄父兄於沙漠，遠忠良於草野。……棄社稷之重，忘君父之仇，為君而若是耶？……君能悔過，遠讒去佞，近賢用能，挽回宋室。」這一席披肝瀝膽、咄咄逼人的慷慨陳詞，既可視為對高宗的直諫，也可以說是嚴屬的批判態度了。

《後水滸傳》自序中云：「設朝廷有識，使之當恢復之任，吾見唾手燕雲，數人之功，又豈在武穆下哉！奈何君王不德，使一體之人，皆成敵國，豈不令人歎息，千古興嗟，宋室之無人也。」由此看來，天花藏主人張勻，以嚴屬的語氣，批判的態度，指責君王因「聽信讒諛」，終至「沈晦喪亡」，這不就指出因宋主的昏庸無能，以致有如此的天維觸折。故而作者的本意，是借宋高宗來憑弔明崇禎的覆滅，並藉此書以作為後世的借鑑，這就是作者的深層意蘊。

## （二）才子佳人小說

明朝末年，文人創作的第一部長篇小說《金瓶梅》誕生了，尤其它是以個人與家庭現實生活為主的題材，使小說家和讀者產生了濃厚的興趣，之後陸續出現了一系列的人情世態小說。因此它對後來小說的發展和影響，是十

分明顯的。到了明清易代之際，更出現了所謂才子佳人小說流行的新現象，這一類的小說，反映人們追求自由婚姻的要求，和衝破封建婚姻制度的願望，熱情謳歌愛情的忠貞，並勇於追求婚姻自主。就文學傳統而言，其淵源頗早，《史記》中之〈司馬相如傳〉，可視爲才子佳人小說的最早濫觴。唐代傳奇《鶯鶯傳》、《步飛煙》等，與才子佳人小說的基本格局已非常接近。宋元文言小說，寫男女愛情婚姻者更多，如《流紅記》、《張浩》等。故而這一類小說的出現，是小說本身發展的必然結果。

清朝定鼎後，實行嚴厲的統治手段，更屢興文字獄，迫害無數的文人。在這種情形之下，當時的小說家，大多迴避敏感的政治問題，往往借才子佳人的愛情與婚姻的故事，掩蓋其政治性的情懷。在表現才子佳人對愛情的忠貞不移的同時，也歌頌富於民族氣節的忠臣義士。或有因仕途上不得志，於是學屈原以美女鮮花自喻的筆法，借小說以寄其懷才不遇的憤懣之情。

清初才子佳人小說流行一時，除作者之外，更有許多專門的書坊，從事才子佳人小說的出版，他們也擔任著傳播者的角色。天花藏主人張勻，即是最有名的一位，他一人前後承擔了十三部才子佳人小說的創作與編輯。這些小說分別是《定情人》、《飛花詠》、《畫圖緣》、《幻中眞》、《金雲翹傳》、《錦疑團》、《麟兒報》、《兩交婚》、《平山冷燕》、《人間樂》、《賽紅絲》、《玉支璣》、《玉嬌梨》等。如此大量連續的推出同一類型的小說，不僅擴大了才子佳人小說的影響，在客觀上也促進了才子佳人小說的流行與傳播。

這十三部小說，有一共同的特色，就是在表現男女愛情時，處處把「才」與「美」緊密相聯在一起。這一文學現象，的確發人省思。明代以前的文學作品，我們固然看到了男子之「才」，然而女子之才，在男女婚配上卻可有可無，不爲人所看重，唐人小說的《步飛煙》、《鶯鶯傳》，宋元話本《碾玉觀音》、《快嘴李翠蓮記》等諸多作品，其中男女結合，無一是爲了「才」，往往多看重其貌。故而明代以前的言情之作，所遵循的無非是花前月下、郎才女貌。而明清之際的言情小說，旨趣與其迥異。當時門當戶對的婚姻似乎爲人所不取，更不願趨附富貴，攀依權門。而「才」這一項目，在男女愛情中都占有重要的位置，甚至成了必不可少的首要條件。例如在《定情人》中的雙星，母親要爲他定一「門當戶對」的妻子，他卻要求「只要其人當對」。所謂「其人當對」指的就是才貌相當，也就是外形美與內心美互相統一的才女，認爲

只有這樣，才能使「情」爲之「定」。〔註17〕

這樣的觀點，使男女婚配成爲純正的愛情關係，不再爲金錢、利祿、門閥所拘束。再如《玉嬌梨》中的白紅玉、盧夢梨，《麟兒報》中的幸昭華，《賽紅絲》中的裴、宋二家之女，俱爲才華橫溢的絕妙女子。這樣極力在書中讚揚女子之才，這當然是作者有感而發的，尤其是李贄在其文集《初潭集》中，以犀利的言論，抨擊儒家傳統的思想道德和程朱理學，反對「咸以孔子之是非爲是非」，破除對儒家道統的迷信，對於道學家用綱常禮教束縛婦女的身心，也表現出極大的憤慨：「故謂人有男女則可，謂見有長短則可，謂男子之見長，女子之見盡短，又豈可乎？」（《焚書卷二》）這段論述對儒家傳統的「男尊女卑」是一有力的駁斥。李贄這種進步的思想理論，爲才子佳人小說開拓了蹊徑。而張勻的才子佳人小說，則把這種新思想、新道德規範帶入小說中，否定了傳統的「女子無才便是德」及「男尊女卑」的謬說，爲其鳴出了不平，再現古代女子的本色。

其次，在這十三部小說中，作者顯現出的婚姻觀點，可將其歸納爲三方面：

（1）重視青年的婚姻自主願望：我國傳統的社會中，「父母之命，媒妁之言」的婚姻制度，千百年來不知扼殺了多少人的幸福和生命，也成爲文學作品中常見的題材。而在張勻的小說中，《玉嬌梨》中的蘇友白就說：「婚姻爲人生第一大事，若才貌不相配，便是終身一累，豈可輕易許人！」「即有才有色，而與我蘇友白無一段脈脈相關之情，亦算不得我蘇友白的佳人。」《平山冷燕》中的冷絳雪，也向父親提出擇婿標準：「只要他有才學，與孩兒或詩或文對做，若做得過我，我便嫁他。」這都是表明婚姻自主的願望，在當時的社會條件下，的確是相當大膽及進步的思想。

（2）感情和諧，志趣一致，精神相通的愛情基礎：眞正理想、完美的愛情，應當以思想的一致，感情的和諧爲基礎。如《定情人》中，作者借主角雙星之口，揭櫫「情」的涵義，認爲男女婚配必須是情之所鍾，才能一定不移，如從宗嗣人倫與富貴利益出發，勉強與非所鍾情的人結合，就寧可「一世孤單」，也不苟且婚姻。因此雙星爲尋

---

〔註17〕趙興勤，〈才與美——明末清初小說初探〉。見《明清小說論叢》第四輯。瀋陽：春風文藝出版社。1986 年。

找意中人，由家鄉四川出發，一直尋訪到江浙一帶，才巧遇理想中的女子蕊珠。一經定情，便深相愛戀，至死不渝。這種重視男女雙方思想、志趣上的一致，的確是獨到之見解。

（3）互相尊重，平等相愛的愛情關係：才子佳人小說中的男主角，對自己傾慕的佳人，都是欽佩、尊重的，這種情況在唐傳奇和宋元明的小說中，是不曾出現的。在《玉嬌梨》中的白紅玉、盧夢梨，《平山冷燕》中的山黛、冷絳雪，都是才華出眾的女子，男主角不但沒有鄙視，反而更加尊重，平等相待，且男女雙方都能忠實於自己的愛情，這又是一大特色。

天花藏主人說：才子佳人小說，「雖不如忠孝節義之赫烈人心，而所受於天之性情，亦云有所致矣。」所以在小說中，他大力的表彰「情」，打破了「女子無才便是德」的傳統觀念，重新塑造女子的新形象，更肯定了男女之間的真情至性、堅貞不渝的愛情精神，充滿一種洋溢著團圓幸福的理想色彩。

在《平山冷燕》一書的評語中，天花藏主人說：「惟真正才人，屈於不知，苦於無路，滿腹經綸，一腔才思，抑鬱多時，無人過問，欲哭不可，欲哭不能，故不得已而借紙上黃梁吐胸中浩氣，是以賢有爲賢，而賢足動；奸有爲奸，而奸足懲。」《女才子書凡例》：「先生以雕蟲餘技而譜是書，特以寄其牢騷抑鬱之慨耳。」可見他雖在科舉中無法實現自己的黃梁美夢，於是藉著創作小說來寄寓自己的理想，與抒發自己的感慨。但重要的是《後水滸傳》一書，與《平山冷燕》等才子佳人小說，他並沒有停止在傳統的懷才不遇的問題上，而是能夠正視現實的國家與社會的問題，從而展開了廣泛的批判，嚴肅的批評，寄望自己心中理想的社會得以實現。因而，「凡紙上之可喜可驚，皆胸中之欲歌欲哭」，張勻雖身處動亂易代之際，但在落魄的境界中，由「借男女之真情，發名教之僞藥」，到「借離合之情，寫興亡之感」，他已找到了一條實現自我的途徑。

# 四、結　語

在昏君亂政，是非不明的動盪時局中，要激濁揚清、警頑振隋，不是那些厚顏無恥的官員，而是顧炎武所說的：「國家興亡，匹夫有責」，和顏元所說的「衡天下者事在於庶人」的平凡百姓。明末的遺民學者，就想擔當起這個興衰救弊的責任。或堅苦卓絕，甘居草野；或托迹空門，隱居不仕；或著

書立論，成一家之言。他們這種行為，難道只是消極的逃避現實，而沒有什麼作為嗎？難道他們是真正的無用嗎？明末遺民學者賀貽孫，在其所謂之《激書》〈藏用〉一文中，認為明末遺民的無用，實際上應是「藏用」，而這種藏用，是「無用之用」。〔註18〕這就說明了明末的遺民志士，抱著這種以無用之身，作有用之事的胸懷，發揮其突兀不平的思想，和堅貞不屈的氣節，寫下了許多卓越不凡的篇章。其目的在於：

> 上觀天道，下察人事，遠證古迹，近度今宜，根於心而致之行，如
> 其在位，而謀其政，非虛言也。〔註19〕

陳忱與張勻二人，藉著《水滸後傳》、《後水滸傳》，以及《平山冷燕》等才子佳人小說，或使梁山水滸英雄們，能懲奸除兇、忠孝兩全，甚而立國海外，以實際的行動來實踐保國保天下的責任；或讓才子佳人們在團圓幸福的美滿婚姻中，實現了自我的完善境界。故而他們的意志是堅強的，性情是真率的，精神是昂揚的。在小說的創作中，處處表現出奮力向上，自我完善的意圖，期能藉此振聾聵，挽凋敝，以喚醒廣大的群眾；他們並非只是沈湎於過去，而是著眼於未來，企圖為未來的進步，作無歇止的躍進，而這就是陳忱、張勻與明末的遺民所表現出來的藏用與無用之用了。

## 參考書目

1. 陳田，《明詩紀事》，台北：鼎文書局，1971 年。
2. 黃志民，《明人詩社之研究》，政大中文所碩士論文，1972 年。
3. 謝國楨，《明清之際黨社運動考》，台灣商務印書館，1978 年。
4. 趙景深，《中國小說叢考》，山東齊魯書社，1980 年。
5. 謝國楨，《明末清初的學風》，北京：人民出版社，1982 年。
6. 胡萬川，〈天花藏主人到底是誰〉，《中國古典小說研究專集 6》，台北：聯經出版社，1983 年。
7. 胡適，《胡適文存》第二集，台北：遠東圖書公司，1985 年。
8. 趙興勤，〈才與美—明末清初小說初探〉，《明清小說論叢第 4 輯》，瀋陽：春風文藝出版社，1986 年。
9. 李進益，《天花藏主人與才子佳人小說之研究》，中國文化大學中研所碩士論文，1986 年。

---

〔註18〕 同註1，頁 38。
〔註19〕 同註1，頁 40。

10. 趙淑美，《水滸後傳研究》，東海大學中研所碩士論文，1989 年。

11. 田同旭、王增斌，《中國古代小說通論綜解》，北京：中國文聯出版社，1999
　　年。

# 書　影

書影一　清紹裕堂刊本《繡像水滸後傳》封面

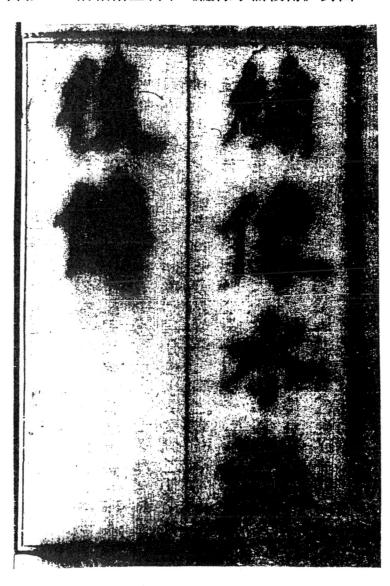

書影二　清紹裕堂刊本《繡像水滸後傳》李俊圖像

書影三　清紹裕堂刊本《繡像水滸後傳》序

水滸後傳序

嘗論夫水發源之時僅可濫觴漸而為谿為澗為江為湖汪洋巨浸而放
乎四海當其衝決懷山襄陵莫可禦過其為至神至勇也及其恬靜浴日
沐月澄霞吹練鷗鳥浮于上魚龍潛其中漁歌樵唱友朋往來盈盈至文
至骫矢交韜亦然稗端明云我父如萬斛泉是也水滸更似之其序英雄
與事實有排山倒海之勢曲盡細微亦見安瀾交濟之容故乘間百餘年
耳目日常新流覽不厭若近世之程官野乘黃茅白葦一覽而盡不可咀嚼
嘗意後有後傳機局更翻章句不襲大而圖王定霸小而巷里謔浪人
之弖憲而不窮世道之隆替人心之險易靡不各極其致繪畫譏刺圖
峨嶒則寒非一味銅將軍鐵綽板徒唱梁山泊人物已也嗟乎我知古來
道民之心夭穿愁淹倒蒲眼牢騷胸中塊磊無酒可澆故借此殘局而著
成之也然肝腸如雪意氣如雲表志忠貞不甘阿附傲嫚譎諫如隱諷然